ro
ro
ro

Robert Kviby, geboren 1976, lebt in Stockholm und arbeitete jahrelang als Geschäftsführer bei MTG Radio. Im Rowohlt Taschenbuch Verlag erschien sein Debütroman «Korrupt». «Bestraft» ist der zweite Teil der Krimireihe um die Journalistin Annie Lander.

«Packend, düster, brillant – Kviby gelingt mit ‹Korrupt› ein Krimi, der einen sprach- und atemlos macht. Spannung vom Feinsten sowie fesselnde Unterhaltung, die alles andere glatt in den Schatten stellt.» literaturmarkt.info

ROBERT KVIBY

BESTRAFT

Kriminalroman

Aus dem Schwedischen von
Lotta Rüegger und Holger Wolandt

Rowohlt Taschenbuch Verlag

Die Originalausgabe erschien 2013
unter dem Titel «Listan» bei Telegram Pocketförlaget,
Stockholm.

Das Zitat auf S. 349 stammt aus:
«Die Brücke von San Luis Rey»
von Thornton Wilder in der Übersetzung
von Brigitte Jakobeit, Arche, 2014.

Deutsche Erstausgabe
Veröffentlicht im Rowohlt Taschenbuch Verlag,
Reinbek bei Hamburg, Februar 2015

Redaktion Gesa Kunter
Umschlaggestaltung HAUPTMANN & KOMPANIE Werbeagentur, Zürich
Abbildung Jacqueline Moore/Arcangel Images
Satz aus der Warnock Pro bei
Dörlemann Satz, Lemförde
Druck und Bindung CPI books GmbH, Leck, Germany
ISBN 978 3 499 26946 2

Für L.

Die Regierungsgremien müssen den gezielten oder zufälligen Erwerb unbefugten Einflusses des militärindustriellen Komplexes abwehren. Die Gefahr ungerechtfertigter Machterweiterung ist gegeben und wird fortdauern. Unter keinerlei Umständen darf diese mächtige Koalition unsere Freiheiten oder demokratischen Prozesse gefährden.

Dwight D. Eisenhower,
Abschiedsrede am 17. Januar 1961

Vielleicht sind wir es ja, die Schreihälse, die angesichts der Wirklichkeit, die uns umgibt, auf diese gesunde und frische Weise reagieren, während ihr die Neurotiker seid, die in ihrer abgeschiedenen Phantasiewelt herumeiern, weil euch die Fähigkeit fehlt, den Tatsachen in die Augen zu sehen. Wäre es nicht so, dann hätte sich dieser Krieg vermeiden lassen, und diejenigen, die vor euren tagträumenden Augen ermordet wurden, wären immer noch am Leben.

Arthur Koestler,
The Yogi and the Commissar and other Essays, 1945
(Der Yogi und der Kommissar. Auseinandersetzungen)

EINS

Donnerstag, 4. Dezember 1997

«Er drehte mich auf den Bauch und vergewaltigte mich.
Ich konnte nicht fassen, dass mir das passierte,
dass so was Ende des 20. Jahrhunderts geschehen konnte.»

Prozess IT-96-21,
Staatsanwaltschaft gegen Mucić et al. («Čelebići»)

PATRAS, GRIECHISCHE WESTKÜSTE

1

«Ich glaube, das waren zehn Bier zu viel.» Thurston Richards lachte. Er bemühte sich, ebenso betrunken zu wirken wie sein Gegenüber, ohne dass es auffiel.

«Ihr Amerikaner seid echte Komiker», sagte Mikael Storm, schüttelte bedächtig den Kopf und sah sich dabei um.

Thurston folgte seinem Blick. Das Restaurant war spärlich besucht. Bunte Lämpchen blinkten traurig an der Decke des Gewölbes und spiegelten sich auf leeren Tischen. Bald war Sperrstunde, aber als neue Stammgäste durften sie sitzen bleiben, bis das Licht ausging. Hier trafen sie sich. Wie sie ihr Leben sonst verbrachten, war beiderseits ein gut gehütetes Geheimnis.

Thurston hatte Mikael Storms Worten aufmerksam gelauscht, aber es fehlten ihm noch immer entscheidende Details. Vor allem Namen. Sich einfältig zu geben schien die beste Methode, mehr in Erfahrung zu bringen, als der andere preisgeben wollte.

«Hab Geduld mit einem alten Mann, Mikael», sagte er und hoffte, Storm damit nicht zu verärgern. Obwohl seit ihrer ersten Begegnung kaum ein Monat vergangen war, wusste Thurston, dass Mikael Storm empfindlich wie ein Kind reagieren konnte. Und er hatte drei Wochen auf das gewartet, was jetzt kommen sollte. Das wollte er unter keinen Umständen aufs Spiel setzen.

«Okay, die Sache ist die ...» Storm trommelte mit dem Zeigefinger rhythmisch auf die fettige Tischplatte, als könne er so die Informationen hinter seinen halb geschlossenen Lidern ordnen. «Nach dem Typen wird in Schweden wegen zwei Morden gesucht. Ist aber unschuldig. Der hat nur zwei psychopathische Polizisten davon abgehalten, seine Frau zu Tode zu ficken.»

«Polizistenmord also. Und die Frau?»

Storm nickte nervös. «Eine Journalistin, die einen ziemlich noblen Stockholmer Verein auffliegen lassen wollte. Weil die gelegentlich Nutten angeheuert haben, um ihren Festen eine gewisse Würze zu verleihen. Nur gingen die Weiber dabei öfter mal hops.»

«Und die Mitglieder dieses Vereins, sind das so eine Art Freimaurer?»

«Vielleicht.»

«Und da kommt dann der Bruder der Journalistin ins Spiel?»

«Der Halbbruder», berichtigte ihn Storm. «Die Frau war – wie sagt man noch? Die war ein uneheliches Kind, die wusste also gar nicht, dass sie ihrer eigenen Sippe auf den Fersen war.» Storm grinste. «Ihr Bruder war so etwas wie der Vorsitzende dieser Vereinigung ... Der ist steinreich, dem gehören jede Menge Firmen. Die Leute, für die ich arbeite, munkeln, dass er die beiden Polizisten damit beauftragt hat, seine herumschnüffelnde Schwester zu bremsen. Nur ist das wohl ziemlich aus dem Ruder gelaufen.» Storm lächelte ironisch. «Und das mussten die Bullen dann ziemlich schnell büßen.» Er hielt seinen Zeigefinger an die Schläfe, deutete zwei Schüsse an und blies den imaginären Pulverdampf weg.

«Eine unglaubliche Geschichte», schmeichelte ihm Thurston. «Und du bist jetzt also in Patras, um das Paar zu überwachen?»

«Genau.» Storm sah aus, als würde er gleich einschlafen.

«Und die Leute, für die du arbeitest?»

«Eine Gang in Schweden. Eiskalt. Die arbeiten für Božko Magaš, das behaupten jedenfalls die Zeitungen. Und ich glaube, das stimmt. Avram, der Typ, mit dem ich immer zu tun habe, gehört ganz klar zur alten Schule.»

Derselbe Magaš, der angeblich einige der widerlichsten Verbrechen gegen die Menschlichkeit zu verantworten hatte, die Thurston während seiner Korrespondentenzeit in Bosnien Anfang der Neunziger zu Ohren gekommen waren. Derselbe Magaš, der ausländische Söldnerunternehmen angeheuert hatte, um seine Miliz zu vergrößern.

Ohne sich etwas anmerken zu lassen, fragte Thurston weiter nach: «Und die Leute, für die du arbeitest – die können diesen Halbbruder also auch nicht leiden? Wie hieß er noch gleich?»

«Droth. Buster Droth. Nein, vermutlich nicht.»

«Heißt die Schwester auch Droth?» Thurston wusste, dass die Frage im Grunde schwachsinnig war, aber er wollte ihren Namen herausbekommen, ohne direkt nachzufragen. Das war das letzte Puzzleteilchen, was ihm noch fehlte.

Mikael Storm schüttelte den Kopf.

Und Thurston Richards schwieg, während er das gerade Gehörte noch einmal zusammenfasste: Die Frau war also Journalistin und hatte mit ihrem Mann zusammen vor dem wohlhabenden Halbbruder fliehen müssen, dem sie eine Verbindung zu jenem Bund hatte nachweisen wollen, der Prostituierte tötete. Und wenn die Gerüchte stimmten, besaß dieser Halbbruder ein Unternehmen, das sich von einem serbischen Warlord damit hatte beauftragen lassen, einige der schlimmsten Kriegsverbrechen in jüngster Zeit zu begehen. Kriegsverbrechen, für die Thurston schon lange die Schuldigen suchte. Bislang ohne Erfolg.

«Lander», murmelte Mikael Storm vor sich hin. «Sie heißt Annie Lander.»

2

Das Haus war nicht sonderlich alt, ohne Liebe und Sorgfalt gebaut und wie viele Häuser am Mittelmeer von jenem Schimmel befallen, an den sich Thurston Richards nun schon gewöhnt hatte. Hier befand sich die bescheidene Wohnung, die Annie und Max jetzt bereits seit einem Jahr als Zuhause diente. Seit sie über Bergamo, Triest und Venedig mit einer Fähre der Minoan Lines in Patras eingetroffen waren.

In den letzten Wochen hatte Thurston Richards mit Mikael Storm nur aus einem einzigen Grund gesoffen: Er wollte mehr über das Paar und über die Personen, die Mikael Storm beauftragt hatten, erfahren. Jetzt besaß er alle Informationen, die er benötigte. Als Mikael Storm also erklärt hatte, Patras für eine Woche verlassen zu wollen, fasste Thurston seinen Beschluss und stand jetzt, bereit zum Anklopfen, vor der Tür des Paares.

Thurston Richards hatte diesen typischen Cowboylook. Gestutzter Bart. Längeres, fast weißes Haar, das er gelegentlich in einem Pferdeschwanz sammelte. Jeans und klobige Stiefel. Krähenfüße um die hellblauen Augen. Hätte er etwas ungepflegter ausgesehen, hätte man ihn für einen Obdachlosen halten können. Er hatte sich jedoch ein sauberes Hemd angezogen und seinen Bart etwas gestutzt. Er wollte nicht riskieren, allein seines Aussehens wegen abgewiesen zu werden. Es gab so schon genug Gründe.

Er beschloss, erst noch eine Zigarette zu rauchen, kehrte wieder auf die Straße zurück und zog eine Schachtel aus der Tasche. Eigentlich war er Nichtraucher, hatte aber mit Storm angefangen und es sich angewöhnt. Er würde wieder aufhören müssen. Rauchen war idiotisch, und sein Leben bestand schon aus genügend anderen idiotischen Sachen.

Er inhalierte tief, warf die Kippe dann auf die Straße und trat sie mit dem Absatz aus. Dann holte er ein paarmal tief Luft, nahm ein Kaugummi aus der Hosentasche und redete sich ein, dass er das Richtige tat.

Dann ging er hinauf.

DER TORWÄCHTER

1

Buster Droth und Morgan Nätterquist hatten sich ein Vier-Gänge-Menü mit fünf verschiedenen Champagnersorten in ihrem Stammlokal in der Gamla Stan schmecken lassen. In ihrem Chambre séparée blieben sie sowohl von neugierigen Blicken als auch allzu eifrigem Personal verschont.

Buster Droth hatte seine Bekanntschaft mit Morgan Nätterquist schon gepflegt, lange bevor dieser Staatssekretär im Justizministerium geworden war. Man durfte sogar behaupten, dass Nätterquist ohne Buster Droth nie Staatssekretär geworden wäre. Die «Verdienste und das Geschick», die Morgan Nätterquist im Laufe der Jahre angehäuft und erworben hatte, waren nicht unbedeutend, hätten aber für seine jetzige Stellung nicht ausgereicht. Außerdem fehlte ihm jegliche politische Erfahrung. Einige Jahre im Jugendverband einer Partei waren schon alles. Ohne das Imperium würde er noch immer für die Anwaltskanzlei arbeiten, an die man sich in heiklen Fällen wandte.

Nätterquists Arbeit als Anwalt war sicherlich erfüllend gewesen, hatte ihm aber nicht den Einfluss beschert, den er so heiß begehrte. Jener Einfluss, der es ihm ermöglichte, mit Buster Droth zu dinieren, der ständig nach neuen Kontakten in Politik und Staatsverwaltung verlangte.

Auch nach Morgans Wechsel von der Kanzlei in die Welt der

Politik tauschten sie sich aus und griffen einander sozusagen unter die Arme. Das Imperium strebte keine gesellschaftlichen Veränderungen an, sondern hatte es sich zum Ziel gesetzt, Einfluss auf die Tagesordnung zu nehmen und so Entscheidungen zu manipulieren. Eine Zielsetzung war, gewisse Fragen «wegzuorganisieren», und Morgan war dabei eines ihrer Werkzeuge. Obwohl das Gehalt eines Staatssekretärs durchaus angemessen war, brachte der Posten nicht annähernd jene Summen ein, die sich Nätterquist immer erträumt hatte und die ihm Buster Droth lockend in Aussicht stellte. Jetzt wollte man ihn verstärkt unter Druck setzen. Daher das Vier-Gänge-Menü.

«Ich hoffe, es hat dir geschmeckt?», sagte Buster Droth.

«Es war wie immer köstlich.»

«Ich fand das geröstete Brot zur Ententrüffelpastete etwas zu kross, aber die Geschmäcker sind ja verschieden.» Er lächelte. «Wie ist das Leben in der Politik, Morgan?»

«Einer meiner Beamten hat Alkoholprobleme, ein anderer will, dass wir den Pausenraum umbauen.» Morgan Nätterquist lachte. «Spaß beiseite. Eines ist sicher, ich habe noch nie so hart gearbeitet wie in den letzten Jahren. Nicht einmal als Referendar.»

«Und die Familie?»

«Bekommt natürlich viel zu wenig Zeit ab. Ich habe eine liebevolle, tolerante Frau, aber alles hat seine Grenzen.»

«Manche Leute sagen, es gäbe Wichtigeres als nur Arbeit. Vielleicht haben sie recht.»

«Das bleibt abzuwarten.»

Buster Droth nickte, murmelte etwas Unverständliches und legte die Leinenserviette auf den Tisch. «Heute habe ich ein Anliegen, Morgan.»

«Mir schwante bereits, dass du nicht nur Gesellschaft

brauchst oder dir den neuesten Klatsch aus Regierungskreisen anhören möchtest.»

«Mir wird alles Mögliche zugetragen», sagte Buster Droth und musterte Morgan mit einem Lächeln. «Nicht nur über dich und deine Leute und eure Vergnügungen in der Bommersviker Sauna, sondern auch anderes, Unerfreulicheres, aber weitaus Wichtigeres.» Buster Droth sah Morgan an und lachte, ohne den Blick von ihm abzuwenden.

«Was?», fragte Morgan mit einem leichten Lächeln.

«Ihr Politiker», sagte Buster Droth und schüttelte den Kopf. Er trank einen Schluck Wasser. «Am Ende des Regenbogens gibt es ein Glas Marmelade für euch alle.» Er sah, wie Morgan Nätterquist blasser wurde. «Aber wie gesagt», fuhr Buster Droth fort, «erhalte ich glücklicherweise auch Informationen darüber, wer in der schwedischen Spitzenpolitik mit wem ins Bett steigt. Und diesen Informationen schenke ich ganz besondere Aufmerksamkeit. Da ich ein großzügiger Mensch bin, dachte ich, dass ich meinen Freunden, dir und deinen Kollegen, im Hinblick auf die kommende Wahl einen Teil dieser Information anbiete.»

«Wir sind dankbar für jede Hilfe», sagte Morgan Nätterquist, dachte an den Parteikongress in Sundsvall und schien einen Augenblick lang seine Fassung wiederzugewinnen. «Worum geht's denn?»

«Um einen Polizistenmörder, nach dem international gefahndet wird», sagte Buster Droth.

Momentan befanden sich zwei Polizistenmörder auf freiem Fuß. Die ermordeten Polizisten waren Leif Widengren, der 1992 bei einem Raubüberfall auf ein Postamt in Högdalen erschossen worden war, sowie Kay Orha und Göran Theorin, die 1989 auf dem Gut Töversta unter seltsamen Umständen ums Leben gekommen waren. Was den ersten Fall betraf, so würde früher oder später ein Bankräuber ins Netz gehen und in der Hoffnung auf Strafmilderung seinen ehemaligen Kumpanen verpfeifen. Im zweiten Fall gab es einen Verdächtigen: Max Lander. Zeugenaussagen, DNA-Spuren und alles Übrige genügten für eine Verurteilung. Ermittlung abgeschlossen, wie man zu sagen pflegte. Mit einem Resultat würden sich politisch Punkte gewinnen, das «Moderne Rechtswesen» lancieren lassen. Ein Rechtswesen, das sich nicht, wie bei der Opposition, nur auf das Strafmaß konzentrierte, sondern auf eine grenzübergreifende Zusammenarbeit abzielte, durch die Informationen eingeholt werden konnten, bis man den Schuldigen dingfest gemacht hatte. Unermüdlicher Einsatz für das Volk.

«Interessant», sagte Nätterquist und nickte.

«Mehr als das, lieber Morgan», sagte Buster Droth und strich das Tischtuch glatt. «Die Opposition wird versuchen, euch unter Druck zu setzen. Man wird eine härtere Linie von Seiten des Justizministeriums einfordern. Sie werden darauf hinweisen, dass ihr nur einen kleinen Teil der Straftaten aufklärt. Sie werden euch mit den Dänen vergleichen und darauf hinweisen, dass ihr der schwedischen Polizei zu sehr freie Hand gelassen habt. Dass die schwedische Regierung schlussendlich an der Krise des schwedischen Polizeiwesens schuld ist.»

«Gut möglich», meinte Nätterquist.

«Nein, *ganz gewiss*», berichtigte ihn Buster Droth. «Ich weiß, warum ich hin und wieder auch mit der Opposition essen gehe.»

Nätterquist wurde rot.

«Aber jetzt verhält es sich zufälligerweise so», fuhr Buster Droth fort, «dass es mir recht wäre, wenn ihr noch ein wenig länger an der Macht bleiben würdet. An unserer Zusammenarbeit war bislang nichts auszusetzen. Deswegen bin ich auch bereit, euch Informationen zu überlassen, die, wenn ihr eure Karten richtig ausspielt, zu einer Festnahme eines schwedischen Polizistenmörders führen können. Das würde euch einiges an positiver Presse bescheren und, clever genutzt, der Opposition das Maul stopfen in Bezug auf die Inkompetenz des Justizministeriums.»

«Darf ich fragen, woher du diese Informationen hast?»

«Das würde jetzt zu viel Zeit kosten.»

Nätterquist nickte resigniert. «Und was stellst du dir als Gegenleistung vor, denn ich gehe davon aus, dass wir das nicht umsonst bekommen?»

Droth lächelte ironisch. «Dasselbe, was ich dir zu bieten habe. Informationen. Dieses Mal allerdings aus dem Außenministerium.»

Nätterquist runzelte die Stirn und trommelte nervös mit den Fingern auf den Tisch. «Ich stehe natürlich mit dem Staatssekretär in Verbindung, da es viele gemeinsame Fragen gibt. Er, der Staatssekretär des Verteidigungsministeriums, und ich bezeichnen uns als den nationalen Sicherheitsrat.» Er sah Buster Droth an, aber die erwünschte Reaktion blieb aus. «Aber der Staatssekretär des Außenministeriums gibt nichts preis, was nicht den Justizbereich betrifft. Ich muss erst darüber nachdenken, wie sich das lösen ließe.»

«Ich hatte gehofft, dass du deine Politikerrolle im Büro lassen und nicht zum Essen mitbringen würdest.»

«Was soll das heißen? Glaubst du, es sei so simpel, einfach nur …»

«Jetzt stell dich doch nicht gleich quer, Morgan», fiel ihm Buster Droth ins Wort. «Ich weiß, dass du eine junge Frau aus Norrland flachlegst, die als Referentin im Außenministerium arbeitet. Da musst du ansetzen.»

Morgan Nätterquist blickte auf, und Buster Droth betrachtete ihn amüsiert. «Jetzt schau nicht so erstaunt drein. Das steht dir gar nicht.»

«Verdammt, Buster», flüsterte Nätterquist. «Ich habe Frau und Kinder.»

«Und ein Haus in Lännersta, wenn ich mich recht erinnere. Und mir müssen Frau und Kinder weiß Gott nicht in Erinnerung gerufen werden, Morgan.»

Eine Kellnerin trat an den Tisch und sah die Herren abwartend an. Buster Droth nickte, und sie ersetzte die halbleere Wasserflasche durch eine volle.

«Noch etwas zu trinken, Morgan?», fragte Buster Droth und legte der Kellnerin eine Hand auf den Unterarm.

Dieser schüttelte den Kopf. «Nein danke.»

«Noch einen für mich», sagte Buster Droth und deutete auf sein leeres Whiskyglas.

Morgan Nätterquist betrachtete den Rücken der Kellnerin, bis diese um eine Ecke verschwand.

«Du bist ja plötzlich ganz blass, Morgan.»

«Die Sache gefällt mir gar nicht.»

Buster beugte sich über den Tisch. «Und mir gefällt nicht, dass du dich von mir zu einem feudalen Essen einladen lässt und dich dann zierst, um den Preis für deine Dienste in die Höhe zu treiben. Wenn ich nicht wüsste, dass du einen richtig guten Draht zum Außenministerium hast, dann hätte ich verdammt noch mal jemand anderen zum Essen gebeten.»

Die Kellnerin erschien mit Buster Droths Glas und verschwand ebenso leise, wie sie gekommen war.

«Um welche Informationen geht es?», erkundigte sich Nätterquist resigniert.

«Die üblichen», erwiderte Buster Droth lächelnd. «Die entscheidenden.»

SCHLAFLOSIGKEIT

1

Tom Martinsson war eigentlich zu müde gewesen, um sich zur Arbeit zu quälen. Seine Rückenschmerzen strahlten in den rechten Arm bis zum Ellbogen aus. In seinem unbeholfenen, benommenen Zustand ging ihm alles nur in Zeitlupe von der Hand. Trotzdem saß er im Präsidium auf Kungsholmen an seinem Schreibtisch. Aus Pflichtgefühl, wie er sich einredete.

Die Müdigkeit hatte zwei Gründe. Zum einen war er die halbe Nacht aufgeblieben, hatte geschrieben und ein paar Gläser Whisky-Soda getrunken. Zum anderen war da die Arbeit.

Er hatte gehört, Bewegung sei schlaffördernd und dass es Leute gebe, die zu diesem Zwecke nachts spazieren gingen. Das lag ihm nicht. Andere lasen. Doch er wusste nicht, was, alles Wesentliche hatte er durch. Außerdem befanden sich alle seine Bücher außer Reichweite, weil er sie zusammen mit seiner Lieblingsmusik, seinem Wein und seinen Winterkleidern eingelagert hatte. Er hatte sich angewöhnt, ein oder zwei ordentliche Whiskys zu trinken und dann den Fernseher einzuschalten. Aber das hatte Albträume verursacht. Und Selbstverachtung.

Deswegen hatte er mit *Spoken Word* begonnen. Nach fast drei Jahrzehnten bei der Polizei und den letzten Jahren, in denen er sich mit Völkerrechtsfragen beschäftigte, hatte er einiges zu erzählen. Was er nicht gesehen hatte, war nicht zu sehen gewesen. Er war den Anzugträgern im Fernsehen überlegen, wenn es darum ging zu beschreiben, wie sich ein Mann in Ruanda fühlte, der nicht nur seine Familie verloren, sondern auch noch mit angehört hatte, wie sie vorher vergewaltigt und geschlachtet wurde. Derartiges in geeignete Worte zu fassen, hatte seine Nächte beansprucht. Er hatte eine Reihe von Gedichten geschrieben, die er jetzt einüben wollte, um sie bei einem Festival vorzutragen, das in drei Monaten irgendwo im Norden stattfinden würde. Einmal im Leben musste er Mut beweisen. Seine Kollegen hänselten ihn natürlich, aber sie nahmen ohnehin nichts ernst, was außerhalb der Arbeit stattfand, außer vielleicht Billard, Autos oder Frauen. Ihm war das egal. Sie hatten mit seinem Leben nichts zu tun.

Er war spät und angetrunken zu Bett gegangen und hatte dann auch noch schlecht geschlafen.

Er wohnte auf seinem Boot, das über den Winter in der Pampas Marina lag. Er war einundfünfzig Jahre alt. Ein Glück, dass seine Mutter nicht mehr lebte. Sie hätte sich über die miserablen Lebensumstände ihres jüngsten Sohnes zu Tode gesorgt. Frühmorgens hatte er sich im Toilettenspiegel des Fitnessraums betrachtet und den Eindruck gehabt, dass seine Haare mit jeder Woche schütterer wurden. Dass sein Gesicht runder und seine Nase breiter wurde. Bald würden sich Äderchen wie ein Spinnennetz über ihr ausbreiten. Verdammt noch mal, wahrscheinlich bin ich auch noch kleiner geworden, dachte er. Das Einzige, was ihm an seinem Gesicht gefiel und was immer noch unverändert war, waren seine leuchtend blauen Augen sowie seine geschwungene Oberlippe. Diese Dinge hatte seine Frau früher einmal an ihm geliebt. Jetzt liebte sie das Gesicht eines anderen, und deswegen wohnte er auf einem Boot.

Tom Martinsson leitete seit zwei Jahren die Kommission für Völkerrecht und Kriegsverbrechen der Staatskriminalpolizei. Dies war auch der Hauptgrund für seine Schlafstörungen, obwohl auch der mangelnde Komfort des Bootes dazu beigetragen hatte. Er hatte nicht so sehr über die Arbeit an sich nachgegrübelt wie über eine Person, die ihm vor einiger Zeit auf einer der vielen Konferenzen begegnet war. Er sann darüber nach, wozu diese Begegnung geführt hatte. Oder eher, wozu sie *nicht* geführt hatte.

Er öffnete den obersten Knopf seines karierten Hemds. Es war zerknittert. Bügeln war auf einem Segelboot, wie es sich ein Polizist leisten konnte, schwierig.

Der Mann, der seine Gedanken umtrieb, war ein serbischer Politiker. Er hatte berichtet, dass sich eine Sicherheitsfirma mit schwedischen Verbindungen Anfang der neunziger Jahre während des Krieges in Bosnien schwerer Verbrechen schuldig gemacht hatte. Offenbar waren diese Verbrechen im Auftrag einer Gruppierung der serbischen Miliz begangen und von der serbischen Führung sanktioniert worden. Eine der ersten Fragen, die sich Martinsson gestellt hatte, war natürlich die nach dem Ursprung dieser Informationen gewesen, woraufhin er erfuhr, dass diese aus der Machtzentrale in Belgrad stammen sollten. Da der Informant eine gehobene Stellung in der demokratischen Partei bekleidete, war dies durchaus denkbar.

Seit der Tagung waren fast vier Monate verstrichen, in denen es Tom Martinsson nicht gelungen war, die Informationen zu verifizieren. Immerhin hatte er gewisse Erkenntnisse gewonnen, die ihn ermutigten, weiter zu forschen. Da die Frage äußerst heikel war, hatte er seinen Chef, den Chef der Staatskriminalpolizei, Bo Nathansson, informiert. Er hatte die Ergebnisse mit Nachdruck vorgetragen und Nathansson erläutert, dass ein rascher Beschluss vonnöten sei und Mittel bereitgestellt werden müssten, um diese Sache weiterzuverfolgen. Doch danach hatten sich seltsame Dinge ereignet.

Denn eine Woche später hatte er sich, wie vereinbart, wieder bei Nathansson eingefunden und sich nach dessen Entscheidung erkundigt, und Nathansson hatte erklärt, die Sache – weil sie so heikel sei – an eine «höhere Instanz» weitergeleitet zu haben. Aus genau diesem Grund fiele die Angelegenheit jetzt auch nicht mehr in Martinssons Zuständigkeit.

«In wessen dann?», hatte er gefragt.

Nathansson hatte ihm mit seinem typischen Lächeln geantwortet, die Sache wäre in guten Händen und man würde auf ihn zurückkommen, sofern seine Expertise gefragt sei.

«Man?»

Erneutes Lächeln. «Vergiss die Sache einfach, Tom.» Dann wandte er ihm den Rücken zu. «Befehl.»

Seither hatte er nichts mehr gehört. Eine Woche war vergangen, und er konnte nichts vergessen.

Martinsson war sich ziemlich sicher, dass Nathansson mit «höherer Instanz» nicht den Staatspolizeichef Sten Rohde meinte. Nathansson verachtete Rohde und hielt ihn für einen Pfennigfuchser, der die Polizei nur dann für erfolgreich erachtete, wenn sie ihr Budget nicht sprengte. Musste zu diesem Zweck an der Fortbildung leitender Beamter und am Personenschutz für schwedische Politiker gespart werden, dann war das eben so.

Auch die Sicherheitspolizei wirkte eher unwahrscheinlich, daher nahm Martinsson an, dass es sich um politische Kontakte im Justiz- oder im Außenministerium handelte. Sicherlich hatte Nathansson Rohde bei der Kontaktaufnahme übergangen, da er sich von diesem nicht bevormunden lassen wollte.

Die Situation war nicht unkompliziert. Auch nicht für Nathansson. Rohde war zuvor Beamter im Justizministerium gewesen und besaß daher viele Kontakte in der politischen Sphäre. Falls also Nathansson zu dem Schluss gekommen war, aus politischen Gründen jemanden im Ministerium informieren zu müssen, dann musste er jemanden gewählt haben, der ihm loyaler gesinnt war als Rohde.

Vielleicht zog Nathansson einfach nur vor, dass sich ein anderer als Martinsson mit der Sache befasste, aber das wirkte eher unwahrscheinlich. Kurz gesagt, an der Sache war etwas faul, und das irritierte Martinsson. Das Gewicht der Informationen, die er Nathansson hatte zukommen lassen, erforderte Weiterleitung nach ganz oben, es sei denn, man hatte etwas zu verbergen. Tom Martinsson war zwar nie der durchsetzungsfähigste und intelligenteste Polizist im Lande gewesen, aber sein gesunder Menschenverstand war mehr als ausreichend, und damit hatte er bislang viele Rätsel gelöst.

Die Frage, die ihm den Schlaf raubte und seine Nächte in Anspruch nahm, die er sonst mit Grübeleien darüber verbrachte, was seine Frau und ihr neuer Freund wohl gerade trieben, war, ob er Nathanssons Befehl befolgen oder seine Ermittlung fortsetzen sollte, ohne es zu erzählen.

RÜCKKEHR

1

Der Mann an ihrem Küchentisch hatte ihnen ein paar Tage zuvor eine unglaubliche Geschichte erzählt. Was daran nachprüfbar war, entsprach der Wahrheit. Annie und Max hatten also keinen Grund zum Misstrauen. Positiv war, dass sie sich auf ihn verlassen konnten. Negativ war, dass sie überwacht wurden.

Annie hatte verifiziert, dass Thurston Richards 1941 in Honolulu geboren und in Connecticut aufgewachsen war. In New Haven hatte er das College besucht und dann 1963 in Harvard einen B.A. gemacht. Für die Presseagentur United Press war er zwei Jahre in Vietnam gewesen. Im Jahr 1964 heiratete er Katie Levey und bekam mit ihr einen Sohn, Jack, um sich vier Jahre später wieder von ihr zu trennen. Annie hatte Artikel von Thurston Richards in der New York Times, der Detroit Free Press und im Boston Globe gefunden. Der jüngste war vor drei Jahren erschienen und handelte vom Krieg in Jugoslawien.

Ein Detail, das Thurston Richards ausgelassen hatte, als er sich am ersten Abend vorgestellt und ihnen eine Liste mit Namen und Telefonnummern gegeben hatte, die sie anrufen konnten, um seine Story zu überprüfen, war der Tod seines Sohnes gewesen. Annie hatte herausgefunden, dass Jack nach Boston gezogen war und dort an der University of Massachusetts studiert hatte. Mit zweiundzwanzig hatte er sich in Boston aus Protest gegen den Irak-Krieg mit Benzin übergossen und angezündet.

Offenbar hatte sich Thurston Richards zu diesem Zeitpunkt im Irak aufgehalten. Auf der Beerdigung war er gar nicht gewesen.

Thurston Richards informierte Annie und Max, dass ein Mann, der Mikael Storm heiße oder sich zumindest so nenne, sie überwache. Laut eigener Aussage arbeite er für einen gewissen Avram, einen Verbündeten Božko Magaš'. Also für Vitomir Jozak.

Storm befand sich offenbar selbst auf der Flucht vor der schwedischen Justiz, und ihr guter Freund Patrik hatte für sie herausgefunden, dass ihn das Amtsgericht Malmö in seiner Abwesenheit wegen umfassenden Betrugs verurteilt hatte. Storm war entkommen, hatte seinen Komplizen jedoch ins Messer laufen lassen. Er hatte sich mit dem Geld davongemacht, während sein Komplize in Malmö zu sechs Jahren verurteilt worden war und sich jetzt im Kumlaer Gefängnis die Zeit vertrieb. Laut Patrik waren die Anführer einiger bekannter Rockerbanden in die Betrügereien verwickelt gewesen und suchten nun mit größter Wahrscheinlichkeit nach Storm. Das legte aber auch nahe, dass sich Storm mit jemandem verbündet hatte, der brutal genug war, um ihm die Rocker vom Hals zu halten. Also Jozak.

Thurston Richards hatte ihnen außerdem reichlich an Beweisen dafür geliefert, dass ihnen Storm im letzten Jahr tatsächlich auf den Fersen gewesen war. Er beschrieb das Haus, in dem sie an der Ecke Via Azzano San Paolo und Via Roma nur ein paar hundert Meter vom Flughafen Bergamo Orio al Serio entfernt gewohnt hatten. Er erzählte, Storm habe sie danach mittels ihrer Bestellung englischer Bücher bei einem der größeren Internetbuchhändler aufgespürt. Offenbar hatte er den Kundendienst recht mühelos davon überzeugen können, dass er seine Bestellungen kontrollieren wolle. Dafür waren nur eine phonetisch korrekte Version des Namens und ein guter Vorwand vonnöten gewesen.

Max und Annie hatten nicht lange unter falschen Namen gelebt. Sie waren zwar untergetaucht, logen aber so wenig wie möglich. Die falschen Pässe, die sie von Vitomir Jozak erhalten hatten, lagen für Notfälle zuunterst in einer Tasche. Sie hielten es für das Beste, gefälschte Papiere gar nicht erst Teil ihres Alltags werden zu lassen. Stattdessen gaben sie Namen an, die ihren richtigen sehr ähnlich waren. Aus Max wurde Mats. Annie wurde zu Anna. Lander wurde Lundberg.

Es war ihre dritte Begegnung. Laut Thurston Richards würde Mikael Storm in ein paar Tagen nach Patras zurückkehren. Vorher mussten einige Entscheidungen getroffen werden.

«Wir glauben dir», begann Annie. «Ich habe mich umgehört und mit einigen der Leute gesprochen, die du mir genannt hast. Wir haben auch Storm überprüft. Wie du auch bereits angedeutet hast, wirkt es, als habe er seinen Kompagnon betrogen.»

«Und dann hat er sich mit der Kohle aus dem Staub gemacht», sagte Richards und schüttelte den Kopf.

«Wir verstehen allerdings nicht so recht, was dich zu uns führt», sagte Max.

«Genügt es nicht, dass ich euch helfen will?», fragte Thurston und lächelte.

«Nein», antwortete Annie.

«Da habe ich ja Glück, dass es noch eine bessere Erklärung gibt», sagte Thurston. «Aber die ist etwas umständlicher. Ich habe eine ganze Weile nachgedacht und bin zu dem Schluss gekommen, dass ich mit dem Anfang beginnen muss.»

«Und der wäre?», wollte Max wissen.

«Was wisst ihr über die Situation im ehemaligen Jugoslawien?» Thurston sah erst Annie an, dann Max.

«Nur das, was ich im Fernsehen darüber gesehen habe», meinte Max. «Mehr nicht.»

«Zu wenig», ergänzte Annie. «Ich gebe das nicht gerne zu, aber wir waren mit anderen Dingen beschäftigt.»

Thurston nickte. «Das ging vielen so, in Europa und auch in meiner Heimat.»

«Aber von einer Journalistin sollte man mehr erwarten können», meinte Annie.

«Da gebe ich dir an und für sich recht», erwiderte Thurston, «aber auch ein Journalist darf gelegentlich geweckt werden, ohne gleich ein schlechtes Gewissen haben zu müssen, weil er eingeschlafen ist.» Er rieb sich die Hände und streckte den Rücken durch. «Eine der ersten Geschichten aus Bosnien, die mir zu Ohren kam, handelte von einer Neunjährigen. Das muss irgendwann Mitte 1992 gewesen sein, und ich hatte keinerlei Pläne, noch einmal über einen Konfliktherd zu schreiben. Aber die Geschichte des Mädchens erinnerte mich daran, dass wir hinsichtlich des Bösen zu wenig Phantasie besitzen. Die Geschichte öffnete mir die Augen und schärfte mit einem Mal meinen Blick.»

Er goss sich ein Glas Wasser ein und trank einen Schluck.

«Das Mädchen ist also neun Jahre alt und Muslimin. Sie wohnt in Brčko im Norden Bosniens. Sie wird von serbischer Miliz vergewaltigt. Sie lassen sie vor einem Zaun liegen, damit sie dort verblutet. Auf der anderen Seite des Zauns haben sie ihre Eltern eingesperrt. Diese müssen ihrer Tochter zwei Tage lang beim Verbluten zusehen.»

Er sah Annie an und fuhr fort: «Ich fand, dass es eine der schlimmsten Geschichten war, die ich je gehört hatte. Ich glaubte sie und versuchte, sie zu veröffentlichen, aber niemand wollte sie drucken. Also beschloss ich, weiter zu recherchieren. Recht schnell stieß ich auf ähnliche Geschichten, und mit der Zeit verstand ich, dass Milošević diese Übergriffe zu einem Teil seiner Taktik gemacht hatte. Es begann immer damit, dass die Artillerie ein Dorf unter Beschuss nahm. Dann kam die Infanterie und nahm den Männern ihre Waffen ab. Frauen und Kinder mussten fliehen. Wenn das Militär weiterzog, blieben die Miliz und andere zurück und steckten alles in Brand, vergewaltigten Frauen und plünderten, was noch übrig war. Nach ein paar Stunden war von einem Dorf nicht mehr übrig als ein Haufen Asche voller Leichen und schrecklicher Erinnerungen.»

«Und die Gegenseite?», fragte Annie. «Hatte sie dieselbe Taktik?»

«Das ist eine gute Frage, die sich mit Ja und Nein beantworten lässt. Milošević war der größte Schurke. Ohne ihn hätte es dieses Begräbnis Jugoslawiens nicht gegeben. Ich berufe mich zwar nur ungern auf die CIA als Informationsquelle, aber laut dieser gehen neunzig Prozent der Grausamkeiten auf das Konto der Serben. Ihr könnt ja selber entscheiden, ob ihr diesen Angaben Glauben schenken wollt oder nicht. Ich weiß nur, dass viele Journalisten anfänglich zögerten, sich auf eine bestimmte Seite zu schlagen. Ich allerdings nicht. Viele suchten Belege, dass auf beiden Seiten Grausamkeiten verübt wurden, und stellten zu diesem Zwecke aufwendige Recherchen an. Damit hatte es ein Ende, als wir Zugang zu den Konzentrationslagern der Serben erhielten und die ersten Fotos und Zeugenaussagen publizierten. Damals erfuhren wir auch zum ersten Mal von den Vergewaltigungshäusern.»

«Vergewaltigungshäusern?» Max wurde sichtlich blass.

«Häuser, Lager, in denen die Miliz bosnische Mädchen gefangen hielt und sie vergewaltigte. Ich erinnere mich noch, dass ich mich mit einem Kollegen eines Abends darüber unterhielt, ob das wirklich stimmen könne.»

«Und? Stimmte es?»

«Wir fuhren in die entsprechende Gegend, in der es mehrere solcher Lager geben sollte. Omarska, Trnopolje, Karaterm. Wohin wir auch kamen, erfuhren wir von immer schlimmeren Vorkommnissen. Dass die Grausamkeiten gleichmäßig verteilt seien, darauf beharrte nach wie vor nur die amerikanische Regierung. Das wirkte schon damals lächerlich. Anfänglich behaupteten Bush und sein Pack, dass sich Serben und Bosnier bereits seit fünfhundert Jahren hassten und dass niemand außer ihnen selber den Konflikt lösen könne, dann übernahm Clinton diese idiotische Doktrin. Er und Gore erdreisteten sich sogar, bei Larry King zu behaupten, Serben und Bosnier stritten bereits seit *tausend* Jahren.»

«Und aus welchem Grund?», fragte Max.

«Weil sie keine jungen Amerikaner nach Bosnien schicken wollten, denn dieses Land war den USA vollkommen egal. Erste Vergleiche mit Vietnam wurden laut, die amerikanische Bevölkerung blieb gleichgültig. Die betroffene Region war für die USA wirtschaftlich nicht von Interesse, und der Krieg wurde auf unwegsamem Terrain ausgetragen. Die Vergleiche mit Vietnam ließen jeden amerikanischen Politiker erschauern, dann ging er zum nächsten Punkt der Tagesordnung über. Um entsprechende Kritik zu vermeiden, schickten die USA Truppen nach Somalia, um der Welt zu demonstrieren, dass sie keineswegs davor zurückschreckten einzugreifen und dass der Beschluss, sich aus Bosnien rauszuhalten, nichts mit dem Umstand zu tun habe, dass die Bosnier Moslems seien. Das war natürlich Blödsinn. Der Einsatz in Somalia hatte jedoch zur Folge, dass Milošević nun kein Eingreifen der USA mehr befürchten musste, da diese anderweitig ausreichend beschäftigt waren. Er erhielt also im Großen und Ganzen grünes Licht, wie gehabt weiterzumachen. Miloševićs Scharfschützen schossen gezielt auf UNO-Soldaten und bewegten sie damit zur Heimkehr. Weiter würde nichts passieren. Dann nahmen sie Srebrenica ein. Das folgende Entsetzen entsprach jenem nach My Lai. Die Umwelt wusste, dass die Serben zu den abscheulichsten Taten fähig waren, aber ihrer Phantasie waren Grenzen gesetzt. Nach Srebrenica hielten selbst die Quäker und Human Rights Watch ein militärisches Eingreifen für richtig, um alldem ein Ende zu bereiten.»

«Und welche Entdeckung führte dich hierher?», wollte Annie wissen.

«Im Jahr 1995 geschah etwas: Ganz unerwartet gelang es der kroatischen Seite, die serbischen Truppen zurückzutreiben, die daraufhin von der Nato drei Wochen lang bombardiert wurden. Plötzlich hatte Milošević schlechtere Karten, und im Nu saßen alle in Dayton, um über einen Frieden zu verhandeln. Kurz darauf stellte sich heraus, dass die kroatische Seite von einem amerikanischen Unternehmen Hilfe erhalten hatte.»

Thurston sah Max und Annie an.

«Einem amerikanischen Unternehmen?», fragte Max.

Thurston nickte.

«Das den Kroaten auf welche Weise half?», fragte Annie.

«Mit militärischer Ausbildung, personeller Unterstützung und sicherlich, trotz Embargo, auch mit Waffen. Die Beteiligung an dem Einsatz steht außer Zweifel, obwohl sich das fragliche Unternehmen nicht dazu bekannt hat, denn die Kroaten haben sich anschließend für die Unterstützung bedankt. Außerdem versuchte dann auch die bosnische Seite, dieses Unternehmen anzuheuern.»

«Söldner?»

Thurston beugte sich über den Tisch. «Söldner hat es ja schon immer gegeben. Aber in diesem Fall handelte es sich nicht nur um verrückte französische Fremdenlegionäre, die den Krieg erleben wollten, sondern um richtige Unternehmen, die Teil größerer Konzerne sind und die ihre Leute an alle Seiten des Konflikts vermieteten. Derartige Unternehmen aus Nato-Ländern kämpften also bei den Serben, den Bosniern und den Kroaten mit, und neunzig Prozent ihrer Angestellten waren ehemalige Berufssoldaten. Als die Nato schließlich eingriff, lief sie Gefahr, eigenen Leute, die man selbst ausgebildet hatte, gegenüberzustehen.»

«Die an allen Grausamkeiten beteiligt waren», sagte Annie.

Thurston nickte.

Annie fuhr fort: «Amerikanische Soldaten zogen also für Milošević in den Krieg und waren bei Kriegsverbrechen anwesend oder begingen sie sogar selbst.»

«Genau», erwiderte Thurston. «Dies ist auch der Grund dafür, dass ich mich nach wie vor mit diesem Konflikt befasse. Die USA verzichteten darauf, Menschen in Not beizustehen. Gleichzeitig schickten amerikanische Firmen Söldner in diesen Krieg, die die Lage nur noch verschärften. Genau wie Deutschland, Frankreich, Großbritannien und andere Länder. Dort war es genau dasselbe. Es gibt Zahlen, die besagen, dass die Truppen aller Seiten zu zehn Prozent aus Ausländern bestanden, aber schon da ...»

«Rein hypothetisch», unterbrach ihn Annie und klopfte mit dem Zeigefinger auf den Tisch, «könnte die von dir erwähnte Neunjährige von einem französischen oder amerikanischen Soldaten vergewaltigt und ermordet worden sein, dessen Arbeitgeber, ein Unternehmen, dafür bezahlt wurde?»

Thurston nickte bedächtig. «*Diesem* Mädchen, *diesem* Unternehmen und *diesem* Soldaten gilt meine Suche. Über diese Personen will ich berichten, bis die ganze Welt von ihnen weiß.»

«Worauf wartest du noch?», fragte Annie und breitete die Arme aus.

«Ich muss sie erst finden», antwortete Thurston Richards. «Darum bin ich hier.»

«Und?»

«Ich brauche eure Hilfe.»

2

Söldner waren nichts Neues. Schon in der Bibel wurde beschrieben, wie der Pharao die Israeliten mit Hilfe einer Armee, die zum Teil aus verdingten Ausländern bestand, aus Ägypten vertrieb. Mit der Zeit organisierten sie sich zu Gesellschaften. Es dauerte bis zur französischen Revolution und zu Napoleon, ehe die Rolle der Söldner jedenfalls vorübergehend ein Ende nahm. Aber die Zeit verging, und die Einzigen, die dann Lincoln bei seiner Amtseinführung beschützen wollten, kamen von der privaten Firma Pinkerton. Während der Kolonisierung in den 1950er und 1960er Jahren hatten die Söldner dann wieder sehr viel zu tun. Im Kongo beschäftigten die Grubenunternehmen Privatarmeen, die sogenannten *Les Affreux*.

Der globale Frieden, von dem man Ende der achziger Jahre geträumt hatte, blieb aus. Es kam im Gegenteil noch schlimmer. Wo man Licht erwartet hatte, senkte sich Finsternis. Nach Ende des Kalten Krieges verdoppelte sich die Zahl der Bürgerkriege. Die staatlichen Armeen reduzierten die Zahl ihrer Soldaten nach 1989 um sieben Millionen, sieben Millionen Menschen, die plötzlich ein Einkommen benötigten. Amerikaner, Russen, Südafrikaner. Fast siebzig Prozent der ehemaligen KGB-Agenten schlossen sich den Privatarmeen an. Wenn sie nur die Hand ausstreckten, erhielten sie eine Waffe. Und Waffen gab es viele. Nach der deutschen Wiedervereinigung wurde das Waffenarsenal der DDR auf dem Flohmarkt verhökert. Ein Maschinengewehr war schon für sechzig Dollar zu haben. Die Privatarmeen bewaffneten sich, die Kartelle in Kolumbien sogar bis zu den Zähnen. Bereitwillig zahlten sie vierzigtausend Dollar für einen T-55-Panzerwagen. Es wurden auch weiter Waffen produziert, und so fielen die Preise für Gebrauchtwaffen immer weiter. Eine halbe Milliarde Handfeuerwaffen waren auf dem Markt, und in Kenia war eine AK-47 zum Preis einer Ziege zu haben.

Nach Verschwinden der beiden Supermächte erhielten eine Menge Staaten keine Hilfe mehr. Somalier und Bosnier lernten, dass die USA nur sehr widerwillig eingriffen, von Europa ganz zu schweigen. Europa schaute nur mit den Händen in den Hosentaschen zu. Wie Kissinger einmal sagte: «Welche Telefonnummer hat überhaupt Europa?» Das Mandat der UNO wurde aufgeweicht. Anfang der neunziger Jahre hatte es noch über 80 000 Blauhelme gegeben. Dann kamen Bosnien, Somalia und Ruanda, und die UNO rüstete ab.

Das war die Stunde der PMEs, der Private Military Enterprises. Diese waren wie alle anderen Unternehmen organisiert, mit dem Unterschied, dass ihr Tätigkeitsfeld in einem Bereich angesiedelt war, auf den früher die Staaten das Monopol gehabt hatten: den Krieg. Das Geschäft lief gut. Die Firmen, die Thurston kannte, bedienten Kunden im gesamten moralischen Spektrum – von Diktatoren über Rebellengruppen und Rauschgiftkartellen bis hin zu souveränen Staaten, geachteten Multis und humanitären Organisationen. Es gab sie auf der ganzen Welt, und mit London als inoffiziellem Zentrum waren sie auf der ganzen Welt tätig. Viele PMEs besaßen eine schöne Zentrale in London, hatten aber den Geschäftssitz auf den Bahamas oder den Cayman Islands. Diese Firmen hießen Omega Support, Panasac, White Plains, Bridge Resources oder Longreach PTY Ltd. Der Kurs der an der Börse notierten Firmen hatte bislang in den neunziger Jahren das Doppelte des Dow Jones zugelegt.

«Wie verdienen sie ihr Geld?», fragte Annie. Sie saßen immer noch, mitgenommen von dem, was Thurston ihnen erzählt hatte, am Tisch.

«Es liegt in der Natur der Sache, dass nicht alle Kunden liquide sind. Aber das heißt nicht, dass sie nicht bezahlen könnten. Nehmen wir einmal die englische Firma BH, die in Südafrika registriert ist, aber einer Holding mit einem Büro an einer noblen Adresse in London gehört. Diese Holding besitzt auch eine Reihe Gruben und Ölquellen in aller Welt. Gleichzeitig ist sie Mitbesitzerin einer Firma, der Diamond Group, die ihrerseits an der Börse in Kanada notiert ist. Wir stellen uns also vor, dass die erste Firma, BH, einen Auftrag in Sierra Leone oder in Bosnien übernimmt. Da es kein Geld zum Bezahlen gibt, erhält BH die Konzession für eine Erzgrube, ein Ölvorkommen oder etwas Ähnliches. Die Holding vermittelt das Geschäft zwischen BH und der Diamond Group, und diese kauft die Konzession. BH bekommt das Geld, der Kunde seine Privatarmee, und die Diamond Group kann ihren Aktionären eine Neuerwerbung präsentieren.»

«Funktioniert das so?»

«Leider. Viele der Größten gehören den Multis mit einer großen Produktpalette außerhalb der Branche. So kommt es wiederum zu interessanten Verbindungen.»

«Zum Beispiel?»

«Etwa Vinnell. Die fingen als Bauunternehmen an und bauten unter anderem das Dodger Stadium, sind aber jetzt fast ausschließlich eine Militärfirma. Das saudi-arabische Regime ist Vinnell-Kunde. Vinnell ist ein Tochterunternehmen von BDM. Besitzer von BDM ist die Carlyle Group, wo Frank Carlucci, der Verteidigungsminister unter Reagan, im Aufsichtsrat sitzt. Wahrscheinlich wird der ehemalige Präsident George H. W. Bush demnächst dort Senior Advisor. Das sind interessante Verbindungen.»

«Also», meinte Annie, «Firmen, die in Kriegsverbrechen verwickelt sind, Firmen, die sich auf zweifelhafte Art bezahlen lassen, Firmen, die Multis gehören. Du hast versucht, das aufzudröseln. Also noch einmal: Warum bist du hier? Inwiefern können wir dir helfen? Und wie kommst du auf die Idee, dass wir überhaupt daran interessiert sind?»

Thurston lächelte. «Eine dieser Firmen gehört deinem Bruder.»

3

Annie betrachtete die Schatten an der Decke. Sie dachte an ihren kleinen Jungen. Er fehlte ihr unglaublich, aber so wie sich die Situation in den letzten Jahren gestaltet hatte, hatten sie ihn nicht mitnehmen können, darüber waren Max und sie sich einig gewesen. Trotzdem fragte sie sich ständig, ob es die richtige Entscheidung gewesen war. Sie hatte sich auch tausend Mal gefragt, ob es damals richtig gewesen war, den Morden an den Mädchen nachzugehen. Die Antwort hatte jedoch immer Ja gelautet.

Man hatte sie auf dem Gut Töversta eingesperrt, bis Max sie gefunden hatte und Chaos ausgebrochen war. Drei Männer, die für Vitomir Jozak gearbeitet hatten, einer von ihnen sein Bruder, waren kurz nach Max in Töversta eingetroffen. Es war zu einer Schießerei gekommen, und Kay Orha und der zweite Polizist, von dem sie später erfahren hatte, dass er Göran Theorin hieß, hatten diese nicht überlebt. Jozaks Männer hatten Max und sie aus Töversta fortgebracht. Kurz darauf war ein Polizist auf das Gut gekommen und hatte die beiden Leichen der Polizisten dort gefunden. Er hatte ein Fahrzeug observiert. Ihres. Später war der Tod der beiden Polizisten nach Verwechslungen und Vertuschungen Max als Mord in die Schuhe geschoben worden, um zu verbergen, was die beiden Polizisten verbrochen hatten.

In diesem Augenblick war etwas in ihr gestorben, und während all der Jahre auf der Flucht hatte sie nie mehr den Ehrgeiz verspürt, der früher ihr Leben bestimmt hatte. Erst jetzt wieder. Thurstons Geschichte hatte wieder die Lust in ihr geweckt, der Wahrheit auf den Grund zu gehen und denjenigen, der die Schuld trug, bezahlen zu lassen.

Sie setzte sich im Bett auf.

Dein Bruder, dachte sie. Sie konnte sich nicht erinnern, dass ihr je zuvor jemand in die Augen gesehen und diese Worte ausgesprochen hatte. Sie konnte der Sache allerdings weiterhin den Rücken zukehren und Buster Droth ohne ihre Einmischung ungestört seinen Machenschaften überlassen. Aber das gedachte sie nicht zu tun.

4

Martinsson saß in einem Pub in der Rörstrandsgatan und hatte bereits zwei Bier getrunken. Der Mann, den er treffen wollte, hatte ihm mitgeteilt, er würde sich verspäten, und es gab keinen Grund, einfach dazusitzen und in die Luft zu starren. Also hatte er den Barkeeper gebeten, ihm ein Bier zu servieren, das er noch nie probiert hatte. Ein Ale aus Schottland, das offenbar in einer der wenigen Brauereien gebraut wurde, die noch nicht an einen der Konzerne verkauft worden waren.

Martinsson wollte seinen ehemaligen Kollegen Engwall treffen. Dieser war vor ein paar Jahren in den privaten Sektor gewechselt und inzwischen im mittleren Management eines der größten schwedischen Sicherheitsunternehmen tätig. Zufälligerweise kümmerte sich diese Firma auch um die Bewachung der

Regierungsgebäude. Man führte die Listen über die Besucher der verschiedenen Ministerien. Statt also offiziell anzufragen und so eine Menge Staub aufzuwirbeln, hatte Martinsson seinen ehemaligen Kollegen angerufen und ihn um einen Gefallen gebeten. Die Firma hatte ihre Zentrale im Norden Kungsholmens, und der Pub lag für Engwall mehr oder weniger auf dem Heimweg.

Soweit Martinsson wusste, existierte eine Besucherliste pro Gebäude. Eine Liste konnte also Besuche bei mehreren Ministerien umfassen. Wenn seine Theorie stimmte, dass Nathansson die Politik meinte, wenn er von «höherer Instanz» sprach, konnte es nur um das Außen- oder das Justizministerium gehen, und deswegen hatte Martinsson zu seinem ehemaligen Kollegen gesagt, er interessiere sich für das Objekt Rosenbad 4.

Engwall trat ein und sah sich um. Martinsson erhob sich und winkte.

«Raschen Schrittes wie immer», meinte er und streckte die Hand aus.

«Und du bist wie immer der Schmeichler», antwortete Engwall und schüttelte Martinsson die Hand.

«Nimm Platz», sagte Martinsson und setzte sich wieder. «Ich kann dir ein Bier empfehlen, das du sicher noch nicht kennst.»

«Leider kann ich nicht bleiben», erwiderte Engwall. «Krise zu Hause. Du weißt, wie das ist.»

Allerdings, dachte Martinsson. Das weiß ich. «Okay, dann eben beim nächsten Mal.»

Engwall zog einen Umschlag aus der Innentasche und legte ihn auf den Tisch. Dann beugte er sich zu Martinsson vor. «Nächstes Mal ist eine Einladung zum Essen fällig, Tom, allerdings etwas Edleres und kein Pub.»

5

«Ich bin dazu bereit», sagte Annie und berichtigte sich, noch ehe Thurston etwas entgegnen konnte. «Wir sind bereit.»

Thurston wirkte zufrieden. «Auf diese Antwort hatte ich gehofft, und ich muss wohl nicht extra darauf hinweisen, dass ihr euch auf eine ziemlich gefährliche Recherche einlasst.»

«Dir ist vielleicht noch nicht aufgefallen, wie wir leben», meinte Max.

«Doch, durchaus», sagte Thurston. «Aber wir befinden uns in Griechenland, und dort kann es gefährlich sein, die serbische Kriegsführung zu kritisieren. Ich habe serbische, bosnische und kroatische Freunde und mache keine Unterschiede. Aber meiner Meinung nach sollte die serbische Militärführung vorzugsweise so bald wie möglich vor Gericht gestellt werden. Aber in dieser Frage gehen meine Ansicht und die des alten Griechenland auseinander.»

«Und welcher Ansicht sind die Griechen?», wollte Annie wissen.

«Die Griechen halten zu Karadžić und Milošević und zwar nicht nur die Politiker, die Kirche und die Medien, sondern auch die Bevölkerung.»

«Warum das?», fragte Max.

«Gewohnheit, vermute ich. Sie haben Verständnis für Nationalismus. Die glauben doch selbst, dass sie direkt von den Göttern abstammen.» Er lachte.

Im Sommer 1993 hatte der Patriarch Serapheim Radovan Karadžić persönlich eingeladen und ihn im Fußballstadion von Piräus unter freiem Himmel geehrt. Nach Beginn der Beschießung von Sarajewo hatte kein einziger bekannter griechischer

Politiker, Geschäftsmann, Entertainer, Geistlicher, Filmregisseur, Schriftsteller oder irgendeine andere öffentliche Person den Mut oder das Herz besessen, die Taten des serbischen Militärs zu verurteilen. Thurston Richards Traum von Griechenland war schon lange verlorengegangen. Sein Traum von Europa ebenfalls. Das Urteil über seine eigene Heimat hing noch in der Schwebe.

«Außerdem sind sie gegen die Nato und die USA.»

«Aber sie sind doch selbst in der Nato», wandte Annie ein.

«Das spielt keine Rolle.» Thurston kratzte sich seinen Kinnbart. «Ich habe einen griechischen Arzt interviewt, der von sich behauptet, der Mittelsmann zwischen dem damaligen Ministerpräsidenten Papandreou und Karadžić gewesen zu sein. Er meint, die Griechen hätten während des Krieges in Bosnien die Nato-Pläne des Luftangriffs auf serbische Stellungen verraten.» Thurston betrachtete Annie und Max lächelnd. «Ich weiß», fuhr er fort, «dieser Arzt sagt, diese Informationen seien vom Nato-Hauptquartier in Neapel nach Athen gekommen und er hätte sie weitergeleitet. Schließlich hätte die Nato entdeckt, dass irgendwo eine undichte Stelle war, und die Griechen daraufhin nicht mehr gebrieft. Wer weiß, vielleicht gibt es ja jetzt andere Länder, die was von Milošević wollen, und die machen es jetzt, was den Kosovo betrifft, genauso?»

«Ihr seid doch beide Journalisten, Journalisten sind doch immun?», meinte Max.

«Ich will eine kleine Geschichte erzählen, um zu erläutern, mit was für Leuten wir es zu tun haben.» Thurston trank einen Schluck Kaffee. «Vor einigen Monaten, im September, war ich in Srbinje, einer Stadt an der Drina. Bis vor einigen Jahren hieß sie noch Foča, dann wurde sie in Srbinje, Stadt der Serben, umgetauft. Im Krieg sind dort fürchterliche Dinge geschehen. Als mein Fotograf und ich dort eintrafen, wurde gerade der Stadtrat gewählt, und wir waren nicht die Einzigen, die darüber berichten wollten. Auch die Vertreter der Organisation für Sicherheit und Zusammenarbeit in Europa waren dort. Eines Abends sind wir unterwegs und fotografieren, da tritt ein Mann aus einem Haus und fordert uns auf, damit aufzuhören. Er ist kein Polizist oder so, eher im Gegenteil. Auf seine Hände sind Schlangen tätowiert, und er stinkt wie eine ganze Brauerei. Er macht uns deutlich, dass wir in sein Revier eingedrungen sind. Aber der Fotograf, ein Grieche, reagiert sofort und sagt, dass wir griechische Journalisten sind, und da verändert sich die Lage vollkommen. Der Mann gibt uns die Hand, nennt uns seine Brüder und fragt uns, ob wir bei einem Glas Raki ein paar Geschichten aus dem Krieg hören wollen. Wenn wir zahlen, wird er erzählen.»

«Und habt ihr bezahlt?», fragte Annie.

«Ich habe mitgespielt und gefragt, was für Geschichten er denn erzählen könne. ‹Wie wir die Moslems in der Sporthalle gefickt haben›, antwortete er. Ich lehnte ab, und wir gingen. Er rief hinter uns her, aber als wir einfach weitergingen, wurde ihm vermutlich klar, dass wir seine Auffassungen nicht teilten. Da schrie er hinter uns her, er würde uns die Kehle durchschneiden. Dann rief er nach seinen Freunden in der Bar.»

«Und dann?»

«Wir rannten, so schnell wir konnten. Ich bin kein geborener Läufer, so viel ist sicher. Aber wir kamen davon und meldeten den Vorfall der OSSE. Aber die wollten nichts unternehmen und es nur der örtlichen Polizei weitermelden, und die kümmerte das natürlich einen Scheißdreck. Und wisst ihr, warum?» Thurston fasste ihr Schweigen als Nein auf. «Weil alle unseren Freund mit den Schlangen kannten. Im Tribunal in Den Haag wurde zwar Anklage gegen ihn erhoben, aber er läuft trotzdem immer noch in den Straßen der Stadt, in der er seine Verbrechen begangen hat, frei herum. Die Anklage in Den Haag hatte auf diesen Burschen dieselbe Wirkung wie eine Schneeflocke auf den Potomac. Er hatte in der Stadt das Sagen und kümmerte sich um alle, die nicht dasselbe wollten wie er. Die Polizei hatte er in der Tasche.» Thurston trank den letzten Schluck Kaffee und sah erst Annie und dann Max an. Max meinte: «Alles ist schließlich mit einem Risiko behaftet, aber wir sind zu dritt und teilen das Risiko.»

Thurston erhob sich. «Ich wäre wirklich froh, wenn ihr beiden mich unterstützen könntet, aber denkt daran, was ich gesagt habe.»

Annie und Max sahen sich an und nickten.

«Wir sind dabei», sagte Annie.

6

Seit dem Umzug seiner Familie nach London bewohnte Buster Droth bei Besuchen in seiner Heimatstadt die Wohnung in der Grev Magnigatan meist allein. Seine Frau und seine beiden Töchter begleiteten ihn nur selten. Seine Frau brachte die Töchter morgens in die zwanzig Minuten von ihrem Haus in Belgravia entfernte Schule in der Lonsdale Road. Womit sie sich den Rest des Tages beschäftigte, wusste er nicht.

Er selbst hielt sich geschäftlich oft in Stockholm auf, und heute stand, wie immer kurzfristig, ein Treffen mit Martin Hellsten an.

Er empfing Hellsten im Arbeitszimmer. Obwohl sie regelmäßig telefonierten, waren seit ihrem letzten Treffen fast zwei Monate verstrichen. Hellsten wurde in ein paar Monaten 65, aber noch gab es keine Pläne, ihn in den Ruhestand zu schicken.

«Komm rein, Martin!» Buster Droth erhob sich hinter seinem Schreibtisch, trat auf Martin zu, um ihm die Hand zu schütteln, und deutete dann auf die Sitzgruppe am anderen Ende des Zimmers. «Am Schreibtisch ist es zu formell», sagte er und nahm lächelnd Platz, wobei er unvermittelt an den Zahn der Zeit dachte, vielleicht, weil es ihn inzwischen zunehmend anstrengte, sich von einem Stuhl zu erheben, vielleicht aber auch, weil Martin Hellsten bereits im Dienste der Familie gewesen war, als sein Vater noch gelebt hatte. «Wie lange arbeitest du eigentlich schon für die Familie, Martin?»

«Dein Vater hat mich im Oktober 1978 angestellt», antwortete Martin Hellsten. «Ich bin also bald zwanzig Jahre für die Familie tätig.»

«Und die meisten davon sehr verdienstvoll», meinte Buster. «Du hast hoffentlich nicht vor, in Rente zu gehen, nur weil du fünfundsechzig wirst.»

«Wahrscheinlicher ist, dass du an einem Freitagabend, wenn ich fünfundachtzig bin, ein Abschiedsessen für mich veranstaltest, um mich am Montagmorgen wieder durch die Tür stiefeln zu sehen.»

«Wenn du die Königliche Tennishalle auch weiterhin so regelmäßig aufsuchst, dann können wir darauf hoffen», meinte Buster. «Also, was gibt es Neues?»

«Ich habe Ende letzter Woche Bo Nathansson getroffen.» Hellsten goss sich ein Glas Wasser aus der Karaffe ein, die auf dem kleinen Tisch zwischen den Sesseln stand. «Es war im Übrigen sein 67. Geburtstag.»

«Ein weiterer loyaler Beamter», meinte Buster Droth lächelnd und vollführte eine abwehrende Handbewegung, als ihm Hellsten die Wasserkaraffe hinhielt. «Und was hatte Bo zu sagen?»

«Das alte Lied natürlich, nämlich welch ein Kretin Sten Rohde sei, der sich vornehmlich für das Budget interessierte, während ihm die Bezirkspolizeidirektoren in den Großstädten auf der Nase herumtanzten.» Hellsten lächelte. «Offenbar hat er an einem Projekt, für das Nathansson verantwortlich ist, bemängelt, es sei zu altmännerlastig.»

«Das kann Bo nicht sonderlich entzückt haben.»

«Sie hassen sich. Bis aufs Blut.»

«Hat er sich nur über seinen Chef beklagt oder die Botschaft auch an den Wächter am Tor weitergeleitet?»

Martin Hellsten lachte. «Ich glaube, dass sich Morgan Nätterquist lieber als die Person sieht, die alle Fäden in der Hand hält, als einen simplen Torwächter.»

«Soll er sich sehen, wie er will», sagte Buster Droth, «für mich ist er ein Torwächter.»

Martin Hellsten nickte und trank einen Schluck Wasser.

«Nathansson hat Nätterquist im Ministerium aufgesucht und den Eindruck erhalten, dass dieser die Botschaft verstanden hat.»

«Und die Botschaft lautete?»

«Die Frage, ob schwedische Firmen am Krieg in Bosnien beteiligt gewesen seien, schnellstens unter den Teppich zu kehren.» Er sah Buster Droth an. «Die Beamten und anderen Ministerien von dieser Frage abzuschirmen und dafür zu sorgen, dass sie nicht die politische Sphäre erreichte, wenn man so will. Und sie von der Tagesordnung verschwinden zu lassen, falls sie jemals dorthin gelangen sollte.»

«Unter den Teppich», sagte Buster Droth und lächelte. «Das gefällt mir.»

«Sofern ich Nathansson richtig verstanden habe, musste er gar nicht erst drohen. Dass Nätterquist plötzlich kalkweiß im Gesicht geworden war, sprach Bände. Er schien verstanden zu haben, mit wem er sich anlegt, falls er die Empfehlungen nicht befolgte.»

«Es war also die Mühe wert, ein Abendessen durchzustehen, um ihm klarzumachen, dass wir die Daumenschrauben anziehen können, und um ein paar Nebelbomben zu zünden.»

«Aber sicher.»

«Und das Treffen wurde dokumentiert, nehme ich an?»

«Durchaus. Im Falle eines Problems verfügt Nathansson über alles Nötige, um die Frage auf die Regierung abzuwälzen.»

«Eine politische Trophäe, die wir unseren Freunden von der Opposition gegen eine schöne Bezahlung anbieten können.»

Hellsten nickte. «Sollte Morgan über diese Sache stürzen, reißt er den Minister mit.»

«Und unser nächster Schritt?»

«Wir warten noch eine Weile, dann setzen wir uns wieder mit Nätterquist in Verbindung. Wir gaben ihm zu verstehen, dass wir von seinem Treffen mit Nathansson wissen und auch den Grund dafür kennen. Spätestens dann erkennt er die Zusammenhänge und versteht, wie er sich zu verhalten hat, um weitermachen zu können, ohne seine Glaubwürdigkeit zu verlieren.»

«Und wenn nicht?»

Hellsten zuckte mit den Achseln. «Ich glaube nicht, dass ihm etwas anderes übrig bleibt, als es zu begreifen, aber sicherheitshalber können wir ihn intensiver bewachen lassen. Dann werden wir benachrichtigt, sobald er sich mehr als die bislang routinemäßige Untreue zuschulden kommen lässt.»

«Gut», antwortete Buster. «Eine bestechende Planung, Martin. Du läufst wirklich zu Hochform auf.»

«Danke. Ich hoffe, dass wir unsere Drohung nicht in die Tat umsetzen müssen. Das wäre dann ein richtiger Erfolg. Ein Sieg, von dem niemand etwas erfährt.»

7

Es war kurz nach neun. Max hatte mit Oliven gefülltes Zitronenhuhn zubereitet und trocknete gerade das letzte Geschirr ab.

Etwas früher an diesem Tag hatten sie Thurston Richards in einem Café in der Agiou Nikolaou getroffen.

Noch ein paar Tage würden verstreichen, ehe Storm wieder in Patras war. Was danach geschah, wussten sie nicht. Entweder blieben sie an Ort und Stelle oder sahen sich, je nach Entwicklung der Dinge, genötigt weiterzuziehen. In diesem Fall würden sie keine Spuren hinterlassen, damit Mikael Storm und seine Auftraggeber sie nicht weiter verfolgen konnten.

«Hast du das Gefühl, dass wir uns vollkommen auf Thurston verlassen können?», fragte Max.

«Natürlich nicht, aber nichts deutet darauf hin, dass er uns Schaden zufügen will.»

Max nahm wieder Platz. «Es wirkt nur so bizarr, dass …»

«Ich hatte auch gehofft, den Namen Buster Droth nie wieder hören zu müssen», fiel Annie ihm ins Wort. «Aber das war vielleicht naiv. Schließlich können wir nicht aus unserer eigenen Haut schlüpfen, Max. Da lässt sich nichts machen. Damit müssen wir leben.»

Auf dem Weg zur Toilette gab sie Max einen Kuss in den Nacken.

Laut Thurston Richards hatte Storm berichtet, für einige Schweden zu arbeiten, von denen einer der mit Božko Magaš verbündete Avram war. Über Magaš wusste Annie nicht mehr, als was in den Zeitungen gestanden hatte. Sie musste noch weitere Informationen über ihn einholen, um mit Sicherheit sagen zu können, für wen Storm arbeitete. Bis auf weiteres ging sie davon aus, dass es Vitomir Jozak war. Max und sie lebten nun schon viele Jahre von Jozak unbewacht im Exil. Zumindest, sofern sie das beurteilen konnten. Seit Bergamo schien Storm sie im Auge behalten zu haben, vorher jedoch nicht. Dorthin waren sie über Grasse gereist. Und vorher, als ihr Sohn Mingus noch mit von der Partie gewesen war, hatten sie an einer Handvoll anderer Orte gewohnt. Grasse hatten sie verlassen, nachdem ihnen zu Ohren gekommen war, dass man sich in ihrem Wohnviertel nach ihnen erkundigt hatte. Vielleicht hatte es ja dort begonnen. Falls Jozak dahintersteckte, wollte er offenbar genau wissen, wo sie sich aufhielten, und es nicht riskieren, sie aus den Augen zu verlieren. Die Frage war nur, warum?

Wenn sie für Jozak plötzlich eine Bedrohung darstellten, würde er alles tun, um diese zu eliminieren. Am Abend zuvor hatte Max Patrik angerufen, um ihn anzuweisen, ganz besonders gut auf Mingus aufzupassen, denn Mingus war bei Patrik. Annie spürte, wie sehr sich ihr Herz beim Gedanken an ihren Sohn zusammenzog. Sie konnte nur hoffen, dass ihm nichts zustieß. Patrik hatte ihr versprochen, ihn keinen Moment aus den Augen zu lassen, und ihn in der Schule krankgemeldet. Er würde ein paar Tage zu Hause bleiben, bis sie mehr wussten.

Patrik hatte vor anderthalb Jahren Mingus' Vormundschaft übernommen. Annie und Max hatten sich mit Patriks Frau Lisa auf dem Parkplatz eines Einkaufszentrums in Norditalien getroffen und waren ohne ihren Sohn zurückgekehrt.

Das war einer der schmerzhaftesten Augenblicke gewesen, den Annie und Max je erlebt hatten. Aber Annie tröstete sich damit, dass er bei Patrik und Lisa in so guten Händen war. Und hoffentlich würde es nicht mehr so lange dauern, bis sie wieder zusammen sein konnten.

Annie stand im Badezimmer und musterte ihr Spiegelbild, während sie sich die Zähne putzte. Ihr Gesicht und ihr Körper hatten sich verändert, aber ihre Augen waren noch die gleichen wie damals, als sie dem Schicksal der toten Mädchen in Stockholm nachzugehen begann. Jetzt. Lange hatten auch ihre Augen einer anderen gehört. Der Blick im Spiegel war von Erlebnissen gezeichnet gewesen und war es noch immer. Aber was geschehen war, bestimmte sie nicht mehr vollständig. Nun war sie bereit, den Heimweg anzutreten.

Sie spuckte die Zahncreme aus, gurgelte, massierte die Wangen, ohne ihr Spiegelbild aus den Augen zu lassen. Sie reckte sich. Schob die Brust vor. Sie hatte immer noch einen schönen Busen. Ihre Brüste waren klein, fand sie, aber es war nicht zu sehen, dass sie ein Kind zur Welt gebracht hatte. Ihr Körper war athletisch, obwohl sie schon lange nicht mehr trainiert hatte. Aber es hatte eine Zeit intensiven Trainings gegeben. Als ob ihr Gegenschlag physischer Natur sein könnte.

Sie schob ihr Haar aus der Stirn und hinter die Ohren. Dann ließ sie es wieder nach vorne fallen und betrachtete sich lange unter den Strähnen. Sie betrachtete ihren Mund und ihre Brustwarzen, die durch den BH durchschienen. Sie rief Max.

«Ich habe mich hingelegt», antwortete er aus dem Schlafzimmer.

«Ich weiß. Komm her.»

«Was ist?», fragte er und erschien nackt in der Tür. «Du bist jetzt schon seit einer Ewigkeit im Bad.»

Sie hielt ihm eine Schere hin. «Ich will, dass du mir die Haare schneidest.»

Er zog die Brauen hoch und lehnte sich an den Türrahmen. «Haare schneiden?»

«Yes», erwiderte sie und drückte ihm die Schere in die Hand.

«Du weißt schon, Simson, dessen Stärke in seinen Haaren lag. Ich glaube, bei mir ist das umgekehrt. Ich will mich davon befreien.»

«Wäre es nicht besser, zum Friseur zu gehen?», fragte Max und sah die Schere entgeistert an.

Annie zog einen kleinen Hocker unter dem Waschbecken hervor und setzte sich darauf. Ihre Blicke kreuzten sich im Spiegel. «Fang an.» Max begann, ihr vorsichtig und hochkonzentriert die Haare zu schneiden. Sie waren im Laufe der Jahre dunkel geworden, und er hatte das eine oder andere graue Haar entdeckt. Er betrachtete sie im Spiegel, schaute weg und schnitt weiter. Sanft strich er ihr Haar von der Schulter und ließ die Hand dann dort liegen.

Als er mit dem Pony fertig war, schnitt er die Seiten. Vorsichtig bog er ihre Ohren nach vorn und genoss das Gefühl der weichen Haut, die er so oft geküsst hatte, unter seinen Fingern. Dann neigte er ihren Kopf nach unten, um ihren Nacken zu schneiden. Sie war klein. Er betrachtete sie im Spiegel, ihren flachen Bauch und ihre Brüste, die perfekt in seine Hände passten. Ihr Slip war cremefarben und schmiegte sich an ihren Po, den er immer geliebt hatte.

Er fuhr damit fort, ein paar vorstehende Haarbüschel zu begradigen, aber das würde keinen Unterschied machen. Er war fertig, wollte aber einfach noch nicht aufhören. Er legte die Schere beiseite und bürstete mit beiden Händen die kleinen Härchen beiseite. «Bleib sitzen», sagte er, als sie aufschaute und sich ihre Blicke begegneten.

Sie schloss die Augen und senkte den Kopf. Er zog das Rückenteil ihres BHs zu sich und bürstete die Haare weg, die sich dort verfangen hatten. Sie öffnete den Verschluss.

Annie schob die Schultern nach hinten und streckte den Rücken durch. Er küsste ihren Nacken und legte seine Arme um sie.

Sie drehte ihren Kopf und erwiderte seinen Kuss. Seine Hand bewegte sich von ihrer Brust abwärts. Sie richtete sich etwas auf, legte ihm eine Hand ins Kreuz und zog ihn an sich. Er glitt unter sie und setzte sich mit ihr auf dem Schoß auf den Hocker. Er wollte sie überall berühren, nirgends verweilen, sondern weitermachen und zurückkehren. Sie zog ihren Slip beiseite. Ihre Blicke begegneten sich im Spiegel. Sie lächelten, als täten sie etwas Verbotenes.

Sie fanden sich. Sie liebten sich. Sie kamen.

8

Tom Martinsson bekam sein zweites Bier an diesem Abend. Ein Deuchars. Der Pub in der Rörstrandgatan lag nicht nur in der Nähe seines vorübergehenden Zuhauses, sondern servierte auch die besten Spare Ribs der Stadt und hatte die netteste Bedienung des Viertels. Nur im äußersten Notfall aß er im Boot zu Abend, und der Pub war so etwas wie sein Stammlokal geworden. In den letzten Wochen war er auch dorthin gegangen, um gute Musik zu hören und ein paar India Pale Ale zu trinken, während er sich alles immer wieder durch den Kopf gehen ließ. Gerade jetzt hatte er das Gefühl, so festgefahren zu sein, dass nicht einmal mehr Spare Ribs, Bier oder Neil Young halfen.

Er hatte Informationen über Morgan Nätterquist eingeholt, den Mann, den Bo Nathansson einige Tage nach Erhalt der Notiz aufgesucht hatte. Der Umschlag von Engwall hatte recht interessante Fakten enthalten. Er begriff nur nicht, wie er sie mit dem übrigen Geschehen in Verbindung bringen sollte.

Morgan Nätterquist war, sicherlich für viele unerwartet, vor fast fünf Jahren von der Juristerei in die Politik gewechselt und hatte nach der Wahl 94 den Posten des Staatssekretärs im Justizministerium übernommen. Nachdem Martinsson in seinem Bekanntenkreis herumgefragt hatte, der sich mit politischen Intrigen auskannte, sah er es bestätigt, dass Staatssekretäre mit derart eingeschränkter politischer Erfahrung ungewöhnlich waren, aber doch ab und zu in Erscheinung traten. Bereits Fälldin hatte eine Reihe von Staatssekretären beschäftigt, deren privatwirtschaftliche Erfahrungen ihre politischen Qualifikationen weit übertroffen hatten.

Vor seinem Eintritt in die Regierungskanzlei Rosenbad war Nätterquist Partner einer namhaften Rechtsanwaltskanzlei gewesen und, wenn Martinsson das richtig verstand, auf Wirtschaftsrecht spezialisiert gewesen. Mit Akquise kannte er sich aus, der Rest ergab für ihn keinen Sinn. Soweit er beurteilen konnte, unterschied sich Nätterquists Karriere nicht sonderlich davon, was ihn in einer Anwaltskanzlei erwartet hätte, außer dass sie vielleicht etwas schneller verlaufen war als üblich. Er hatte als Assessor begonnen, war dann am Amtsgericht Stockholm zugelassen worden und bereits nach fünf Jahren zum Partner aufgestiegen. Offenbar war das ein ungewöhnlich rascher Werdegang.

Eine Frau in seinem Alter ging am Tresen vorbei und sah ihm in die Augen. Tom Martinsson wartete ein paar Sekunden und drehte sich dann in dem Moment um, als sie an ihrem Tisch Platz nahm. An dem ein Mann saß. Fünf Jahre, dachte Martinsson. Was kann in fünf Jahren nicht alles passieren.

Er betrachtete sich im Spiegel hinter dem Tresen. Du bist nicht in der Kneipe, um Frauen kennenzulernen, ermahnte er sich. Verliebe dich erst einmal ein wenig in dich selbst, ehe du versuchst, dich in jemand anderes zu verlieben.

Er prostete seinem Spiegelbild zu und kehrte in Gedanken wieder zu Morgan Nätterquist zurück.

Es handelte sich also um einen unerwarteten Karrierewechsel von der Wirtschaft in die Politik. Vorher eine erfolgreiche Laufbahn in einer Rechtsanwaltskanzlei, die sich vor allen Dingen dadurch ausgezeichnet hatte, dass er schneller aufgestiegen war als der Durchschnitt. Vielleicht waren die Leute, mit denen er gesprochen hatte, allesamt Neider gewesen. Niemand mochte Menschen, die auf Nätterquists Art und Weise erfolgreich waren. Alles wirkte so simpel. Er war jung, intelligent, gutaussehend, hatte Erfolg auf einem Gebiet, sattelte um und war weiterhin erfolgreich. Aber irgendetwas daran erregte Martinssons Neugier. Einmal ist keinmal, dachte er, aber zweimal, das kann kein Zufall sein.

Nathansson hatte Nätterquist aus irgendeinem Grund aufgesucht. Nätterquist besaß ein für einen Staatssekretär ungewöhnliches Profil. Aber Martinsson konnte die Zusammenhänge nicht erkennen und wusste auch nicht, wie es ihm gelingen sollte, sie herauszufinden.

Er trommelte mit den Fingern auf den Tresen. Erst langsam, dann schneller, um schließlich mit einem erhobenen Finger innezuhalten.

Sein plötzlicher Einfall würde ihn, wie er augenblicklich realisierte, weiterbringen, eine Erkenntnis, die ihm Unbehagen bereitete.

Er musste mehr über Nätterquist in Erfahrung bringen und darüber, was ihn innerhalb kürzester Zeit zu einem mächtigen Mann gemacht hatte. Außerdem interessierte ihn, was diesen mit Nathansson verband. Er kannte nur eine Person, die sich in der Welt der sogenannten Wirtschaft auskannte, was kein sonderliches Problem dargestellt hätte, wenn Tom Martinsson diese Person nicht verabscheut hätte. Ein Gefühl, das zudem auf Gegenseitigkeit beruhte.

Er leerte sein Bier und bestellte sich noch eins.

9

Annie saß in der Stadtbücherei in Patras am Computer. Vor ihr standen drei Tischreihen, an denen jedoch nur wenige Leute saßen. Neben ihr waren Gänge mit Regalen. Weitere Regale befanden sich über ihr auf einer Galerie. Es gab vier Computer, aber nur der ihre wurde benutzt.

Sie öffnete eine Suchmaschine und trug den Namen Božko Magaš in die Suchmaske ein. Es gab zwei Treffer, die ihr Interesse erregten.

INTERNATIONALER STRAFGERICHTSHOF FÜR DAS EHEMALIGE JUGOSLAWIEN

IT-97-26

ANKLÄGERIN DES TRIBUNALS
GEGEN
BOŽKO MAGAŠ

ANKLAGE

Die Anklägerin des Internationalen Strafgerichtshofes für das ehemalige Jugoslawien erhebt nach Artikel 18 Anklage gegen:

Božko Magaš

für VERBRECHEN GEGEN DIE MENSCHLICHKEIT, SCHWERE VERGEHEN GEGEN DIE GENFER KONVENTION und VERGEHEN GEGEN DAS KRIEGSRECHT, näher erläutert unten.

Annie überflog die Klageschrift. Dann klickte sie auf den nächsten Treffer. Die Homepage der Zeitung Aftonbladet.

Mord von Schmugglerliga verübt

Eine gestohlene Ladung Zigaretten im Wert von mehreren Millionen Kronen könnte das Motiv für den Mord an einem 34-jährigen Kriminellen in Masmo darstellen.

Im Zigarettenkrieg, der vergangenen Sommer ausbrach, sind bereits Mordanschläge auf mehrere weitere Personen verübt worden.

Bei den Attentaten geht man von einer Verbindung zum «Paten» aus

Sowohl in Polizeikreisen als auch in der Unterwelt zirkulieren seit längerer Zeit Hinweise darauf, dass die beiden Kindheitsfreunde, der Kriegsverbrecher Božko Magaš und der 47-jährige, als «Pate» bekannte Stockholmer Kriminelle das Attentat zu verantworten haben.

Magaš war während des Krieges im ehemaligen Jugoslawien als Anführer einer eigenen Privatarmee sehr berüchtigt und gefürchtet.

Dieser Armee wird vorgeworfen, während des langen Krieges Tausende von Menschen kaltblütig hingerichtet zu haben.

Magaš brachte der Krieg, hauptsächlich durch den Schmuggel von Öl, Alkohol und Zigaretten, ein Vermögen ein.

Dies gelang ihm offenbar vor allem, indem er nach dem Beschluss der schwedischen Regierung, die Tabaksteuer zu erhöhen, den Schmuggel von Zigaretten aus dem ehemaligen Jugoslawien nach Schweden betrieb.

Der «Pate» war Vitomir Jozak. Božko Magaš wurde der Kriegsverbrechen im ehemaligen Jugoslawien bezichtigt. Sie waren von Kindheit an befreundet. Sie überlegte, welche Folgen es wohl haben würde, wenn Magaš wirklich in die Machenschaften verwickelt war, über die Thurston und sie schreiben wollten.

Sie druckte die Artikel aus und legte sie in das Notizbuch in ihrer Tasche.

Max erwartete sie in der Tür und küsste sie auf die Stirn. «Wir haben Besuch», sagte er, und schon erschien Thurston hinter seinem Rücken.

«Wow», sagte er und breitete die Arme aus. «Das ist wirklich eine schicke Frisur.»

«Max hat mir die Haare geschnitten», sagte Annie.

Thurston nickte anerkennend. «Du siehst strahlend aus.»

Sie begaben sich ins Wohnzimmer, und Thurston griff zu der Kaffeetasse, die er von Max bekommen hatte, und trank einen Schluck. «Ich bin gekommen, um euch zu erzählen, dass wir Glück haben. Und zwar doppeltes», sagte er.

«Das haben wir auch verdient», sagte Annie und nahm auf dem Sofa Platz.

«Die erste gute Neuigkeit ist, dass sich Mikael Storm verspätet hat. Sein Auftrag endet erst in ein paar Tagen, und er kehrt vermutlich erst in drei Tagen hierher zurück.»

«Hast du mit ihm geredet?», fragte Annie.

Thurston nickte. «Er rief mich gestern Abend in der Bar an und bat mich nachzusehen, ob in eurer Wohnung Licht brennt, was ich dann auch tat.» Thurston lachte. «Also bleiben uns noch ein paar Tage, die wir auch bitter nötig haben, denn die zweite gute Neuigkeit ist, dass ich den Namen einer Person erhalten habe, die wir treffen können.»

«Von wem?»

«Von einem waschechten Söldner.»

10

«Wer euch geraten hat, mit mir zu reden, hätte euch ruhig auch sagen können, dass ihr Geld mitbringen sollt.» Der Mann, der sich Arkady nannte, musterte Thurston abschätzig. Er hatte eine lange Nase, eine niedrige Stirn, Bartstoppeln und gerade noch so viel Haar, dass es die Ohren umrahmte. Er war fast zwei Meter groß und unter seiner schwarzen Daunenjacke recht schmal. «Wenn du die Hand nach deinem Bier ausstreckst, rutscht der Ärmel zurück, und man sieht deine schöne Armbanduhr. Erzähl mir also bloß nicht, dass ihr kein Geld habt.» Er sah Annie an. «Ich bin wie so ein Supermodel, das erst aufsteht, wenn es sein Geld bekommen hat. Aber wie dir sicher schon aufgefallen ist, habe ich für ein Model ein etwas zu markantes Gesicht.» Er blinzelte. «Aber ich will Geld sehen. Ich bin Berater, kein Verräter. Ich verpfeife niemanden, ich berate. Okay?»

Nenn es, wie du willst, dachte Annie. «Okay», sagte sie.

Sie zog einen Packen Scheine aus der Tasche und reichte ihn Arkady, der das Geld in Empfang nahm und zählte. Er nickte und ließ es in seiner Tasche verschwinden. «Ihr habt soeben ein wenig Beratung erstanden. Verschwendet eure Zeit nicht.»

«Gut. Dann kommen wir gleich zum Thema», sagte Thurston.

Annie und Thurston hatten sich auf ein System geeinigt. Er würde die Fragen stellen. Und sie würde Arkady beobachten und sich alles Wichtige notieren und Lügen oder Schwächen zu entdecken suchen, die gezielte Folgefragen ermöglichen würden.

«Wenn ich es richtig verstanden habe», begann Thurston, «hast du Anfang der Neunziger auf der serbischen Seite gekämpft.»

Arkady nickte.

«Aber du bist Russe?»

«Richtig.»

«Du bist Auftragskämpfer?»

«Ja. *Kontraktniki.*»

«In welchen Gebieten hast du gekämpft?»

«Überwiegend im östlichen und nördlichen Bosnien. Bijelina. Foča. Überall, wo ich gebraucht wurde.»

«Kannst du ein wenig erzählen, was geschah?»

«Was geschah, geschah. Aber darüber will niemand reden.»

«Weil das, was ihr getan habt, falsch war?», fragte Annie.

Arkady musterte sie.

«Ich persönlich habe nichts falsch gemacht. Wenn ich in den Krieg ziehe, sind alle, die auf mich schießen, meine Feinde.»

«Du schämst dich also nicht für das, was geschah?»

«Scham gehört nicht in einen Krieg. Und es war Krieg.»

«Aber alle sind wir doch wohl Menschen, selbst in einem Krieg?»

«Soldaten», entgegnete Arkady. «Die Befehle befolgen. Und wie ich schon sagte, alle, die auf mich schießen, sind meine Feinde.»

Thurston warf Annie einen Blick zu, und diese verkniff sich ihre nächste Frage.

«Wer hat dich angeheuert?», setzte Thurston die Befragung fort.

«Die serbische Miliz.»

«Über eine Firma, oder wie funktionierte das?»

Arkady lachte höhnisch. «Ich habe meine Prinzipien. Erstens, ich will Geld sehen. Vierhundert D-Mark habe ich im Monat gekostet. Gut. Viele Russen bekamen nur die Hälfte. Wer zahlt, beschäftigt mich. Ein anderes Prinzip ist, Befehle zu befolgen. Wer zahlt, darf einen Befehl erteilen, und ich befolge ihn.»

«Selbst wenn dieser Befehl gegen das Kriegsrecht verstößt?»

«Im Krieg existiert kein Recht.»

«Nur damit ich das jetzt richtig verstehe. Wenn es keine Regeln gibt, dann sind also auch Vergewaltigungen erlaubt?», mischte sich Annie ein.

Thurston gab Annie ein Zeichen, sich zu mäßigen. Sie mussten ihm einen oder mehrere Namen entlocken, ehe sie wieder gingen. Wenn sie ihn allzu sehr unter Druck setzte, dann konnte es geschehen, dass der Russe aufstand, ehe sie überhaupt etwas in Erfahrung gebracht hatten.

«Falls du nach serbischen Ganoven suchst, die den Krieg genutzt haben, um zu ficken und Diebstähle zu begehen, dann musst du nach Argentinien oder Chile fahren», antwortete Arkady nach einer kurzen Pause. «Denn dort verstecken sie sich. Und auch einige hier in Griechenland, heißt es.» Er lehnte sich über den Tisch und hielt mit einer übertriebenen Geste die Hand vor den Mund. «Darüber spricht man hier in Griechenland nur ungern, aber es wurde geflaggt, als Srebrenica fiel.» Er grinste und lehnte sich zurück. «Ich selbst bin ein guter Christ. Ich kämpfte für Geld, und nicht weil jemand das falsche Blut oder den falschen Gott hatte. Andere Russen sagen, sie seien hierhergekommen, um ihre serbischen Brüder vor dem Islam zu retten, weil der russische Staat das nicht tat. Kann ja so sein. Ich bin jedenfalls wegen des Geldes gekommen.»

«Wenn wir uns mit einigen von denen in Verbindung setzen möchten, die hier in Griechenland leben, kannst du uns dann dabei behilflich sein?»

Arkady zuckte mit den Schultern und zündete sich eine Zigarette an.

«Kannst du uns irgendwelche Namen nennen?», fragte Annie.

Arkady blies den Rauch in ihre Richtung. «Wo kommst du eigentlich her?» Er kniff die Augen zusammen. «Amerikanerin bist du nicht. Und Griechin auch nicht.»

«Ich will ja nicht unhöflich sein, aber was hat das mit dieser Sache zu tun?»

«Es hat insofern mit der Sache zu tun, als ich es langsam leid bin, deine Fragen zu beantworten, aber selbst keine Antworten zu erhalten. Und du scheinst viele Fragen zu haben.»

Sie sah Thurston aus den Augenwinkeln an. «Aus Skandinavien», sagte sie.

Er lachte. «Ich habe nicht studiert und kenne nicht so komplizierte Wörter wie du, aber ich weiß, dass Skandinavien kein Land ist.» Seine Augen waren schmal und braun. «Versuch nicht, Katz und Maus mit mir zu spielen, wenn du möchtest, dass ich sitzen bleibe, nachdem ich mein Bier ausgetrunken habe.»

«Schweden», sagte sie.

«Hm», erwiderte Arkady und lächelte. «In Stockholm war ich mal. Schöne Mädchen. Selbst wenn du es mir nicht erzählt hättest, hätte ich es erraten und an deiner Miene erkannt, dass ich recht habe. Ich kann gut in Gesichtern lesen, selbst in hübschen.»

«Das ist ja schön. Wie war das jetzt mit den Namen? Kannst du uns welche geben?»

«Nenn mir einfach welche, dann sage ich ja oder nein.»

«Avram Gavric», sagte Thurston.

Arkady schüttelte den Kopf.

«Božko Magaš», sagte Annie.

Thurston hätte ihr am liebsten unter dem Tisch ans Schienbein getreten.

«Nächster», antwortete Arkady und schaute auf die Uhr. Er trank zwei große Schlucke Bier. «Das Bier ist gleich zu Ende. Und eure Zeit auch.»

«Du hast nicht geantwortet.»

«Es gibt Dinge und Menschen, über die man nicht spricht.»

«Was passiert, wenn man über Magaš spricht?»

«Frag Giška.»

«Und wo treffen wir den?»

«Unter der Erde und in der Erinnerung seiner Mutter.»

«Okay», sagte Thurston. «Noch einmal zu den Namen.»

«Ich kann euch beliebig viele Namen geben, aber ihr werdet niemanden finden. Denn alle verstecken sich vor dem Tribunal oder vor Milošević.»

«Okay», erwiderte Annie und riss einen Zettel von ihrem Block ab. Sie schrieb die Telefonnummer der Bar auf, die ihrer Wohnung gegenüberlag. «Ruf an, wenn dir noch etwas einfällt», sagte sie. «Im Augenblick verschwenden wir nur deine und unsere Zeit.» Sie schob das Papier zu Arkady hinüber und erhob sich.

Arkady drückte seine Zigarette aus und sah sich rasch um. «Setz dich wieder hin», sagte er. «Ich kann euch etwas Besseres liefern als ein paar serbische Ganoven.»

«Und zwar?», fragte Thurston.

Arkady wartete ab, bis sie sich wieder gesetzt hatte. «Einen Schweden.»

«Einen Schweden, der mit den Serben gekämpft hat?», fragte Thurston.

«Yes», antwortete Arkady und zündete sich eine neue Zigarette an. «Aus Serbien kamen Leute aus vielen verschiedenen

Ländern. Engländer, Deutsche, Belgier und auch ein paar Schweden. Einen von ihnen habe ich besonders gut kennengelernt. In Foča haben wir zusammen eine Moschee gesprengt.» Er lachte bei dieser Erinnerung. «Falls ihr ihn findet, kann er euch sicher viel erzählen. Er redete immer zu viel. Aber ich habe nichts zu verbergen, was mich betrifft.»

«Erinnerst du dich an seinen Namen?», fragte Annie.

«Natürlich. Wir haben zusammen gekämpft.»

«Und wie hieß er?»

Arkady schüttelte den Kopf und fuchtelte mit dem Zeigefinger vor Annies Gesicht herum.

«Ich dachte, du wolltest uns etwas geben.»

«Ich habe euch doch erklärt, dass ich ein Berater bin.»

«Und was willst du?», fragte Annie.

Arkady betrachtete sie und dann Thurston. Ein Lächeln überzog sein Gesicht. «Du hast eine schöne Uhr», sagte er und deutete auf Thurstons linkes Handgelenk.

«Ich habe sie von meinem Vater bekommen, der sie von seinem Vater hatte.»

«So eine hätte ich gerne.»

«Mein Vater war Soldat und ist in Pearl Harbor gefallen.»

«Wenn du etwas von mir willst, musst du mir auch etwas geben», sagte Arkady und streckte die Hand aus.

Thurston sah Annie an, nahm langsam die Uhr ab und legte sie auf den Tisch. Arkady nahm sie und legte sie sich ums Handgelenk. Dann streckte er beide Handgelenke über den Tisch. Eine Uhr an jedem. «Als Gegenleistung für die Uhr, die jetzt Arkady gehört, möchtet ihr jetzt also, dass ich euch den Namen eines schwedischen Kontraktniki nenne?»

Sie nickten.

«K. J. Jensen», sagte er und betonte jeden Buchstaben.

11

Vitomir Jozak saß am Schreibtisch in seinem Büro in der Grev Turegatan. Er trug graue Anzughosen. Die aufgekrempelten Ärmel spannten über seinem Bizeps. Das Hemd war am Hals aufgeknöpft und entblößte eine schwere Goldkette, die seinem kleinen Bruder Ranko gehört hatte.

Auf der anderen Seite des Tisches saßen Dordje, den er zu seinem Nachfolger ausersehen hatte, und Avram Gavric, sein engster und langjährigster Mitarbeiter. Vitomir hatte Dordje während seiner Studienzeit auf der Handelshochschule den Lohn weiter gezahlt. Er brauchte keinen zusätzlichen Rausschmeißer, sondern jemanden, der die Fähigkeit besaß, das erwirtschaftete Geld woanders als auf der Straße arbeiten zu lassen.

Das Telefon klingelte und unterbrach Avram mitten im Satz. Vitomir Jozak drückte auf die Lautsprechertaste und sagte: «Hallo?»

«Hier ist Jusa», meldete sich eine Stimme am anderen Ende.

Jusuf Ašanin, ein Verbündeter aus Belgrad und Božko Magaš' rechte Hand.

«Jusa, mein Freund», sagte Vitomir. «Ich habe den Lautsprecher an. Djordje und Avram sind hier.»

«Wie geht's, Jusa?», rief Avram.

«Gut, und euch?»

«Wunderbar», sagte Vitomir und stützte sich mit den Ellbogen auf den Tisch.

«Was tut sich bei euch?», meinte Avram. «Wann macht ihr die Idioten von der UÇK endlich fertig?» Er lachte. Die UÇK war die Befreiungsarmee Kosovos. Die albanischen Terroristen machten ernsthaft Ärger. Clintons Sonderbotschafter für den Balkan,

Robert Gelbard, hatte in einem Statement erklärt, dass die UÇK definitiv eine terroristische Vereinigung sei. Das war ein erster Fingerzeig darauf, dass es okay war, sie mittels Bomben zu vernichten.

«Bald, hoffe ich. Die Amis haben uns ja grünes Licht gegeben. Sonst bekommen wir noch größere Probleme.»

«Worauf warten die noch?»

«Bislang haben die Albaner nur mit ihren Heckenschützen auf unsere Polizisten geschossen, aber wir wissen, dass sie sich schwerere Waffen beschafft haben. Sie haben ihren Stützpunkt in Priština. Bald starten sie einen größeren Angriff und töten Zivilisten, und dann haben wir einen Vorwand, um sie plattzumachen. Endgültig. Wir warten auf Informationen über den Verlauf der Nato-Verhandlungen. Wenn wir das Zeichen erhalten, schlagen wir los.»

«Vielleicht können wir euch ja behilflich sein. Wir verfügen hier über politische Kontakte.»

«Wir haben schon angefangen», sagte Vitomir und sah Avram finster an. Djordje nickte.

Avram Gavric errötete. «Ich kann schließlich nicht alles im Auge behalten.»

Einen Augenblick lang wurde es still.

«Wie gefällt dir dein schickes Büro?», fragte Jusa und lachte.

«Man kann es nicht abhören», entgegnete Vitomir. «Die Fenster sind aus Panzerglas. Man kann heutzutage nicht vorsichtig genug sein. Es ist Krieg. Auch hier.»

«Die Zeitungen schreiben zu viel, das ist das Problem bei euch. Man will seinen Namen nur einmal in der Zeitung sehen, und das ist in der Todesanzeige.»

«Da sind wir uns einig», antwortete Vitomir und machte eine Handbewegung, um Avram und Djordje zu bedeuten, dass er Jusa für einen Schwätzer hielt.

«Der Mann ist nicht froh, dass sein Name in den Artikeln über euch genannt wird.»

«Wir können die Zeitungen nicht aufhalten, Jusa.»

«Zeitungen werden von Menschen gemacht, und Menschen kann man aufhalten.»

«Darüber unterhalten wir uns, wenn wir uns treffen.»

«Klar, das ist aber nicht der Grund meines Anrufs.»

«Das hoffe ich.»

«Wir haben ein Problem. Mit einer Journalistin. Einer unserer Leute in Athen hat sich gemeldet. Es gibt einen Russen, einen Söldner, der herumerzählt, dass er ausgefragt wurde. Er hat unserem Gewährsmann eine Armbanduhr gezeigt, die er offenbar als Bezahlung erhalten hat. Man hat nach dem Mann gefragt und wollte Namen. Der Russe behauptet, er habe nichts verraten, sich aber trotzdem die Uhr als Bezahlung unter den Nagel gerissen. Kann sein, dass es stimmt, vielleicht auch nicht. Es soll sich um einen Mann und eine Frau gehandelt haben. Der Russe hatte offenbar ein Auge auf die Frau geworfen. Er hat ihre Telefonnummer und damit geprahlt, was er bei ihrer nächsten Begegnung alles mit ihr machen würde. Du weißt schon, wie das klingt.»

«Ja, leider.»

«Ihr müsst euch darum kümmern.»

«Wir?»

«Yes.»

«Und wieso ist das unsere Angelegenheit?»

«Weil die Journalistin Schwedin ist.»

UNERWARTETER BESUCH

1

Es war Nachmittag. Max arbeitete in einem Restaurant. Er erhielt fünftausend im Monat und zwei Gratismahlzeiten täglich dafür, dass er die Küche putzte, die Spülmaschine einräumte und das, was nicht in die Maschine passte, von Hand spülte. Dazwischen musste er noch das Gemüse putzen.

Es schüttete. Annie verspürte ein nagendes Hungergefühl, aber es gab nichts Essbares zu Hause, und sie hatte keine Lust, im strömenden Regen einzukaufen.

Sie schaute vor sich auf den Tisch. Gelbe Zettel. Mit roter Schrift: *K. J. Jensen*. Wahrscheinlich Karl-Johan. Ein Schwede, der irgendwie in den Bosnienkrieg geraten war. Ihr wurde schwindelig bei diesem Gedanken. Sie war nun schon lange auf der Flucht. Kaum arbeitete sie jetzt an einer Story fern ihrer Heimat, so führten die Spuren trotzdem ins Altbekannte zurück. Nach Schweden. Zu ihren eigenen Leuten.

Sie legte den Zettel zwischen zwei andere: Jozak und Magaš. Zwischen diesen beiden gab es eine Verbindung, sie wusste nur noch nicht, welche. Božko Magaš war ein bekannter Kriegsverbrecher und Krimineller, der sich den Krieg zunutze gemacht hatte. Vor ein paar Monaten hatte ihn das Haager Kriegsverbrechertribunal angeklagt, aber es hieß, dass er sich trotzdem frei auf den Straßen Belgrads bewegen durfte. Sie wusste, dass ihn eine langjährige Freundschaft mit Vitomir Jozak verband und dass hinter etlichen von Vitomirs Unternehmungen in Schweden Magaš steckte. Zumindest wenn man der Zeitung Aftonbladet Glauben schenken durfte, und momentan gab es keinen Grund, diese Angaben anzuzweifeln. K. J. Jensen war Schwede und hatte in Bosnien auf der serbischen Seite gekämpft. Vielleicht unter Magaš' Kommando. Als Söldner. Hatte Vitomir Jozak Božko Magaš mit jungen Soldaten versorgt? Aber warum hätte er das tun sollen? Arkady hatte erzählt, dass ein Soldat damals zweihundert D-Mark im Monat verdient hatte. Für Jozak war das ein Trinkgeld. Sofern er nicht zusätzlich noch in anderer Währung entlohnt worden war.

Vielleicht irrte sich das Aftonbladet ja. Vielleicht bestand keine Verbindung zwischen Jozak und Magaš. Dann ging sie von vollkommen falschen Voraussetzungen aus. Sie musste herausfinden, ob Jozak mit Magaš zusammenarbeitete, und zwar nicht nur in Schweden, sondern auch in Bosnien. Sie musste auch K. J. Jensen ausfindig machen, um zu ermitteln, wie seine Verbindung zu Vitomir Jozak aussah, falls es überhaupt eine gab.

Irgendwie hoffte sie, dass Jozak keine Beziehung zu Magaš oder Jensen hatte, denn dann konnten sie wie gehabt weitermachen, ohne dass ihre Arbeit beeinflusst wurde. Denn dies war ihr Dilemma, über das sie sich Thurston gegenüber ausgeschwiegen hatte: Jozak war der einzige Mensch gewesen, der ihnen auf ihrer Flucht beigestanden hatte. Wenn er in diese Sache verwickelt war, wandte sie sich also gegen ihren Beschützer.

Als ihnen Vitomir Jozak bei ihrer Flucht aus Schweden geholfen hatte, hatten sie Folgendes vereinbart: Sie würden ihn mittels Ansichtskarten stets über ihren Aufenthaltsort auf dem Laufenden halten. Aber mit der Zeit waren die Ansichtskarten seltener geworden und schließlich versiegt. Ohne dass er etwas unternommen hatte. Annie vermutete, dass er nicht mehr das

Bedürfnis hatte, sie zu überwachen. Sie waren nicht mehr seine Gefangenen, ein weiterer Verlust, der sie auf seltsame Weise wehmütig stimmte. Eine Variante des Stockholm-Syndroms vermutlich, dachte sie. Kurz vor ihrer Abreise aus Grasse hatte sie seine Adresse und Telefonnummer in Lidingö ausfindig gemacht und ihn angerufen. Vitomir Jozak war am Apparat gewesen.

«Du hast des Längeren keine Ansichtskarten mehr erhalten, aber das scheint dich nicht zu kümmern», hatte sie ohne weitere Umschweife gesagt.

«Warum rufst du hier an?»

«Ich war einfach nur neugierig.»

«Nicht nötig. Ich finde euch, wenn es sein muss. Und ich stehe euch bei, falls ihr Hilfe braucht. Alles ist wie immer. Jetzt …»

«Man hat sich nach uns erkundigt. Wer, wenn nicht du?»

«Vielleicht jemand, der befürchtet, eine Lüge könnte an die Oberfläche kommen und Probleme verursachen.»

«Buster Droth?»

«Ruf nicht mehr an.»

Dann hatte er aufgelegt.

Vitomir Jozak hatte ihnen geholfen. Er würde sie notfalls beschützen. Sie fragte sich, was geschehen würde, wenn er es sich eines Tages anders überlegte.

Thurston und sie waren überzeugt, dass Arkady mehr wusste, als er erzählte. Sobald sie den Namen Božko Magaš ausgesprochen hatte, hatte sich sein Gesichtsausdruck verändert. In seinen halb geschlossenen Augen hatte plötzlich das Entsetzen gestanden, und seine Haltung hatte Unsicherheit ausgedrückt. Thurston und sie schlossen daraus, dass Arkady über Magaš' Rolle Bescheid wusste und Angst vor ihm hatte.

Auf dem Heimweg im Auto war Thurston verärgert gewesen, weil sie Božko Magaš erwähnt hatte.

«Ich verstehe, dass dich der Verlust der Uhr schmerzt», hatte sie gesagt. «Ich hoffe, du hattest nicht das Gefühl, ich würde dich zwingen, sie wegzugeben.»

«Das hat nichts mit der verdammten Uhr zu tun», antwortete er und schlug mit der flachen Hand auf das Lenkrad. «Nur ein wenig», fügte er nach kurzem Schweigen hinzu. Er schlug nochmals aufs Lenkrad. «Meine Mutter hat sie mir an meinem sechzehnten Geburtstag gegeben. ‹Die hat deinem Vater gehört›, hat sie gesagt. ‹Und eines Tages wird sie deinem Sohn gehören.›»

«Wir können versuchen, sie zurückzubekommen.»

«Das spielt keine Rolle mehr.»

Sie verstand, was er meinte. Selbst wenn sie sich die Uhr zurückholten, wurde sein Sohn nicht wieder lebendig.

Die Uhr hatte ihnen den Namen K. J. Jensen eingebracht. Sie hoffte auf noch mehr.

Ihr knurrender Magen weckte sie aus ihren Überlegungen.

Sie öffnete die Speisekammer ein weiteres Mal, nur um festzustellen, dass dort nichts lag, woraus sie ein Abendessen hätte zubereiten können. Sie musste einkaufen.

Sie kauerte sich unter dem kleinen schwarzen Regenschirm zusammen und hörte nur ganz schwach, dass jemand auf der anderen Seite der Straße ihren Namen rief. Sie schaute hoch und erblickte Vangelis, den Inhaber der gegenüberliegenden Bar, zu der auch ein kleiner Lebensmittelladen gehörte. Er bedeutete ihr, zu ihm herüberzukommen, und kehrte dann in seinen Laden zurück. Seine Glatze war bereits regennass, und er trocknete sie mit der Hand ab.

«Ein Anruf für dich», sagte er und deutete in den Laden.

«Jetzt?»

Er schüttelte den Kopf und schaute auf die Uhr. «Etwa vor einer Stunde.»

«Hast du einen Namen oder eine Telefonnummer bekommen?»

«Ich habe gefragt, aber da wurde einfach aufgelegt.» Er zuckte mit den Achseln. «Ein Mann. Kein Grieche.»

«Könnte er Russe gewesen sein?»

«Vielleicht. Wenn es ein Freund von dir war, kannst du ihm ja sagen, dass er beim nächsten Anruf etwas höflicher sein könnte. Wenn es kein Freund war, dann pass gut auf dich auf.»

Arkady, dachte sie. Er hat noch mehr zu erzählen. Ihr Hungergefühl war verschwunden. Sie dankte Vangelis, drehte sich um und machte sich auf den Weg zu Thurston.

Thurston war nicht zu Hause, aber sein Auto stand vor der Tür, und der Zündschlüssel steckte. Für einen Amerikaner nahm er es mit der Sicherheit nicht sonderlich genau. «Ich glaube an den Privatbesitz», pflegte er zu sagen, «aber besitze zu wenige Wertsachen, um meine Besitzansprüche durchsetzen zu können.»

Sie fuhr zu Arkady.

Es war kurz nach sechs, als Annie vor The Mad Greek in Paralia parkte. Die leuchtende Neonreklame verkündete: Breakfast, Lunch, Dinner, Nightclub. Ein Mann, den sie von ihrem letzten Besuch wiedererkannte, saß vor der Tür auf einem Stuhl und rauchte. Der Asphalt war nass, aber der Stuhl trocken. Vielleicht war er ja der verrückte Grieche. Er betrachtete das Auto durch den Zigarettenrauch.

«Ich suche Arkady», sagte sie, als sie vor ihm stand.

«Arkady?», erwiderte der Mann und zog an seiner Zigarette.

Sie nickte. «Wir haben uns unlängst hier mit ihm getroffen.

Vielleicht erinnern Sie sich ja. Ich war mit einem Mann zusammen.»

«Er hält hier seine Besprechungen ab, als wäre das sein Büro.»

«Er erwartet mich nicht», sagte sie zu seiner Verteidigung. «Aber es ist wichtig, dass ich ihn treffe.»

«Er hat heute frei. Sie müssen ein andermal wiederkommen.»

«Ich bin den ganzen Weg aus Patras gekommen», erwiderte sie mit verzweifelter Miene.

«Das ist nicht mein Problem», meinte der Mann, warf die Zigarette auf die Erde und trat sie aus. «Aber Sie können ja zu ihm nach Hause fahren, wenn es so wichtig ist.»

Der Mann, der sich ihnen als Arkady vorgestellt hatte, wohnte ein paar Minuten zu Fuß vom The Mad Greek entfernt. Sie parkte den Wagen und folgte dann den Anweisungen, die der Mann ihr gegeben hatte.

«Zweiter Stock», hatte er gesagt. «An der Tür steht Drakos.»

Das Haus hatte drei Stockwerke, von denen mindestens zwei bessere Zeiten gesehen hatten. Es schien sich um eine Mischung aus Wohnungen und Obdachlosenasyl zu handeln. Der Mad Greek-Mann hatte die Nase gerümpft, als er die Adresse Arkadys genannt hatte, und sie verstand nun, warum.

Etwas weiter die Straße entlang stand eine mit Graffiti überzogene gelbe Telefonzelle, die sie jetzt ansteuerte, um in ihrer Wohnung anzurufen. Sie war im Begriff, einen Mann aufzusuchen, dem sie nur einmal begegnet war und der bei dieser Gelegenheit keinen guten Eindruck auf sie gemacht hatte. Sie legte auf, ehe der Anrufbeantworter ansprang. Dann rief sie im Restaurant an, in dem Max arbeitete. Sie erhielt den Bescheid, Max habe sich eine halbe Stunde zuvor auf den Heimweg gemacht. Das bedeutete, dass er jeden Augenblick nach Hause kommen musste, falls er auf dem Weg nicht noch etwas erledigt hatte. Sie dachte an den Tag in der Kungliga Biblioteket, als sie erfolglos versucht hatte, Max telefonisch zu erreichen. Anschließend war sie auf der David Bagaresgatan überfallen, betäubt, in ein Auto geworfen und nach Töversta gefahren worden.

Sie rief nochmals zu Hause an.

Der Anrufbeantworter sprang an.

«Max. Ich bin das. Ich bin in Paralia, um Arkady zu treffen. Er hat angerufen. Vielleicht verfügt er über weitere Informationen.» Sie schaute auf die Uhr. «Es ist jetzt 18.30 Uhr. Ich weiß nicht, wie die Straße heißt, in der ich mich befinde, aber wenn nötig, kannst du die Adresse bei The Mad Greek erfragen. Alles ist in Ordnung, ich wollte nur Bescheid sagen.» Sie schwieg einen Augenblick. «Sicherheitshalber und um deine Stimme zu hören.»

Sie legte auf und ging auf das Haus zu.

2

Martinsson hatte den Nachmittag mit seiner Tochter verbracht. Sie hatten nichts Besonderes unternommen. sie waren erst spazieren gegangen, dann Kaffee trinken. Das Mädchen hatte von ihren Eltern keine sonderlich gute Erklärung für die Scheidung erhalten. Sie war zwölf Jahre alt und klug genug, um zu verstehen, was vorging. Martinsson hatte das Gefühl, dass sie überlegte, warum er nicht wütender war. Seine Frau verweigerte ihm den Umgang mit den Kindern, und da musste man doch zornig sein. Und nicht einfach auf dem Segelboot wohnen und sich mit der Rolle des Wochenendpapas abfinden, während die Lücke, die er hinterlassen hatte, bald mit einem Unbekannten gefüllt wurde.

Ehe sie sich verabschiedeten, erzählte er ihr, wen er später noch treffen würde, und seine Tochter zog die Brauen hoch und die Nase kraus, genau wie ihre Mutter das zu tun pflegte. «Mama sagt, dass er dich hasst.»

«Vermutlich», antwortete Martinsson. «Aber manchmal muss man seine Gefühle ignorieren, um weiterzukommen.»

«Dein Anruf hat mich überrascht», sagte der Alte, drehte sich um und verschwand im Korridor der großen Villa. «Ich hatte schon geglaubt, dich nie mehr wiederzusehen.»

«Nun, immerhin haben wir Kinder zusammen. Deine Enkel.»

Sein Ex-Schwiegervater ignorierte ihn und ging Richtung Wohnzimmer.

«Ich wohne mittlerweile allein», sagte er, als er auf seinem Sessel Platz nahm, auf dem niemand anderes sitzen durfte. «Ich bin jetzt Witwer», fuhr er fort. «Komme aber gut zurecht und frage die Madame dort oben, wenn mir etwas nicht klar ist.» Er sah aus, als bereue er bereits diese Vertraulichkeit seinem Ex-Schwiegersohn gegenüber. «Ich wusste immer, dass sie dich irgendwann verlassen würde, Tom.»

«Ja, das hast du auch gesagt.»

«Am meisten erstaunt mich, dass sie so lange gewartet hat.» Er strich sich über seine frisch rasierte Wange. «Vermutlich die Kinder.»

Jetzt erinnerst du dich also an sie, dachte Tom Martinsson und biss sich auf die Unterlippe.

Der Schwiegervater hatte Tom Martinsson nie darüber aufgeklärt, warum er ihn nicht leiden konnte. Die wenigen Male, die ihn Martinsson darauf angesprochen hatte, hatte er einfach nur das Zimmer verlassen. Martinsson glaubte, dass dies vor allem zwei Gründe hatte. Erstens war er Polizist, und sein Schwiegervater hielt alle Polizisten für Idioten und die Hälfte von ihnen noch dazu für korrupte Idioten. Zweitens war seine Tochter, als sie Tom Martinsson kennenlernte, mit einem Mann, den er sehr zu schätzen wusste, so gut wie verlobt gewesen. Dieser Mann war inzwischen Vorsitzender der Anwaltskammer, und der Alte war der Meinung, dass seine Tochter ein besseres Leben gehabt hätte, wenn sie bei ihm geblieben wäre, statt ihn für einen mehrere Jahre älteren Mann mit schlechteren Zukunftsaussichten zu verlassen.

«Du erinnerst dich doch noch an Rahm, den Mann, mit dem sie vor dir zusammen war?»

«Ja, du hast schließlich alles getan, damit ich ihn nicht vergesse.»

«Es heißt, dass er Richter am Europäischen Gerichtshof werden soll. In Straßburg. Ist das nicht auch dein Gebiet? Die Menschenrechte?»

«Doch.»

«Allerdings bei der Polizei.»

«Allerdings bei der Polizei», bestätigte er. Er musste das Gespräch beschleunigen, denn seine Geduld ging langsam zur Neige. «Was kannst du mir über einen gewissen Morgan Nätterquist erzählen?»

Sein Schwiegervater sah ihn erstaunt an. «Du verschwendest wirklich keine Zeit auf Höflichkeitsfloskeln.»

Die haben wir doch gerade hinter uns gebracht, dachte Tom Martinsson und sagte: «Ich habe Respekt vor deiner kostbaren Zeit.»

Der Alte erwiderte verächtlich: «Es ist nicht nötig, dass du dich über die inhaltslosen Tage eines alten Mannes lustig machst. Sarkasmus steht dir nicht.»

«Ich werde es mir merken.» Er lächelte. «Nun, weißt du etwas?»

«Nicht mehr, als dass er in einer der vielen Rechtsanwaltskanzleien des Landes gearbeitet hat und dann in die Politik gegangen ist. Er gehörte nicht zu den Leuten, die man sich merkt. Er war, wie soll man sagen, mehr ein gehorsamer Soldat.»

«Ein gehorsamer Soldat in wessen Diensten?»

«Derer, die ihn gerade bezahlten. Und davon gab es viele. Wenn ich mich recht entsinne, war seine Kanzlei in diese Kobolt-Affäre verwickelt, falls du dich daran erinnerst.»

«Leider nicht.»

«Nein, du liest vermutlich nicht den Wirtschaftsteil», erwiderte sein Schwiegervater missbilligend. «Eigentlich war es aber auch keine große Sache. Es ging vor allem um Politik, wenn du mich fragst. Nein, Morgan Nätterquist hat wirklich keinen nennenswerten Eindruck hinterlassen und sich daher auch keinen Platz in meinem Bewusstsein erobert. Warum interessierst du dich für ihn? Wollt ihr euch zusammentun?» Der Alte lachte.

«Ich versuche herauszufinden, ob jemand etwas gegen ihn in der Hand haben könnte, und wenn ja, was.»

«Da kommen viele in Frage», meinte der Alte und wurde wieder ernst. «Seine Kanzlei übernahm alle möglichen Fälle für das Droth-Imperium. Es ist denkbar, dass er in diesem Zusammenhang Dinge tat, die jetzt gegen ihn verwendet werden können.»

«Buster Droth?», fragte Martinsson erstaunt.

«Ein gerissenes Schwein mit sehr viel Geld, was es noch schlimmer macht. Schon sein Vater war ein heimtückischer Geschäftsmann, besaß aber dennoch eine Art Würde, wie sie uns Männern der alten Schule eigen ist.»

Ruh du dich nur im Schatten der Geschichte aus, dachte Martinsson. Aber was der Alte gesagt hatte, entbehrte nicht einer gewissen Logik. Wer in einer Kanzlei tätig gewesen war, die für ein Konsortium arbeitete, das vorzugsweise in einer ethischen Grauzone operierte, konnte durchaus später einmal erpresst werden. Beispielsweise wenn er in der Politik Karriere machen wollte. «Was könnte Buster Droth von so jemand wie Nätterquist wollen?», fragte Martinsson nach einer Weile.

Der Alte sah ihn fassungslos an. «Manchmal bist du ganz schön naiv für einen Polizisten, Tom. Frag dich doch lieber: Was könnte er *nicht* wollen?»

3

Aus der Wohnung, an deren Tür ein handgeschriebener Zettel mit Drakos Namen hing, drang Musik. Es klang nach Musik, deren Klassifizierung den Begriff «metal» enthalten müsste. Annie klopfte, ohne eine Antwort zu erhalten, dann schlug sie mit der flachen Hand auf die Tür. Eine kleine alte Frau schaute aus einer anderen Tür und sagte etwas, was Annie nicht verstand. Annie nickte. Die Frau wirkte nicht froh. Sie fuchtelte mit der Hand über dem Kopf und verschwand wieder in ihrer Wohnung. Annie klopfte ein drittes Mal. Immer noch keine Reaktion. Sie drückte die Klinke. Es war nicht abgeschlossen. Sie öffnete die Türe einen Spalt, beugte sich vor und rief: «Arkady?»

Stille. Sie öffnete die Tür etwas weiter und trat ein.

«Ist jemand zu Hause?»

Es handelte sich um ein Wohnzimmer mit Kochnische. Auf dem Küchenschrank stand der Ghettoblaster, der den ohrenbetäubenden Lärm verursachte.

«Hallo», rief Annie und trat ins Zimmer. Es roch muffig. Leere

Flaschen standen auf dem Wohnzimmertisch. Sie griff sich eine. Die Balkontür stand offen. Sie schaltete die Musik aus. Es wurde vollkommen still.

«Hallo», sagte sie in normaler Lautstärke. «Ist hier jemand?»

Die Tür, hinter der sie das Schlafzimmer vermutete, war geschlossen. Wenn ich schon mal da bin, kann ich mich auch umsehen, dachte sie. Sie hielt die Flasche in einem festen Griff in der Linken und legte die andere Hand auf die Türklinke.

Sobald sie die Klinke drückte, kam ihr die Tür mit voller Wucht entgegen. Sie versetzte der Person dahinter einen festen Schlag mit der Flasche, was aber nichts half. Der schwere Körper begrub sie unter sich. Sie verlor die Flasche, die außer Reichweite an die Wand rollte. Annie fuchtelte mit den Händen und traf Arkadys Gesicht mit jedem Schlag. Ihr Kopf befand sich auf seiner Brusthöhe. Sie packte ein Handgelenk und zerrte seinen Arm weg. Die andere Hand drückte sie gegen sein Kinn und versuchte auf diese Weise, ihn wegzustemmen. Mit einem knirschenden Geräusch wurde sein Gesicht nach hinten gedrückt, und ein klaffendes Loch in seiner Kehle kam zum Vorschein. Erschrocken ließ sie los, und sein Kopf fiel auf sie zurück. Plötzlich stieg ihr der Geruch von Rasierwasser in die Nase und verursachte ihr Übelkeit. Sie presste die Hände auf den Boden und schob sich vorwärts. Arkady blieb auf der Seite liegen. Sie stand auf und wich zur Wand zurück. Ihre Knie wurden weich, und sie lehnte sich zurück.

Arkadys Kehle war über dem Adamsapfel mit einem langen Schnitt durchtrennt. Irgendjemand hatte Arkady seine Zunge durch das Loch gezogen. Jetzt ragte sie wie eine blaulila Faust hervor. Seine Augen waren geöffnet. Als er auf ihr gelegen hatte, war er warm gewesen. Seine Glieder waren elastisch. Er konnte noch nicht lange tot sein. Höchstens eine Stunde.

«Okay, immer mit der Ruhe.» Sie versuchte, gleichmäßig zu atmen. Dann strich sie sich mit den Händen über ihre Jacke und sah, dass sie neue rote Flecken hinterließen. Ihre Hände waren blutverschmiert.

Sie schloss die Tür zum Treppenhaus, die bis jetzt offen gestanden hatte.

Dann ging sie in die Toilette, wusch sich die Hände mit Seife und trocknete sie am Handtuch ab. Es wurde rot.

Dann kehrte sie zu der Leiche zurück. Neben der Tür zum Schlafzimmer lag ein Stuhl, der umgefallen war, als sie die Türe geöffnet hatte. Die Leiche war so platziert worden, dass sie auf jene Person fallen würde, die die Tür als Erstes öffnete. Auf dem Boden des Schlafzimmers lag eine zerschnittene Jeans. Sie schaute zu Arkady hinüber, der nur Unterhose und Unterhemd trug. Man hatte seine Achillessehnen durchtrennt. Auch die Fingernägel fehlten.

Neben der Jeans lag seine Brieftasche, deren Inhalt, Geldscheine, Papiere und Fotos, auf dem Fußboden zerstreut worden war.

Sie hatte Arkady ihre Telefonnummer gegeben. Nicht er hatte in der Bar angerufen und nach ihr gefragt, sondern sein Mörder. Arkady hatte sterben müssen, weil Thurston und sie ihn ausgefragt hatten. Der Mörder hatte mit Vangelis in der Bar gesprochen. Max befand sich auf dem Heimweg. Sie schaute auf die Uhr: 18.45 Uhr. Eigentlich musste er inzwischen zu Hause sein. Arkadys Mörder konnte bereits dort sein. Mit dem Auto waren es von Paralia nach Patras nicht mehr als zwanzig Minuten.

Sie sah sich nach einem Telefon um. Nichts. Sie rannte ins Wohnzimmer. Kein Telefon. Sie hatte ihre letzten Münzen verbraucht, um Max die Nachricht zu hinterlassen.

Sie eilte zurück ins Schlafzimmer und öffnete das Münzfach

von Arkadys Brieftasche. Dreihundert Drachmen in Münzen. Sie steckte sie ein.

Dann ging sie zurück ins Wohnzimmer, zog die Jacke aus, wendete die Innenseite nach außen und legte sie über den Arm. Sie betrachtete den toten Mann, dann beugte sie sich vor, um ihm die Uhr vom rechten Handgelenk zu nehmen.

4

Max war nach dem dritten Klingeln am Apparat.

«Du musst die Wohnung verlassen.»

«Sofort?» Max entnahm ihrer Stimme, dass es ernst war.

«Wir treffen uns am Punkt sieben. Arkady ist tot.» Der Punkt sieben war ein Parkplatz in der Nähe des Kreisverkehrs auf der Agias Sofias. Von dort aus gab es verschiedene Möglichkeiten, die Stadt zu verlassen.

«Tot? Wo bist du?» Max hatte den Anrufbeantworter offenbar noch nicht abgehört.

«In einer Telefonzelle. Arkadys Mörder haben meinen Zettel gefunden und in der Bar angerufen. Ich dachte, es sei Arkady gewesen. Sie könnten bereits wieder dort sein. Vangelis weiß, dass ich unterwegs bin, vielleicht warten sie ja darauf, dass ich zurückkomme. Glaubst du, dass er gesehen hat, wie du nach Hause gekommen bist?»

«Ich weiß nicht.» Max schaute aus dem Fenster auf die Straße. «Ich glaube nicht.»

«Schaust du?», fragte Annie.

«Ja», sagte Max. «Du hast vermutlich recht. Drei Männer. Vangelis ist auch da.» Max trat vom Fenster zurück. «Verdammt.»

Das Letzte, was er hörte, war: «Du musst …» Dann wurde die Verbindung unterbrochen. Sie würden sich am Treffpunkt sehen, der fünfzehn Gehminuten entfernt lag. Max sah sich um. Viel würde er nicht mitnehmen können. Vorsichtig schaute er wieder aus dem Fenster. Die Männer standen immer noch da. Er schloss die Tür ab und legte die Kette vor.

Er nahm die großen Taschen und raffte Kleider und Fotos zusammen. Dann legte er die Gitarre in ihren Kasten und zog seine Jacke und seine Schuhe an. Er konnte das Haus nicht verlassen, ohne entdeckt zu werden, eine Hintertür gab es nicht. Er musste aus einem der Fenster auf der Rückseite des Hauses springen.

Er warf die Taschen hinaus. Sie landeten weich im Blumenbeet. Dann sprang er.

5

Annie saß in Thurstons Auto, als Max am Treffpunkt erschien. Sie stieg aus und half ihm, die Taschen und die Gitarre im Kofferraum zu verstauen. Sie trug keine Jacke, und Max sah, dass sie fror. Er zog seine eigene aus und reichte sie ihr. Wortlos stiegen sie ein.

«Wir haben Probleme», sagte Annie nach einer Weile.

Max betrachtete sie und lachte. «Das ist selbst für dich eine Untertreibung.»

«Wir haben größere Probleme, als dir bewusst ist.»

«Okay.» Max breitete die Arme aus. «Bring mich auf den neuesten Stand.»

«Als ich an der Wohnung ankam, war sie nicht abgeschlossen. Ich ging also hinein und stieß auf den toten Arkady. Seine Leiche fiel auf mich drauf, und auf meiner Jacke und meinen

Händen war Blut. Mit neunundneunzigprozentiger Sicherheit wird man in der Wohnung blutige Fingerabdrücke finden, die von mir stammen.»

«Das ist nicht gut», meinte Max seufzend.

«Außerdem habe ich auf unserem Anrufbeantworter eine Nachricht hinterlassen, dass ich mich auf den Weg zu Arkady mache.» Sie legte ihre Hand in die seine. «Uns bleibt jetzt keine Wahl, Max, wir müssen aufs Ganze gehen. Wenn ich mich nicht irre, starb Arkady, weil wir uns nach Božko Magaš erkundigt haben. Und Magaš ist ein Verbündeter Vitomir Jozaks.»

«Von *unserem* Vitomir Jozak?»

Annie nickte. «In diesem Fall haben wir uns den einzigen Menschen, der uns beschützt, zum Feind gemacht.»

Max atmete langsam tief durch. Er wusste nicht, was er sagen sollte.

«Wir müssen Thurston mitnehmen», sagte Annie.

«Kennen wir ihn gut genug?»

«Man spürt, wenn man sich auf jemanden verlassen kann.»

Max dachte eine Weile lang nach. «Wohin fahren wir?»

«Weit weg», erwiderte Annie.

6

«Ich dachte schon, der Wagen sei gestohlen worden», sagte Thurston, als er die Tür öffnete. Es war kurz vor neun. «Das hätte mir einige Probleme bereitet.»

Er entnahm Annies und Max' Miene, dass etwas nicht stimmte.

«Wer ist tot?», fragte er und lächelte sarkastisch.

«Arkady», antwortete Annie.

«Das ist nicht dein Ernst.»

Sie hielt ihm seine Armbanduhr hin.

«Wir erzählen dir den Rest im Auto», sagte Max und ging an Thurston vorbei in die Wohnung. «Wir müssen so schnell wie möglich hier weg. Ich helfe dir beim Packen.»

Thurston wandte sich an Max. «Was soll das heißen?»

«Eigentlich sollten wir schon längst über alle Berge sein», mischte sich Annie ein. «Du musst uns glauben.»

«Das tue ich auch», erwiderte Thurston. «Es kam nur so überraschend.» Er schaute eine Weile zu Boden. «Aber ich vermute, ihr wisst, was ihr tut», sagte er, ohne sich an eine bestimmte Person zu wenden.

«Nur allzu gut», antwortete Annie.

Thurston sah sie an. «Was kann ich mitnehmen?»

«Alles, was im Auto Platz hat.»

«Ein Glück, dass ich ein einigermaßen großes Auto gemietet habe.» Er lachte.

«Wir sollten uns beeilen», meinte Max.

«Nimmst du ‹Die Brücke von San Luis Rey› aus dem Bücherregal?», bat ihn Thurston und ging ins Schlafzimmer.

Max suchte noch, als sich Thurston neben ihn stellte. Mit dem Zeigefinger fuhr er rasch über die Buchrücken, bis er das richtige Buch gefunden hatte. Er zog es heraus, küsste den Umschlag und legte es in seine Tasche.

«Frühe Ausgabe. Ich besitze es, seit ich sechzehn war. Ich habe es mit Gefahr für Leib und Leben aus der Bibliothek meines Colleges gestohlen, und es war seither mein treuster Begleiter.»

Max sah ihn an, ohne etwas zu sagen.

Thurston beugte sich mit einem listigen Lächeln zu ihm vor. «Es heißt ja: Wenn ein Schüler ein Buch stiehlt, ist das eine Straftat, aber keine Sünde.»

«Seid ihr bereit?», rief Annie aus der Diele.

Thurston zog zwei Mal die Brauen hoch und ging auf die Türe zu. Nach ein paar Schritten blieb er stehen. «Wo fahren wir überhaupt hin?»

Es wurde einen Augenblick lang still. Dann sagte Max: «Nach Schweden.»

ZWEI

«Sie vergewaltigten uns dort.
Jeder von ihnen vergewaltigte das Mädchen,
das er vergewaltigen wollte, so oft er wollte.»

Prozess IT-96-23 & 23/1-T,
Staatsanwaltschaft gegen Kunarec et al. («Foča»)

HEIMSUCHUNGEN

1

Annie erwachte von einer Hand auf ihrer Schulter. Thurstons. Max schlief immer noch auf dem Rücksitz. Fünfzehn Minuten nachdem sie bei Thurston angeklopft hatten, waren sie wieder auf der Straße gewesen. Sie erinnerte sich nicht daran, eingeschlafen oder müde geworden zu sein. Das Adrenalin hatte sie auf den Beinen gehalten. Dann war sie plötzlich in sich zusammengesackt.

Sie standen. «Wo sind wir?», fragte sie. «Wie spät ist es?»

«Kurz nach dem Frühstück», sagte Thurston lächelnd. «Wir sind in Breganzona.»

Sie hatten die Abendfähre von Igoumenitsa nach Brindisi genommen und waren nonstop durch Italien gefahren.

«Warum haben wir angehalten?»

«Ich muss hier etwas erledigen. Um zehn wird geöffnet. Das ist in einer Viertelstunde.»

«Wie lange haben wir hier gestanden?»

«Ungefähr genauso lange.»

«Wann bist du zurück?»

«Das müsste schnell gehen. Wenn ja, dann bin ich in weniger als einer Stunde mit dem Frühstück wieder hier.»

«Und wenn nein?»

Thurston schob die Unterlippe vor und zog den Reißverschluss seiner Khakiweste hoch. «Wenn ich in zwei Stunden nicht zurück bin, fahrt ihr einfach ohne mich.»

«Ist das dein Ernst?»

«Durchaus», sagte Thurston und öffnete die Tür. «Aber wie immer hoffe ich, dass wir uns den Ernst noch etwas vom Leib halten können», meinte er und schloss, noch ehe Annie etwas erwidern konnte, die Tür. Raschen Schrittes verließ er den Parkplatz.

Annie sah sich um. Ein Straßenschild verriet, dass sie sich auf der Via Dott. G. Polar befanden. Der Parkplatz wurde auf einer Seite von niedrigen Mietshäusern und einigen wenigen Geschäften, die bald öffnen würden, gesäumt. Auf der anderen befanden sich kleinere Bürohäuser. Dahinter Felder und Wald. Sie hatte keine Ahnung, weswegen sie sich hier befanden, und kaum Hoffnung, es zu erfahren.

2

Buster Droth trug einen blauen Regenmantel, grüne Cordhosen und Schnürstiefel. Outdoorkleidung. Er stand regungslos, breitbeinig mit auf dem Rücken verschränkten Händen auf dem Joggingweg im Tollare Naturschutzgebiet in Nacka und betrachtete die lautlos vorbeiziehenden Wolken. An diesem Morgen schienen sie sich besonders rasch fortzubewegen, aber vielleicht spiegelte der Himmel auch nur seine Gemütslage wider. Er spürte den Wind im Genick. Um ihn herum war es still, und außer seinem eigenen langsamen, aber festen Herzschlag hörte er nichts. Er lauschte auf Schritte. Zwanzig Minuten hatte er jetzt so dagestanden.

Buster hatte hinter einer scharfen Kurve Stellung bezogen. Ein Jogger würde ihn also erst bemerken, wenn er nicht mehr ungesehen umkehren konnte.

Als er rechter Hand unweit der Kurve ein Reh erblickte, fiel ihm der Gutshof in Gimo ein. Die jährliche Jagd zu Lebzeiten seines Vaters. Ein Jahr nach dessen Tod hatte Buster Droth die Tradition beendet. Er jagte zwar gern, protestierte jedoch auf diese stille Weise gegen seinen Vater und dessen Art, die Dinge zu regeln. Hoffentlich sah er ihm gerade zu.

Er lehnte den Kopf zur Seite und lauschte. Er hörte sie. Die regelmäßigen Schritte eines Läufers. Zu schwer, um leichtfüßig zu wirken. Wahrscheinlich setzte er mit den Fersen auf. Der Läufer hatte nun die Kurve erreicht und befand sich bereits einige Meter auf der Geraden, als er den Blick hob. Sobald er Buster Droth entdeckte, blieb er abrupt stehen. Wenig später setzte er seinen Weg in gewöhnlichem Tempo und mit gesenktem Kopf fort. Bald befand er sich in Busters Hörweite.

«Meinetwegen brauchst du dein Tempo nicht zu drosseln», sagte Buster Droth. «Mein Puls beschleunigt sich bereits.»

Ein paar Meter vor ihm blieb Morgan Nätterquist stehen und legte seine Hände auf die Oberschenkel. Er atmete tief durch und sah sich dabei rasch um.

«Sei unbesorgt, ich bin alleine hier.» Buster Droth schaute sich um. «Schließlich ist das hier nicht der königliche Djurgården, aber trotzdem gar nicht übel. Ich habe am Sportplatz geparkt und bin zu Fuß hierhergegangen. Das kann sicher nicht schaden.» Er klopfte sich auf den Bauch.

«Woher wusstest du, dass ich hier bin?»

«Wenn ich mich recht entsinne, joggst du immer frühmorgens und erzählst gerne davon.» Buster lächelte höhnisch.

Dann deutete er in die Richtung, aus der er gekommen war. Langsam setzten sie sich in Bewegung. Nätterquists Angst war so spürbar wie der Geruch von Hundekot, der nach dem Winter auftaut.

«Dass du mich besuchen kommst, ist eher ungewöhnlich», sagte Morgan Nätterquist.

«Es ist auch eher ungewöhnlich, dass du meine Anrufe nicht erwiderst, obwohl ich dich auf dem AB darum bitte.»

«Es ist gerade sehr viel zu tun. Wie schon gesagt, die Arbeit als Staatssekretär kostet mehr Zeit als ...»

Buster Droth blieb stehen. Er lächelte und legte Morgan Nätterquist seine Hand auf die Schulter. «Es könnte der Eindruck entstehen, dass etwas nicht in Ordnung ist. Wir wollen wirklich hoffen, Morgan, dass dies nicht zutrifft.

Nätterquist schüttelte den Kopf. «Ich hatte durchaus die Absicht anzurufen, aber ich musste erst ein wenig über deine Worte bezüglich des Außenministeriums nachdenken.»

«Und zu welchem Ergebnis bist du mit Hilfe deiner hochnotwendigen Überlegungen gelangt?»

«Dass ich abspringe, Buster. Dieses Mal kann ich dir nicht beschaffen, was du haben willst.»

Buster Droth lachte. «Abspringen? Was glaubst du eigentlich, was das hier ist? Schülertheater?» Er wusste, dass Morgan Nätterquist erkannt haben musste, in welch auswegloser Situation er sich befand. Er besaß vielleicht kein Rückgrat, aber er war intelligent, und selbst ein dümmerer Mensch als Nätterquist hätte begriffen, dass er von zwei Seiten unter Druck gesetzt wurde. Aber etwas einzusehen war eine Sache, die Fähigkeit, etwas dagegen zu unternehmen, eine ganz andere. «Wir hatten den Eindruck, dass du über die notwendigen Kontakte verfügst, Morgan.»

Morgan Nätterquist sah Buster Droth finster an. «Du hörst mir nicht zu, so geht das nicht. Ihr müsst euch eure Informationen auf andere Weise beschaffen. Ich gebe zurück, was ich als Entschädigung erhalten habe.»

«Willst du mir etwa einreden, dass du noch alles hast? Oder gedenkst du deine Villa zu verpfänden?»

«Gib mir Zeit. Ich habe ihr ein verdammt schönes Schmuckstück geschenkt, um sie zu überzeugen. Aber es war zwecklos. Sie hat sich geweigert, es anzunehmen, und jetzt will sie nichts mehr von mir wissen.»

«Du hast deiner Geliebten im Außenministerium eine von mir finanzierte Halskette geschenkt, um sie zum Reden zu bringen? Und jetzt will sie nicht mehr reden? Dann musst du einfach jemand anderes auftreiben. Mir ist egal, wie, aber ich benötige diese Informationen, und du wirst sie mir beschaffen. Oder soll ich deine Frau über deine kleinen Abenteuer in Kenntnis setzen?»

Morgan erblasste. «Was soll ich sagen, Buster? Ich weiß nicht, wie ich dir das Gewünschte beschaffen soll. Mittlerweile ist das Risiko zu groß. Man könnte mir auf die Schliche kommen.»

Buster Droth sah Morgan Nätterquist ungläubig an. «Du solltest deinen Drogenkonsum etwas einschränken, Morgan. Dein Gehirn verrottet ja langsam. Kapierst du denn nicht, dass dir keine Wahl bleibt? Von wegen Schliche. Was werde ich wohl machen, wenn du jetzt abspringst? Glaubst du etwa, ich lege einfach die Hände in den Schoß?»

Morgan Nätterquist schickte sich an weiterzugehen.

Buster Droth packte seinen Arm und hielt ihn fest, bis der andere sich umdrehte.

«Uns verbindet eine lange Geschichte, Morgan. Meine Familie hat dich unter die Fittiche genommen, als du noch in der Kanzlei tätig warst, Koks auf Kredit kauftest und davon geträumt hast, ein neuer Peter Althin oder Leif Silbersky zu werden. Wir haben dir eine Partnerschaft besorgt. Wir haben unseren Einfluss spielen lassen, um dir den Weg in die Politik zu ebnen. Jetzt bist du

Staatssekretär und hast bislang noch keine Dummheiten begangen. Wenn du so weitermachst, wirst du irgendwann noch Minister oder Generaldirektor einer Behörde.» Buster Droth schaute blinzelnd in den Himmel. «Wer weiß, vielleicht überträgt man dir auch die Verantwortung für die Polizei. Schließlich hast du einen guten Draht zu Bo Nathansson.» Er sah Nätterquist in die Augen. «Wenn du weiterhin zuverlässig lieferst und deine guten Beziehungen zu ihm pflegst, dann ist nicht auszuschließen, dass du irgendwann Reichspolizeichef wirst. Diesen Sten weiß offenbar niemand zu schätzen.»

«Mir ist schon klar, worauf du hinauswillst, Buster.»

«Gut. Darauf hatte ich gehofft.» Er ließ Morgan Nätterquists Arm los. «Lauf vorsichtig, Morgan.» Dann machte er sich auf den Weg zu seinem Wagen.

Morgan Nätterquist blieb auf dem Weg stehen.

Nach fünfzig Metern hörte Buster Droth, dass sich Nätterquist übergab.

3

Am gegenüberliegenden Ufer waren im Nebel Fabriken zu erkennen.

Nach der mystischen Pause in Breganzona, die Thurston als Privatangelegenheit bezeichnet und nicht weiter erläutert hatte, fuhren sie über München und Nürnberg nach Berlin, verbrachten dort eine Nacht, nahmen die Fähre von Rostock nach Gedser und durchquerten ohne Halt Dänemark.

Während sie auf die Fähre nach Helsingborg warteten, erfasste sie die erste Welle der Angst und Vorfreude. Angesichts der vertrauten Sprache, der falschen Pässe und der vertrauten, aber fast vergessenen Landschaft. Ihre Flucht führte sie nun an den Ort, an dem alles begonnen hatte, und vor allem zu Mingus zurück.

Sie wurden auf die Wartespur zwölf direkt am Wasser dirigiert und mussten dort eine Weile mit abgestelltem Motor warten.

Als die Motoren einer nach dem anderen wieder ansprangen, verspürte Annie eine gewisse Erleichterung.

Zusammen mit den LKWs, die nach der Rampe links abbogen, fuhren sie an Bord.

«Diese LKWs müsste man wirklich kontrollieren», meinte Thurston. «Tycho Brahe», las er vor. «Was der wohl vollbracht hat, dass eine Fähre nach ihm benannt wurde? Kann mir das jemand erklären?»

«Ich glaube, er war Wissenschaftler», meinte Annie.

«Der irre Wissenschaftler, Tycho the Psycho», sagte Thurston mit verstellter Stimme.

Sie erhielten einen Platz in der Mitte der Fähre. Nur zwei Autos standen hinter ihnen.

«Wenn jetzt etwas passiert, bleibt uns nur der Sprung ins Wasser», meinte Annie, dann legte die Fähre auch schon ab.

Eine Viertelstunde später erblickten sie bereits Helsingborg über der Bugklappe.

«Sollte uns jemand erwarten, dann jedenfalls nicht hier», meinte Thurston.

«Warum sollte uns jemand erwarten?», fragte Annie.

«Vielleicht weil das Leben ungerecht ist?», schlug Max vor.

«Hör schon auf», erwiderte Annie. «Im Ernst. Gleich legen wir an. Dann beginnt eine wichtige Mission.»

Kurz nach 19 Uhr verließen sie die Fähre und begaben sich auf schwedischen Boden. Mühelos. Die bleichen Zöllner in einem blauen Blechschuppen winkten sie gelangweilt durch, und eine großzügige Linkskurve später fuhren sie auf die E4. Thurston meinte, er sei den Europäern und ihrem verdammten Schengen-Gebiet noch nie so dankbar gewesen.

Sie nahmen sich ein Hotel in Jönköping, und Annie und Max schliefen seit neun Jahren zum ersten Mal in ihrem Heimatland ein.

4

Um halb elf überquerten sie die Liljeholmsbrücke und erreichten Hornstull. Thurston saß am Steuer, Annie neben ihm und Max auf dem Rücksitz.

Thurston sah seine beiden Mitreisenden an. Max legte die Fingerspitzen an das Seitenfenster. Sie bogen rechts auf den Ringvägen ein. Annie betrachtete ihre Umgebung mit großen Augen. Die Bondegatan entlang, von dort auf die Åsögatan.

Annie blickte die Fassade hinauf und fragte sich, wer dort noch übrig war. Ob sich die Bewohner wohl Gedanken über das Paar in der dritten Etage gemacht hatten? Das Paar, das so nett gewirkt hatte und von dem die Zeitungen berichtet hatten. Hatten sie wohl zugeschaut, als ihre Sachen abgeholt worden waren? Hatten sie in ihre Wohnung geschaut, um zu sehen, wie Leute wie sie wohnten? Hatten sie den neuen Mietern erzählt, wessen Wohnung sie übernahmen?

Annie streckte ihre Hand nach hinten, und Max umklammerte sie ganz fest.

Sie fuhren weiter. Von der Högbergsgatan auf die Götgatan und bis Slussen. Weiter über die Centralbron.

Thurston bog Richtung Zentrum ab.

Annie drehte sich um. «Bist du bereit?»

Max atmete tief durch. «Vielleicht sehen wir ihn ja gar nicht. Vielleicht sind sie ja im Haus?»

Sie lächelte. «Dann warten wir, bis er rauskommt.»

Mingus' Schule lag am Odenplan im selben Viertel, in dem auch Patrik und Lisa wohnten. So hatten sie es morgens und nachmittags nicht weit. Die Pausen verbrachte er auf dem Spielplatz, der zur Schule gehörte. Zu Hause hatten sie einen Innenhof. Mingus besaß ein Fahrrad und spielte mit Begeisterung Fußball. Patrik hatte ein Foto von ihm in Liverpool-Trikot geschickt. Eines der vielen Fotos, die sie mit ihm, dem Wesentlichsten ihres Lebens, verbanden.

Sie erblickten ihn, noch ehe der Wagen hielt.

«Da hinten», sagte Annie. «Er ist da, Max.»

«Ich sehe ihn.»

Ihr kleiner Junge. Auf dem Sportplatz mit einer Handvoll anderer fußballspielender Kinder. Rennend fuchtelte Mingus mit den Armen, man möge ihm den Ball zuspielen. Er trug eine rote Jacke, Jeans und eine rote Mütze, die ihm Annie gestrickt und geschickt hatte. Ihre erstes – und letztes – selbstgestricktes Werk.

Thurston hielt etwa zwanzig Meter vom Spielplatz entfernt und stellte den Motor ab.

«Ich lasse euch eine Weile allein», sagte er. «Ich brauche ohnehin einen Kaffee.» Er öffnete die Tür und stieg aus. Dann schaute er wieder in seinen Wagen. «Ich möchte euer Urteilsvermögen nicht anzweifeln, aber passt auf, dass euch niemand sieht. Sonst haben wir die ganze Reise umsonst gemacht, nicht wahr?»

Sie nickten, ohne etwas zu sagen. Als Thurston die Tür geschlossen hatte, kletterte Annie auf den Rücksitz und ergriff Max' Hand.

Sie hielt sie so fest umklammert, dass es weh tat, aber er entzog sie ihr nicht.

Mingus kickte den Ball, der dort, wo er aufschlug, ein Gewühl aus Kindern hervorrief.

«Er sieht so aus, als ...», begann Max, aber seine Stimme trug nicht. Er holte tief Luft und nahm nochmals Anlauf, aber es ging nicht, also kapitulierte er und ließ seinen Tränen freien Lauf. «Wir müssen Patrik anrufen und ihm sagen, dass wir hier sind. Und Mingus müssen wir mitnehmen.»

«Deswegen sind wir hier, Max.» Sie strich ihm mit dem Finger über die Wange. «Erst machen wir diesen Karl-Johan Jensen ausfindig, dann kümmern wir uns um Mingus.»

Schweigend saßen sie eine Weile lang da und betrachteten ihren Sohn durch die Seitenscheibe. Sie hielten sich an den Händen, um sich gegenseitig davon abzuhalten, die Tür aufzureißen und zu ihm zu rennen.

Thurston erschien mit drei Kaffeebechern in einer Hand. «Einen Kaffee können wir jetzt wirklich brauchen», sagte er und hielt ihnen zwei Becher hin.

Sie tranken schweigend. Nur wenn Max in regelmäßigen Abständen die beschlagenen Scheiben abwischte, wurde die Stille unterbrochen.

«Okay», sagte Thurston und schaute auf die Uhr. «Wenn ich mich nicht irre, liegt Vaxholm kaum dreißig Autominuten entfernt nördlich der Stadt?»

Annie nickte.

«Gut», sagte Thurston. «Die Verwalterin, mit der ich gestern gesprochen habe, bat uns, vor vier einzutreffen. Also können wir hier sitzen bleiben, bis der Kleine nach Hause geht. Ich brauche dann nur eine weitere Tasse Kaffee und vielleicht eine englische Zeitung.»

«Ich weiß nicht», meinte Max. «Ich glaube, es ist genauso gut, gleich aufzubrechen. Wenn wir hier noch länger sitzen, springe ich über den Zaun und nehme ihn sofort mit.» Er sah Annie an. «Ihn jetzt mitzunehmen, ist undenkbar, damit würden wir ihn nur in Gefahr bringen. Außerdem müssen wir erst noch mit Patrik sprechen.»

Annie nickte. «Du hast recht. Wir dürfen Mingus nicht gefährden und müssen erst einmal das erledigen, weswegen wir gekommen sind. Aber ich würde ihn so wahnsinnig gerne mitnehmen.»

«All right», erwiderte Thurston, legte seinen leeren Becher auf den Beifahrersitz und ließ den Motor an. «Dann werde ich die Dinge mal in die Hand nehmen.» Er betrachtete sie im Rückspiegel. «Ihr werdet mir danken, wenn wir gewonnen haben und das alles vorbei ist.» Er legte den Gang ein. «Ihr vertraut mir doch?»

Sie nickten.

«Gut», sagte er. «Auf nach Vaxholm.»

Sie drehten sich beide um und schauten auf Mingus, der immer kleiner wurde und schließlich ganz verschwand.

5

Thurston hatte die Verwalterin des Campingplatzes, eine Frau Anfang fünfzig, bereits telefonisch um den kleinen Finger gewickelt und ließ auch jetzt wieder seinen Charme spielen. Die Saison begann eigentlich erst Ende April, aber sie hatte für den netten Amerikaner, der mit zwei Kollegen zu Besuch war, eine Ausnahme gemacht. Ein Häuschen mit drei Betten, Kochplatte, Kühlschrank und Kaffeemaschine. Eine Bettnische ließ sich mit einem Vorhang abtrennen. Sie überließen sie Thurston, da er der Älteste war. Die Verwalterin hatte einen zusätzlichen Elektroheizkörper ins Haus gestellt, damit es nachts nicht zu kalt wurde. Duschen konnten sie im Haupthaus der Anlage.

Max parkte den Wagen etwa zwanzig Meter von der Hütte entfernt, dann trugen sie das Gepäck hinein.

Sie nahmen an dem kleinen Küchentisch Platz. Es war still und kalt. Sie behielten ihre Jacken an. Thurston bewegte seine Arme, um weniger zu frieren. Sie sahen sich an. Der bärtige Amerikaner und die beiden verheulten Schweden mit ihren Winterjacken und tropfenden Nasen boten einen absurden Anblick.

Thurston brach als Erster in Gelächter aus, das sich steigerte, bis er schließlich vornübergebeugt, den Kopf zwischen den Knien, dasaß. «Wir waren in Griechenland», sagte er, «und dann haben wir das ganze verdammte Europa durchquert und dabei Leib und Leben riskiert.» Er lachte. Annie stimmte ein. «Zu welchem Zweck?», fragte er und breitete die Arme aus. «Um in einem verdammten Tipi in dem kältesten Land zu hocken, das dieser erbärmliche Planet zu bieten hat!»

Jetzt begann auch Max zu kichern, und sie lachten, bis ihnen die Tränen kamen.

«Erklärt mir das noch einmal», sagte Thurston, als sie sich wieder beruhigt hatten. Er wischte sich die Tränen aus den Augen. «Warum haben wir uns ausgerechnet Vaxholm ausgesucht?»

«Weil es außerhalb der Stadt und außerdem in Richtung Vallentuna liegt», antwortete Max.

«Und was führt uns nach Vallentuna?»

«Karl-Johan Jensen», antwortete Annie.

«Ja, richtig», erwiderte Thurston. «Ich bringe sämtliche Ortsnamen durcheinander. Alles klingt irgendwie gleich.»

Es war ein Leichtes gewesen, K. J. Jensens Adresse herauszufinden. Ein Anruf bei der Auskunft hatte ergeben, dass es zwei Karl-Johan Jensens gab, einen in Vansbro in Dalarna und einen in Vallentuna. Laut Arkady war der Gesuchte zwischen fünfundzwanzig und dreißig Jahre alt. Annie rief bei der Schulverwaltung in Vansbro an und ließ sich mit der Studienberaterin verbinden, die Karl-Johan in der Tat kannte. Er war Vorsitzender des Liberalen Jugendverbandes in Dalarna. Anschließend rief Annie am Gymnasium in Vallentuna an, wo man sich an Karl-Johan erinnerte. Treffer.

Thurston erhob sich und ging Richtung Haustür. Nach ein paar Schritten drehte er sich um und sah Annie an. «Jetzt suche ich mal nach der Toilette. Wann besuchen wir K. J. Jensen?»

«Gleich morgen früh.»

6

Es wurde Abend. Max und Annie hatten es sich auf der einen Schlafcouch bequem gemacht. Thurston saß auf einem Sessel. Zwischen ihnen summte der Elektroheizkörper. Sie sprachen über Mingus. Darüber, wie er war. Und wie sie waren.

Mingus hatte sich von klein auf zu beherrschen gewusst. Aber nur ein einziges Wort mit einem bestimmten Tonfall führte zu einem Zusammenbruch. Für gewöhnlich war er jedoch ein stolzer kleiner Soldat, der die Zähne zusammenbiss.

«JFK jr. 1963, aber ohne zu salutieren», sagte Max.

«Er tat immer, als sei alles in Ordnung», meinte Annie.

Abends, nachdem das Licht gelöscht worden war, hatte sich Mingus seinen Puppen anvertraut und Mutmaßungen angestellt. Manchmal hatten sie ihn mit seinen Fragen alleine gelassen und auf diese Weise versagt. Diese Unzulänglichkeit hatte entscheidende Folgen gehabt. Sie wussten, dass sie mit ihm nicht darüber reden konnten, ohne dass er einen Zusammenbruch erlitt. Denn ihre momentane Lage gestattete keinen Zusammenbruch, nicht einmal in einem kleinen Kinderherzen.

Max trank einen Schluck Tee und behielt die Tasse lange am Mund, um ein paar Sekunden zu gewinnen, in denen die Tränen versiegen konnten. Annie, die ihn schon viele Male so erlebt hatte, legte ihm eine Hand aufs Bein.

«Macht euch nicht so viele Vorwürfe», sagte Thurston. «Soweit ich das beurteilen kann, blieb euch keine Wahl. Es gibt Leute, die ihre Kinder ohne Anlass derart verletzen, dass es sich auch mit viel Geld nicht mehr einrenken lässt. Und auch nicht mit viel Liebe. Wenn es zu spät ist, ist es zu spät. Ihr habt immer noch Zeit.» Er schaute hoch. «Ich will damit nicht sagen, dass der Junge nicht vielleicht doch Schaden genommen hat, denn ich gehöre nicht zu den Leuten, die die Dinge beschönigen. Nehmt mir das jetzt nicht übel. Aber noch ist Zeit, um die Wunden zu heilen. Was immer ihr unternehmt, lasst euch diese Gelegenheit nicht entgehen.» Er sah Max an. «Denn das würdet ihr jeden Tag, mit jedem Atemzug, für den Rest eures Lebens bereuen.»

«Wir wissen, was mit deinem Sohn geschehen ist», sagte Max.

Thurston nickte langsam. «Ich weiß. Oder besser gesagt ging ich davon aus, dass ihr es bei euren Erkundigungen früher oder später von Jack erfahren würdet.»

«Und von deiner Exfrau», sagte Annie.

Er lachte. «Wenn man richtig gründlich recherchiert, stößt man auch auf sie.» Er sah Annie an. «Und findet heraus, was sie von ihrem Exmann hält, der nicht einmal bei der Beerdigung seines einzigen Sohnes anwesend war, nicht wahr?»

Annie nickte.

Thurston dachte einen Augenblick nach. «Ich dachte, wenn ich in den Krieg ziehen oder für eine gute Sache sterben würde, an die auch Jack geglaubt hatte, dass ich ihn dann vielleicht wiedersehen dürfte. Denn ich glaube an Gott und an ein Jenseits, in dem Jack auf mich wartet. Vielleicht übt er ja schon eine Standpauke ein, aber er wartet. Und wenn er sieht, dass er seinen Vater etwas gelehrt hat, dann wird er mir, glaube ich, meine Erbärmlichkeit verzeihen. Viele Male hätte es mir nichts ausgemacht, auf eine Mine zu treten und auf diese Weise die Reise zu ihm zu verkürzen.»

«Pass auf, was du dir wünschst», meinte Max.

«Dafür bin ich zu alt, Max.» Thurston erhob sich und verzog das Gesicht. «Ich glaube zwar an Gott, aber er mutet uns Menschen wirklich einiges zu, so viel ist sicher.» Er ging zu seiner Schlafnische. «Bleibt nicht zu lange auf, Kinder. Morgen fängt die Arbeit an.»

7

«Dafür haben wir also diese lange Reise unternommen», sagte Thurston und schaute durch die Windschutzscheibe.

Annie und er saßen im Auto vor Karl-Johan Jensens Haus in Vallentuna.

«Ziemlich unheimlich», meinte er und öffnete die Beifahrertür.

«Hast du Angst vor dem Wald?», scherzte Annie.

«Äcker, Wälder, verfallene Häuser und Leute, die nicht gefunden werden wollen, stellen eine beklemmende Kombination dar.»

«Vallentuna ist ganz in der Nähe», erwiderte Annie mit leisem Spott. «Es wird schon alles gutgehen.»

«Das haben sie in ‹Flussfahrt› auch gesagt, und im Nu standen sie auf allen vieren und schrien.»

Annie lachte.

Max war auf dem Campingplatz geblieben. Er wollte versuchen, Patrik zu erreichen, um ihm mitzuteilen, dass sie sich in Schweden befanden.

Das rote Backsteinhaus lag an einem Hang, war wahrscheinlich aus den siebziger Jahren und besaß vermutlich einen Partykeller. Annie war in einem ähnlichen Haus in Tyresö aufgewachsen. Aber dieses hier stand auf einem großen und sehr leeren Grundstück, was dem Haus eine unheimliche Aura verlieh, da musste Annie Thurston recht geben. Es wirkte, als wollten die Bewohner zum Rest der Welt Abstand bewahren.

Sie folgten dem Kiesweg bis zur Haustür. In der Auffahrt stand ein Auto, und Annie merkte sich die Nummer.

Rasch wechselten sie einen Blick, dann hob Annie die Hand und klingelte.

Eine Frau öffnete die Tür einen Spalt weit und musterte sie schweigend. Sie war um die fünfzig, hatte ein spitzes Gesicht, graugesträhntes Haar, und ihre außerordentlich wächserne Haut ließ den Eindruck entstehen, dass sie seit ein oder zwei Jahren nicht mehr im Freien gewesen war.

«Frau Jensen?», fragte Annie.

«Und wer sind Sie?» Ihre grobe Stimme wollte so gar nicht zu der dünnen Gestalt passen.

«Ich heiße Annie, und das hier ist mein Kollege Thurston.» Die Frau runzelte die Stirn. «Er ist Amerikaner», fügte Annie noch hinzu.

«Und was wollen Sie?»

«Wir suchen Karl-Johan Jensen, der hier wohnen soll. Stimmt das?»

«Und was wollen Sie von ihm?»

«Wir würden gerne mit ihm sprechen. Sind wir hier richtig?»

«Schicken sie mittlerweile Amerikaner, um normale Leute zu belästigen?»

«Wir sind nicht hier, um jemanden zu belästigen», sagte Annie, legte die Hand auf den Türgriff und versuchte unauffällig, die Tür etwas weiter zu öffnen.

«Was wollen Sie dann?», fragte die Frau.

«Wir würden gerne mit Karl-Johan sprechen.»

«Das sagten Sie bereits», erwiderte die Frau. «Erläutern Sie mir doch, worüber, dann sehen wir weiter.»

Annie lächelte und suchte nach einer plausiblen Erklärung. Die Wahrheit kam nicht in Frage, gleichzeitig log sie sehr ungern. Also musste sie es mit einer Drohung versuchen. «Wir schreiben einen Artikel über das ehemalige Jugoslawien», begann sie. «In diesem Zusammenhang ist Karl-Johans Name aufgetaucht. Wir wollen uns versichern, dass er die fragliche Person ist und dass die Informationen stimmen. Außerdem wollen wir ihm die Gelegenheit bieten, seine Sicht der Dinge darzulegen. Es handelt sich um recht schwere Vorwürfe, und sollten sie nicht zutreffen, wollen wir sie natürlich auch nicht drucken.» Interessiert musterte sie ihr Gegenüber. Die Frau schien Annies Worten Glauben zu schenken und sich zu überlegen, welche Folgen es haben würde, wenn die Zeitungen verkündeten, ihr Sohn habe während des

Krieges in Jugoslawien Verbrechen begangen. Annie spürte, wie Thurston sie leicht anstupste. Sie hatten die Frau in die Ecke gedrängt.

Sie fuhr fort: «Im Augenblick wird sehr viel über die Ereignisse in Jugoslawien berichtet. Und ehe Karl-Johan vor das Tribunal in Den Haag geladen wird und Journalisten aus Schweden und ganz Europa ihre Zelte hier auf der Wiese aufschlagen, wollen sie vermutlich wissen, wie hoch der Wahrheitsgehalt der Behauptungen ist.»

«Und was wird behauptet?»

«Darüber würde ich gerne zuerst mit Karl-Johan sprechen.»

«Ich kann Ihnen nicht helfen», antwortete die Frau. «Ich weiß nicht, wo er ist.»

«Aber er ist hier gemeldet?»

Sie nickte. «Er gehört zu den Leuten, die nie zu Hause ausgezogen sind. Aber das bedeutet weder, dass er hier wohnt, noch, dass er Unrechtes treibt.»

«Natürlich nicht», erwiderte Annie. «Dürfen wir vielleicht einen Augenblick reinkommen?»

Die Frau runzelte die Stirn. «Wenn nicht dieser Polizist Sie geschickt hat, der an einen Terrier erinnert.»

«Und wie heißt er?», fragte Annie lächelnd.

«Martinsson.»

«Ich kenne mehrere Martinssons bei der Polizei, und mindestens drei von ihnen erinnern an Terrier.» Während sie diese Worte äußerte, bat sie um Vergebung für ihre Lüge.

«Tom Martinsson. Er wollte Karl-Johan überreden, unschuldige Kameraden zu belasten. Damit er in die Zeitungen kommt und alle sehen, was für ein fähiger Polizist er ist.»

«Nein, den kennen wir nicht.» Annie lächelte. Sie öffnete die Tür. «Wir sind Journalisten, und uns interessieren Wahrheiten, nicht Denunziationen.» Sie machte einen Schritt nach vorne, die Frau trat beiseite und ließ sie ins Haus.

Sie gelangten in eine schmale Diele. Rechts ging es in die Küche, und geradeaus lag das Wohnzimmer mit Ausgang auf die Terrasse. Annie zog ihre Schuhe aus.

«Dürfte ich wohl rasch Ihre Toilette benutzen?», fragte sie.

«Natürlich», erwiderte die Frau.

Annie warf einen raschen Blick in den Spiegelschrank. Keine besonderen Arzneimittel. In einem Glas standen jedoch zwei Zahnbürsten. Sie spülte und verließ die Toilette wieder. Der Weg zur Küche führte an einer geschlossenen Türe vorbei, die sie einen Spalt weit öffnete. Ein Jungenzimmer. An der Wand über dem Bett hing die Fahne des Fußballvereins AIK und an der Schmalseite das Foto eines jungen Mannes mit einer jungen Frau. Die Erde in den Blumentöpfen war feucht, also war es vermutlich bewohnt.

Thurston und Frau Jensen saßen am Küchentisch.

«Ich spreche kaum Englisch», sagte sie und sah Thurston verdrossen an. «Außerdem habe ich eigentlich gar nichts zu sagen. Sie können also genauso gut gleich wieder gehen.»

«Ich verstehe», sagte Annie und nahm ebenfalls Platz. Auf dem Tisch lagen eine aufgeschlagene Zeitung und einige Wettscheine.

Die Frau bemerkte Annies Blick und drehte einen der Scheine um. «Ich wette jeden Tag. Pferdewetten. Meine Tipps gebe ich aber nicht an Unbekannte weiter.»

Annie nickte und lächelte angestrengt. «Wissen Sie, wo wir Karl-Johan erreichen können?»

«Ich habe keine Ahnung», erwiderte sie, weiterhin kurz angebunden.

«Aber irgendwo muss er doch wohnen?»

«Ich bin zwar seine Mutter, aber er führt sein eigenes Leben.»

«Richtig», meinte Annie. «Aber dass man so gar nichts weiß, ist doch ziemlich ungewöhnlich.»

Karl-Johans Mutter beugte sich über den Tisch. «Sehe ich etwa aus wie eine schlechte Mutter?»

«Nein, natürlich nicht», beteuerte Annie. «Es steht nur so viel auf dem Spiel. Ich nehme doch an, dass Sie nur das Beste für Ihren Sohn wollen.»

Sie antwortete nicht.

«Ist er Ihr einziger Sohn?»

Die Frau warf Annie einen finsteren Blick zu. «Ja», sagte sie. Dann sah sie sich in der Küche um. «Seit er ausgezogen ist, ist das Haus zu groß.»

«Wann haben Sie zuletzt von ihm gehört?»

«Er rief vor einigen Monaten an und erkundigte sich nach einer Telefonnummer in einem Adressbuch, das er hier vergessen hatte. Ich habe ihm die Nummer gegeben und seither nichts mehr gehört.»

«Erinnern Sie sich noch, um wessen Nummer es sich handelte?»

«Nein. Und wenn ja, dann würde ich nicht Fremden davon erzählen.»

Annie sah Thurston an, der ebenfalls einsah, dass sie nicht weiterkamen. Die Frau, die ihnen gegenübersaß, wusste nicht mehr als sie. Annie streckte die Hand nach dem Block in ihrer Tasche aus, erinnerte sich dann aber, welche Folgen es haben konnte, ihre Telefonnummer zu hinterlassen. Sie betrachtete die Frau, die auf einmal noch kleiner wirkte.

«Darf ich Sie in einer oder zwei Wochen noch einmal anrufen, falls Ihnen noch etwas eingefallen sein sollte?»

«Das ist zwecklos», erwiderte diese, «aber Sie finden mich unter Eva Jensen im Telefonbuch, und ich kann Ihnen kaum verbieten, zum Hörer zu greifen.»

Verdrossen kehrte Thurston zum Auto zurück. «Reine Benzinverschwendung», sagte er.

«Nicht ganz», erwiderte Annie. «Ich weiß nicht, ob du folgen konntest, aber wir haben den Namen eines Polizisten erfahren, der sich ebenfalls für Karl-Johan interessiert. Tom Martinsson. Und falls er sein Handwerk einigermaßen beherrscht, müsste er einige Lücken schließen können, die Jensen betreffen.»

«Immerhin etwas.»

«Wir wissen außerdem, dass ihr Hobby Pferdewetten sind.»

«Das ist nichts Ungewöhnliches.»

«Und wir haben erfahren, dass er zu Hause ein Adressbuch vergessen hat. Wer weiß, vielleicht hat sie ja beim nächsten Besuch bessere Laune und zeigt es uns.»

«Lad mich zu einem Bier ein, dann hat sich der Ausflug vielleicht trotzdem gelohnt.»

Als sie das Auto erreicht hatten, drehte sich Annie noch einmal um. Eva Jensen stand am Fenster und sah aus, als würde sie telefonieren.

8

«Was kann ich für Sie tun, Mr. Richards?» Martinsson sprach fehlerfreies Englisch mit einem eher amerikanischen Akzent. Ihm waren die Stones einfach lieber als die Beatles.

«Wir interessieren uns für ein und dieselbe Person. Ich besitze Informationen über einen gewissen Karl-Johan Jensen und habe von seiner Mutter erfahren, dass auch Sie bei ihr waren.»

Am Vortag hatte Eva Jensen Martinsson angerufen, ordentlich ausgeschimpft und aufgelegt, ohne ihm eine Erwiderung zu gestatten. Ihren im Übrigen unverständlichen Tiraden hatte er entnommen, dass er weitere seiner Lakaien bei ihr vorbeigeschickt haben sollte, um sie mit Fragen über Karl-Johan zu belästigen und ihn mit diesen «Neonazis» in einen Topf zu werfen. Jetzt erst wurde ihm klar, was sie gemeint hatte.

«Das stimmt.» Martinsson lachte. «Eva Jensen und ich hatten ein paar Mal Kontakt. Was führte Sie zu ihr?»

«Ich würde mich gerne mit ihrem Sohn unterhalten.»

«Ich auch. Und aus welchem Grund?»

«Ich bin Journalist.»

«Und was für einer?»

«Gibt es verschiedene?»

«Nun, es gibt jene, denen die Wahrheit am Herzen liegt, und dann gibt es jene, die auf eine Schlagzeile aus sind.»

«Ich gehöre zur ersten Sorte, aber wenn mir eine Enthüllung gelingt, bin ich natürlich auch nicht traurig.»

«Und welche Rolle spielt Jensen in Ihrer Enthüllung?»

«Ich habe Grund zu der Annahme, dass er vor sechs Jahren in Vorfälle im ehemaligen Jugoslawien verwickelt war. Dazu hätte ich ihn gerne befragt.»

Martinsson setzte sich auf. «Und um welche Art von Vorfällen handelt es sich?»

«Sie stellen viele Fragen, die ich durchaus beantworten möchte, wenn ich Ihnen ebenfalls ein paar Fragen stellen darf.»

«Fair enough», antwortete Martinsson. «Aber lieber nicht am Telefon. Könnten wir uns treffen?»

«Sagen Sie mir, wann und wo.»

«An der U-Bahn-Station Slussen in einer Stunde?»

Thurston warf Annie, die über das Telefon gebeugt mitgehört hatte, einen fragenden Blick zu.

In einer Stunde war Slussen mühelos zu erreichen. Sie nickte.

«Ich bringe eine Kollegin mit. Woran erkennen wir Sie?», fragte Thurston.

Ein Kollege Martinssons ärgerte sich jedes Mal, wenn er bei Slussen umsteigen musste, über den Radau eines musizierenden Punks. Noch vor wenigen Minuten hatte er am Kaffeeautomaten über den Lärm geschimpft, daher wusste Martinsson, dass der Straßensänger momentan auf seinem Posten war. Was wäre die Welt ohne Originale, hatte er seinen Kollegen gefragt, als er einen extra starken Kaffee gezogen hatte. Die Antwort war im Krach der Maschine untergegangen. Er meinte aber ein «Geh zum Teufel, Martinsson» vernommen zu haben.

«Gehen Sie zu diesem Gitarrenspieler mit dem langen Bart und der durchdringenden Stimme. Ich stehe in einem grauen Mantel und Jeans, aber ohne Bart neben ihm.»

«Also gut, bis dann», erwiderte Thurston und legte auf.

9

Es bereitete Thurston und Annie keine Mühe, den von Martinsson erwähnten Musiker aufzuspüren, denn er war über den ganzen Bahnsteig zu hören. Martinsson zu erkennen war noch einfacher, denn er sah wie ein typischer Polizist aus.

Thurston streckte die Hand aus. «Thurston Richards», sagte er und schüttelte Martinsson die Hand. Dann versuchte er den

Gesang zu übertönen. «Das hier ist Anna, meine Assistentin und Dolmetscherin.»

Martinsson lächelte und gab Annie die Hand. «Wir fahren ein Stück», sagte er, als die U-Bahn nach Skarpnäck am Bahnsteig einfuhr.

Als sie sich in der U-Bahn gegenübersaßen, betrachtete Thurston den seltsamen Troubadour durch das Fenster und sagte lachend: «Verabreden Sie sich immer bei diesem Burschen?»

«Er ist jedenfalls nicht zu verfehlen.»

Sie lachten, und die Bahn setzte sich in Bewegung.

Martinsson betrachtete Thurston Richards. «Sie sind also Journalist und vermutlich aus dem großen Land im Westen.»

«Ganz richtig.»

Martinsson wandte sich an Annie. «Und Sie sind also Schwedin, Anna?»

«Dolmetscherin und Assistentin, wie gesagt», erwiderte Annie.

Martinsson ließ seinen Blick nachdenklich auf ihr ruhen. «Sind wir uns schon einmal begegnet? Irgendwie kommen Sie mir bekannt vor.»

Annie spürte, wie sich ihr Puls beschleunigte. Erst als sie in die U-Bahn gestiegen waren, hatte sie so richtig das Gefühl gehabt, wieder zu Hause zu sein und Gefahr zu laufen, einem ehemaligen Nachbarn oder Kollegen zu begegnen. Obwohl sie ihr Aussehen verändert hatte, war das Risiko groß, von jemandem wiedererkannt zu werden. «Nicht, dass ich wüsste. Das ist wohl mein alltägliches Aussehen», scherzte sie.

«Sie sind zu bescheiden», antwortete Martinsson lächelnd. «Mir fällt es sicher noch ein.»

Hoffentlich nicht allzu bald, dachte Annie. Sie hatte eine Dose

Tränengas in ihrer Handtasche, das sie sich nach ihrer missglückten zweiten Begegnung mit Arkady zugelegt hatte. Sie zog allerdings vor, es nicht zu verwenden.

Die U-Bahn hatte an der Station Medborgarplatsen gehalten und war dann wieder weitergefahren.

«Können wir jetzt reden?», fragte Martinsson und sah Thurston an. «Ich muss Sie bitten, den Anfang zu machen. Aber wenn Sie die richtige Art von Informationen besitzen, verspreche ich Ihnen vollkommene Offenheit. Leider ist diese Reihenfolge nicht verhandelbar.»

«Wir sind bereit», sagte Thurston, «und haben kein Problem damit anzufangen.»

«Gut. Andernfalls wäre dieses Treffen kurz ausgefallen.» Martinsson erhob sich. «Wir steigen an der nächsten Haltestelle aus und gehen spazieren.»

Als sich die Türen bei Skanstull öffneten, stiegen sie aus, erklommen die Treppe, überquerten den Ringvägen und gingen ans Wasser, zum Årstafjärden hinunter. Sie begaben sich Richtung Tantolunden. Mit Ausnahme einiger weniger Jogger und Hundebesitzer waren sie allein.

«Wir arbeiten an einer Reportage über die Ereignisse in Jugoslawien», begann Thurston. «Wir konzentrieren uns auf sexuelle Gewalt gegen Frauen und auf Unternehmen, die damals in Jugoslawien tätig waren.»

«Welche Art von Unternehmen?»

«Private Militärfirmen», antwortete Annie.

«Ich verstehe», sagte Martinsson und sah sie an.

«Wir haben uns mit einem ehemaligen Söldner unterhalten, der dort gekämpft hat und uns Jensens Namen nannte», ergriff Thurston das Wort.

«In welchem Zusammenhang?»

«Wir baten ihn, uns mit anderen Männern, die als Söldner in Jugoslawien kämpften, in Verbindung zu bringen.»

«Und Ihr Informant meinte, Jensen sei dort gewesen?»

Thurston nickte.

«Können Sie sich auch weiterhin an ihn wenden?»

«Leider nicht, er wurde ermordet.» Dieses Mal gab Annie die Antwort.

Martinsson zog die Brauen hoch. «Aufgrund Ihres Gesprächs oder seines schlechten Umgangs?»

«Vielleicht sowohl als auch», antwortete Thurston. «Wir wissen über ihn kaum mehr, als dass er ein ehemaliger Söldner war. Auch seinen richtigen Namen kannten wir nicht.» Er wollte diesem schwedischen Polizisten gegenüber nicht allzu viel preisgeben.

«Und wann war das?»

«Vor einiger Zeit», antwortete Thurston.

Martinsson verstand den Wink. «Jensen soll also auch in Jugoslawien gewesen sein», sagte er laut zu sich selbst.

«Haben Sie deswegen nach ihm gesucht?», fragte Annie.

Tom Martinsson schüttelte den Kopf. «In Verbindung mit den mutmaßlichen Kriegsverbrechen eines anderen Schweden fiel auch Jensens Name. Die Eltern dieses anderen Söldners berichteten, die beiden seien befreundet gewesen und ihr Sohn sei nur Jensens wegen auf die schiefe Bahn geraten. So ist es ja immer. Nie ist der eigene süße Knabe schuld, sondern immer nur der schlechte Einfluss. Jensen und sein Freund verkehrten in Neonazikreisen, und das war der Grund, warum ich mit Jensen sprechen wollte. Als das nicht möglich war, gelang es uns immerhin, seinen Kumpanen, den inzwischen im ganzen Land bekannten Benny Olsson, einzubuchten. Er sitzt nun in Hall. Trotzdem nehme ich mir die Sache gelegentlich vor, weil ich lose Enden nicht mag.»

Thurston wirkte enttäuscht. «Sie können uns also nichts Neues über Jensen erzählen?»

«Vielleicht interessiert Sie ja sein Lebenslauf: Jensen wurde 1970 in Eskilstuna geboren, wuchs in Småland auf und zog als Teenager mit seiner Familie nach Vallentuna. Er war Redakteur verschiedener Neonaziblätter und trat schon früh der NSF, der Nationalsozialistischen Front, bei. In den letzten Jahren war er an einer Homepage, info88.com, beteiligt, auf der Überschriften wie ‹Fakten über die Roten› und ‹Enthüllungen über die linken Banditen› auftauchen.»

«Charmant», meinte Annie.

«Allerdings», antwortete Martinsson und lächelte. «Unter anderem werden dort Fotos von unbeliebten Polizisten veröffentlicht. Auch von mir existiert ein Foto mit einer Auflistung meiner Missetaten im Dienste des Völkerrechts.»

Fassungslos schüttelte Annie den Kopf.

Manchmal redete sich Tom Martinsson ein, seine Frau habe ihn aus diesem Grund vor die Tür gesetzt. Nachdem ein Ziegelstein ins Haus geflogen war, hatte sie sich bedroht gefühlt und war um die Sicherheit der Kinder besorgt. Aber ihre Liebe zu einem zehn Jahre jüngeren Mann und nicht die Rechtsradikalen hatte die Trennung herbeigeführt. Manchmal tat es jedoch gut, Letzteren die Schuld in die Schuhe schieben zu können.

Martinsson fuhr fort: «Dieses Jahr scheint sich die Zahl der rechtsradikalen Straftaten, verglichen mit dem Vorjahr, zu verdoppeln.»

«Ich dachte immer, das schwedische Gesellschaftsmodell sei liberal und tolerant», meinte Thurston.

«Das war vielleicht früher mal so», antwortete Martinsson. «Manche Pessimisten vermuten, dass eine dieser Organisationen im Laufe der nächsten zehn Jahre in den Reichstag einzieht. Leider scheint mir diese Sorge nicht ganz unbegründet.»

Thurston blieb stehen. «Schweden könnte sich also in ein Land mit Nationalisten in der Nationalversammlung und Unternehmen für ethnische Säuberungen verwandeln? Ich glaube nicht, dass die Welt davon weiß.»

«Ein Großteil meiner Arbeit», meinte Martinsson, «betrifft Dinge, von denen die Welt nichts weiß. Und nicht alle wollen, dass ich erfolgreich bin.»

Sie setzten ihren Weg fort.

«Aber die Statistik hat auch Erfreulicheres zu bieten», meinte Martinsson, nachdem sie eine Weile spaziert waren. «Fünfzig Prozent der rechtsradikalen Verbrechen werden nachts an Wochenenden verübt und neunzig Prozent davon auf der Straße. Daraus lässt sich schließen, dass es sich bei den Tätern nicht gerade um Genies handelt, sondern eher um ein paar Schwachmaten auf dem Heimweg von der Kneipe, die sich diesen Organisationen zugehörig fühlen. Mit solchen Leuten umgibt sich Jensen. Er selbst ist etwas verbaler als der Durchschnitt, aber ansonsten vom selben Schrot und Korn wie seine Freunde.»

Thurston begann zu schnaufen. «Mir geht so langsam die Luft aus, können wir uns nicht einen Augenblick irgendwo hinsetzen?»

Martinsson und Annie nickten, dann nahmen sie alle auf einer Bank Platz. Martinsson ergriff wieder das Wort.

«Ich arbeite jetzt schon lange mit Jugoslawien und kann mir doch kein ordentliches Bild machen. Man könnte sagen, dass wir ein Puzzle legen und dass manchmal viel Zeit verstreicht, ehe wir ein neues Teil des Puzzles hinzufügen dürfen. Manchmal erfordert es harte Arbeit, Teile aneinanderzufügen. Manchmal gelingt es mühelos. Manchmal hängen die Dinge zusammen, manchmal eben auch nicht.»

«Dann sitzen wir im selben Boot», meinte Annie.

«Genau», erwiderte Martinsson und schnippte mit den Fingern. «Möglicherweise besitzen wir ja verschiedene Teile desselben Puzzles.»

«Rücken Sie schon mit der Sprache raus, dann wissen wir, ob es passt», sagte Thurston.

«Vor einigen Monaten setzte sich eine Person mit mir in Verbindung, die behauptete, ein Sicherheitsunternehmen mit Wurzeln in Schweden sei an Kriegsverbrechen im ehemaligen Jugoslawien beteiligt gewesen.»

«Eine schwedische Militärfirma in Privatbesitz», sagte Annie und sah Thurston an.

«Falls die Behauptung zutreffen sollte», meinte Martinsson.

«Uns sind ähnliche Berichte häufiger zu Ohren gekommen», sagte Thurston. «Aber wir haben diesbezüglich noch keine Beweise sammeln können.»

«Mein Kontaktmann ist glaubwürdig. Es handelt sich um einen hohen Funktionär der demokratischen Partei in Belgrad. Und was noch wichtiger ist: Er verfügt sehr weit oben in der Hierarchie der fraglichen Firma über einen Informanten.»

«Der auch Beweise liefern konnte?»

Martinsson nickte. «Verträge, Berichte. Dokumente, die zeigten, was wo geschah und dass die Firma vollständig im Bilde war. Und das ist der springende Punkt. Sonst entschuldigen sie sich einfach, feuern ein paar der unteren Chargen, worauf der Aktienkurs ein wenig einbricht und das Firmenimage leichten Schaden nimmt. Ich muss ihnen nachweisen können, dass die Leitung alles wusste, um sie vor Gericht stellen zu können.»

«Dann verfolgen wir ja dasselbe Ziel», sagte Annie.

«Und die Dokumente sind verwendbar?»

«Ich habe sie nicht zu Gesicht bekommen», antwortete Martinsson.

«Warum nicht?», wollte Thurston wissen.

«Weil sich unser Informant in Luft auflöste.» Er lächelte.

«Und was soll daran lustig sein?», fragte Thurston.

«Nichts, es ist nur nicht das Schlimmste an dieser Geschichte.»

«Es gibt also etwas Schlimmeres?», sagte Annie.

«Leider. Dabei handelt es sich aber um vertrauliche Informationen, deren Enthüllung mich meinen Job kosten kann. Ich erwäge aber schon seit einiger Zeit, mich einem Journalisten anzuvertrauen, damit endlich etwas geschieht. Aber erst jetzt habe ich die geeigneten Personen gefunden.»

«Danke», sagte Annie. «Das war vermutlich ein Kompliment.»

Martinsson lächelte ein wenig. «Obwohl er mir keine Dokumente vorgelegt hat, besaß mein Kontaktmann so viele glaubwürdige Informationen, dass ich eine Aktennotiz verfasste und mich an meine Vorgesetzten wandte, um Mittel für weitere Ermittlungen durchzubekommen. Der Empfänger meiner Aktennotiz heißt Bo Nathansson und ist Chef der Staatskriminalpolizei. Er erkannte den Ernst dieser Angelegenheit durchaus.»

«Und was unternahm er?»

«Das ist ja das Merkwürdige. Er meinte, die Verwicklung einer schwedischen Firma in die Vorfälle im ehemaligen Jugoslawien könne eine Krise herbeiführen. Ausgerechnet Schweden, ein Land, das sich stets seiner Neutralität gerühmt hat und eine aktive Rolle im Sicherheitsrat der Vereinten Nationen spielt. ‹Dazu muss weiter oben Stellung genommen werden›, hat Nathansson gesagt.»

Martinsson betrachtete Annie und Thurston mit fast übermütigem Blick.

«Und wer ist weiter oben?»

«Die Politiker und Beamten im Justizministerium. Und dann vermutlich ihre Kollegen im Außenministerium.»

«Und was geschah, nachdem diese Informationen weitergeleitet worden waren?», fragte Thurston.

«Das weiß ich nicht.»

«Weil überhaupt nichts geschah», ergänzte Annie.

«Nicht das Geringste.»

«Das kann zweierlei bedeuten», meinte Annie.

Martinsson bedeutete ihr mit einem Nicken fortzufahren.

«Entweder hat Ihr Chef ...»

«Nathansson.»

«Entweder hat er nichts gesagt und Sie somit hinters Licht geführt, oder ...»

«Oder», sagte Martinsson.

«Oder die Entscheidungsträger legen die Hände in den Schoß.»

«Genau!»

«Aber können wir sicher sein, dass sie tatsächlich informiert wurden?», fragte Thurston und sah Martinsson verblüfft an.

«Ja, und zwar hundertprozentig. Ich weiß sogar, wann die Besprechung begann und wann sie endete.»

Thurston zog die Brauen hoch. «Spionieren Sie Ihrem eigenen Chef hinterher?»

«Nein, aber ich gedenke, dieser Sache auf den Grund zu gehen. Deswegen habe ich mir von einem Kontaktmann des Bewachungsunternehmens die Besucherlisten der Regierungskanzlei geben lassen. Nur zwei Tage, nachdem ich Nathansson informiert hatte, hatte dieser eine Besprechung mit Morgan Nätterquist, dem Staatssekretär des Justizministers. Und ich bezweifle, dass es sich um einen Zufall handelt.»

«Und das führt uns wohin?», fragte Thurston.

«Zueinander», antwortete Annie, noch ehe ihr Martinsson zuvorkommen konnte. «Sie», sagte sie und legte Martinsson eine Hand auf die Schulter, «haben einen glaubwürdigen Tipp hinsichtlich einer oder mehrerer privater militärischer Unternehmen mit Verbindungen nach Schweden erhalten, die sich der Verbrechen im ehemaligen Jugoslawien schuldig gemacht haben. Aber Sie kennen nicht den Namen des Informanten und wissen auch nicht, wo er sich befindet. Auch uns sind derartige Gerüchte zu Ohren gekommen. Außerdem haben wir glaubwürdige Informationen über einen Mann erhalten, der für eine solche Firma in Jugoslawien gekämpft hat. Wir kennen seine Identität, wissen aber nicht, wo er sich aufhält.»

«Außerdem ist unser Informant tot», sagte Thurston.

«Genau», sagte Annie. «Der einzige und beste Weg, um weiterzukommen, dürfte also sein …»

Sie sah Martinsson an.

Dieser ergänzte: «Karl-Johan Jensen zu finden.»

HOTEL PRINS HENDRIK, AMSTERDAM

1

Seit dem Ereignis schlief er nur schlecht. Albträume und durchgeschwitzte Laken. Anfänglich hatte ihn nur eine Geräuschempfindlichkeit gequält, dann waren die Träume hinzugekommen, die ihm auch jetzt noch zusetzten. Im Laufe der Jahre waren die Erinnerungen an seine Tat verblasst, fast so, als hätte er sie nie verübt. Aber jetzt waren sie voller Wucht zurückgekehrt.

Er war diesem bosnischen Luder in der U-Bahn begegnet und hatte sie innerhalb einer Zehntelsekunde erkannt. Und sie ihn. Also hatte er seinen Kontaktmann angerufen, der ihn zu einem längeren Urlaub aufforderte. Sie verfügten über Verbindungen in Amsterdam. Eine Arbeit, die er hätte kündigen müssen, gab es nicht. Auch keine Familie. Nur die Kameraden von der NSF. Nach ein paar Tagen Bedenkzeit war er aufgebrochen. Jetzt befand er sich in Amsterdam, und es wurde noch schlimmer. Manchmal wachte er mitten in der Nacht auf und glaubte, wieder in dem Haus zu sein. Er hatte es einem bosnischen Alten abgenommen, einem Schneider mit Gebetsteppich, der in dem sogenannten Tunnel-Neun-Gefängnis für Bosniaken gesessen hatte. Eine seiner Aufgaben bestand darin, dafür zu sorgen, dass sie sich gut benahmen und ordentlich in einer Reihe gingen, wenn sie den Pisseimer leerten und Wasser holten.

Eines Abends schlug er ihn tot. Der Alte lag auf dem Boden, und er setzte sich auf seinen Rücken und schlug ihm auf die Nieren, bis er fast tot war. Dann stellte er ihm seinen Stiefel auf den Kopf und trat ihn platt wie eine Coladose. Der Lagerkommandant hatte ihm freie Hand gelassen. Der Alte hatte ihn stöhnend angefleht, ihn nicht mehr zu schlagen, ihm Gold angeboten, das er zu Hause aufbewahrte, und ihm die Adresse verraten.

Also hatte er das Haus in Riborski ausfindig gemacht und nach dem Gold durchsucht. Aber Fehlanzeige. Stattdessen hatte er sich des Hauses bemächtigt. Sie brauchten einen Ort, an den sie die Frauen bringen konnten. Er erinnerte sich noch an den Namen des Alten, denn in seinen Berichten hatte er das Haus nach ihm benannt: Salamans Haus.

Jetzt sah er die Silhouette des Schneiders in der Tür seines Zimmers. Sie zeichnete sich vor dem gelben Licht des Korridors ab. Er wusste, dass es sich um ein Gespenst handelte. Er erkannte es. Die Gardinen waren zugezogen, aber er konnte sich nicht erinnern, sie geschlossen zu haben. Er musste lachen. Er hatte mehrere Tage hintereinander getrunken. Das Hotel lag in Amsterdams Chinatown, in Zeedijk. Hier gab es Drogen an jeder Ecke. Chinesische Straßenschilder mit verschlungenen Buchstaben hingen in der Luft. Er vermochte nicht mehr, sich im Freien aufzuhalten, hatte Amphetamin genommen und saß auf seinem Zimmer. Auf die Gespenster war er vorbereitet.

«Du dummer Alter», sagte er und lachte. «Lass mich in Ruhe, ich habe nur Befehle befolgt. Verzieh dich auf deinen Gebetsteppich und schau, ob Allah dir jetzt hilft, du blöder Knoblauchfresser!»

Das Zimmer schwankte. Er kniff die Augen zu, hörte seinen eigenen Herzschlag. Er dachte an den Vogel, dem er als Kind den Hals umgedreht hatte. Auf der Straße hörte er Leute. Er wusste nicht, ob Tag oder Nacht war.

Plötzlich spürte er etwas Kaltes an seinem Hals. Jemand

drückte seinen Kopf auf die Matratze. Er versuchte, die Arme zu heben, aber das ging nicht. Jemand schlug ihm auf den Adamsapfel, und er bekam keine Luft mehr. Das kannte er. Er wohnte in Zimmer 211. Er sah die Gesichter der elf Männer vor sich, denen er die Kehle durchgeschnitten hatte. Sie hatten um ihr Leben gebettelt und waren wie Schweine gestorben. Ihr Blut hatte die Erde schwarz gefärbt. Er rang nach Luft. Das Geräusch beruhigte ihn, und er war davon überzeugt, dass alles wieder gut werden würde, wenn er wieder wach wurde. Die Augen der verängstigten Töchter waren ein Gewässer, das ihm gehörte. Er trat mit den Beinen, und jemand setzte sich darauf. Er spürte, wie sich das Leben aus ihm über die Brust und das Leintuch ergoss.

EINGEHOLT UND WEITER

1

Jan Wikholm strich noch einmal mit dem Pinsel über die Laute in Bellmans Hand. Dann lehnte er sich zurück, um sein Werk kritisch zu betrachten. Nach der Pensionierung hatte er zu malen begonnen. Sie hatten der Stadt den Rücken gekehrt und einen kleinen Bauernhof im Naturschutzgebiet Velamsund gekauft. Zu dem Hof gehörte ein kleines Atelier, in dem früher einmal ein Glasbläser gearbeitet hatte. Dorthin zog er sich zurück, dort verschanzte er sich.

Durch das offene Fenster hörte er das Telefon klingeln. Dann wurde es wieder still. Vielleicht hatte der Anrufer aufgelegt, oder seine Frau, die irgendwo im Haupthaus war, war drangegangen.

An ihren ermutigenden Tagen verglich sie seine Gemälde mit jenen Peter Dahls. Selbst fand er in Momenten der Entmutigung, dass sie an die Werke seiner Enkel erinnerten. Dieses Gefühl habe ich immer öfter, dachte er und trug noch etwas Farbe auf. Es gab jedoch auch Tage, an denen er sich für einen verdammt talentierten Künstler hielt, aber sie wurden immer seltener.

Damals, als sein ruheloses Auf- und Abgehen seiner Frau ernsthaft auf die Nerven ging, befahl sie ihm, wieder mit dem Malen anzufangen. Und dafür war er ihr dankbar. Er hatte vergessen, wie hypnotisch es sein konnte, versunken vor einer Leinwand zu sitzen und das Werk langsam aufzubauen. Aber manchmal ging es auch zu hypnotisch und zu langsam vonstatten. An solchen Tagen vermisste er das Tempo und den Nervenkitzel seines Reporterdaseins. Beim Malen konnte von einem erhöhten Adrenalinpegel nicht die Rede sein, da mochte es noch so viel Peter Dahl sein. Vom sechzehnten Lebensjahr an hatte er sich der Presse verschrieben, und das hatte Spuren hinterlassen. In seinem Herzen. Und in den Lungen. Als er in Rente gegangen war, hatte er mit dem Rauchen aufgehört. Aber die Storys lagen ihm immer noch am Herzen, und wenn es nach ihm gegangen wäre, hätte er noch gearbeitet. Aber er durfte nicht.

Nach der Affäre mit Annie Lander hatte man ihn aufs Abstellgleis geschoben. Erst zu spät war ihm aufgegangen, dass sie wahrscheinlich einer sehr großen Sache auf der Spur gewesen war, die sie möglicherweise ihr Leben gekostet und sie in jedem Fall zur Flucht gezwungen hatte. Und es war dieses Gefühl gewesen, das ihn nach einem Leben gänzlich im Dienst der Zeitung isoliert hatte. Der Geschäftsführer der Zeitung, der hochadelige Carl von Konow, hatte ihm ohne weitere Umschweife erklärt, die Zeitung akzeptiere die Version der Polizei über das Schicksal Annie Landers. Ob er selbst daran glaube oder nicht, spiele keine Rolle. Damit hatte er sich natürlich nicht abfinden können, denn von Konow hatte ihn schon allzu oft gegängelt. Annies Blick beim Bescheid ihrer Suspendierung war unvergesslich. Bereits da hatte ihn das Gefühl beschlichen, diese Entscheidung sei ein Fehler. Aber er hatte Angst gehabt. Zum ersten Mal war eine seiner Untergebenen seiner Angst zum Opfer gefallen. Und wie es so schön hieß, *what goes around comes around*, denn wenig später hatte er mit Unterlagen über die Frührente und einem Stift zum Unterschreiben auf demselben Stuhl gesessen. Anschließend war von Konow zum Vorsitzenden des Aufsichtsrats aufgestiegen, ein weiterer adliger Schnösel als Geschäftsführer also. Gut, dass er aufgehört hatte, sonst wäre er vermutlich vor Wut an einem

Herzinfarkt gestorben oder hätte diesen Schnösel erwürgt und wäre daraufhin eingebuchtet worden. Er hatte sich für einen Neubeginn zu alt gefühlt und das Rentnerdasein akzeptiert. Der um einiges jüngere Bergström, der seiner Unbeugsamkeit wegen ebenfalls den Hut hatte nehmen müssen, hatte eine Gratiszeitung gegründet. Er hatte Bergström versprochen, ihn zu einem fürstlichen Essen einzuladen, wenn es ihm gelang, das Blatt ein Jahr lang am Leben zu erhalten. Jetzt existierte es bereits seit drei Jahren, und Bergström erkundigte sich in regelmäßigen Abständen, wann sie denn endlich essen gehen würden.

Wikholm legte den Pinsel beiseite und trank einen Schluck Kaffee. Kaum hatte er sich wieder seiner Staffelei zugewandt, da hörte er ein Auto. Seine Frau war zu Hause, und Besuch kam nur selten. Vielleicht hat sich ja jemand verfahren, oder ein Tourist glaubt, dass es etwas zu sehen gibt, dachte Wikholm, denn an der Straße stand immer noch ein Schild mit der Aufschrift Glasbläserei, mit dem der Vorbesitzer vermutlich Kunden hatte anlocken wollen. Einige Male pro Jahr erschienen Interessierte, und einmal hatte er auf diese Weise ein Bild verkauft.

Ein blauer Saab hielt vor dem Haus. Zwei Männer, die nicht aussahen, als würden sie sich für Glas interessieren, stiegen aus.

Wikholm schob die Schiebetür beiseite und baute sich in der Türöffnung auf. Die Männer gingen auf ihn zu, in einem der Fenster des Haupthauses sah er seine Frau.

«Jan Wikholm?», fragte der eine.

Schwarze Lederjacke. Turnschuhe. Blumenkohlohren. Trinkeraugen. Polizist.

«Nur, wenn Sie mit einer guten Nachricht kommen», entgegnete Jan Wikholm und trat über die Schwelle ins Freie.

«Ich bin Steffo Brock, und das ist mein Kollege Torsten Enlund», sagte der andere. «Reichskriminalamt.»

Wikholm schob die Hände in die Hosentaschen seiner abgetragenen Jeans. «Was verschafft mir die Ehre?»

«Es dauert nur fünf Minuten», sagte Torsten Enlund. «Hätten Sie Zeit? Sie wirken nicht übermäßig beschäftigt.» Er lächelte und sah sich um.

«Sie auch nicht», antwortete Wikholm. «Wenn Sie sich die Zeit nehmen, in die Wildnis zu fahren, um einen alten Mann aufzusuchen. Geht es etwa um das Bild, das ich letztes Jahr für fünfhundert Kronen verkauft habe und das auf meiner Steuererklärung nicht auftaucht?» Er lächelte. Enlunds Lächeln gefror.

«Wir haben einige Fragen, die Annie Lander betreffen», sagte Steffo Brock. «Und wir hoffen, dass Sie ein paar Antworten haben.»

Das Echo eines Traumas. «Ich habe Ihren Kollegen vor fast zehn Jahren alles, was ich wusste, gesagt. Schauen Sie im Archiv nach.»

Er drehte sich um und kehrte ins Atelier zurück. Die beiden Beamten folgten ihm.

«Wann haben Sie zuletzt miteinander gesprochen?»

«Gesprochen?», erwiderte Wikholm und drehte sich um. «Zuletzt habe ich Annie Lander 1989 gesehen, und zwar zusammen mit dem Geschäftsführer der Zeitung. Danach hat sie sich, tot oder lebendig, in Luft aufgelöst.»

«Sie ist durchaus noch am Leben.»

«Da wissen Sie mehr als ich.»

«Wir haben ein Telefonat mitgeschnitten, das sie mit einem Kriminellen hier in Schweden geführt hat», sagte Torsten Enlund und reckte sich.

«Ich dachte, die Polizei bediene sich nicht mehr solcher Methoden.»

Der Polizist ignorierte diese Bemerkung. «Annie Lander hat

sich viele Jahre ferngehalten», sagte er stattdessen. «Es besteht aber Grund zur Annahme, dass sie ihren Aufenthaltsort gewechselt hat und vielleicht sogar auf dem Weg nach Schweden ist. Möglicherweise ist sie bereits hier. Wir fragen uns, ob sie sich vielleicht bei Ihnen gemeldet hat.»

«Warum sollte sie das tun?»

«Wir hatten den Eindruck gewonnen, Sie seien», Brock wählte seine Worte mit Sorgfalt, «einer ihrer Vertrauten.»

«Das war damals, jetzt ist jetzt.»

«Lander hat in Griechenland gewohnt. Davon wussten wir nichts, bis ein Anruf von Interpol kam.»

«Interpol?»

«Es wird wegen eines Mordes an einem Russen in Paralia ermittelt.»

«Und was soll Annie Lander damit zu tun haben?»

«Zeugen haben eine Frau gesehen, die eilig das Haus verließ, in dem der Ermordete wohnte. Überall in seiner Wohnung waren blutige Fingerabdrücke. Und ob Sie es glauben wollen oder nicht, diese Abdrücke stammten von Annie Lander.»

Wikholm schwieg.

Torsten Enlund lächelte. «Nach Annie Lander wird gefahndet. Wegen Mordes.»

2

Avram Gavric saß auf dem Sofa an der Wand unter dem großen Spiegel. Ihm gegenüber hatten die Bullen Steffo Brock und Torsten Enlund Platz genommen.

Vitomir Jozak hatte nach seiner Übernahme des Clubs Ende

der Achziger im Flamingo ein Chambre séparée einrichten lassen. Vitomir erhielt nach wie vor einen Teil der Clubeinnahmen, aber seit einigen Jahren wurde er von Avram Gavric betrieben. Als sie ihn übernommen hatten, war der Club eine Kaschemme mit schalem Bier und fettem Essen gewesen, jetzt hatte das Lokal mehr Stil. Für einen Michelin-Stern reichte es allerdings nicht, zumindest nicht, solange die Jury unbestechlich war. Aber es war ein ruhiges und ordentliches Etablissement mit einem fähigen Koch und höflichem Personal. Avram Gavric hielt sich jeden Sonntagnachmittag dort auf und plante die kommende Woche.

Hinter Avram Gavric hing ein ganz spezieller Spiegel, der in eine Richtung durchsichtig war. Hinter der Wand gab es ein kleines Zimmer, das durch eine Besenkammer betreten werden konnte und in dem eine Kamera stand. Diese filmte durch den Spiegel. Das Mikrophon steckte im Kronleuchter über dem Tisch. Vitomir, der gerne alles dokumentierte, hatte die Überwachungsanlage einbauen lassen.

Die beiden Bullen saßen mitten im Bild.

Göran Theorin hatte auf Vitomirs Lohnliste gestanden. Brock war Theorins Nachfolger geworden und später auch Enlund. Avram Gavric war im Laufe der Jahre Vitomirs Puffer zur kriminellen Welt geworden und kümmerte sich auch um die Kontakte mit den Bullen. Er hatte sie von sich abhängig gemacht und gedachte nun, die Daumenschrauben anzuziehen. Sie taten ohnehin nicht viel für ihr Geld, und selbst wenn die Geldbündel, die sie von ihm erhielten, nicht dazu ausreichten, um sich auf Gran Canaria zur Ruhe zu setzen, so stellten sie doch eine erfreuliche Ergänzung ihres beschissenen Bullengehaltes dar. Er hatte etwas vor mit ihnen. Sie würden ihm aufs nächste Niveau verhelfen. Er selbst hatte einige Minuten vor ihrem Eintreffen auf die REC-Taste der Kamera gedrückt.

«Warst du im Fitnessstudio?», fragte Steffo Brock.

«Ich mache Waldspaziergänge», antwortete Avram, zog seine Trainingsjacke glatt und dachte, dass das der Wahrheit recht nahekam. Mit einem angeheuerten Talent aus Belgrad hatte er ein Objekt auf einem Joggingparcours bearbeitet.

Avram schob zwei Umschläge über den Tisch. «Hier. Für den letzten Monat.»

Brock steckte den Umschlag in die Innentasche seines Sakkos. Torsten Enlund öffnete ihn und zählte die Scheine.

«Verdammt, ich wollte mir eine neue Kiste zulegen», sagte er und sah Avram an. «Das hier reicht ja gerade mal für die Stoßstange.»

«Euer Glück», meinte Avram. «Ich brauche Unterstützung bei einem Sicherheitsjob. Das Honorar beträgt das Fünffache von dem, was du in der Hand hältst.»

«Langsam wird es interessant, Gavric.»

Sein eigener Name auf dem Video. Stopp. Das Ganze noch mal von vorne.

«Mir wäre es wie gesagt recht, wenn ihr einen Sicherheitsjob für mich übernehmen könntet. Für das Fünffache des bisherigen Honorars, da die Ladung wichtig ist.»

«Komm schon zur Sache», sagte Enlund. «Worum geht es?»

«Um einen Transport. Ihr holt eine Tasche, behaltet sie ein paar Stunden und gebt sie dann woanders wieder ab. Der Inhalt ist drei Millionen wert, es ist also wichtig, dass nichts schiefgeht.»

«Und was ist in der Tasche drin?», fragte Brock.

«Sie wiegt fünf Kilo», antwortete Avram. «Wenn euch einer eurer Kollegen damit hochnimmt, bekommt ihr Probleme. Mehr braucht ihr nicht zu wissen.»

Kokain. Er kaufte es für vierhundert das Kilo ein und verkaufte es für sechshundert weiter.

«Wann?», fragte Brock.

«Ich teile euch die genaue Zeit noch mit. Erst will ich wissen, ob ihr zu dieser Art von Arbeit bereit wärt. Wenn nicht, übergebe ich es jemand anderem.»

Brock sah Enlund an.

«Das kriegen wir schon hin», erwiderte Brock. «Beim Honorar müsstest du dann aber was drauflegen. Schon allein durch das Gewicht ist die Sache riskant. Niemand erledigt die Arbeit zuverlässiger als wir. Aber das kostet.»

«Du schenkst einem wirklich nie was, Brock. Aber okay, einverstanden, schließlich seid ihr beiden, Enlund und du, die Besten. Dann lasst uns mal auf unsere Zusammenarbeit anstoßen.»

Sie hoben ihre Gläser. Sie tranken. Avram war geschickt. Zu geschickt für Brosamen. Und der Würfel war gefallen.

3

Max stand an der Reling der Skutskär, eines schönen Boots, das ihn in zwanzig Minuten von Vaxholm nach Klippudden auf Lidingö bringen würde.

«Der schnellste Dampfer in den Schären», informierte ein Besatzungsmitglied.

Für die Leute, die auf diesem Dampfer arbeiteten, gab es sicher eine bestimmte Bezeichnung, aber die kannte Max nicht. Das Besatzungsmitglied erzählte, der Dampfer sei 1908 in Göteborg gebaut worden.

«Die Lindholmen-Werft konnte damals wahrhaftig Schiffe bauen.»

In der Tat, dachte Max und ließ seinen Blick über die Schären schweifen.

Mit dreimaligem Tuten legten sie vom Steg ab. Max verweilte noch etwas auf dem Vordeck, die Fahne mit dem Wappen des Fährbetriebs flatterte im Wind, und neben ihm standen ein paar ältere Männer und sprachen darüber, dass die Saison bald begann und dass es immer so verdammt wehmütig war, wenn sie zu Ende ging. Der Duft von Kaffee in Plastikbechern wehte zu ihm herüber. Die Gischt spritzte kalt, und er beschloss, hineinzugehen und sich aufzuwärmen.

In der Cafeteria summte die kurzhaarige Serviererin, auf deren Namensschild Maria stand, den Refrain von «Heartbreaker» von Dionne Warwick, was ihn irgendwie beruhigte. Er kaufte einen Becher Kaffee und nahm auf einem Plastikstuhl Platz.

Er war auf dem Weg zu einem Treffen mit Patrik. Annie und Thurston hatten ihn in Vaxholm abgesetzt und waren weitergefahren. Sie wollte die Stadtbücherei in Täby aufsuchen, um einige Dinge im Internet zu recherchieren. Die Verwalterin des Campingplatzes hatte frei, und die Internetverbindung der Vaxholmer Bücherei funktionierte nicht und würde erst am folgenden Tag repariert werden. So lange konnten sie nicht warten.

Max würde an der Haltestelle Klippudden aussteigen, wo ihn Patrik mit dem Auto erwartete. Auf diese Weise ließ sich die Umgebung erst einmal observieren. Wenn etwas nicht stimmte, würden sie den Versuch einfach abbrechen und es später wieder versuchen.

Patrik war sein bester Freund, aber ihre letzte Begegnung lag schon lange zurück. Er sehnte sich danach, ihn wiederzusehen, und schaute auf die Uhr. In ein paar Minuten würde er ankommen. Wahrscheinlich wartete Patrik bereits im Auto auf ihn.

Sein Handy klingelte, und er ging an Deck, um zu antworten.

Annie hatte für sie alle Prepaidkarten besorgt, damit sie möglichst sicher telefonieren konnten. In einer Woche würde sie sie durch neue ersetzen.

Der Dampfer hielt auf die Landungsbrücke Klippudden zu.

«Hallo?», rief Max, um den Lärm des Schiffes und des Meeres zu übertönen.

«Max, hier ist Patrik. Bleib an Bord.»

«Ist was passiert?»

«Ein Wohnmobil hat mich aus der Stadt verfolgt. Ich bin mir nicht sicher, aber ich will auch nichts riskieren. Wir brechen den Versuch ab.»

«Wo bist du?»

«In Gåshaga, ganz in deiner Nähe. Ich tue so, als würde ich mir die Umgebung anschauen, und im Augenblick sind sie nirgends zu entdecken, aber ich bin mir absolut sicher, dass sie auftauchen, sobald ich ins Auto steige. Sie haben mir kürzlich einen Besuch abgestattet, Max.»

«Wer?»

«Die Polizei. Sie sind bei der Arbeit aufgetaucht und haben eine verdammte Szene gemacht. Einfach nur so. Sie wollten mich unter Druck setzen. Ich glaube, sie haben den Verdacht, dass ihr wieder in Schweden oder zumindest auf dem Weg hierher seid.»

«Welche Fragen haben sie dir gestellt?»

«Sie haben behauptet, Interpol fahnde nach Annie. Wegen Mordes.»

«Das ist abwegig.»

«Das ist mir auch klar, Schwachkopf. Aber sie sind euch offenbar auf der Spur.»

«Bringt dich das in Schwierigkeiten?»

«Der eine oder andere hat sich erkundigt, was die Polizei von mir will, und ich habe gesagt, du seist mein Mandant und dass ich nicht wüsste, wo du dich aufhältst. Aber ich weiß einfach nicht, wann das ein Ende nehmen soll.»

«Da geht es dir so wie mir, mein Freund.» Max dachte nach. «Okay. Steig wieder ein und fahr nach Hause. Falls du die Nummer des Autos siehst, das dich verfolgt, kannst du sie ja notieren. Darf ich dich um einen weiteren Gefallen bitten?»

«Ist dir das jemals schwergefallen?» Patrik lachte.

«Kannst du bei meiner Mutter vorbeifahren und sie von mir umarmen und ihr sagen, ich würde sie sobald wie möglich besuchen?»

«Ich fahre sofort bei ihr vorbei.»

«Gut. Und hör mal?»

«Ja?»

«Sei vorsichtig.»

Er beendete das Gespräch. Der Dampfer legte in Klippudden an, aber Max blieb an Bord. Dann legte er wieder ab, und die Fahrt ging weiter. Es würde ein paar Stunden dauern, bis sie wieder in Vaxholm waren. Er rief Annie an, konnte sie aber nicht erreichen. Er versuchte es ein zweites Mal mit demselben Ergebnis. Am liebsten hätte er das Handy einfach über Bord geworfen, schickte aber stattdessen eine SMS: *«Ruf mich an!»*

Er war auf einem Dampfer gefangen. Sie befand sich auf dem Weg nach Täby. Die Polizei schien zu wissen, dass sie sich in Schweden befanden. Und erwartete sie vielleicht bereits, wenn sie aus dem Auto stiegen. Oder ihn, wenn er an Land ging.

Er griff zum Handy und versuchte es erneut.

4

Als sie die Täbyer Bibliothek erreichten, zeigte es sich, dass auch dort die Internetverbindung wie durch böse Zauberei zusammengebrochen war.

«Wir sollten uns bei Tom Martinsson erkundigen, ob er Jensen ausfindig gemacht hat oder etwas Neues in Erfahrung gebracht hat», sagte Thurston. «Jetzt, wo die Technik sich gegen uns verschworen hat. Außerdem brauche ich eine Tasse Kaffee.»

Annie nickte. «Wenn du uns den Kaffee besorgst, rufe ich ihn an.»

«Du bist eine hervorragende Assistentin», erwiderte Thurston lachend und eilte los. Nach ein paar Metern drehte er sich noch einmal um. «Annie?»

«Ja.» Sie blickte von ihrer Tasche auf.

«Manchmal läuft's besser, manchmal schlechter, aber zu guter Letzt werden wir genug Material beisammenhaben, um eine Regierung zu stürzen.»

Dann setzte er seinen Weg fort, ehe Annie etwas erwidern konnte.

Während sich Thurston auf die Suche nach zwei Tassen Kaffee machte, ging Annie zur Telefonzelle am Eingang der Bücherei, denn sie wollte ihr Handy nicht für einen Anruf bei der Polizei verwenden. Sie wählte Tom Martinssons Nummer. Nach dem zweiten Klingeln hob er ab.

«Hier ist Anna. Wir sind uns neulich zusammen mit Thurston Richards begegnet.»

«Ich hatte gehofft, dass Sie sich melden würden.»

«Haben Sie noch etwas über Karl-Johan Jensen in Erfahrung gebracht?»

«Ja, leider, muss man wohl sagen. Er befindet sich gerade auf dem Weg nach Schweden.»

«Und woher kommt er?»

«Jensen wurde tot in einem Hotelzimmer in Amsterdam aufgefunden. Jemand hatte ihm die Kehle durchgeschnitten.»

«Um Gottes willen», sagte Annie und dachte dann einen Augenblick nach, während sie Tom Martinssons Atemzügen am anderen Ende lauschte. «Seltsam, dass das ausgerechnet jetzt passiert ist.»

«Vielleicht nicht ganz so seltsam, wie Sie mir weismachen wollen», meinte Tom Martinsson. «Denn auch Zoran Pešić wurde gestern in Belgrad erschossen, und zwar am helllichten Tag vor dem Parlament.»

«Und wer ist Zoran Pešić?»

«Der Mann, von dem ich Ihnen erzählt habe, die Verbindung zu meinem Informanten.»

«Glauben Sie, dass da ein Zusammenhang besteht?»

«Wenn ich das wüsste.»

«Sie glauben doch wohl nicht, dass wir etwas mit dem Tod dieser beiden Personen zu tun haben?»

Tom Martinsson schwieg ein paar Sekunden. «Ich weiß nichts und verwerfe auch nichts. Entweder haben Sie etwas damit zu tun oder jemand in Ihrem Umfeld. Oder Sie bringen einfach allen gottverdammtes Unglück.»

Thurston kehrte mit zwei Pappbechern Kaffee in der Hand zurück. Ihre Blicke trafen sich. «Vielleicht», meinte Annie.

«Vielleicht was?», fragte Tom Martinsson.

Annie legte auf.

«Was hat er gesagt?», fragte Thurston und hielt Annie den einen Becher hin. «Gibt es Neuigkeiten?»

«Es gibt zwei», sagte Annie, «und beide sind schlecht.»

Tom Martinsson wartete eine Minute und drückte dann die Rückruftaste. Jemand ging an den Apparat.

«Entschuldigen Sie, mit wem spreche ich?», fragte Martinsson.

«Hier ist die Stadtbücherei Täby», sagte die Stimme am anderen Ende.

«Entschuldigen Sie, ich habe mich verwählt.»

Er legte auf, streifte seine Jacke über und begab sich im Dauerlauf zur Tiefgarage.

5

Annie wartete auf dem Parkplatz vor dem kleinen Lebensmittelladen. Thurston kaufte ein. Er sehnte sich nach einem Stück Fleisch zum Abendessen und wollte es selbst grillen. Sie schaute auf die Uhr. Er war jetzt schon eine Viertelstunde weg. Wahrscheinlich mussten sie die Holzkohle aus dem Lager holen. Die Grillsaison hatte noch nicht begonnen.

Thurston klopfte auf den Kofferraum, und sie zuckte zusammen. Sie betätigte den Knopf, mit dem sich die Klappe öffnen ließ, und Thurston lud den Einkauf ein.

«Was hat das nur zu bedeuten?», fragte er und nahm auf dem Beifahrersitz Platz. «Zwei Leute sind tot. Beide hatten irgendwie mit dem Krieg auf dem Balkan zu tun.»

«Laut Martinsson hatten beide mit uns zu tun», erwiderte Annie und fuhr das kurze Stück zum Campingplatz. Sie dachte an Karl-Johan Jensens Mutter und fragte sich, ob sie die Trauerbotschaft bereits erhalten hatte.

Thurston zuckte mit den Achseln. «Er tappt im Dunkeln und schlägt deswegen wild um sich.»

«Vermutlich hast du recht.»

«Aber es ist trotzdem merkwürdig, dass sich die Todesfälle ausgerechnet jetzt ereignet haben. Als ob uns jemand bewachen und die Spuren verwischen würde», meinte Thurston nachdenklich.

«Martinsson war derselben Ansicht», meinte Annie.

«Hatte er eine Theorie, um wen es sich handeln könnte?»

«Er hat keine Namen genannt. Wichtig ist jetzt nur, dass wir uns aufeinander verlassen können. Was die Leute betrifft, mit denen wir uns unterhalten, kann man nie wissen. Aber dieses Risiko müssen wir eingehen, um weiterzukommen, nicht wahr?»

Thurston nickte. «Da bin ich ganz deiner Meinung. Die Frage ist also, ob wir, du, Max und ich, einander vertrauen. Tun wir das?»

Annie bog nach links auf den privaten Weg ab, der zum Campingplatz führte.

«Was Max und mich betrifft, so lautet die Antwort ja.»

«Ich bin mit einem Paar unterwegs, das steckbrieflich gesucht wird, das dürfte ja wohl beweisen, dass ich euch beiden vertraue und mich auf euer Wort verlasse.»

Annie parkte. Sie stellte den Motor ab und betrachtete Thurston. «Ich glaube, dass wir einer ganz großen Sache auf der Spur sind. Irgendjemand will die Spuren verwischen und einen Keil zwischen uns treiben. Es ist unsere Aufgabe zuzusehen, dass dies nicht gelingt.»

«Ganz deiner Meinung», sagte Thurston und öffnete die Beifahrertür. «Und deswegen werde ich jetzt ganz lecker für uns kochen. Leider habe ich das nagende Gefühl, beim Einkaufen etwas Wichtiges vergessen zu haben, aber angesichts aller Umstände ist das wohl nichts, worüber es sich aufzuregen lohnt.» Er lächelte.

Annie streckte die Hand nach dem Telefon aus, das in dem Fach zwischen den Sitzen lag. Sie hatte einen Anruf von Max verpasst.

«Seltsam», meinte sie. «Da war ein Anruf von Max. Er muss angerufen haben, als wir in der Bibliothek waren.»

«Vielleicht will er ja abgeholt werden. Ruf ihn an, ich gehe so lange ins Haus.» Thurston stieg aus. «Kannst du nachher bitte meine Tasche mitbringen, dann nehme ich das Essen.»

«Wird gemacht», erwiderte Annie.

Thurston schloss die Beifahrertür und hob den Einkauf aus dem Kofferraum. Dann ging er auf das Haus zu, und Annie begann, Max' Nummer zu wählen. Auf halbem Weg kehrte Thurston um. Vor ihrem Seitenfenster hielt er inne und bedeutete ihr, es herunterzukurbeln.

«Könntest du Max bitten, Weißweinessig zu kaufen? Das war es, was ich vergessen hatte», sagte er durch das halboffene Fenster. «Den brauche ich für mein Coleslaw.»

«Okay. Sonst kann ich auch noch mal in den Ort fahren.»

«Sehr schön. Übrigens, weißt du, was ich eben dachte?»

«Seltsamerweise nicht, erzähl.»

Sie lächelten, denn sie kannten einander mittlerweile recht gut.

«Das Leben ist ein Zimmer mit verschiedenen Türen. Ich weiß nicht, wie viele es sind oder was sich hinter ihnen verbirgt. Ich weiß nur, dass es eine gibt, deren Schwelle man überschreitet und einen Zusammenbruch erleidet. Dort bin ich gewesen, dann habe ich mich aber wieder aufgerappelt.»

Sie nickte. «Und jetzt?»

«Jetzt glaube ich, dass wir uns auf der Schwelle zu etwas ganz Großem befinden, etwas, das viel verändern wird. Wir werden stolz auf uns sein, und es wird uns zu guten Menschen machen.» Er wirkte aufrichtig.

«Du bist ein guter Mensch, Thurston Richards.»

«Das ist nett von dir. Aber ich hatte das zweifelhafte Vergnügen, fünfzig Jahre lang gewissermaßen Seite an Seite mit mir zu leben, und rückblickend kann ich sagen, dass mir diese Schwelle momentan durchaus genügt.»

«Meinetwegen, einverstanden, aber nur unter einer Bedingung.»

Er sah sie fragend an.

«Dass wir gemeinsam auf dieser Schwelle stehen.»

Er blinzelte ihr zu, lächelte und ging dann auf die Haustür zu. Annie schaute ihm hinterher und wählte die letzte Ziffer von Max' Nummer. Angenehm kühle Luft strömte durchs Fenster, und sie kurbelte es nicht wieder hoch.

Thurston wollte die Papiertüten nicht auf die nasse Erde stellen. Es gelang ihm, ohne sie loszulassen, den Schlüssel aus seiner Hosentasche zu fischen und aufzuschließen. Während er um sein Gleichgewicht rang, erblickte er nasse Schuhabdrücke. Vielleicht hatte die Verwalterin das versprochene Brennholz gebracht. Keinen Tag zu früh. Sie mussten nachts ordentlich einheizen.

Die kühle Klinke versetzte Thurston einen elektrischen Stoß, und mit einem Mal war ihm alles klar. Er dachte: Im nächsten Leben werde ich auch Journalist.

Als Max Annies Anruf entgegennahm, hörte er einen ohrenbetäubenden Lärm, und das Geräusch zerberstenden Glases drang zu ihm vor. Dann wurde die Verbindung unterbrochen.

Er stand auf dem Kai in Vaxholm. Die Fähre hatte wenige Minuten zuvor festgemacht. Er schaute Richtung Campingplatz. Das Echo der Explosion rollte ihm entgegen. Nach ein paar Sekunden stieg eine dunkelgraue Rauchwolke in den weißen Himmel.

Instinktiv beugte sich Annie vor. Hinter Thurston hatte sie so etwas wie ein weißes Feuer wahrgenommen und hielt es erst für eine Sinnestäuschung. Dann kam der Knall, und das Haus, in dem sie gewohnt hatten, wurde in winzigen Teilen auf das Auto geschleudert. Sie duckte sich hinter dem Lenkrad, während Bretter und Möbel auf das Auto herabregneten.

Ich bin taub geworden, dachte sie und zupfte sich an ihren Ohrläppchen. Dann fuhr sie sich mit den Händen über die Unterarme und dachte: Auch Thurston muss taub geworden sein.

Sie öffnete die Autotür und suchte hinter dem Wagen Deckung, als eine Hitzewelle auf sie zurollte. Das Haus stand in Flammen, jedenfalls das, was davon noch übrig war. Mit Ausnahme der halben Fassade war alles eingestürzt. Das Innenleben des Hauses und die Möbel lagen in Kleinteilen um sie herum verstreut. Sie suchte mit den Augen nach Thurston.

Sie sah seinen einen Arm. Dann seinen Brustkorb. Sie sank auf die Knie und wollte sich übergeben, aber der Schock betäubte sie. Vor ihr lag Thurstons Brieftasche. Sie begann zu weinen, als sie sie aufhob. Sie versuchte sich zu sammeln, denn sie musste weg. Sie stieg wieder ins Auto, und der Motor sprang beim ersten Versuch an. Rasch setzte sie zurück, und ein Teil der Trümmer rutschte von der Motorhaube.

Nach ein paar hundert Metern Landstraße hielt sie an. Sie weinte und schlug mit den Fäusten aufs Lenkrad. Immer wieder.

Sie dachte an Mingus. Wahrscheinlich war er im Moment in der Schule. Wo war Max?

Sie sah sich nach ihrem Handy um. In dem Augenblick, als sie es fand, sah sie jemanden auf ihr Auto zurennen.

6

In neunzehn Minuten fuhr Tom Martinsson vom Präsidium auf Kungsholmen zur Stadtbücherei in Täby. Er fuhr auf der linken Spur und verscheuchte alle, die ihm im Weg waren, mit der Lichthupe. Einmal meinte er aus den Augenwinkeln seine Frau zu sehen. Vielleicht war es aber auch nur eine Illusion gewesen, wie sie ihn ab und zu heimsuchte, und die ihn zu gleichen Teilen mit Angst, Selbstmitleid, Wut und Verachtung erfüllte. Nur die Reihenfolge wechselte von Mal zu Mal.

Er hegte die leichte Hoffnung, dass Richards und Anna noch in der Bibliothek sitzen und Zeitung lesen könnten. Realistischer war wohl, dass sie zumindest jemandem aufgefallen waren, der ihm weiterhelfen konnte. Dass sie auf der Treppe sitzen und ihn erwarten würden, war wohl zu viel verlangt.

Tom Martinsson stieg aus dem Auto und stellte sich vor den Eingang. Er sah sich um. Wahrscheinlich hatten sie ihren Wagen auf dem kleinen Parkplatz direkt vor dem Entree abgestellt. Vielleicht auf demselben Platz wie er. Er beschloss, in der Konditorei nach den beiden zu fragen.

Er zeigte seinen Dienstausweis.

«Was darf's sein?», fragte die Frau hinter dem Tresen. Dunkelhaarig. Stark geschminkt. Schon lange keine Schönheit mehr.

«Ich hätte gerne eine Tasse Kaffee», sagte Tom Martinsson und legte seinen Ellbogen auf den Tresen. «Und dann hätte ich gerne noch gewusst, ob Ihnen vor etwa einer halben Stunde zwei Personen aufgefallen sind, ein Mann etwa in meinem Alter und eine Frau etwa in Ihrem.» Die Frau vor ihm war ein paar Jahre älter als er, und sie erwehrte sich seiner Schmeichelei mit einer Handbewegung.

«Amerikaner?»

Tom Martinsson nickte. «Haben Sie mit ihm gesprochen?»

«Er hat zwei Becher Kaffee geholt.» Die Frau lächelte. «Er war sehr nett», fügte sie noch hinzu.

«Haben Sie gesehen, wo er dann hinging?»

«In die Bibliothek.» Sie blickte zu Boden. «Ich habe mich vor die Tür gestellt, um eine Zigarette zu rauchen. Ich fand ihn ziemlich interessant, also habe ich ihm nachgeschaut.» Sie räusperte sich. «Etwas später verließ er die Bibliothek zusammen mit einer jüngeren Frau.» Ihr verliebter Gesichtsausdruck verschwand, sobald sie das Wort «jünger» aussprach.

Wieder eine, die für jemand Jüngeres sitzengelassen wurde, dachte Tom Martinsson und spürte, wie sich sein Puls beschleunigte. «Und dann?»

«Sie sind in ein Auto gestiegen und weggefahren. Haben sich unterhalten.»

«In welche Richtung?»

«Bei der Galopprennbahn links. Ich vermute, sie wollten Richtung Norden.»

7

Sie hatten vor einer Sporthalle geparkt. Annie saß noch im Auto, und Max stand in einer Telefonzelle. Sie hatten ihre Handys weggeworfen, die nun in Einzelteilen entlang der E18 irgendwo zwischen Stockholm und Uppsala lagen. Max versuchte, Patrik zu erreichen. Sie mussten irgendwo unterkriechen.

Thurston hatte Annie gebeten, das Fenster runterzukurbeln, und sie hatte es offen gelassen. Das Auto hatte schräg vor dem

Haus gestanden. Bei Annies Anblick hatte Max zu weinen begonnen. Erst als sie sich im Rückspiegel betrachtete, begriff sie, warum. Ihr Gesicht war blutbedeckt. Ein tiefer Schnitt auf der Stirn würde vermutlich eine Narbe hinterlassen. Eine kleinere Schnittwunde an der rechten Schulter schmerzte ungemein. Das übrige Blut stammte vermutlich von Thurston.

Sobald er Thurstons Brieftasche auf dem Beifahrersitz gesehen hatte, war Max klar gewesen, was geschehen war. Sogleich teilte er mit, dass er das Steuer übernehmen würde, und sie war ohne ein Zeichen, dass sie auch seine übrigen Worte verstand, auf den Beifahrersitz geklettert. Er stieg ein, und sie fuhren Richtung Norden. Er ging davon aus, dass die Stockholmer Polizei recht umgehend eintreffen würde, und er wollte größtmöglichen Abstand gewinnen. Also Richtung Norden. Er ließ sich Annies Handy geben, kurbelte das Fenster runter, als sie sich auf der E18 befanden, und warf es zusammen mit dem seinen hinaus. Er hielt ihre Hand auf seinem Bein umklammert. Erst als sie auf einem Parkplatz in der Nähe von Uppsala hielten, fragte er, was geschehen war, und sie erzählte es ihm.

Wenn sie die Augen schloss, begegnete sie Thurstons letztem Blick. Mit dem Rücken zur Tür und den Tüten in der linken Hand drückte er die Klinke mit dem Ellbogen herunter und lehnte sich dann an die Tür, um sie zu öffnen. Es hatte ihn ein weißer Lichtschein umgeben, und das Letzte, was sie aus diesem Lichtschein wahrgenommen hatte, war sein Blick gewesen.

Was war eigentlich los? Sie würde sich konzentrieren müssen, um diese Frage beantworten zu können. Sie musste jetzt Thurston wie einen Vorfall überdenken. Einen Vorfall in einer Reihe von Vorfällen, die noch nicht zu Ende war.

Sie hatten beschlossen, eine Arbeit auszuführen. Es ging um den Krieg in Bosnien. Sie hatten sich vorgenommen, die Schuldigen zu finden. Wer diese waren, wussten sie nicht. Noch nicht. Aber es gab Spuren, und jede Spur, der sie nachgingen, führte zu einer weiteren Spur. So funktionierte das. Und zu guter Letzt stieß man auf das, was man von Anfang an gesucht hatte.

Sie hatte Arkady besucht und ihn ermordet aufgefunden. Sie schob das Bild seiner durchtrennten Kehle beiseite.

Sie hatten Karl-Johan Jensen aufsuchen wollen, aber nur seine Mutter angetroffen. Daraufhin war Karl-Johan Jensen tot in Amsterdam gefunden worden.

Tom Martinsson hatte von einem Informanten berichtet und von einer Belgrader Quelle in der Führung der Demokratischen Partei, die Einblicke in die Verbindungen der Unternehmen mit der serbischen Führung erhalten hatte. Jetzt war diese angebliche Quelle in Belgrad erschossen worden, der Informant war verschollen und möglicherweise ebenfalls tot.

Vielleicht war Thurston aus demselben Grund ermordet worden wie die anderen: Er hatte mit den Ereignissen in Bosnien zu tun gehabt. Und es gab Leute, die verhindern wollten, dass diese ans Tageslicht kamen. Vielleicht hatte er auch sterben müssen, weil er sich zur falschen Zeit am falschen Ort aufgehalten hatte. Derselbe Ort, an dem sich auch Max und sie befunden hatten. Buster Droth. Vitomir Jozak.

Max hatte von seinem Gespräch mit Patrik erzählt. Die Polizei, die Familie Droth und Vitomir Jozak wussten vermutlich, dass sie sich in Schweden befanden oder hierhin unterwegs waren. Entweder hatte jemand, dem sie hier begegnet waren, geplaudert, oder jemandem in Patras war ihr Aufbruch aufgefallen. Jemandem, der sie aufgespürt hatte. Vermutlich Mikael Storm. Storm hatte sie ausfindig gemacht und seinen Auftraggebern berichtet. Diese hatten dann die Bombe in der Campinghütte platziert. Vielleicht hatte es ja wie ein Unfall aussehen sollen? Jedenfalls hätte man drei Leichen am Unfallort finden sollen. Die Identifizierung der Toten, möglicherweise anhand des neben der Hütte geparkten Fahrzeugs, hätte ergeben, dass es sich um den gesuchten Polizistenmörder Max Lander, die im Zusammenhang mit dem Mord an einem russischen Staatsbürger in Griechenland von Interpol zur Fahndung ausgeschriebene Annie Lander und um Thurston Richards, einen amerikanischen Journalisten, handelte. Man wäre davon ausgegangen, dass sich diese drei suspekten Individuen beim Hantieren mit Sprengstoff versehentlich selbst in die Luft gejagt hätten. Niemand hätte sich um eine andere Erklärung bemüht. Kriminellen wurde misstraut und den Gesetzeshütern vertraut. Das hatte sie am eigenen Leibe erfahren.

Max öffnete die Fahrertür. «Lisa ist soeben mit Mingus ins Auto gestiegen. Sie fahren zu ihrer Mutter.»

«Gut.» Annie ergriff Max' Hand, als er neben ihr Platz nahm. Sie sah ihm an, dass er den Tränen nahe war. Thurstons Tod war nur ein Grund. Die Unsicherheit in Bezug auf Mingus' Wohlergehen ein weiterer. Jetzt, wo Letzteres sichergestellt war, wurde ihm allmählich bewusst, dass die Reise ohne den Freund fortgesetzt werden musste.

«Patrik und Lisa haben ein Wochenendhäuschen bei Enköping gemietet», sagte er und ließ den Motor an. «Das nicht mit ihnen in Verbindung gebracht werden kann. Sie haben nicht einmal einen Vertrag unterschrieben. Der Besitzer hält sich in Spanien auf. Der Schlüssel liegt im Holzschuppen hinter dem Haus. Wir können in einer halben Stunde dort sein.»

8

Tom Martinsson starrte auf seine Pinnwand.

Auf dem Rückweg von Täby hatte er im Radio gehört, dass auf dem Campingplatz in Vaxholm ein Haus explodiert war. Er hatte sogleich die nächste Abfahrt genommen und war zum Unfallort gefahren. Noch ehe er dort eintraf, wusste er, dass ein Zusammenhang bestand. Vor Ort erfuhr er, dass eine an zwei Männer und eine Frau vermietete Campinghütte in die Luft gesprengt worden war, wobei einer der Männer in seine Einzelteile zerlegt worden war. Ein auf den amerikanischen Staatsbürger Thurston Richards ausgestellter Pass war gefunden worden, und ein Zeuge, wie immer ein Hundebesitzer, hatte ein Auto mit ausländischem Kennzeichen davonfahren sehen.

Außer den Beamten in Uniform, Sanitätern, Feuerwehrleuten und einer Handvoll Journalisten befanden sich bereits zwei Kollegen vom Staatskriminalamt vor Ort. Vermutlich waren sie auf der Galopprennbahn, als es knallte, dachte Martinsson und schüttelte einem der Polizisten, der sich als Torsten Enlund vorstellte, die Hand.

«Und? Was haltet ihr davon?», fragte Martinsson, nachdem sie einige spärliche Höflichkeitsfloskeln ausgetauscht hatten.

«Es handelte sich um eine Art Gasbehälter», antwortete Enlund. «Wir sperren hier alles ab und schicken den Amerikaner in einer Urne nach Hause. Falls sie ihn überhaupt zusammenklauben können. Ein Arm hing da drüben im Baum.» Er lächelte und deutete hinter Martinsson in die Höhe.

«Es besteht Grund zur Annahme, dass diese Explosion mit dem Mord an Karl-Johan Jensen in Amsterdam zusammenhängt», erwiderte Martinsson, dem Enlunds frivoler Ton nicht gefiel.

«Hör mal her», entgegnete Enlund und fasste ihn am Ellbogen. «Ich bin Polizist, nicht wahr?»

«Ja», antwortete Martinsson. «Offenbar.»

Enlund schnaubte. «Und zwar ein *richtiger* Polizist. Ich kann meine kostbare Zeit nicht darauf verschwenden, mir unzählige Theorien von Krethi und Plethi anzuhören.»

«Er ...», wollte Martinsson einwenden, aber Enlund fiel ihm mit erhobener Stimme ins Wort.

«Und du solltest dich hier lieber nicht aufplustern und Polizist mimen. Ich weiß, wer du bist, du beschäftigst dich mit Kriegsverbrechen, nicht wahr?»

Martinsson schwieg.

«Dann trink mal lieber Kaffee mit dem Roten Kreuz oder Save the Children oder was ihr Schreibtischpolizisten sonst so treibt. Dann kann ich ungestört die richtigen Gangster hinter Schloss und Riegel bringen, damit du und ich und alle anderen nachts gut schlafen können.»

Enlund drehte sich um und kehrte zu seinem Wagen mit dem wartenden Kollegen zurück. Martinsson blieb noch ein paar Minuten stehen.

Dann stieg er in sein Auto und blieb dort wie erstarrt sitzen. Ihm war keine einzige schlagfertige Antwort eingefallen. Er hatte, wenn auch vorübergehend, seinen Glauben an Enlund, das Staatskriminalamt, das Polizeiwesen, die Menschheit, vielleicht sogar an die ganze Welt und das Universum verloren. Nach zehn Minuten begann Wut in ihm aufzusteigen, er ließ den Motor an und fuhr Richtung Stadt.

Wieder im Präsidium, griff er zum Hörer und wählte Enlunds interne Nummer, die jedoch zur Zentrale weitergeschaltet war. Dem Tonfall der weiblichen Stimme war zu entnehmen, dass ihr die Welt ohne Polizisten wie Torsten Enlund besser gefallen hätte.

Tom Martinsson war eigentlich kein rachsüchtiger Mensch, aber nachdem er aufgelegt hatte, schwor er sich, Torsten Enlund das bei nächster Gelegenheit heimzuzahlen. Ignorantes Arschloch.

Es dauerte ein paar Stunden, bis er sich wieder beruhigt hatte und beginnen konnte, seine neuen Erkenntnisse an seiner Pinnwand gedanklich zu sortieren.

Ein Mann und eine Frau hatten ihn aufgesucht. Thurston Richards und Anna. Sie hatten sich nach Karl-Johan Jensen erkundigt und dessen Mutter besucht. Martinsson hatte eingeräumt, von Jensen zu wissen, und ihnen auf ihrem Spaziergang sogar einige Hintergrundinformationen geliefert.

Kurz darauf wurde Jensen ermordet aufgefunden, und ein Kollege aus Den Haag rief an und erzählte, Pešić sei in Belgrad auf der Straße erschossen worden. Der Kollege betrachtete den Mord als eine große Niederlage und als ein Indiz dafür, dass die Führung in Belgrad ihren Epilog einleitete, indem sie jene Leute, die zu viel wussten und eventuell reden würden oder dies bereits getan hatten, aus dem Weg räumte. Es würde noch mehr Tote geben, hatte der Kollege gemeint. Vermutlich steckte der Zemun-Klan mit engen Verbindungen zur SDB, der Sicherheitspolizei, die früher UDBA geheißen hatte, hinter dem Mord. Es bestand der begründete Verdacht, dass der Drahtzieher kein Geringerer als Slobodan Milošević war, und sein Einfluss reichte weit.

All dies hatte Martinsson Anna erzählen wollen, als sie ihn aus der Stadtbücherei in Täby angerufen hatte, aber sie hatte rasch aufgelegt. Tom Martinsson vermutete, dass Richards und Anna anschließend zum Vaxholmer Campingplatz gefahren waren, wo das Häuschen, das sie gemietet hatten, aus ungeklärter Ursache explodiert war. Thurston Richards war dabei als Einziger ums Leben gekommen.

Martinsson konnte sich drei Szenarien vorstellen. Erstens: Der Dritte im Bunde hatte versucht, die beiden anderen in die Luft zu sprengen. Das Motiv konnte Eifersucht sein. Zweitens: Der Dritte im Bunde steckte mit Anna, der Frau, unter einer Decke und hatte gemeinsam mit ihr Thurston in die Luft gesprengt. Ein Konflikt, der sich nicht hatte lösen lassen. Drittens: Ein Außenstehender hatte versucht, alle drei in die Luft zu sprengen, aber nur einen von ihnen erwischt.

Martinsson ging davon aus, dass Anna mit dem Auto davongefahren war. Aber wo hatte sich der Dritte währenddessen aufgehalten?

Falls das erste oder zweite Szenario zutraf, suchten sie nach einem Mann und einer Frau, und er selbst war vermutlich derjenige, der die Frau am besten beschreiben konnte.

Er ging zu seiner Pinnwand und befestigte einen Zettel mit einer Nadel: «Möglichkeit 3. Externe Bedrohung.»

Diese Anna schien ihm nicht der Typ zu sein, der Häuser in die Luft sprengte. Klüger war es wohl, Überlegungen darüber anzustellen, was die Opfer, also den Amerikaner, Jensen, Pešić und diese vierte Person, von der Anna auf dem Spaziergang erzählt hatte, diesen Russen in Griechenland, verband. Sie hatte zwar seinen Namen nicht genannt, aber er war es gewesen, der sie auf die Spur Karl-Johan Jensens gesetzt hatte.

Er würde diesen Russen über seine Interpol-Kontakte ausfindig machen und eventuell auch herausfinden, ob dieser Russe etwas damit zu tun hatte, dass sich Jensen nach Amsterdam abgesetzt hatte. Alles hängt zusammen, dachte Martinsson, und die Einzigen, denen das bewusst ist, sind Anna, der Mann, mit dem sie unterwegs ist, und ich. Meine dringlichste Aufgabe ist also, die beiden zu finden.

9

Während der ersten Tage nach Thurstons Tod pendelte Annies und Max' Stimmungslage zwischen Apathie und Panik. Sie versuchten die jüngsten Ereignisse durch intensive Arbeit zeitweise von sich zu schieben und ansonsten im Gespräch zu bearbeiten.

Nachdem sie von der E18 Richtung Grillby abgebogen waren, ging es auf Trampelpfaden ähnelnden Wegen mal nach links, mal nach rechts weiter. Zu guter Letzt stellten sie den Wagen hinter einem Holzschuppen ab und deckten ihn mit einer grünen Plane ab, die Max in einem Nebengebäude entdeckte.

Das Wochenendhäuschen war ein kleines rotes Haus mit weißen Kanten. Es gab ein Plumpsklo und in der Küche einen Holzherd. Der Fernseher im Wohnzimmer funktionierte, der Ofen jedoch nicht. Im Schlafzimmer gab es einen Kachelofen.

Der Fernsehsender TV 4-Uppland brachte die Explosion in Vaxholm als Hauptmeldung in den Nachrichten. Die Polizei ging von einer Gasexplosion aus, suchte aber nach einem Mann und einer Frau, die in Gesellschaft des Opfers, eines 56-jährigen Amerikaners, gesehen worden waren.

Obwohl sie andere Theorien nicht ausschließen wollte, ging Annie bis auf weiteres davon aus, dass Mikael Storm ihren Aufenthaltsort ermittelt hatte. Die Frage lautete nun, wem er diese Information geliefert und wer dann beschlossen hatte, sie in die Luft zu sprengen. Zwei Kandidaten waren denkbar: Vitomir Jozak und Buster Droth. Vitomir besaß das Know-how, aber, soweit Annie beurteilen konnte, kein Motiv. Warum sollte er sie plötzlich umbringen wollen? Buster Droth hingegen war es wahrscheinlich sehr recht, wenn sie starb oder zumindest hinter Gittern landete. Er war zwar ziemlich krank im Kopf, aber trotzdem bezweifelte sie, dass er so rabiat vorgehen würde.

Für ihre Rückkehr nach Schweden hatten sie sich zwei Ziele gesetzt. Erstens Karl-Johan Jensen aufzuspüren und ihn dazu zu überreden, seine Geschichte zu erzählen. Zweitens, dass Thurston die Reportage schreiben und unter seinem Namen veröffentlichen würde, weil Annie von Interpol gesucht wurde und ihr Hintergrund sie möglicherweise behinderte. Wichtig war nur, die Story an die Öffentlichkeit zu bringen und die Schuldigen ihrer gerechten Strafe zuzuführen.

Jetzt aber war ihr Zeuge, Jensen, tot.

Und ihre Stimme, Thurston, ebenfalls.

Max und sie würden einen weiteren Zeugen finden müssen, der seine Geschichte erzählen konnte. Und sie selbst würde sie zu Papier bringen müssen.

Gleichzeitig wurde nach Max und ihr gefahndet. Die Gefahr, dass etwas schiefging, war groß. Einen Zeugen zu finden, der sie ins Bild setzte, und anschließend jemanden dazu zu bringen, die Geschichte zu publizieren, war für jemanden wie sie eine riskante Angelegenheit. Aber für einen Rückzieher war es, selbst wenn sie gewollt hätte, zu spät.

«Ich frage mich, wie es jetzt weitergehen soll», sagte Annie. Sie saßen, dem warmen Holzofen zugekehrt, am Küchentisch.

«Du bist die Journalistin, Annie.»

Sie sah ihn an. «Wir müssen jetzt zusammenarbeiten, Max. Momentan gibt es unendlich viel belastendes und nur wenig entlastendes Material. Und mir fällt nicht ein, wie ich dieses Ungleichgewicht verändern kann. Deswegen brauche ich deine Hilfe. Was sollen wir jetzt tun?»

Max beugte sich vor und streckte seine Hände zum Ofen aus. «Ich finde, wir sollten nachprüfen, ob Martinssons Chef die Aktennotiz wirklich an den Staatssekretär des Justizministers weitergeleitet hat.»

«Ja», stimmte ihm Annie zu und hielt ihre Hände neben die von Max. «Das ist ein guter Anfang. Wir müssen uns außerdem bestätigen lassen, dass sich Karl-Johan Jensen tatsächlich in Bosnien aufgehalten hat, und möglichst auch herausfinden, wer seinen Lohn bezahlt hat und wer sonst noch dabei war.»

«Ich glaube, seine Mutter kann uns weiterhelfen.»

«Es wird nicht leicht sein, ihr irgendwelche Informationen zu entlocken. Sie war schon letztes Mal nicht sonderlich freundlich, und jetzt ist ihr Sohn auch noch gestorben.»

«Wir müssen uns eine Strategie zurechtlegen», sagte Max und runzelte die Stirn. «Uns wird schon etwas einfallen.»

«Wir haben also viel zu tun», meinte Annie, nachdem sie eine Weile geschwiegen hatten.

Max sah sie an und nahm ihre Hand. «Thurston hätte nicht gewollt, dass wir auch nur eine Sekunde verstreichen lassen.»

10

Torsten Enlunds Exfrau hieß Bitte Samuelsson. Sie war zum zweiten Mal verheiratet, hatte aber ihren Mädchennamen behalten und trug den neuen Ring an einer Kette um den Hals. Vor einigen Jahren hatte sie ihren ersten Mann und Vater ihres Kindes verlassen und dann einen neuen Mann kennengelernt. Einen Polizisten. Einen ehemaligen Polizisten, aber trotzdem. Denn so war es nun einmal. Jeder Kollege, den sie kannte, hatte eine Kollegin geheiratet, hatte diese dann verlassen oder war selber verlassen worden und hatte zu guter Letzt eine andere Kollegin geheiratet.

Bitte Samuelsson war sich nicht sicher, ob Tom Martinsson ein Mensch war, dem man helfen sollte. Früher war sie der Ansicht gewesen, dass man allen helfen sollte, aber nach vielen Jahren bei der Polizei kamen ihr manchmal Zweifel. Trotzdem wollte sie ihm ein paar gute Ratschläge erteilen, nicht zuletzt, um auf diese Weise ein eigenes Problem loszuwerden. Aus diesem Grund stand sie jetzt auf seiner Schwelle und klopfte vorsichtig an den Türrahmen.

«Tom Martinsson?»

«Ja? Womit kann ich dienen?»

«Ich bin Bitte Samuelsson. Wir haben vor ein paar Tagen telefoniert.»

Tom Martinsson schien in seinem Gedächtnis zu suchen.

«Sie wollten mit Torsten Enlund sprechen», erklärte sie. «Ich war am Apparat.»

«Ach so», rief Tom Martinsson, erhob sich und reichte ihr die Hand. «Ihre Stimme kam mir irgendwie bekannt vor, aber ich konnte sie nicht zuordnen.» Er schüttelte ihr die Hand. «Kommen Sie rein und nehmen Sie Platz», sagte er und deutete auf einen Stuhl. «Er hat sich übrigens nicht bei mir gemeldet.»

«Das erstaunt mich nicht.»

«Sie kennen ihn also gut?»

«So gut, wie man jemanden nach zwanzig Jahren Ehe kennt.»

Tom Martinsson nahm wieder Platz. «Torsten Enlund ist Ihr Mann?»

«Nein, er war mein Mann», erwiderte sie und schwenkte ihren ringlosen Ringfinger. «Ich habe ihn verlassen. Zwanzig Jahre zu spät, könnte man rückblickend vielleicht sagen.»

Tom Martinsson nickte, um sein Mitgefühl zu bekunden. «Das tut mir leid.»

«Torsten ist ein Mistkerl, der sich nur um sich selbst kümmert. Deswegen bin ich hier, um Ihnen das zu sagen.»

«Dass Ihr Exmann ein Mistkerl ist?» Martinsson lächelte amüsiert.

«Dass Sie keine Hilfe von ihm erwarten können.»

«Das ist mir inzwischen klargeworden. Geheimnisvolle Frauen aufzuspüren, die aus explodierenden Häusern flüchten, ist die Aufgabe richtiger Polizisten und nicht solcher Leute wie mir.»

«Meinen Sie die Explosion in Vaxholm?»

«Genau. Ich wollte dem guten Torsten nur erzählen, dass ich möglicherweise relevante Informationen besitze.»

«Er hört lieber seine eigene Stimme.»

«Wie alle anderen Clowns», murmelte Martinsson.

Bitte Samuelsson wurde ernst. «Sie sollten sich vor Torsten in Acht nehmen. Er kann recht unheimlich sein.»

«Ich hoffe, dass er Sie nicht belästigt?» Tom Martinsson spürte die Wut wieder in sich aufsteigen. Er benötigte nur den kleinsten Anlass, um Torsten Enlund seinen übelsten Kinnhaken zu verpassen.

Sie lachte. «Alles eine Frage der Definition. Laut Staatsanwalt lässt er sich nichts zuschulden kommen. Ich für meinen Teil sehe das ganz anders.»

«Es geht mich ja nichts an, aber ...»

Abwehrend hob sie die Hände. «Solange Sie sich bewusst sind, mit wem Sie es zu tun haben, bin ich zufrieden.»

Tom Martinsson lehnte sich beschämt zurück. Wie gerne hätte er etwas richtig Fürchterliches vernommen, um es Torsten Enlund bei Gelegenheit um die Ohren zu schlagen. Das war kein frommer, sondern ein egoistischer und ekliger Wunsch, der sich einfach nicht unterdrücken ließ.

«Ich wohne mit meinem jetzigen Mann in einem Reihenhaus in Tyresö. Manchmal ruft Torsten im Suff bei uns an und redet Unsinn. Hauptsächlich darüber, welch ein Supercop er doch sei.» Sie lachte und schüttelte den Kopf. «Vor einigen Monaten begann er dann aber, Dinge zu reden, die er nur wissen konnte, weil er uns hinterherspioniert hatte. Intime Dinge.»

«Soll das etwa heißen, dass er um Ihr Haus schleicht?»

Sie legte den Kopf zur Seite. «Wir begannen also, die Umgebung im Auge zu behalten. In regelmäßigen Abständen fiel uns ein Wohnmobil auf, das in einigem Abstand von unserem Haus parkte. Thomas, mein jetziger Mann, stahl sich eines Abends hinaus, um die Nummer zu notieren. Ohne größeres Erstaunen fand ich heraus, dass der Wagen dem Schwager eines finsteren Kollegen Torstens gehört.»

«Handelt es sich möglicherweise um den Schwager von Brock?»

«Um genau den. Jedes Mal, wenn das Wohnmobil wieder wegfährt, liegen zwanzig Kippen auf der Erde. Es würde mich nicht wundern, wenn er auf seinem Posten eine Weinflasche leert und sich dabei einen runterholt.»

Martinsson überlegte, ob er jetzt lachen sollte, fand die Bemerkung aber nicht sonderlich lustig.

«Soll ich Sie anrufen, wenn der Wagen das nächste Mal auftaucht?»

Martinsson dachte nach. Ein stiller Pakt zwischen zwei Leuten, die sich bislang noch nie begegnet waren, aber ein und dieselbe Person verachteten, wurde geschlossen. Er nickte. «Ja.»

DREI

«Mädchen im Alter von 16 bis 19 Jahren waren besonders gefährdet. Abends kamen Gruppen von Soldaten in das Lager, suchten sich ihre Opfer aus und vergewaltigten sie.»

Prozess IT-94-1-T,
Staatsanwaltschaft gegen Duško Tadić

ZURÜCK

1

Als Erstes besorgten sie sich die Passfotos aller möglicherweise beteiligten Personen. Diese erhielten sie vom zentralen Passregister, das dem schwedischen Öffentlichkeitsprinzip unterlag. Die Passbehörde war verpflichtet, die Fotos auszuhändigen, falls keine außergewöhnlichen Gründe zur Geheimhaltung vorlagen.

«Das hätte Thurston sicherlich gewundert», sagte Max.

«Was gut nachzuvollziehen ist.»

Die Forderung, den unbeschränkten Zugriff zu begrenzen, war immer häufiger laut geworden. Über dreißig Prozent aller Anfragen waren privater Natur, Tendenz steigend. Darin bestand auch die Gefahr. Patronenhülsen mit eingeritzten Namen lagen in Briefkästen. Wer bedroht wurde, wünschte sich strengere Regeln, Medienvertreter, das Fernsehen, das Radio, Enthüllungsjournalisten und andere waren dagegen. Sie argumentierten, da sie befürchteten, dass ihre Arbeit dadurch erschwert werden könnte. Schlimmstenfalls würde ein neuer Schwarzmarkt entstehen. Die Befürworter des Öffentlichkeitsprinzips würden noch eine Weile ausharren, aber ihre Stellung wurde mit jedem Links- oder Rechtsradikalen, der sich sein eigenes Archiv mit Hassobjekten schuf, geschwächt.

Annie und Max hatten die Bestellungen aus dem Passregister zu verschiedenen Zeiten und unter verschiedenen Namen aufgegeben, um möglichst wenig Misstrauen zu wecken. Sie gaben die

Adressen ahnungsloser Nachbarn in Hacksta an. Danach war es ein Leichtes, die Zeiten des Briefträgers herauszufinden und die Fotos aus den Kästen zu nehmen.

Als Zweites entwickelten sie eine Strategie, um zu überprüfen, ob Martinsson seinem Chef eine Aktennotiz übergeben und jener diese an den Staatssekretär des Justizministers, Morgan Nätterquist, weiterbefördert hatte. Tom Martinsson hatte zwar einen netten Eindruck gemacht, aber auf niemanden war ohne weiteres Verlass.

Als Drittes trennten sie sich von Thurstons Auto, indem sie es auf Waldwegen von Hacksta aus zum Golfclub in Enköping brachten, wo der Wagen eine Weile lang niemandem auffallen würde. Dann fuhren sie mit dem Taxi vom Golfclub nach Enköping weiter und mieteten dort einen Wagen, in dem sie ihre Reise Richtung Süden nach Stockholm antraten.

Max saß am Steuer. Annie hatte einen Ordner mit den Unterlagen auf den Knien liegen. Die Seite mit den Fotos war aufgeschlagen. Sie konnte sich Gesichter gut merken und wollte sicherstellen, dass sie die Männer erkannte, falls sie ihnen zufällig begegnete. Es waren Nathansson, Nätterquist und Rohde.

In Enköping hatten sie ein kleines Fernglas erworben, das zusammen mit dem Ordner, dem Auto und zwei Handys ihre gesamte Ausrüstung darstellte. Max hatte irgendwo gelesen, das ideale Überwachungsteam bestehe aus zwölf Personen, Männern und Frauen, und sechs Fahrzeugen. Annie fand, dass sie sich, da ihnen derartige Mittel fehlten, mit ihrem gesunden Menschenverstand und ihrem Glück behelfen müssten.

2

Morgan Nätterquist aß mit dem Pressesprecher des Justizministers, Jörgen Sandström, in der Trattoria in der Tyska Brinken zu Mittag. Es war ein gutes Lokal, in dem man preiswert und fußläufig zum Büro zu Mittag essen konnte. Es kam vor, dass auch andere Kollegen dort saßen, aber das störte Morgan Nätterquist nicht. Gelegentlich wurde hier auch der eine oder andere informelle Beschluss gefasst, während man auf das Essen oder auf die Mäntel wartete.

Sandström war ein paar Jahre jünger als Nätterquist. Er hatte lockiges Haar und das, wie Nätterquist fand, königliche Aussehen, das manchen Männern aus den besseren Kreisen der Stockholmer Innenstadt eigen war. Als hätten ihm die dort schon seit Generationen übliche gesunde Ernährung, gepaart mit liederlichen Gedanken, sein energisches Kinn, seine gerade Nase und sein dichtes Haar verliehen. Morgan wusste jedoch, dass Sandström aus dem Vorort Solna stammte. Er überlegte, ob dieser wohl als Kind dort aufgefallen war. Vielleicht hatte er aber auch erst später im Leben sein aristokratisches Äußeres entwickelt. Möglicherweise weckten Sandströms Gesichtszüge auch nur bei Morgan diesen Eindruck. Nein, dachte er und schob diesen Gedanken von sich, er sieht einfach wie ein Adliger aus.

Nätterquist schaute sich um. Ein paar Abgeordnete von der Folkparti saßen einen Tisch weiter. Sie blickten in seine Richtung, und er nickte, um ihnen zu bedeuten, dass er sie gesehen habe, sich aber nicht mit ihnen unterhalten wolle. Auch Karin, seine bislang heimliche Geliebte aus dem Außenministerium, frequentierte dieses Lokal. Er glaubte, eine ihrer Freundinnen ein paar Tische weiter entdeckt zu haben, sah dann aber ein, dass er sich geirrt hatte. Drei Tische weiter schien die Frau des Parteichefs der Moderaten mit dem finanzpolitischen Sprecher dieser Partei zu Mittag zu essen. Außer Hörweite, was gut und gleichzeitig schlecht war.

Ein paar Minuten lang aßen sie unter Schweigen. Vorspeise. Das Dessert hatte er von vornherein abgelehnt. Er musste an seinen Bauch denken. Zum Joggen war ihm nur noch wenig Zeit geblieben. Und er wollte nicht zunehmen. Um die Wahrheit zu sagen, war er des Öfteren in Trainingskleidung aufgebrochen, dann aber nur um die Ecke gelaufen, bis er sich unbeobachtet wähnte. Dann hatte er einfach im Wald gesessen und nachgedacht. Einige Male war er von einer solchen Angst überwältigt worden, dass er sich womöglich das Leben genommen hätte, wenn er im Besitz einer Waffe gewesen wäre. Vermutlich nur, weil das nicht der Fall war, saß er nun in der Trattoria und aß den letzten Bissen Bruschetta. Im Wald hatte er versucht, sich zu einer Entscheidung durchzuringen. Seine Lage war zweifelsohne schwierig.

Er befand sich an einem Punkt, an dem sich zwei unbehagliche Handlungsstränge so nahe kamen, dass sie sich sozusagen fast kreuzten. Er gehörte durchaus zu den Leuten, die erkannten, wenn es brenzlig wurde. Im Augenblick wusste er jedoch nicht, wie er sich aus seiner misslichen Lage befreien sollte. Er hatte ein Problem, aber keinen Rückhalt. Buster Droth würde ihm nicht beistehen und Bo Nathansson noch weniger. Aber er würde nicht das Handtuch werfen, selbst wenn er auf sich allein gestellt war und ein ordentliches Quäntchen Glück benötigte.

Als der Kellner das Hauptgericht brachte, beugte er sich über Sandströms Schulter: «Entschuldigen Sie die Störung, aber da ist ein Anruf für Sie.»

«Für mich?» Sandström sah erst den Oberkellner und dann

Morgan Nätterquist an, als hätte dieser etwas mit dem Anruf zu tun.

«Der Mann am Telefon sagte ausdrücklich, dass er mit Ihnen sprechen will.»

«Kein Problem», sagte Morgan Nätterquist und warf seine Serviette auf den Tisch, «ich wollte mir ohnehin noch einmal die Hände waschen.» Er wandte sich an den Kellner, der abwartend stehen geblieben war. «Könnten Sie so nett sein und die Teller so lange warm stellen?»

Während sich Jörgen Sandström zum Telefon begab, verschwand Morgan Nätterquist auf der Toilette.

Er griff zum Hörer und nannte seinen Namen, aber am anderen Ende herrschte Stille.

Plötzlich stand eine attraktive Frau neben ihm. Ihn streifte der Gedanke, dass sie ihn möglicherweise wiedererkannte, weil er im vergangenen Jahr immer wieder als Begleiter des Ministers in den Medien figuriert hatte.

«Jörgen Sandström?», fragte Annie.

«Ja», antwortete Sandström, legte auf und drehte sich behende um.

«Ich würde mir von Ihnen gerne ein paar Informationen bestätigen lassen, die das Justizministerium betreffen.»

Jörgen Sandström sah sich um. «Was soll denn das?», fragte er. «Hatten Sie etwa angerufen?»

«Nein», antwortete Annie lächelnd. Sie trat einen Schritt näher. «Meine Quellen behaupten, dass Staatssekretär Morgan Nätterquist vor einiger Zeit eine vom Chef der Staatskriminalpolizei verfertigte Aktennotiz erhalten hat. Dieses Dokument handelt von der Beteiligung schwedischer Firmen 1992 an ethnischen Säuberungsaktionen und anderen Verbrechen gegen die Menschlichkeit in Bosnien. Dazu habe ich zwei Fragen.»

Jörgen Sandström sah aus, als bestürmten ihn so viele Gedanken gleichzeitig, dass sein Gehirn zum Stillstand kam.

«Meine erste Frage lautet», sagte Annie, die seine Miene ignorierte, «ob Sie bestätigen können, dass er dieses Memorandum erhalten hat. Die zweite, warum es der Öffentlichkeit nicht zugänglich gemacht wurde.»

Jörgen Sandström fing sich wieder. «Von einem solchen Memorandum weiß ich nichts.»

«Okay. Dann kann ich also davon ausgehen, dass die mir vorliegenden Informationen aus dem Staatskriminalamt nicht zutreffen?»

«Was beinhalten diese genau?»

«Den Text des Memorandums und dass es dem Staatssekretär vorgetragen wurde.»

Jörgen Sandström trocknete sich die Hände an seinem Jackett ab und kniff die Augen zusammen. «Wie war noch gleich Ihr Name?»

«Den habe ich Ihnen verschwiegen», erwiderte Annie lächelnd. Sie schaute über seine Schulter. «Aber da kommt ja Nätterquist selbst.»

Jörgen Sandström drehte sich um und sah, wie Nätterquist die Toilette verließ. Als er sich wieder der Unbekannten zuwenden wollte, war diese verschwunden. Er sah also wieder Nätterquist an, der auf ihn zukam.

«Was ist, Jörgen?», fragte er. «Du siehst aus, als hättest du ein Gespenst gesehen.»

Jörgen Sandström musterte Morgan Nätterquist eingehend und wusste sofort, dass die Frau, die ihn zur Rede gestellt hatte, nicht klein beigeben würde. Die Frau, dachte er und schrak mit einem Ruck aus seinen Gedanken auf. «Zieh deine Jacke an», sagte er zu Nätterquist, «und bring mir bitte meine mit.» Er überreichte ihm seine Garderobenmarke, trat rasch auf die Straße und blickte über den Mälartorget. Sie war nirgends zu sehen.

Nun kam auch Morgan Nätterquist aus dem Lokal und stellte sich neben ihn. Die Garderobenmarke hielt er immer noch in der Hand.

«Was ist los?»

«Wir haben ein Problem», erwiderte Sandström, «je nachdem, wie deine Antwort auf meine nächste Frage lautet.»

«Und zwar?»

«Hast du ein Memorandum über die Beteiligung Schwedens oder schwedischer Firmen am Krieg in Bosnien erhalten?»

Verdammt, dachte Morgan Nätterquist.

«Verdammt», sagte Jörgen Sandström.

3

«Volltreffer», sagte Annie und reichte Max den Feldstecher. «Manchmal ist es einfacher als erwartet.»

Max schaute durch das Fernglas. Zwei Männer auf einem Restaurantparkplatz auf Djurgården, die so aussahen, als seien sie sich zufällig begegnet.

«Der rechts ist Nätterquist», sagte Annie, «der andere, wie zu erwarten war, Bo Nathansson.»

Max ließ das Fernglas sinken und gab es Annie zurück. «Dann ist alles klar», sagte er. «Jetzt fahren wir. Ich will mich hier nicht länger als nötig aufhalten.»

4

«Verflucht», sagte Avram Gavric und schlug die Tür hinter sich zu.

Vitomir lehnte sich auf seinem Sessel zurück. Er schätzte es nicht, wenn Besucher, ohne vorher zu klopfen, bei ihm eintraten. «Gut, dass es dich interessiert, ob ich überhaupt Zeit habe.»

Avram Gavric ignorierte seinen Kommentar. «Ein paar von meinen Leuten hatten auf Djurgården zu tun. Rate mal, wen sie dort gesehen haben.»

«Den König?»

«Annie Lander.»

Vitomir stützte sich mit den Händen seitlich ab und neigte den Kopf zur Seite. «Wovon redest du?»

«Sie haben Annie und Max gesehen», sagte Avram und nahm Platz. «Sie sind hier in Stockholm.»

«Bist du sicher?»

Er nickte. «Sie saßen in einem Auto und fuhren nicht schnell. Die Jungs haben sich die Nummer notiert. Der Wagen wurde heute früh in Enköping gemietet. Sie haben bei der Person angerufen, die den Wagen gemietet haben soll.»

«Und?»

«So eine Alte, die irgendwo bei Enköping im Nichts wohnt. Sie war zu Hause und hatte kein Auto gemietet.»

Vitomir strich sich mit der Oberseite seiner Hand über die Wange. «Das beweist noch lange nicht, dass sie tatsächlich Annie Lander gesehen haben.»

Avram beugte sich über den Tisch. «Ich bitte dich ja nur selten, mir eine Geschichte abzukaufen, aber tu es diesmal. Meine Leute haben Annie Lander gesehen. Sie ist wieder in Schweden, und sie hat irgendetwas vor.»

Vitomir betrachtete Avram mit festem Blick. «Okay», sagte er dann. «Gehen wir davon aus, dass du recht hast.» Er nickte. «Finde heraus, was sie hier macht und warum wir nicht informiert sind. Tu dann das Nötige.»

Avram nickte und ging zur Tür.

«Avram», sagte Vitomir.

Avram drehte sich um und sah Vitomir nochmals an. «Ja?»

«Nicht ohne meine Einwilligung.»

5

Max machte ein Feuer. Den Wagen hatten sie ein Stück entfernt am Weg geparkt. Falls sie das Haus rasch verlassen mussten, würden sie dieselbe Straße nehmen, auf der sie auch Thurstons Auto losgeworden waren.

Annie saß mit angezogenen Beinen und den Ordner auf den Knien auf dem Sofa. Max störte sie nie, wenn sie sich Notizen machte und alle ihre Gedanken zu Papier brachte. Danach pflegte sie diese eingehender zu prüfen, und dabei konnte sie seine Hilfe gebrauchen. In diesem Stadium fand sich die Lösung, sichtbar oder noch verborgen, auf dem Papier.

Annie ließ den Stift fallen und legte den Ordner vor sich auf den Tisch. Sie trank einen Schluck von dem Tee, den ihr Max gekocht hatte. Sie fror viel schneller als er.

«Martinssons Worte haben sich somit bestätigt», meinte Annie. «Er hat Nathansson sein Memorandum gegeben, und dieser hat es an Morgan Nätterquist weitergereicht. An Sandströms Reaktion war jedoch abzulesen, dass weiter nichts unternommen wurde.» Sie sah Max an.

«Richtig.»

«Seit den heutigen Ereignissen wissen wir, wie brisant die Sache ist. Zwischen meinem Gespräch mit Sandström und dem Treffen Nätterquists und Nathanssons verstrich keine halbe Stunde.»

Max nahm Annie gegenüber auf dem Sessel Platz. Es gefiel ihm, ihr beim Arbeiten zuzusehen, weil ein Strahlen von ihr auszugehen schien.

«Wenn Nathansson Action sehen wollte und Nätterquist nichts unternahm, dann müsste Nathansson doch Druck machen oder selbst etwas unternehmen?»

«Das klingt naheliegend.»

«Wir gehen also davon aus, dass Nathansson nichts unternehmen wollte. Was sagt uns das?»

«Dass er jemanden schützt?»

«Und zwar wen?»

«Sich selbst oder jemand anderen.»

«Und Nätterquist weiß das alles. Warum unternimmt er dann nichts?»

«Weil er sich nicht traut.»

«Und vor wem hat er Angst?»

«Vor Nathansson?»

«Nein, vor dem, den Nathansson beschützt.»

«Weil?»

«Sie etwas gegen ihn in der Hand haben.»

«Was?»

«Etwas, das ihn den Job kosten könnte.»

Sie schwiegen eine Weile.

«Eine Sache ist mir unklar», sagte Max und trank einen Schluck von Annies Tee.

«Ja?» Er hielt ihr die Tasse hin, und sie ergriff sie mit beiden Händen.

«Wenn Nathansson nicht will, dass in dieser Angelegenheit herumgewühlt wird, warum hat er Nätterquist dann überhaupt informiert? Warum hat er die Sache dann nicht einfach für sich behalten, nachdem ihm Martinsson davon berichtet hatte? Er hätte Martinssons Unterlagen einfach in den Schredder schieben können.»

«Er will, dass Nätterquist Bescheid weiß, aber nichts unternehmen kann.»

«Aus welchem Grund?»

Sie setzte sich auf. «Wenn Nathansson beweisen kann, dass Nätterquist schon des Längeren Bescheid weiß, dann sitzen sie im selben Boot. Dann wird auch Nätterquist alles unternehmen, um die Sache zu vertuschen. Er ist zur Geisel geworden. Und ich vermute, dass Buster Droth alle Fäden in der Hand hält, schließlich ist eine seiner Firmen in die Sache verwickelt.»

«Diese Sache ist größer, als wir ahnten, Annie.»

«Da ist noch etwas. Jensen. Wir müssen herausfinden, welche Rolle er in dieser Geschichte spielt.»

«Sollten wir nicht seiner Mutter einen erneuten Besuch abstatten?»

«Doch, aber erst, wenn sie nicht zu Hause ist.»

6

Martin Hellsten hatte eine halbe Stunde zuvor seinen Besuch angekündigt und klingelte jetzt an der Wohnungstür in der Grev Magnigatan. Buster Droth öffnete im Smoking.

«Ich hoffe, es ist wichtig», sagte Droth. «Wir haben nicht viel Zeit, wie du siehst, bin ich auf dem Sprung.»

«Natürlich», sagte Martin Hellsten und zog die Wohnungstüre lautlos hinter sich zu. Automatisch begann er seinen Mantel aufzuknöpfen, hielt aber recht bald inne. «Kurz bevor ich mich bei dir meldete, rief mich Bo Nathansson an. Nätterquist hat sich mit ihm in Verbindung gesetzt.»

«Aus welchem Grund?»

«Nätterquist hat mit dem Pressesprecher des Ministers zu Mittag gegessen. Bei dieser Gelegenheit erhielt Letzterer, also der Pressesprecher, einen Anruf und wurde dann im Entree des Restaurants von einer Frau mit Fragen behelligt.»

«Und zwar worüber?»

«Über das Memorandum, das Bo Nathansson Nätterquist übergeben hatte.»

Buster Droth hob die Augenbrauen. «Und wer war diese naseweise Person?»

«Sie nannte ihren Namen nicht und verschwand recht umgehend wieder. Mit der Beschreibung von Nätterquists Kollegen war nicht viel anzufangen. Er sagte, sie sei attraktiv gewesen und habe eine Kurzhaarfrisur getragen.»

Buster Droth presste die Lippen zusammen. «Wir haben also nicht den leisesten Schimmer, wer sie war?»

«Das ist aber leider noch nicht alles.» Hellsten betrachtete Buster Droth und wünschte sich, sie hätten sich gesetzt. «Nach meinem Anruf bei dir haben sich unsere jugoslawischen Partner bei mir gemeldet.»

«Jozak?»

«Seine Handlanger.»

«Und was haben Nätterquist und Nathansson mit den Jugos zu tun?»

«Jozaks Firma erhielt den Auftrag, Morgan Nätterquist zu überwachen.»

«War das eine glückliche Wahl?»

«Das schafft den nötigen Puffer zwischen uns und dem Objekt und hat bislang gut funktioniert.» Hellsten lehnte sich an die Wohnungstür. «Seitdem du Nätterquist beim Joggen begegnet bist, sind sie an ihm dran und haben ihn beobachtet, wie er sich auf einem Parkplatz auf Djurgården mit Bo getroffen hat. Jozaks Leute wissen natürlich nicht, worüber sich Nathansson und Nätterquist unterhielten, dafür ist ihnen aber etwas aufgefallen.»

«Komm zur Sache, Mann.»

«Nathanssons und Nätterquists Treffen wurde auch noch von einer anderen Person observiert, die vermutlich mit der Person aus dem Restaurant in der Altstadt identisch ist.»

«Und zwar?»

«Annie Lander.»

JENSEITS DES GEWISSENS

1

Nachdem sie ihr Haus zwei Tage lang überwacht hatten, gelangten Annie und Max zu der begründeten Schlussfolgerung, dass Eva Jensen jeden Tag zum gleichen Zeitpunkt zur Lottoannahmestelle am Tuna Torg in Vallentuna fuhr.

Eva Jensen füllte ihre Wettscheine zu Hause am Küchentisch aus und fuhr dann zum Zeitungskiosk, um sie vor Annahmeschluss abzugeben. Eigentlich wäre es nach Åkersberga ein paar Kilometer näher gewesen, aber sie hatte immer schon in Vallentuna gewettet und sah keine Veranlassung, nach so vielen Jahren die Annahmestelle zu wechseln.

Max und Annie stoppten zwei Tage hintereinander die Zeit. Nach Eva Jensen konnte man die Uhr stellen. Hin- und Rückfahrt beanspruchten neunzehn Minuten, und sie verbrachte nicht mehr als fünf Minuten in der Annahmestelle. Sie war also gute vierzig Minuten unterwegs. Das musste genügen, um zu finden, wonach sie suchten. Sie würden in der Nähe ihres Hauses im Auto auf sie warten, dann würde Max ihr folgen, während Annie bei ihr einbrach, vorzugsweise ohne Spuren zu hinterlassen. Sobald Eva Jensen die Annahmestelle verließ, würde Max dort darum bitten, telefonieren zu dürfen und bei Eva Jensen anrufen. Dann wusste Annie, dass ihr bis zur Rückkehr der Hausbesitzerin weniger als zwanzig Minuten Zeit blieben.

Als Eva Jensen vor der Annahmestelle parkte, befand sich Max dicht hinter ihr. Er parkte in einiger Entfernung und lief dann im Dauerlauf zur Annahmestelle.

Als er eintreten wollte, war Eva Jensen bereits auf dem Weg nach draußen. Offenbar stand ihm seine Verblüffung ins Gesicht geschrieben, denn sie hielt auf der Schwelle inne und sah ihn an. Sie schien etwas sagen zu wollen, dann aber erlosch ihr Interesse. Max bekam ein schlechtes Gewissen. Er dachte an Annie, die sich unerlaubt im Zuhause der trauernden Frau aufhielt, und an seine Mutter, die im Sterben lag, ohne Besuch von ihrem einzigen Sohn zu erhalten. Eva Jensen stieg bereits in ihren Wagen, als er endlich aus seinen düsteren Gedanken aufschrak.

Ein Mann Anfang dreißig stand an der Kasse.

«Dürfte ich vielleicht telefonieren?», fragte Max.

«Das hier ist keine Telefonzelle», antwortete der Mann, ohne aufzublicken.

Max hörte, wie der Motor von Eva Jensens Wagen aufheulte, als sie aus der Parklücke zurücksetzte. «Ich habe doch früher auch hier telefonieren dürfen», sagte Max. «Das wäre wirklich nett von Ihnen.»

Der Mann musterte Max von Kopf bis Fuß. «Da stand sicher mein Vater hier. Der Alte war einfach zu gutmütig, selbst wenn die Leute etwas mitgehen ließen. Darum stehe ich jetzt hier. Um nicht nett zu sein, damit der Laden nicht pleitegeht.»

Max schaute aus dem Fenster. Eva Jensens Wagen war verschwunden. Er schaute auf die Uhr. Dann trat er an den Tresen und breitete die Arme aus. «Hören Sie, ich muss wirklich dringend telefonieren. Wenn es nicht wichtig wäre, würde ich nicht fragen.»

«Zwanzig Kronen», sagte der Mann und verschränkte seine Arme vor der Brust.

Max schob die Hand in die Hosentasche und suchte nach seinem Portemonnaie. Leer. Das Portemonnaie lag im Auto. «Ich bin gleich zurück!»

«Lassen Sie sich Zeit», rief ihm der Mann hinterher, als er hinauseilte.

Max rannte zu seinem Wagen, fand seine Brieftasche neben dem Sitz, nahm einen Zwanzigkronenschein heraus und rannte zurück.

«Welche Nummer soll ich wählen?», fragte der Mann, als er den Schein erhalten und in die Hosentasche gestopft hatte.

«Ich mach das», sagte Max und ging um den Tresen herum, ohne eine Antwort abzuwarten.

Widerwillig reichte ihm der Inhaber den Hörer und trat einen Schritt zur Seite.

Max zog den Zettel mit Eva Jensens Nummer hervor und wählte, so schnell er konnte. Es klingelte einmal. Er legte auf.

«War das alles?», fragte der Mann und zog die Brauen hoch.

«Es war besetzt», sagte Max, ging zur Tür und schaute dabei auf die Uhr. Annie glaubte jetzt, dass sie noch 19 Minuten Zeit hatte, es waren aber nicht mehr als 15. Hoffentlich war sie bereits fündig geworden. Rasch setzte er sich ins Auto und fuhr schnellstmöglich zurück.

Als er sich näherte, sah er Eva Jensens Wagen in der Auffahrt stehen und erblickte ihre Umrisse im Küchenfenster. Langsam fuhr er vorbei. Entweder führte sie Selbstgespräche oder telefonierte. Sie wirkte aufgebracht. Das war ein schlechtes Zeichen. Außer Sichtweite hielt er an. Er legte die Hand auf den Zündschlüssel und wollte den Motor gerade abstellen, als die hintere Türe aufgerissen wurde.

«Ich glaube, wir sollten hier schnellstmöglich verschwinden», sagte Annie und nahm auf der Rückbank Platz.

2

Annie war durch eine unverschlossene Kellertür ins Haus gelangt und hatte in dem Jungenzimmer dann mehr als erhofft entdeckt. Das Adressbuch und eine Pappschachtel voller Briefe von und an Karl-Johan Jensen aus seiner Bosnienzeit sowie danach. Nationalistische Zeitschriften, die neuesten vom Vormonat, lagen auf dem Nachttisch, was darauf schließen ließ, dass er kürzlich zu Besuch gewesen war, anders als seine Mutter hatte zugeben wollen. Die Suche hatte jedoch Zeit in Anspruch genommen, und Annie war von Eva Jensens unerwartet früher Rückkehr überrascht worden.

Max erzählte ihr von den Schwierigkeiten mit dem Anruf.

Annie hatte gerade noch rechtzeitig durch Karl-Johan Jensens Fenster ins Freie flüchten können, konnte dabei aber nicht auf ihre Spuren achten. Sie hatte das Fenster zwar geschlossen, aber Eva Jensen würde früher oder später auffallen, dass es nicht verriegelt war. Spätestens dann würde sie bemerken, dass einige Sachen ihres Sohnes fehlten.

«Ich bin mir nicht ganz sicher, aber es sah aus, als hätte sie telefoniert, als ich vorbeifuhr. Sie stand jedenfalls am Fenster.»

Annie verzog das Gesicht. «Hoffentlich war es die Mühe wert», sagte sie und klopfte auf die Tasche mit den Papieren.

Max nahm die Abfahrt Oslo/Arlanda. Bis zu ihrem Häuschen würden sie fast eine Stunde brauchen. Annie begann, in den Papieren in ihrer Tasche zu blättern.

«Bingo», sagte sie nach einer Weile.

«Was?», fragte Max und suchte ihren Blick im Rückspiegel.

Sie hielt etwas in die Höhe. Ein Foto zweier bewaffneter Männer.

«Karl-Johan steht links», sagte Annie.

«Und der andere?»

«Mit dem wollen wir uns unterhalten.»

3

Kaum zwei Minuten waren nach Eva Jensens Rückkehr verstrichen, da klingelte ihr Telefon. Es war Jesper aus dem Tabakladen, der früher einmal dieselbe Schule wie Karl-Johan besucht und auch ab und zu in der Freizeit etwas mit ihm unternommen hatte. Später hatte er im Laden seines Vaters angefangen. Der Vater war nett, aber mit dem Sohn sprach sie nicht viel, wenn er hinter dem Tresen stand. Jetzt erzählte er, ein Mann sei in den Laden gekommen und habe für ein Telefongespräch bezahlt, eine Nummer gewählt und dann sofort wieder aufgelegt. Jesper war misstrauisch geworden und hatte die Wahlwiederholungstaste gedrückt, denn er wolle nicht, dass sein Laden in zwielichtige Machenschaften verwickelt sei, und nun habe Eva Jensen abgehoben. Sie bat ihn, am Apparat zu bleiben, und begab sich unverzüglich zu Karl-Johans Zimmer. Sie öffnete seinen Kleiderschrank und sah sofort, dass der Karton mit den Briefen leer war. Dann entdeckte sie das offene Fenster, kehrte zum Telefon zurück und fragte Jesper, ob er den Mann beschreiben könne. «Nicht nur das», erwiderte dieser. Da es in letzter Zeit Probleme mit Ladendieben gab und die Polizei nichts unternahm, hatte er gegen den Willen seines Vaters eine Überwachungskamera installiert. «Ich sehe gerade das Überwachungsvideo. Komm her, dann kannst du dir das Schwein auf Video anschauen.»

4

Tom Martinsson saß im Boot an dem sogenannten Küchentisch. Vor ihm stand ein unberührtes Glas Whiskey. Es war fast eine Stunde vergangen, seit er es sich eingeschenkt hatte, und er hatte vorgehabt, es rasch zu leeren und sich dann noch ein Glas einzugießen, aber dann war er einfach nur in Gedanken versunken sitzen geblieben.

Vor einigen Stunden hatte ihn Eva Jensen angerufen und ihm erzählt, bei einem Einbruch seien einige Gegenstände ihres Sohnes entwendet worden. Sie hatte sich etwas vage ausgedrückt, aber fest stand, dass es sich um persönliche Dokumente handelte. Briefe, dachte er. Vielleicht ein Tagebuch. Und nicht genug damit. Eva Jensen hatte erzählt, dass einer der Täter auf einem Überwachungsvideo zu sehen sei. Dieser habe sie zum Tabakladen verfolgt, als sie ihre Wettscheine abgegeben habe, während eine weitere Person bei ihr eingebrochen sei. Man habe offenbar über ihre Gewohnheiten Bescheid gewusst. Ihr Verfolger habe aus dem Tabakladen bei ihr zu Hause angerufen, vermutlich um die Einbrecher davon zu unterrichten, dass sie wieder auf dem Heimweg sei. Das ist der Dritte im Bunde, dachte Martinsson, denn es war sonnenklar, wer diesen Einbruch begangen hatte. Sie waren zu dritt gewesen: der inzwischen verstorbene Thurston Richards, die Frau, die sich Anna nannte, und eine dritte Person, von der sie jetzt ein Bild hatten. Ein Video, das ihm Eva Jensen schnellstmöglich zukommen lassen wollte.

Alles hing zusammen, und das bereitete ihm Kopfzerbrechen.

Er hatte Thurston Richards und die Frau getroffen und wusste, wonach sie suchten. Er wusste, dass sie bei Eva Jensen gewesen waren, und war sich hundertprozentig sicher, dass sie ihr einen weiteren Besuch abgestattet hatten. Außerdem war er davon überzeugt, dass es sich bei Thurston Richards' Tod um einen Mord handelte. Die Theorien, dass ein alter Gasherd oder Thurston selbst die Explosion verursacht haben könnten, tat er als Unsinn ab.

Außerdem wusste er, dass Karl-Johan Jensen tot war. Kein Selbstmord, sondern eine durchgeschnittene Kehle. Inzwischen wusste ganz Schweden davon, da die Boulevardblätter diesen Umstand groß aufgeblasen hatten: «Achtundzwanzigjähriger Schwede in Amsterdam ermordet.» Auch der Russe und Pešić in Belgrad hatten ihr Leben gelassen. Alles hing zusammen, und der Mann und die Frau, die nachweislich noch am Leben waren und nicht die Absicht hatten, ihre Nachforschungen einzustellen, besaßen den Schlüssel zur Lösung des Rätsels, warum am laufenden Band neue Leichen auftauchten.

Das Läuten des Telefons riss ihn aus seinen Gedanken. Er schaute auf die Uhr. Kurz nach zehn.

Es war Bitte Samuelsson. «Das Wohnmobil ist wieder da», sagte sie.

Tom Martinsson hörte eine Männerstimme im Hintergrund. Vermutlich «der Neue». Er überlegte, wie dieser wohl war, und musste ungewollt an den neuen Mann seiner Exfrau denken. Ob der wohl auch im Hintergrund zu hören war, wenn sie bei Leuten anrief, die sie kaum kannte.

«Wie lange steht er schon dort?», fragte Tom Martinsson.

«Noch keine zehn Minuten. Er bleibt immer mindestens eine Stunde.»

«Okay.»

«Sollen wir rausgehen und ihn davonjagen?», fragte sie.

Tom Martinsson wusste, dass diese Frage bedeutete: Werden Sie etwas unternehmen? Ein Nein bedeutete ein Ja.

«Nein», sagte er und legte auf.

Als sich Tom Martinsson eine gute halbe Stunde später Bitte Samuelssons Wohnviertel näherte, konnte er das weiße Wohnmobil schon von weitem erkennen. Mit einem scharfen Auge war sogar die Glut einer Zigarette auf dem Fahrersitz zu sehen.

Martinsson machte es sich in seinem Wagen bequem. Sein Plan stand fest. Die einzige Bedingung für ein Gelingen war, dass Enlund genauso bekloppt war, wie er wirkte.

Nach einer guten Stunde wurde der Motor des Wohnmobils angelassen, und es fuhr an. Während des Ausparkens wurde die Seitenscheibe neben dem Fahrersitz geöffnet, und Enlund warf etwas heraus. Martinsson war sich nicht ganz sicher, aber vermutlich handelte es sich um eine Flasche. Er wartete, bis er sah, dass Enlund blinkte, um auf die Auffahrt des Riksvägen 73 einzubiegen. In sieben oder acht Minuten würden sie den Gullmarsplan passieren.

Martinsson wählte eine Nummer und wurde sofort verbunden.

5

Der Streifenwagen, der das Wohnmobil, dessen Fahrer sich als Torsten Enlund, Polizist, auswies, in der Nähe des Gullmarsplan stoppte, war mit einem Beamten und einer Beamtin bemannt. Laura Prelcic, die Streifenpolizistin, kümmerte sich nicht weiter um Enlunds Dienstausweis, sondern forderte ihn zum Blasen auf. Das war eigentlich nicht nötig, denn sie sah auch so, dass er angetrunken war. In der Fahrerkabine stank es nach Wein, Zigaretten und Schweiß.

Enlund weigerte sich. Als Laura Prelcic ihn handgreiflich daran hinderte, den Motor wieder anzulassen, wurde er gewalttätig, und sie fielen engumschlungen aus der Fahrerkabine und auf die Straße. Nach einem kurzen Ringkampf gelang es beiden Beamten, Enlund Handschellen anzulegen und ihn auf dem Rücksitz des Streifenwagens zu platzieren.

Routinemäßig, aber auch aus Wut, durchsuchte Laura Prelcic den rückwärtigen Teil des Wohnmobils. Enlund hatte sie als Bullenschlampe bezeichnet, und für solche Kollegen hatte sie nichts übrig. Nur mit größter Überwindung hatte sie bisher darauf verzichtet, ihm einen ordentlichen Schlag in die Magengrube zu versetzen. Sie boxte in ihrer Freizeit und hätte ihm gerne diese schmerzhafte Überraschung bereitet.

Das Wohnmobil stank. Auf der Liege herrschte größte Unordnung, und es sah aus, als würde das Fahrzeug als Lagerraum verwendet. Direkt hinter der Tür stand eine Sporttasche, die sie auf die zugemüllte Liege hob und öffnete. Ihr Puls beschleunigte sich, als sie erkannte, dass es sich bei dem Inhalt mit größter Wahrscheinlichkeit um Kokain handelte. Nach dem Gewicht der Tasche zu urteilen sogar um mehrere Kilo.

Sie schloss die Tür des Wohnmobils ab, kehrte zum Streifenwagen zurück und zeigte erst ihrem Kollegen, dann Torsten Enlund den Inhalt der Tasche.

Enlund sagte: «Das ist ein Auftrag von ganz oben.» Er lächelte höhnisch. «Und du hast dich gerade von deiner Karriere verabschiedet, du Schlampe.»

Laura Prelcic stützte sich an der Hintertür ab und versetzte Enlund einen so festen Hieb in die rechte Niere, dass er einen Klumpen dunklen Schleim ausspuckte, der auf der Kopfstütze des Fahrersitzes landete. Für diesen Fehler erhielt er gleich noch einen Schlag.

DER TOD DES TISCHLERS

1

Annie und Max würden natürlich Karl-Johan Jensens Habseligkeiten an seine Mutter zurückgeben, vorher aber genauestens auf brauchbare Hinweise untersuchen.

Fotos und Briefe lagen auf dem Tisch verstreut. Das Adressbuch enthielt sporadische Aufzeichnungen, und Max hatte die Aufgabe übernommen, alle Telefonnummern, die interessant wirkten, abzuschreiben. Annie hatte Dutzende von Briefen gelesen, aber nichts gefunden.

«Hirnrissige Propaganda zweier vollkommener Idioten», sagte sie zu Max. «Beispielsweise schreibt der eine, dass sie die Unreinen aus Bosnien vertreiben, woraufhin der andere antwortet, dass er diese Neuigkeit bei seinem Studienbesuch in Schwerin an die deutschen Nationaldemokraten weitergeleitet habe.» Sie hatte auf mehr gehofft.

Die Fotos erwiesen sich als interessanter. Viele zeigten nur sinnlose Waffen. Karl-Johan Jensen mit Waffen. Und Fahrzeuge. Aber auf einigen waren auch andere Personen zu sehen. Jensen hatte die Fotos mit Datum und Ort auf der Rückseite fein säuberlich beschriftet. Ein Gesicht tauchte auf drei Fotos auf, die in Foča, Bosnien, in der ersten Hälfte des Jahres 1992 aufgenommen worden waren. Thurston hatte Foča erwähnt. Dort hatte die unangenehme Begegnung mit dem Mann mit den schlangentätowierten Händen stattgefunden.

Der Mann auf den Fotos war etwas älter als die anderen und musste inzwischen Mitte vierzig sein. Die auf ihn gerichteten Blicke waren voller Respekt. Wer ihm seinen Arm um die Schultern legte, tat das mit Vorsicht. Die, denen er seinen Arm um die Schultern legte, schienen von Stolz erfüllt. Auf den Fotos gab es keine Rangabzeichen, aber es war klar, dass er der Chef war. Annie legte das Bild, auf dem sein Gesicht am deutlichsten zu sehen war, in ihren Ordner. Auf einem anderen, das fast ein halbes Jahr später in einem Garten entstanden war, führte derselbe Mann mit nacktem Oberkörper seinen Bizeps vor. Karl-Johan Jensen stand lachend neben ihm.

Im Hintergrund ließen sich ein kleines, schmutzig gelbes Haus mit roten Dachziegeln ausmachen und in der Ferne, nur als dunkelgrüner Strich an der Oberkante, ein Wald. Zwischen den Männern und dem Haus waren ein Beet mit welken Blumen und ein Baum mit verdorrten Blättern. Salamans Haus, Foča, stand auf der Rückseite. Salaman war also möglicherweise der Besitzer des Hauses. Falls es nicht zerstört worden war, ließ es sich finden. Damit wäre dann der Beweis erbracht, dass sich die Männer dort aufgehalten hatten.

«Hier», sagte sie und reichte Max das Foto. «Der Mann mit dem nackten Oberkörper hat eine Tätowierung auf dem Arm. Ich kann die Schrift aber nicht entziffern.»

Max nahm das Foto in die Hand und kniff die Augen zusammen. Die Tätowierung, ein flammenähnliches Gebilde, das in einem Dreieck von drei Worten umgeben wurde.

«Die Legion ist unser Vaterland», sagte Max und legte das Foto auf den Tisch. Er betrachtete Annie, die die Augenbrauen hob. «Legio Patria Nostra, das Motto der Fremdenlegion.»

«Will ich überhaupt wissen, wieso du so etwas weißt?», meinte Annie.

Er lachte. «Wer in Jazzclubs auftritt, begegnet den komischsten Leuten, denen die Fremdenlegion einen Zufluchtsort bietet.»

«Oje», erwiderte Annie und griff zu dem Foto. «Vermutlich war er also in der Fremdenlegion. Vielleicht war ja auch Jensen dort?» Sie sah Max an. «Vielleicht haben sie sich dort kennengelernt, und dieser Typ, der wohl eine Art Vorgesetzter zu sein scheint, hat ein paar seiner ehemaligen Untergebenen zusammengetrommelt und ist mit ihnen nach Bosnien gefahren. Verdammt, jetzt wäre es praktisch, wenn wir einen besseren Draht zu Jensens Mutter hätten. Wie sollen wir sonst herausfinden, ob Jensen in der Fremdenlegion war oder ob er Kontakt zu einem ehemaligen Soldaten der Fremdenlegion hatte?»

«Vielleicht kennt Martinsson die Antwort?», meinte Max.

«Ja, vielleicht. Aber bei unserem letzten Gespräch hatte ich fast das Gefühl, dass er mir misstraute, ich weiß also nicht, ob er noch sonderlich erpicht ist, uns weiter zu helfen.»

«Vielleicht hatte ja Jensen auch so eine Tätowierung?»

«Schon möglich.» Sie legte das Foto auf den Tisch. «Ich muss Martinsson also doch anrufen. Aber wie das Gespräch auch verlaufen mag, gibt es jetzt eine weitere Person, die wir ausfindig machen müssen.»

«Und wie sollen wir das anstellen?»

«Ich weiß nicht, ob wir dir davon erzählt haben, aber während unseres Treffens erwähnte Martinsson einen anderen der Kriegsverbrechen angeklagten Mann, der inzwischen in einem schwedischen Gefängnis sitzt.»

«Und der soll sich die Fotos anschauen und sagen, ob er jemanden wiedererkennt?»

«Ja, so etwa.»

«Und wie stellen wir das an?»

«Wir müssen dem Gefängnis Hall einen Besuch abstatten.»

2

Sie ergriffen alle möglichen Vorsichtsmaßnahmen. Am Vortag hatte Patrik im Namen seiner Kanzlei einen Leihwagen gemietet, diesen in Linnanäs auf Ljusterö abgestellt und von dort die Fähre und den Bus zurück in die Stadt genommen. Heute würde er wieder mit der Fähre dorthin fahren. Auch Max hatte sich mittels Bus und Fähre dorthin begeben und war eine halbe Stunde vor Patrik eingetroffen.

Max machte es sich in einem Wäldchen mit freier Sicht auf den Parkplatz bequem und behielt das Geschehen mit dem Feldstecher im Blick. Zwischen ihm und dem Parkplatz lagen schätzungsweise hundert Meter. Ihr Plan war, dass Max den Parkplatz im Auge behalten würde und Patrik, falls sich etwas Auffälliges tat, per SMS verständigen würde. In diesem Fall konnte Patrik wieder auf die Fähre fahren und den Heimweg antreten.

Ein Dampfer legte an, und etwa zwei Dutzend Fahrgäste gingen von Bord. Einige stiegen in den Bus und andere in Autos, die anschließend wegfuhren. Fünf Minuten später hatte der Dampfer wieder abgelegt, und außer Patrik, der an seinem Mietwagen lehnte, war keine Menschenseele mehr zu sehen. Sie hatten sich darauf geeinigt, wenn alle verschwunden waren, noch fünf Minuten abzuwarten. Max schaute auf die Uhr. 13.19 Uhr. Er hatte große Lust, aufzustehen und zu winken. Sein bester Freund wartete nur hundert Meter von ihm entfernt, und selber lag er mit einem Fernglas in einem verdammten Busch. Nach fünf Minuten sah er, wie Patrik sein Handy aus der Tasche zog. Kurz darauf blinkte Max' Display.

Er antwortete.

«Bist du da?», fragte Patrik.

«Da kannst du Gift drauf nehmen.» Max stand auf. «Dreh dich nach rechts.»

«Ich sehe dich», sagte Patrik, ohne sich von der Stelle zu rühren. «Wir treffen uns auf halber Strecke.»

Raschen Schrittes ging Patrik los. Max schob das Handy in die Tasche und setzte sich ebenfalls in Bewegung. Als nur noch zwanzig Meter zwischen ihnen lagen, begannen beide zu rennen.

Sie umarmten sich lange.

«Du musst der Vater von Max Lander sein», sagte Patrik und lachte, als sie sich wieder losließen.

«Das stimmt», antwortete Max. «Und ich erinnere mich, dass du so alt warst wie meine Tante.»

Sie sahen sich an, lachten und ließen sich dabei nicht aus den Augen. Die ganze Situation kam ihnen lächerlich vor, obwohl sie tragische Ursachen hatte. Sie lachten über ihr Aussehen, über das Leben und darüber, was es aus ihnen gemacht hatte. Aber vor allen Dingen lachten sie, weil sie sich seit langem zum ersten Mal wieder gegenüberstanden.

Nachdem sie sich wieder beruhigt hatten, setzten sie sich in Patriks Leihwagen, fuhren auf die Fähre zum Festland und von dort zur Vollzugsanstalt Hall bei Södertälje. Dort saß Benny Olsson, den Tom Martinsson Annie und Thurston gegenüber erwähnt hatte und der in Bosnien wegen Kriegsverbrechen verurteilt worden, dann aber ausgeliefert worden war. Auf Arlanda war er festgenommen, dann aber mangels Beweisen freigelassen worden. Jetzt saß er wieder im Gefängnis, dieses Mal wegen Totschlags. Sie hatten den Besuch vorschriftsmäßig angemeldet, und Benny Olsson hatte eingewilligt, sie zu treffen.

Zwei Stunden später parkten sie vor dem Gefängnis Hall und gingen nochmals die Fotos durch, die Patrik Benny Olsson zeigen wollte.

«Wenn alles glattgeht, bin ich in einer Dreiviertelstunde wieder hier», sagte Patrik, lächelte, schloss die Fahrertür und ging auf den Eingang zu.

Kaum war Patrik verschwunden, da klingelte Max' Handy. Es war Annie. Der Empfang war schlecht.

«Seid ihr in Hall fertig?»

«In einer Stunde ungefähr. Wo bist du? Ich höre dich nur schlecht.»

«Ich habe den Wagen dort geparkt, wo ich dich abgesetzt habe, an der Tekniska Högskolan, und sitze jetzt in der U-Bahn ...»

Ihre Stimme verschwand.

«In der U-Bahn? Wohin fährst du?»

Er hörte ihre Stimme nur noch bruchstückhaft und konnte ihre Worte nicht verstehen. «Holt mich in Midsommarkransen ab», war plötzlich so deutlich zu hören, als hätte sie neben ihm gesessen.

«Habe ich das richtig verstanden? Sollen wir dich in Midsommarkransen abholen? Der Empfang ist schlecht.»

«Vattenledningsvägen», hörte er und dann noch: «... parken.»

Die Verbindung riss ab. Sie hatten eine Regel: Wer anruft, ruft wieder an, wenn die Verbindung unterbrochen wird. Sie rief aber nicht wieder an. Nach fünf Minuten versuchte er es bei ihr, aber ohne Erfolg. Sein Puls beschleunigte sich. Was wollte sie in Midsommarkransen?

«Verdammt», sagte er und schlug mit der flachen Hand auf die Seitenscheibe. Er machte sich Sorgen. Sie wusste zwar, was sie tat, aber manchmal ging sie unnötige Risiken ein. Er schaute auf die Uhr. Patrik müsste inzwischen im Besucherraum sein. Er hoffte, dass es schnell ging.

3

Nachdem sie Max abgesetzt hatte, war Annie eine Weile im Auto sitzen geblieben und hatte in ihrem Ordner geblättert. Vor ihrem Aufbruch am Morgen hatte sie versucht, Tom Martinsson zu erreichen, um ihm zu erzählen, dass sie im Besitz eines Fotos von Jensen mit einem anderen für ihn möglicherweise interessanten Mann waren. Vielleicht würde er sich ja bereit erklären, ihnen zu helfen. Vielleicht wusste er sogar, wer dieser Mann war? Ganz davon abgesehen wollte sie auch wissen, ob sich in der Ermittlung von Thurstons Tod etwas tat, und Martinsson versichern, dass sie nichts damit zu tun hatten. Sie wählte nochmals seine Nummer und erreichte dieselbe Telefonistin wie zuvor.

«Sie möchten Tom Martinsson sprechen», sagte die freundliche Stimme. «Er befindet sich in einem Meeting.»

«Okay. Könnte ich ihm vielleicht eine Nachricht hinterlassen? Ich rufe schon zum zweiten Mal an. Es ist ziemlich wichtig.»

«Ja, richtig», ließ sich die Stimme wieder vernehmen. «Sie möchten mit jemandem sprechen, der für Völkerrechtsfragen zuständig ist. Ihr Name ist Jasmin Efendic, nicht wahr?»

«Ja», erwiderte Annie, ohne weiter nachzudenken, und schrieb den Namen auf das Papier, das vor ihr lag.

«Ich habe Tom Martinsson einen Zettel auf den Tisch gelegt. Ich lege ihm noch einen zweiten hin, dann ruft er Sie sicher heute noch zurück.»

«Danke», sagte Annie und legte auf.

Sie betrachtete den Namen, den sie notiert hatte, und beschloss, alles auf eine Karte zu setzen. Jasmin Efendic klang zweifellos jugoslawisch, und im Hinblick auf Martinssons momentanes Interesse war es keine allzu abwegige Vermutung, dass sich ihre Nachforschungen überschnitten. Es handelte sich zwar nur um einen Strohhalm, war aber den Versuch durchaus wert. Sie wählte die Nummer der Auskunft und erhielt Nummer und Adresse Jasmin Efendics: Vattenledningsvägen 69 in Hägersten. Sie wählte die Nummer, und kurz darauf ging jemand an den Apparat.

«Spreche ich mit Jasmin?», fragte Annie.

«Ja.» Die Stimme klang unbekümmert und selbstsicher.

«Sie haben versucht, Tom Martinsson zu erreichen.»

«Ja. Mit wem spreche ich bitte?»

«Mein Name ist Annie Lander. Tom Martinsson und ich arbeiten gelegentlich zusammen. Heute ist er leider den ganzen Tag beschäftigt. Kann ich Ihnen vielleicht behilflich sein?»

Das Mädchen am anderen Ende schwieg einen Augenblick. «Meine Schwester und ich wollen etwas erzählen», begann sie.

«Ich höre gerne zu», erwiderte Annie.

«Am Telefon?»

«Wenn es Ihnen recht ist, komme ich lieber bei Ihnen vorbei», sagte Annie.

«Kein Problem», sagte Jasmin. «Meine Schwester will die Wohnung ohnehin nicht verlassen. Wann können Sie hier sein?»

«Wäre Ihnen in einer Dreiviertelstunde recht?»

4

Benny Olsson wirkte, als hätte er seine kriminelle Laufbahn bereits in jenem Alter begonnen, in dem man begreift, dass andere Leute Dinge besitzen, die man selbst gerne gehabt hätte. Patrik versuchte stets, seinen Mitmenschen ohne Vorurteile gegenüberzutreten, aber in diesem Falle fiel es ihm wirklich schwer. Wäre er Benny in der Stadt begegnet, hätte er die Straßenseite gewechselt.

Das lag an Olssons Augen. Hätte man ihm ein kariertes Hemd und einen dunklen Anzug angezogen, dann hätten der Mittelscheitel und das kleine Bärtchen in jede beliebige Consulting-Firma gepasst. Aber nicht die Augen, denn es waren die Augen eines Mörders.

Sie saßen sich an einem Tisch gegenüber. Patrik hatte vorgegeben, eine Frau zu vertreten, die des Mordes an einem Russen in Griechenland verdächtigt wurde. Die Schuldfrage hatte er übergangen, aber die Hoffnung geäußert, wenn es ihm nur gelänge, einen der Männer auf den Fotos zu erreichen, brisante Informationen, die die Frau über den Russen besaß, dazu verwenden zu können, von einem dieser Männer für seine Mandantin ein Alibi erpressen zu können. Diese Geschichte ließ sich sogar verifizieren, und der Gedanke, jemanden vor einer Verurteilung zu bewahren, schien Benny Olsson, der für die Justiz naheliegenderweise nicht viel übrighatte, anzusprechen. Auf dem Tisch stand eine Stahlthermoskanne mit warmem Wasser, und daneben lagen zwei Tütchen Nescafé und zwei Tütchen Milchpulver. Die Thermoskanne ließe sich ausgezeichnet als Baseballschläger verwenden, dachte Patrik. Nachdem ihm Benny Olsson den Schädel zertrümmert hatte, konnte er ihn noch mit heißem

Wasser übergießen. Er schielte auf den roten Alarmknopf an der Wand.

«Okay. Zeigen Sie mir die Fotos.» Benny Olsson verschränkte die Arme vor der Brust. «Wenn Sie an meiner Hilfe interessiert sind.»

Seine Unterarme waren mit Tätowierungen überzogen. Patrik konnte Soldaten, ein Hakenkreuz und eine schwedische Flagge erkennen. Er nahm die Fotos hervor.

«Erkennen Sie jemanden auf diesen Fotos? Und wie gesagt, Sie bleiben anonym.»

«Und darauf kann ich mich verlassen?»

«Sie müssen mir ganz einfach vertrauen. Offen gestanden, wenn ich jemanden betrügen wollte, dann würde ich nicht unbedingt Sie wählen.»

Benny Olsson schien ein wenig zu wachsen. Ein schiefes Lächeln breitete sich auf seinem Gesicht aus. Es erfüllte ihn mit Zufriedenheit, wenn er Angst hervorrief, da er diese mit Respekt verwechselte.

«Okay», sagte Olsson, lehnte sich rasch vor und betrachtete die Fotos.

Eines zeigte Jensen und den Mann mit nacktem Oberkörper im Garten, die beiden anderen stammten aus Patriks eigenem Fotoalbum. Er wollte nicht, dass Olsson sofort durchschaute, wen sie suchten.

Benny Olsson drehte erst ein Foto um, dann ein weiteres, übrig blieb das Foto aus dem Garten in Bosnien. Olsson sah Patrik ein paar Sekunden lang durchdringend an. «Der Typ mit der Topffrisur ist KJ», sagte Olsson, «und sofern die Abendzeitungen nicht lügen, fällt es ihm momentan schwer, den Kopf auf dem Hals zu behalten.» Benny Olsson sah Patrik an, als erwarte er, dass dieser angesichts solch einer geistreichen Bemerkung in schallendes Gelächter ausbrechen würde. Als dieses ausblieb, zuckte er enttäuscht mit den Achseln. «Ich glaube, dieses Foto stammt aus Bosnien, wo er Moslems abschlachtete. Ich kann nicht behaupten, dass es mich wunderte, als er das Angebot annahm und dorthin reiste. Er war schon immer ein Wichtigtuer. Wenn ihn jemand gebeten hätte, den Ministerpräsidenten zu erschießen, hätte er sich bestimmt auch das überlegt.»

«Und den anderen?», fragte Patrik. Er wollte sich schnellstmöglich verabschieden. «Kennen Sie den auch?»

«Ja, natürlich», rief Benny Olsson und sah Patrik an, als hätte dieser ihn gerade gefragt, welches Jahr es sei. «Das ist doch der Chief.»

5

Jasmin und Sonja Efendic waren Schwestern und bosnische Muslimas. 1994 waren sie nach Schweden gekommen, und die jüngere, Jasmin, hatte bei Tom Martinsson angerufen.

Annie schätzte Jasmin Efendic auf gute zwanzig. Die Schwester, die ihren Namen so leise sagte, dass sie ihn nur mit Mühe verstehen konnte, war einige Jahre älter. Sie bewohnten eine Einzimmerwohnung mit länglicher Küche im dritten Stock eines Hauses, das bald abgerissen werden sollte, wie Jasmin erklärte, als sie am Küchentisch Platz nahmen. Sie trug einen roten Hoody und Jeans und war hübsch. Ihr Haar trug sie in der Mitte gescheitelt und zu einem Pferdeschwanz zusammengebunden. Sie wirkte recht unauffällig. Es ist ihnen nicht anzusehen, was sie erlebt haben, dachte Annie. Die große Schwester Sonja wirkte angegriffener. Sie trug einen weiten gestrickten Pullover. Im Gegensatz zu ihrer Schwester, die ein Ziel vor Augen zu haben schien, wirkte Sonja Efendic, als befände sie sich auf dem Rückweg in die Vergangenheit, die sie nicht wieder erleben wollte, der sie aber nicht zu entfliehen vermochte. Sie wollte sich der Welt nicht aussetzen und keine Blicke auf sich ziehen.

Annie wandte sich an Jasmin. «Es freut mich, dass wir uns so rasch treffen konnten.»

Jasmin nickte.

Annie nahm ein Tonband aus der Tasche und stellte es zwischen sie auf den Tisch. «Sind Sie einverstanden, dass ich unser Gespräch auf Band aufnehme?» Sie deutete auf das Tonband. «Ich versichere Ihnen, dass ich die Aufzeichnung auf keine Weise verwenden werde, die Ihnen schaden könnte.»

Jasmin sah ihre Schwester an und sagte etwas. Ihre Schwester antwortete mit einem kaum merklichen Nicken. «Das ist in Ordnung», sagte Jasmin nach einer Weile.

Annie nickte, lehnte sich zurück und schaltete das Tonband ein. «Also», sagte sie und blickte von der einen jungen Frau zur anderen. «Was wollten Sie uns erzählen?»

Die jüngere räusperte sich. «Es geht sowohl um mich als auch um meine Schwester Sonja. Sie spricht nicht so gut Schwedisch wie ich. Deswegen spreche auch ich für uns beide.»

«Sie sprechen sehr gut Schwedisch, obwohl Sie erst seit vier Jahren hier sind.»

Jasmin errötete. «Ich habe mich angestrengt. Ich möchte vielleicht Polizistin werden.»

Annie nickte und beugte sich vor. Sie redete sich ein, dass sie nur log, um den jungen Frauen helfen zu können.

«Damit Sie verstehen, um was es geht, muss ich zeitlich etwas zurückgehen», fuhr Jasmin fort. «Was ich eigentlich erzählen möchte, ist kürzlich geschehen, hängt aber mit früheren Ereignissen zusammen, die auch erwähnt werden müssen. Es wird also etwas dauern.»

«Lassen Sie sich ruhig Zeit», meinte Annie.

«Gut.»

Jasmin sagte kurz etwas zu ihrer Schwester auf Bosnisch, legte die Hände in den Schoß und begann ihre Geschichte: «Es war im Frühjahr 1992, ich war fünfzehn und Sonja neunzehn. Wir wohnten mit unseren Eltern in Trosanj, einem Dorf, das nur von Moslems bewohnt wurde. Ganz in der Nähe, eigentlich auf der anderen Seite der Landstraße, lag Mjesaja, ein Dorf mit Serben und Moslems. Ich besuchte das Nikola-Tesla-Gymnasium in Foča, und Sonja arbeitete in dem Café, das unsere Mutter betrieb.»

«Und was für eine Arbeit hatte Ihr Vater?», fragte Annie und bereute es sofort, Jasmin unterbrochen zu haben.

Jasmin warf einen Blick auf ihre Schwester, die auf den Tisch starrte. «Er war Tischler.»

«Fahren Sie bitte fort», sagte Annie. «Entschuldigen Sie die Unterbrechung.»

Jasmin nahm ihre Erzählung wieder auf.

Gerüchte kamen auf, dass die Serben Häuser in Brand steckten, in denen Moslems wohnten, und verängstigte Familien waren aus ihren Häusern in den Wald geflohen. Dort befanden sie sich also, als der Krieg an einem frühen Morgen Anfang Juli ausbrach. Sie hörten Schüsse, alle gerieten in Panik und rannten noch tiefer in den Wald. Nach einer Weile bemerkten sie, dass sie von Männern in Uniform verfolgt wurden. Drei aus ihrer Gruppe, zwei Männer und eine Frau, wurden von Kugeln getroffen, und sie mussten sie zurücklassen, ohne zu wissen, ob sie noch am Leben waren, aber auch das nützte nichts, denn die Männer holten sie ein und umzingelten sie. Obwohl sie sich ruhig verhielten, begannen die Männer sie ohne Vorwarnung zu schlagen. Sie schrien, wo sie ihre Waffen hätten, und beschimpften sie mit dem Wort Balije. Dann wurden die Männer weggeführt, und Frauen und Kinder mussten auf einer Wiese in der Nähe warten.

Jasmin kannte einen der Männer. Er war nur ein paar Jahre älter als Sonja und war mit demselben Bus zur Arbeit gefahren wie sie zur Schule. Der Mann versuchte, sie zu beruhigen. Ihr braucht euch keine Sorgen machen, sagte er. Ihr seid unsere Nachbarn, ihr seid Frauen und Kinder, die nichts verbrochen haben. Er versprach, sie nach Montenegro in Sicherheit zu bringen. Aber erst wollten sie noch nach Buk Bijela fahren. Jasmin war sich nicht sicher, glaubte aber, dass es sich um ein Hotel handelte. Eine andere aus ihrer Gruppe glaubte, dass es ein Truppenübungsplatz sei. Sie wurden auf einen Lastwagen verfrachtet und nach Buk Bijela gebracht. Dort mussten sich Frauen und Kinder an einer Mauer aufstellen, und nach einer Weile riefen die Uniformierten einen nach dem anderen zum Verhör. Jasmin erkannte einen Mann, der Zelja hieß. Er kam zu ihr, nahm ihre Hand, schleifte sie in ein Zimmer und vergewaltigte sie brutal. Sie war fünfzehn Jahre alt und verlor an diesen Mann auf dem Steinboden eines kleinen Zimmers ihre Unschuld.

Anschließend wurden Jasmin und Sonja von verschiedenen Männern in verschiedenen Zimmern immer wieder vergewaltigt. Nach ein paar Tagen wurden sie zu Jasmins Schule in Aladza gebracht. Dort saßen sie in einem Klassenzimmer, aus dem sich Soldaten verschiedene Mädchen in andere Zimmer holten. Zwei Wochen lang wurden sie dort regelmäßig brutal vergewaltigt.

Gerüchte gingen um, dass das Rote Kreuz auf dem Weg nach Foča sei, und man begann, die Schule zu evakuieren. Eines Abends holten sie Jasmin und brachten sie in eine Schule nach

Miljevina. Am selben Abend kam Sonja in ein Haus in Aladza. Dort hatte man die Moschee gesprengt. Ihre Mutter war bereits verschwunden. Von da ab wussten sie nichts mehr über das Schicksal der anderen. In Miljevina wohnte Jasmin mit ein paar jüngeren Mädchen und ein paar Soldaten zusammen. Tagsüber mussten sie kochen, putzen und Wäsche waschen und durften auch manchmal in den Garten. Der Sommer ging gerade seinem Ende zu. Nachts wurden sie vergewaltigt.

Nach ein paar Monaten kamen zwei montenegrinische Soldaten zu dem Haus, in dem Jasmin wohnte, und wollten sie und ein anderes Mädchen kaufen. Sie bezahlten fünfhundert deutsche Mark und brachten die Mädchen in eine Wohnung in Brod und von dort über die Grenze nach Nikšić. In der Wohnung, in die sie dort geführt wurde, lag Sonja in einer Ecke.

In Miljevina war Jasmin davon überzeugt gewesen, in der Hölle auf Erden zu sein, aber beim Anblick ihrer Schwester erkannte sie sofort, dass Sonja in dem Haus in Aladza noch viel Schlimmeres erlitten hatte. Jasmin vernahm schreckliche Geschichten darüber, was serbische Soldaten und andere Männer mit ihrer Schwester in dem Haus gemacht hatten, das sie Salamans Haus nannten.

Als sie ein paar Tage später nach Podgorica gebracht wurden, sah Jasmin ein, dass sie fliehen mussten, weil sie sonst sterben würden. Sie mussten in einem Café arbeiten und konnten einen Teil des Trinkgelds für sich behalten, und im April, fast ein Jahr nachdem sie Trosanj verlassen hatten, bestiegen sie den Bus nach Rožaje, der sie aus der Hölle führte.

«Wir entkamen», sagte Jasmin, «aber nicht unbeschadet. Sonjas Regel blieb aus, und als wir endlich einen Arzt aufsuchen konnten, waren ihre Eierstöcke und die Gebärmutter entzündet.

Als wir schließlich nach Schweden kamen, erhielten wir im Zentrum für Folter- und Traumaopfer des Karolinska Krankenhauses Hilfe.»

«Das tut mir alles sehr leid», sagte Annie. Ihr fielen keine anderen Worte ein. «Das tut mir alles fürchterlich leid.»

«Hier wohnen wir jetzt also», sagte Jasmin und machte eine ausholende Handbewegung. «Tagsüber studiere ich, und abends jobbe ich in einem Restaurant am Medborgarplatsen. Sonja geht putzen.» Jasmin hielt inne. «Nun zum Grund meines Anrufs bei Tom Martinsson. Als Sonja in Alazda gefangen gehalten wurde, gab es dort außer Serben auch Männer aus anderen Ländern. Vor allem zwei taten sich hervor.» Jasmin hielt inne. «Vor einiger Zeit ist sie einem dieser Männer begegnet.»

Schweigend betrachtete Annie die beiden jungen Frauen, die ihr gegenübersaßen.

«In der U-Bahn», fuhr Jasmin fort, «Haltestelle Liljeholmen.»

«Und sie ist sich sicher, dass es einer der Männer aus Alazda war?»

Jasmin nickte. «Er hat Sonja gesehen und sie ebenfalls wiedererkannt.»

Sonja Efendic erhob sich, ging zur Küchenablage, holte eine Zeitung und legte sie auf den Tisch. «Das ist er», sagte sie. «Der Tote.»

Annie betrachtete das Foto und blickte in die Augen Karl-Johan Jensens. Als sie die Zeitung in die Hand nahm, klingelte das Telefon in der Diele.

6

Max schaute auf die Uhr. Jetzt war Patrik schon fast vierzig Minuten weg. Ebenso viel Zeit war seit Annies Anruf vergangen. Er hatte nach ihrem Gespräch zwei Mal ihre Nummer gewählt, sie aber nicht erreicht. Er wusste nicht recht, was er jetzt unternehmen sollte. Sie wollte in einem Park am Vattenledningsvägen abgeholt werden, so viel hatte er verstanden, aber er wusste nicht, wann, und auch nicht, warum. Langsam wurde er nervös. Ihn beschlich das Gefühl, dass gerade alles zum Teufel ging.

7

Jasmin Efendic war nur wenige Minuten weg, dann kehrte sie in die Küche zurück und baute sich neben dem Tisch auf. «Das war Tom Martinsson.»

Annie öffnete den Mund, um alles zu erklären, aber da redete Jasmin bereits auf Bosnisch auf ihre Schwester ein. Jedes einzelne Wort kam Annie wie ein Todesurteil vor.

«Sie sind gar keine Polizistin», sagte Jasmin und beugte sich über Annie. «Sie sind ja vollkommen verrückt! Lassen Sie uns in Ruhe!»

Annie spürte ihre Spucke im Gesicht. «Ich schwöre, dass ich Ihnen keinen Schaden zufügen, sondern nur helfen möchte. Ich weiß nicht, was Tom Martinsson gesagt hat, aber ich garantiere Ihnen ...»

«Warum wird nach Ihnen gefahndet?» Jasmin sah Annie wütend an.

Annie sah auf die Uhr an der Wand. Sie nahm an, dass sich Tom Martinsson bereits auf dem Weg zu ihr befand. Wenn sie Glück hatte, würde er eine Viertelstunde durch die Stadt brauchen. Falls er vom Präsidium aus angerufen hatte. Sie musste es darauf ankommen lassen.

«Ich bin Journalistin», begann sie.

«Sie wissen doch gar nicht, worum es hier geht», fiel ihr Jasmin ins Wort.

«Da irren Sie sich.»

«Hat man Sie vielleicht schon mal vergewaltigt?», schrie Jasmin. «Wurden Sie vielleicht schon mal von mehreren Männern, die einmal ihre Nachbarn waren, eingesperrt und vergewaltigt?»

Annie schaltete das Tonband aus und betrachtete Jasmin. «Setzen Sie sich», sagte sie. «Vertrauen Sie mir noch einige wenige Minuten, dann gehe ich. Das verspreche ich Ihnen.»

Jasmin blieb stehen, rote Flecken breiteten sich auf ihrem weißen Hals aus.

Annie zog den Stuhl neben sich hervor, widerwillig nahm Jasmin darauf Platz.

«Mein Name ist Annie, und ich bin Journalistin», sagte sie. «Ich habe mir zum Ziel gesetzt, jene Firmen auffliegen zu lassen, die in die Vorfälle in Bosnien verwickelt waren. Damit sie vor Gericht gestellt werden und endlich eine Art Gerechtigkeit erwirkt wird, obwohl die Geschehnisse natürlich nicht rückgängig gemacht werden können.» Sie holte tief Luft. «Als Sie 1993 nach Schweden kamen, war ich bereits zwei Jahre lang auf der Flucht. Mein Mann wird immer noch des Mordes an zwei Polizisten verdächtigt. Ende der achtziger Jahre arbeitete ich an einer Reportage über vermisste Frauen, die möglicherweise ermordet worden waren. Ich war schwanger. Eines Tages kidnappten mich zwei Polizisten. Sie betäubten mich und brachten mich auf einen Hof, zogen mich aus und fesselten mich.»

Sie betrachtete die Mädchen. Es kam ihr seltsam vor, dass sie trotz ihrer unterschiedlichen Herkunft doch ähnliche Dinge erlebt hatten.

«Manchmal kamen sie mehrmals täglich», fuhr sie fort. «Sie vergewaltigten mich und filmten gleichzeitig. Sie waren betrunken. Einmal war, glaube ich, auch ein dritter Mann beteiligt, aber ich bin mir nicht sicher. Nach ein paar Tagen war ich kaum noch bei Bewusstsein. Sie hielten mich sieben Tage lang gefangen.»

«Und dann?», fragte Jasmin.

«Dann kam mein Mann.»

«Und tötete die Polizisten?»

«Nein, aber es wurde geschossen.»

«Und was geschah mit dem Kind?»

«Er wird bald neun.»

«Und Ihr Mann?»

«Wir sind bis vor kurzem im Ausland untergetaucht.»

«Warum sind Sie nach Schweden zurückgekehrt?»

«Um dieser Sache nachzugehen.»

Jasmin nickte, sagte ein paar bosnische Worte zu Sonja und sah dann Annie an. «Aber belügen Sie uns nie wieder.»

«Versprochen», antwortete Annie und nahm ihre Tasche vom Fußboden. «Da dies nun geklärt ist, würde ich Sie gerne bitten, sich ein Foto anzuschauen.» Die Miene der Mädchen schien ihr zu erlauben fortzufahren, also nahm sie ein Foto aus ihrem Ordner. «Dieses Foto zeigt Karl-Johan Jensen, über den einiges in den Zeitungen stand, mit einem anderen Mann. Ich frage mich, ob Sie diesen anderen Mann kennen.»

Nachdem die Mädchen genickt hatten, reichte sie Jasmin das Foto, die es betrachtete und dann Annie ansah. Dann schüttelte sie den Kopf. Sie sah ihre Schwester an, die nickte und die Hand ausstreckte. Sonja betrachtete das Foto. Eine Sekunde verstrich. Dann schrie sie.

8

Die Polizisten Enlund und Brock hatten in der Nähe von Hornstull eine Pause eingelegt. Enlund wollte nochmals die Toilette aufsuchen. Es ging ihm nicht sonderlich gut, und die Niere brachte sich mit jedem Schritt in Erinnerung. Traumainduzierte Hämaturie waren zwei Worte, die Torsten Enlund nichts sagten. Blut im Urin hingegen waren konkrete Worte, und er würde demjenigen, der diese verdammte Politesse auf ihn angesetzt hatte, den Schädel einschlagen.

Brock war wütend. Avram Gavric war seine Lieferung losgeworden und hatte erklärt, dass sie jetzt Schulden bei ihm hatten. Die Summe überstieg den Wert all ihrer Besitztümer. Alle waren außer sich. Überdies war Nathansson dazu gezwungen worden, seine eigenen Leute zu belügen und Enlund und Brock zu bestätigen, dass sie undercover tätig gewesen seien. Schließlich handle ein Großteil der Ermittlungsarbeit davon, die grobe Drogenkriminalität aufzudecken. Eigentlich sei es angezeigt, die inkompetenten Beamten im Streifenwagen zur Rechenschaft zu ziehen, weil sie ein Projekt gefährdet hätten, in das schon Tausende von Stunden investiert worden seien. Diese Strategie schien funktioniert zu haben. Also standen sie jetzt auch noch in Nathanssons Schuld.

9

Sonjas Schreie, vermischt mit ein paar wenigen Worten, die Annie nicht verstand, steigerten sich mit jeder Minute. Nach einer Zeit, die ihr wie eine Ewigkeit erschien, wandte sich Jasmin an Annie und bat sie, die Wohnung zu verlassen. Auf dem Weg durch den langen Korridor hörte Annie, wie Jasmin flüsternd auf ihre große Schwester einsprach. Diese beruhigte sich nach und nach, wobei die Schreie in Schluchzer übergingen. Behutsam öffnete Annie die Wohnungstür und trat ins Treppenhaus. Jensen und Sonja Efendic waren beide in Salamans Haus gewesen. Annie ging davon aus, dass Sonja den anderen Mann auf dem Foto wiedererkannt hatte und dieser sie besonders grausam gequält hatte. Sie ging aber auch davon aus, dass sie nie erfahren würde, was genau geschehen war.

Kaum hatte sie ein paar Stufen zurückgelegt, da öffnete sich die Wohnungstür nochmals, und Jasmin erschien im Treppenhaus.

Annie hielt schweigend inne.

«Der Mann auf dem Foto», sagte Jasmin, deren Augen vor Tränen gerötet waren, «tauchte zusammen mit dem anderen, dem Ermordeten, der sie vergewaltigt hat, auf. Er kam aber nur ein einziges Mal zu Salamans Haus, und zwar zusammen mit unserem Vater.»

Annie sah Jasmin fragend an. Sie war davon ausgegangen, dass man ihren Vater ermordet hatte, als die Frauen und Kinder von den Männern getrennt worden waren.

«Der Mann wollte unseren Vater dazu bringen, die Widerstandskämpfer und ihre Waffenverstecke zu verraten, aber er weigerte sich.»

Sie verstummte.

«Was geschah dann?», fragte Annie.

«Der Mann auf dem Foto zwang unseren Vater zuzuschauen, als er Sonja vergewaltigte. Dann erschoss er ihn.»

10

Max und Patrik waren nur noch wenige hundert Meter von der Abfahrt Midsommarkransen entfernt. Sie befanden sich auf dem Weg zu dem einzigen Park, den Patrik dort kannte. Dort wollten sie abwarten. Annie würde sich über das Ergebnis ihres Besuches bei Benny Olsson freuen. Ein Durchbruch stand bevor.

11

Nachdem Jasmin in die Wohnung zurückgekehrt war, stand Annie wie erstarrt im Treppenhaus. Sie hatte Unfassbares gehört und spürte die Übelkeit in sich aufsteigen. Je mehr sie nachforschten, desto schlimmere Dinge kamen ans Tageslicht. Immer mehr wurde sie an die Ereignisse von vor zehn Jahren erinnert. Es war, als müsse sie sie in einer Parallelwelt nochmals durchstehen. Sie brauchte frische Luft.

Als sie fast das Erdgeschoss erreicht hatte, hörte sie, wie die Haustüre geöffnet wurde. Sie blieb stehen und hielt die Luft an. Von unten waren Schritte und das Funkgerät eines Polizisten zu hören. Während sie noch überlegte, wie sie entkommen sollte, erfüllte eine Männerstimme das Treppenhaus: «Annie Lander, sind Sie hier?»

Annie zog den Reißverschluss ihrer Tasche zu und hängte sie sich vor die Brust. Dann straffte sie den Riemen, zog ihre Jacke glatt und setzte ihren Weg nach unten fort.

Der Polizist stand in dem winzigen Raum, der sich mit etwas gutem Willen als Vestibül bezeichnen ließ. Von hier aus führte die Haustür auf den Vattenledningsvägen und eine weitere Tür auf die Rückseite des Hauses und in einen kleinen Garten am Svandammsvägen, der zur U-Bahn führte.

Der Polizist hielt eine Waffe in seiner Rechten. Mit der anderen fasste er sich ans Kinn, und ein breites Lächeln erschien auf seinem erschöpften Gesicht. Sie vermutete, dass er zum Haareschneiden und Rasieren das gleiche Gerät verwendete. Seine Wangen und seine Augen verrieten, dass er zu viel trank.

«Das ist also Annie Lander», sagte er grinsend, lehnte sich ans Treppengeländer und wedelte zwei Mal mit seiner Pistole in der Luft herum. «Jetzt ganz ruhig. Sobald Sie die letzte Stufe verlassen, stellen Sie sich mit dem Gesicht an die Wand. Verstanden?»

Sie nickte und nahm sachte eine Stufe nach der anderen. Der Polizist trat zwei Schritte zurück. «Könnten Sie sich bitte ausweisen?», sagte sie, als sie fast unten angelangt war.

Er zog einen Ausweis aus seiner einen Jackentasche und hielt ihn in die Höhe, ohne sie aus den Augen zu lassen. «Ich heiße Torsten Enlund und bin vom Staatskriminalamt. Sie sind Annie Lander, und ich nehme Sie hiermit fest.»

«Und was wird mir zur Last gelegt?»

«Jetzt reicht es aber», schnaubte Torsten Enlund. «Interpol hat Sie wegen des Mordes an einem Russen in Griechenland zur Fahndung ausgeschrieben, hier bei uns haben Sie einen amerikanischen Staatsbürger auf einem Campingplatz in Vaxholm in die Luft gejagt. Man könnte fast glauben, dass Sie einen neuen

Kalten Krieg anzetteln wollen!» Er lachte über seinen eigenen Witz.

Sie erreichte die letzte Stufe und stand etwa zwei Meter von Enlund entfernt. Schweigend sah sie ihn an.

«Machen Sie bloß keinen Mist jetzt», sagte Enlund und runzelte die Stirn. «Stellen Sie sich mit dem Gesicht zur Wand. Dann kann ich Ihnen die Handschellen anlegen, und dann gehen wir ganz gemächlich zu meinem wartenden Kollegen und fahren ins Präsidium.»

Annie drehte sich zur Wand.

Enlund nahm ihren linken Arm und drückte ihn hinter ihrem Rücken in die Höhe. Annie stöhnte vor Schmerzen. Er lehnte sich näher an sie heran und drückte sie an die Wand.

Sie fragte sich, ob er wohl ein normaler oder ein korrupter Polizist war, und tippte auf Letzteres.

«Soll ich Ihnen mal was erzählen?»

«Lieber nicht», sagte Annie.

Er schmiegte sich noch dichter an sie, und während er gleichzeitig ihren Arm noch weiter nach oben drückte, legte er ihr die Hand mit der Waffe auf die Brust. «Ich bin einer von den Leuten, die vor neun Jahren bei diesem Scheiß-Jugoarzt in Västberga die Tür eingetreten haben, um dich und dieses andere Aas, deinen Mann, festzunehmen. Wenn wir euch damals erwischt hätten, hätten wir euch beim geringsten Widerstand erschossen. Du verstehst also, dass ich im Moment eine ganz besondere Genugtuung empfinde, nicht wahr?»

Er presste seine Hand noch fester auf ihre Brust.

Sie beugte ihren Kopf vor und warf ihn dann mit voller Wucht zurück. Gleichzeitig schob sie die Rechte in ihre Hose, zog das Tränengas hervor, hielt es über ihre linke Schulter und sprühte los.

Enlund schrie auf und ließ los. Ohne seine Verletzung in Augenschein zu nehmen, rannte sie zur Hintertür. Als sie ihre Hand auf die Klinke legte, ertönte ein Schuss.

12

Patrik und Max fuhren langsam den Svandammsparken entlang.

«Da vorne beginnt der Vattenledningsvägen», sagte Patrik. «Hier in der Nähe erwartet sie uns vermutlich.»

Kaum hatte er den Satz beendet, als sie einen Knall hörten. Instinktiv trat Patrik auf die Bremse, und sie sahen sich an.

«Das war ein Schuss», sagte Max.

«Da hinten», sagte Patrik und deutete durch die Windschutzscheibe.

Sie sahen, wie eine Autotür geöffnet wurde, ein Mann über die Straße rannte und in einem Haus verschwand.

«Verdammt», sagte Max und zerrte an der Tür, um diese zu öffnen, während Patrik einen Gang einlegte und mit quietschenden Reifen anfuhr.

«Da vorne», rief Patrik und deutete, «da ist Annie.»

Annie rannte die Straße hinter dem Haus bergan. Patrik beschleunigte, überholte sie und hielt ein paar Meter vor ihr an. Max öffnete die Hintertür, Annie sprang hinein und legte sich auf die Rückbank. Wortlos fuhren sie weiter. Im Rückspiegel sah Patrik, wie ein uniformierter Beamter aus dem Haus trat und die Straße erst in ihre und dann in die andere Richtung mit dem Blick absuchte.

Als sie die Anhöhe bei der U-Bahn passiert hatten, drehte sich Max um. Annie lag immer noch auf der Rückbank, und ihre Miene drückte eine Mischung aus Entsetzen und Belustigung aus.

«Alles in Ordnung?», fragte Max. «Bist du verletzt?»

«Dieser verdammte Polizist hat mir tatsächlich hinterhergeschossen», sagte sie kopfschüttelnd. «Er hat versucht, mich zu erschießen!»

«Was ist geschehen?», fragte Patrik.

«Ich habe ihn besprüht. Mit dem Tränengas, das ich in Griechenland gekauft habe.» Sie lachte und spürte, wie ihre linke Gesichtshälfte brannte, wahrscheinlich hatte sie selbst etwas abgekriegt. Dann setzte sie sich auf, legte die Umhängetasche ab und zog die Jacke aus. «Ich habe auch etwas abgekriegt, er aber viel mehr. Kurzer Abstand und Volltreffer ins Gesicht.»

Max sah sie mit einem Gemisch aus Zorn und Stolz an. «Was hattest du da überhaupt verloren?», fragte er. «Und wieso kam die Polizei?»

«Ich habe zwei Mädchen aus Bosnien ausfindig gemacht. Wie, erkläre ich dir später. Sie haben den tätowierten Mann auf dem Foto wiedererkannt. Ich weiß, was er verbrochen hat.»

«Gut», sagte Patrik und lächelte sie im Rückspiegel an, während er auf die Liljeholmsbrücke abbog, «denn wir wissen, wie er heißt.»

13

Der Mann, der auf dem Foto neben Karl-Johan Jensen im Garten stand, hieß Andrew Burgess.

Benny Olsson kannte Burgess aus seiner kurzen Zeit bei der Fremdenlegion. Er war Engländer und als Sergeant Olssons Vorgesetzter gewesen. Irgendwie war er in den Bosnienkrieg geraten und hatte auf der Seite der serbischen Miliz gekämpft. Burgess hatte Sonja Efendi in eine lebende Tote verwandelt und ihren Vater, den Tischler aus Trosanj, erschossen.

Andrew Burgess war derjenige, nach dem Annie, Max und Thurston gesucht hatten, um ihn vor Gericht zu bringen. Auf dem Rückweg von Hall hatte Patrik einen Kollegen angerufen, dessen Sohn darauf spezialisiert war, Informationen aus dem Internet zu beschaffen. Als sie am Tag darauf seinen Bericht erhielten, ergab sich ein deutlicheres, aber auch komplizierteres Bild.

Max setzte einen Topf Wasser auf und stellte drei Tassen auf den Tisch. Annie und Patrik nahmen Platz.

Es war bald vier Uhr. Die niedrigstehende Sonne fiel durch das ungleichmäßige Fensterglas des Häuschens.

Patrik war eine halbe Stunde zuvor eingetroffen. Er war im Stoßverkehr mit der U-Bahn kreuz und quer durch die Stadt gefahren und hatte dann noch eine halbe Stunde damit zugebracht, am U-Bahn-Knotenpunkt T-Centralen mehrmals die Bahnsteige zu wechseln. Dann war er rasch auf einen Nahverkehrszug nach Uppsala aufgesprungen und hatte vom Bahnhof ein Taxi ins Studentenviertel genommen. Nachdem er sich vergewissert hatte, dass ihm wirklich niemand gefolgt war, hatte er sich einen Mietwagen genommen. Er legte eine Kopie des Berichts vom gewissenhaften Sohn seines Kollegen auf den Tisch. Er hatte kaum mehr als ein oder zwei Schnipsel aus dem Internet erwartet, aber einen 27-seitigen Bericht in normaler Schriftgröße mit einfachem Zeilenabstand erhalten. Jeder Spur war so weit wie möglich nachgegangen worden. Ganze Abschnitte waren schwarz unterstrichen oder mit Leuchtstift markiert worden. Am Rand standen Kommentare.

«Wie alt war dieser Bursche noch gleich?», fragte Max und blätterte in seiner Kopie.

«Mein Kollege behauptet, er sei fast zwanzig, aber er sieht wesentlich jünger aus.» Er verstummte. «Vielleicht war es auch umgekehrt.»

Annie hatte bereits zu lesen begonnen und nippte gleichzeitig an ihrem Tee. Sie sah Patrik an. «Hast du schon alles gelesen?»

«Ja», antwortete er. «In der Bahn.» Er hielt die erste mit Notizen beschmierte Seite in die Höhe.

Annie lächelte. «Willst du uns erzählen, welche Schlüsse du gezogen hast?»

«Ich habe gehofft, dass du mich darum bitten würdest», sagte Patrik und setzte sich mit theatralischer Geste seine Lesebrille auf. Er räusperte sich und legte das Dokument mit der ersten Seite zuoberst vor sich auf den Tisch. «Einführend lässt sich feststellen, dass die Erkenntnisse unseres Freundes unklaren Alters einige Verdachtsmomente bestätigen, aber auch neue aufwerfen.» Er sah erst Max und dann Annie an. «Haltet euch fest», sagte er und begann.

Andrew Burgess war Generaldirektor eines Unternehmens namens White Plains mit Sitz in London. Im Internet fand sich auch eine White Plains Securitat CC in der Van Riebeeck Street 9 in Elsburg, Germiston, Gauteng, Südafrika. Patrik vermutete, dass es sich um dieselbe Firma handelte, die in Südafrika gegründet worden war, weil dieses Land größere Diskretion gewährleistete. Dann war man unter einem leicht veränderten Namen zwecks respektablerer Fassade nach London umgezogen. Das Firmenwappen bestand aus dem Firmennamen vor einer beigen und blauen zweigeteilten Erdkugel und sollte den Betrachter an das UNO-Logo erinnern. Die Homepage betonte, das Unternehmen konzentriere sich in «seinem beharrlichen Streben nach einer sichereren Welt» auf Ethik, Integrität und Innovation. Einzig und allein White Plains habe «Stabilisierungsberater» mit globaler Reichweite zu bieten. Prominente Kunden waren in ihren Statements des Lobes voll. Eine christliche NGO, die seit den fünfziger Jahren in mehr als hundert Ländern tätig war, bezeugte, erfolgreich mit White Plains in Sierra Leone zusammengearbeitet zu haben. Auch die UNHCR gesellte sich zu dieser Schar und hatte White Plains laut ihrem Sprecher zum Schutz an der afghanischen Grenze eingesetzt. Kurz gesagt war man in die besseren Kreise vorgedrungen.

«Der Mann, der uns interessiert, Andrew Burgess, wird nur mit wenigen Worten beschrieben. Die Homepage enthüllt nicht mehr, als dass er in Shamley Green in Surrey zur Welt kam und Befehlshaber von Kampftruppen in Haiti, Bosnien und im Nahen Osten gewesen ist.»

«Sie lügen zwar nicht, liefern aber auch keinerlei Informationen», meinte Annie.

«In etwa», erwiderte Patrik. «Über David Finck, den Vorsitzenden des Aufsichtsrats, erfährt man mehr. Er ist Belgier, hat bei der Generale Bank gearbeitet und ist auf Projekte und Handelsfinanzierung auf Zuwachsmärkten spezialisiert. Er hat ein Examen von der Limburg Business School und ist ganz einfach ein respektabler Geschäftsmann.»

«Und wem gehört die Firma?», fragte Max.

«Das bleibt unseren Mutmaßungen überlassen», erwiderte Patrik.

Das Unternehmen und seine Besitzer waren Teil eines Geflechtes aus Stiftungen und Offshore-Gesellschaften, wie das in der Finanzbranche nun einmal üblich war. Letztendlich war es fast unmöglich zu entscheiden, was eigentlich zu wem gehörte.

Ein Eigentümer, der sich nicht zu erkennen geben wollte, war nur schwer aufzuspüren. Jedenfalls solange zu viele Teile des Puzzles fehlten.

Die Presseerklärungen des Unternehmens ließen darauf schließen, dass man nur die qualifiziertesten Leute in dieser Branche angeheuert hatte, beispielsweise aus der G4 Group, und dass sich der Vorstand aus namhaften Persönlichkeiten zusammensetzte. Patrik schaute hoch. «Und jetzt ergibt auch alles einen Sinn.» Er fuhr fort und genoss dabei ganz offensichtlich, Annies und Max' Neugierde erweckt zu haben. «In einer Presseerklärung vom Donnerstag, den 11. April 1996 steht, dass eine der europäischen Koryphäen innerhalb der Konfliktforschung, der Schwede Jon Åbjörnsson, in den Vorstand von White Plains gewählt wurde.»

Patrik blickte auf und sah Annie an.

«Und wer ist das?», fragte Max.

Patrik beugte sich wieder über seine Papiere und begann vorzulesen: «Aus der Presseerklärung: Examen von der Handelshochschule in Stockholm 1965, dann an den schwedischen Botschaften in Washington, Paris und Zimbabwe tätig. Außenpolitischer Berater der Regierung von 1983 bis 1985. Ehrendoktor der Universität Uppsala. Mitglied des Rats des Center for the Study of Terrorism and Political Violence an der Universität Ulster und so weiter.»

«Außerdem ist er angeblich auch Mitglied der Bilderberggruppe», fügte Annie hinzu. «Åbjörnsson ist ein einflussreicher Mann, der offenbar zu dem Schluss gekommen ist, dass Ansehen allein kein schönes Leben ermöglicht.»

«Und was ergibt jetzt einen Sinn?», wollte Max wissen.

Patriks Lächeln wurde breiter. «Unser Freund, der Datensammler, hat auch versucht herauszufinden, womit sich diese Leute sonst so beschäftigen. Bei Burgess zog er eine Niete. David

Finck sitzt noch in ein paar anderen Aufsichtsräten, aber nichts, was weiter auffällig wäre. Aber was Åbjörnsson betrifft, könnte man von einem Treffer reden.» Patrik legte eine Kunstpause ein und fuhr dann fort. «Åbjörnsson hat, noch ehe er Aufsichtsrat von White Plains wurde, als ethischer Berater von Scansteel gearbeitet. Sagt euch das was?», fragte Patrik und schaute hoch.

Max schüttelte den Kopf, und Annie nickte.

Außer der sogenannten Kobalt-Affäre 1994, bei der der Generaldirektor Jan Karlvik nach einem öffentlichen Streit mit dem Aufsichtsrat zurückgetreten war, hat Scansteel kaum von sich reden gemacht. Mit der Zeit wurde bekannt, dass der Konflikt seinen Ursprung im Handel der Firma mit Kobalt aus dem Osten hatte. Es hieß, Scansteel habe eine Rederei kontrolliert, deren Schiffe nach Estland verkehrten und mit deren Hilfe viel Geld mit dem Schmuggel von Kobalt aus Russland via Estland verdient worden sei. Es soll sich monatlich um Hunderte von Tonnen gehandelt haben, die von Scansteel an die Subunternehmer der schwedischen Telefonhersteller geliefert wurden. In Russland kostete eine Tonne Kobalt 14 000 Dollar, beim schwedischen Endverbraucher das Doppelte. Es hieß, dass diese gelinde gesagt aufsehenerregende Gewinnspanne Jan Karlviks Interesse erweckte. Als er sich in die Materie vertiefte, stellte er fest, dass der Export von Metallen (Eisen ausgenommen) aus Estland, der immerhin zwölf Prozent des Gesamtexports ausmachte, das Dreifache des Imports betrug. Das sprach für einen umfassenden Schmuggel. Karlvik wollte sichergehen, dass seine eigene Firma an derartigen Machenschaften nicht beteiligt war, und bat einen seiner Untergebenen, der Sache nachzugehen und ihm dann Bericht zu erstatten. Es dauerte nicht lange, da rief ihn der Justiziar der Holding an und erklärte ihn, man wolle bei der baltischen Lieferantenkette nicht für Unruhe sorgen, er solle seine unsanktionierten Nachforschungen sofort einstellen. Karlvik fasste das als Bestätigung dafür auf, dass die Firma mit Billigung der Eigentümer von dem Schmuggel profitiert hatte. Er schrieb einen Bericht an den Aufsichtsrat und reichte ihn zusammen mit seiner Kündigung ein. Das war die Kobalt-Affäre.

«Eine der Konsequenzen war», fuhr Patrik fort, «dass Jon Åbjörnsson als ethischer Ratgeber verpflichtet wurde. Gewissermaßen, um den Markt zu besänftigen.»

«PR», meinte Max.

«Genau», antwortete Patrik. «Und könnt ihr jetzt erraten, wer Scansteel besitzt?»

Annie antwortete: «Ich habe Jan Karlvik einmal vor dem Skandal interviewt. Ich fand bereits damals, dass er ein zu guter Mensch war, um für diese Art von Menschen zu arbeiten.»

«Welche Art von Menschen?», fragte Max.

«Scansteel gehört Buster Droth», sagte Patrik.

Alle drei schwiegen eine Weile, ehe Patrik wieder das Wort ergriff. «Es gibt deutliche Hinweise, ich bin fast geneigt, sie als Beweise zu bezeichnen, dass es sich bei White Plains um das Unternehmen handelt, in das das Droth-Imperium im Sektor private militärische Organisation Geld investiert hat. Zusammen mit den Informationen von Benny Olsson und Jasmin Efendic würde ich unsere Entdeckungen als hochbrisant bezeichnen.»

«Verdammt», sagte Max und schüttelte den Kopf.

Annie stand auf, stellte sich hinter Max und legte ihm die Hände auf die Schultern. «Erste Annahme: Andrew Burgess hat Kriegsverbrechen in Bosnien begangen. Zweite Annahme: Andrew Burgess bedient sich immer noch desselben Modus Operandi, und bei den Konflikten, in denen White Plains eingesetzt wurde, sind ebenfalls Verbrechen begangen worden. Dritte Annahme: Jon Åbjörnsson, der ethische Berater eines Unternehmens in Droth-Besitz, war Mitglied des Aufsichtsrats, als diese Kriegsverbrechen begangen wurden, und muss gewusst haben, bei welchen Konflikten das Unternehmen eingesetzt wurde. Auf diese Weise, meine Freunde, ließe sich eine unanfechtbare Verbindung zwischen Salamans Haus in Foča und einem der mächtigsten Firmenimperien Schwedens herstellen.»

«Das sind recht happige Annahmen», meinte Patrik mit einem schiefen Lächeln.

«Die interessant genug sind, um an ihnen weiterzuarbeiten», meinte Annie. «Sollen sie sich nicht belegen lassen, dann verwerfen wir sie einfach.»

«Und Nathansson und Nätterquist?», fragte Max. «Wie passen die ins Bild?»

«Sie schützen etwas», antwortete Annie. «Und wir können davon ausgehen, dass es sich bei diesem Etwas um das Droth-Imperium handelt. Und ich weiß auch schon, wer uns helfen wird, die Verbindung zwischen Nätterquist, Nathansson und Droth offenzulegen.»

DURCHBRUCH

1

Die Besuchergruppe ließ sich von der Galionsfigur berichten und verließ dann den Bug der Wasa, um die Kanonenluken in Augenschein zu nehmen. Ein Mann und eine Frau blieben zurück, konnten aber hören, wie der Führer von der gewaltigen Bestückung des Schiffes und dem zusammengenommenen Salvengewicht einer Breitseite, das über dreihundert Kilo betrug, erzählte. «Die Wasa war eine 61 Meter lange Kriegsmaschine», erklärte der Führer.

Der Mann begann zu sprechen, ohne seinen Blick von dem großen Löwen am Vordersteven abzuwenden. «Meine Frau und ich haben eine alte Bruchbude draußen auf Värmdö gekauft. Bruchbude trifft es vielleicht nicht ganz, es handelt sich um eine ehemalige Glasbläserwerkstatt. Wenn man den Preis betrachtet, ist es jedoch als Bruchbude zu klassifizieren.» Er schaute an die Decke. «Wie auch immer. In der Nähe wohnt ein alter Tischler, der mir mit einem der Häuser geholfen hat. Er erzählt gerne mal was, und einmal hat er auch von der Wasa erzählt. Er hat nach der Bergung des Schiffes mitgeholfen, fünftausend neue Schrauben einzusetzen, und ist davon überzeugt, dass sie noch innerhalb seiner Lebenszeit durchrosten werden. Wenn man sie nicht austauscht, wird das Schiff auseinanderfallen. Diesen Einwand brachte er schon damals vor, aber niemand wollte auf ihn hören.»

«Erinnert dich das an etwas?»

«Schon möglich», antwortete Jan Wikholm. Er kniff die Augen zusammen. «Verdammt, Annie, du hast dich keinen Millimeter verändert.»

«Spar dir die Schmeichelei, sie steht dir ganz und gar nicht.» Sie lächelte.

Jan Wikholm ergriff ihre Hand. «In den vergangenen Jahren habe ich mir diesen Augenblick oft ausgemalt und mir überlegt, was ich wohl bei unserem Wiedersehen sagen würde. Vor allen Dingen, nachdem du mir verziehen hast, dass ich nicht an dich geglaubt habe.»

«Soll das eine Entschuldigung sein?»

Er nickte. «Ich bin mit den Jahren sentimentaler geworden. Weicher. Aber das Wort ‹Entschuldigung› fällt mir immer noch schwer. Das ist eine verdammt schlechte Kombination, das kann ich dir sagen.»

Sie musste lachen. «Ich habe dir schon vor Ewigkeiten verziehen. Du hättest ohnehin nichts ändern können.»

Wikholm legte den Kopf zur Seite. «Nein, aber ich hätte dir helfen müssen, statt meiner wenig kleidsamen Angst eines älteren Mannes nachzugeben.»

Zum ersten Mal begegneten sich ihre Blicke.

«In dieser Hinsicht habe ich eine gute Nachricht», sagte Annie und lächelte. «Ich bin hier, um dir eine zweite Chance zu geben.»

2

Annie hatte den Wagen in der Nähe der Waldemarsudde abgestellt. Es war ein schöner Tag, und sie beschlossen, einen Spaziergang zu unternehmen.

Sie gingen gemächlichen Schrittes, und Annie erzählte, wie sie Thurston Richards kennengelernt und wie sie sich zur Zusammenarbeit entschlossen hatten.

Es entging Jan Wikholm nicht, dass sich die Situation nicht sonderlich von jener vor zehn Jahren unterschied. Er betrachtete Annie mit geradezu väterlicher Zuneigung. Sie erzählte von Arkady und von Karl-Johan Jensen, und er unterbrach sie ab und zu mit Fragen über ihre Zufluchtsorte, das Befinden ihres Kindes und ihre Überlebensstrategien.

Ihr Bericht endete mit dem Vorfall in Midsommarkransen und ihren Erkenntnissen über Andrew Burgess. Annie und Max hatten Zeitungen durchforscht, aber der Vorfall war nirgends erwähnt worden. Ein Polizist in Zivil war mit Tränengas unschädlich gemacht und ein Schuss war abgefeuert worden. Max und Patrik hatten nach dem Schuss einen Polizisten in Uniform beobachtet. Irgendetwas hätte in der Zeitung stehen müssen. Wikholm hielt dies für einen Hinweis darauf, dass der Beamte, den Annie unschädlich gemacht hatte, Unerlaubtes im Schilde geführt hatte. Dieser Sache musste auf den Grund gegangen werden, indem jemand über den Vorfall berichtete. Und zwar ihre Version.

Sie gingen am Rand des Skansenparks Richtung Rosendal. Als sie wieder bei Annies Wagen anlangten, waren sie zwei Stunden unterwegs gewesen. Die letzte Viertelstunde hatten sie sich über gemeinsame Bekannte unterhalten. Wer geheiratet hatte oder gestorben war und wer sich hatte scheiden lassen. Sie setzten sich auf eine Bank. Es waren nicht viele Leute unterwegs. Annie fühlte sich entspannt. Sie betrachtete Wikholm. «Schön, dass du beim Nachdenken immer noch die gleiche Miene hast. Ich würde etwas darum geben, deine Gedanken lesen zu können.»

Er sah sie an, schob die Unterlippe vor und runzelte die Stirn. Dann brummelte er ein wenig, tätschelte Annie das rechte Knie und meinte dann: «Du hast leider nicht so viel in der Hand, wie du denkst, Annie.»

«Nicht?» Sie hatte großen Respekt vor Wikholms Urteil. Wenn er fand, dass nicht genug Belege vorhanden waren, dann stimmte das auch.

Er schüttelte den Kopf. «Leider. Du benötigst entweder einen Vertrag, der beweist, dass das Unternehmen für derlei Tätigkeiten angeheuert wurde und dass der Vorstand davon gewusst haben muss, oder einen glaubwürdigen Zeugen.»

«Vermutlich hast du recht.»

«Du weißt, dass ich recht habe», sagte er und lächelte spöttisch. «Aber weißt du, was geschieht, wenn du die nötigen Unterlagen oder einen Insider auftreiben kannst?»

Annie schüttelte den Kopf.

«Dann wird dir der große Journalistenpreis verliehen», sagte er mit funkelnden Augen und drückte ihr mit Tränen in den Augen die Hand. «Niemand hätte ihn mehr verdient als du.»

«Preise interessieren mich nicht», sagte sie. «Ich will diese Verbrecher einfach hinter Gitter bringen. Und ihre Helfershelfer, die nicht eingeschritten sind, obwohl sie Bescheid wussten!»

«Ja, ja, ich verstehe», antwortete Wikholm, schloss die Augen und hielt sein Gesicht in das schwache Sonnenlicht, das zwischen den Wolken hervorbrach. «Aber das eine schließt das andere ja nicht aus.» Er öffnete ein Auge und sah sie an. «Sag, dass ich mich irre.»

«Du irrst dich nicht», erwiderte sie.

«Na dann», meinte er und reckte sich.

Sie sah ihn lange an und hatte Mühe, ein Lächeln zu unterdrücken.

«Na, na», sagte Wikholm. «Manchmal bist du wie meine Tochter.»

«Und manchmal bist du, wie ich mir meinen Vater gewünscht hätte, wenn ich einen gehabt hätte», erwiderte Annie. «Vermutlich ist das auch der Grund, warum ich mich so höllisch über dich aufregen kann.»

Er gluckste und nickte zustimmend. Dann wühlte er in der Tasche seiner Jacke, von der Annie vermutete, dass er sie auch beim Holzhacken und Anstreichen trug, und nahm eine Schachtel Marlboro Light heraus. Mit einer einzigen flüssigen Bewegung schob er sich eine Zigarette zwischen die Lippen, zündete sie an und inhalierte tief.

«Du hast also nicht aufgehört», sagte Annie und gab ihm einen Stups.

«Doch», antwortete Wikholm und blies den Rauch in die Luft. «Aber als du dich gemeldet hast, wurde mir klar, dass das Leben wieder aufregend wird, und deswegen habe ich auf dem Weg in die Stadt eine Schachtel gekauft.»

Annie warf ihm einen forschenden Blick zu, ob er scherzte. Sie merkte jetzt, wie sehr er ihr gefehlt hatte, und begann zu lachen. Auch Jan Wikholm lachte, erst gurgelnd, dann immer heiserer, bis er fast husten musste.

Dann verstummten beide und starrten eine Weile lang nur vor sich hin.

«Und was machen wir jetzt?», fragte Annie schließlich.

«Vor allem sollten wir uns vor Enlund und seinem Anhang in Acht nehmen. Diese Leute sind nicht besonders nett, und du kannst nicht jeden Tag damit rechnen, mit dem Tränengas einen Volltreffer zu landen. Außerdem musst du jetzt alles daransetzen, einen Insider aufzuspüren, der dir Informationen oder Dokumente zuspielen kann. Und ich werde mein Möglichstes tun, um herauszufinden, worin die Verbindung zwischen Nätterquist, Nathansson und Droth besteht.»

«Leg dir ein Prepaidhandy zu», sagte Annie. «Du erreichst mich unter der Nummer, die ich dir gegeben habe.»

«Ruf Bergström bei der Metro an und richte ihm schöne Grüße von mir aus. Er hat dich natürlich nicht vergessen. Frag ihn, ob sie nicht eure Version des Vorfalles mit dem Polizisten bringen können.»

«Ich ruf ihn an», antwortete Annie und klopfte auf die Tasche, in der der Zettel mit Bergströms Telefonnummer lag. Sie verzog das Gesicht. «Ich habe immer noch ein schlechtes Gewissen, weil ich ihn damals reingelegt habe, damit er meinen Artikel druckt.»

Wikholm machte eine wegwerfende Handbewegung. «Du hast vielleicht ein schlechtes Gewissen. Aber um die Wahrheit zu sagen, stehen wir alle in deiner Schuld. Und ein so guter Mann wie Bergström weiß das.»

Sie erhob sich und klopfte sich die Hose ab. Wikholm nahm einen tiefen Zug.

«Annie», sagte er und hielt sie an der Jacke fest.

Sie sah ihn an. Er saß immer noch. Er ist ein alter Mann geworden, dachte sie.

«Wir kriegen das schon hin. Und danke, dass ich dabei sein darf.»

3

Ola Hägg war Mittelstufenlehrer in Enköping und wohnte mit seiner Familie in Bergvreten. Er hatte drei Kinder, die beiden Jungs waren fast schon Teenager. Sie wollten Golfspieler werden, und die Preisgelder bei den Turnieren waren nicht zu verachten.

Die Rentenansprüche schwedischer Lehrer waren alles andere als üppig.

Die Jungen fuhren mit dem Fahrrad zum Golfplatz, um dort nach Bällen zu suchen. Wenn sie genug beisammenhatten, tauschten sie sie im Shop gegen billige Schläger und andere Ausrüstung ein. Auf dem Heimweg von so einer Balljagd entdeckten sie das Auto.

Ola Hägg war sich recht sicher, dass sie eigentlich nichts hatten erzählen wollen, denn mit einem verlassenen Wagen konnte man viel Spaß haben. Aber dann hatte einer der beiden den Fehler begangen, der kleinen Schwester von der Entdeckung zu erzählen, und das meiste, was man zu ihr sagte, kam beim Abendessen zur Sprache. Die Geschichte von dem Auto im Wald stellte keine Ausnahme dar.

Am darauffolgenden Tag bat er die Jungen, ihm den Wagen zu zeigen. Falls er gestohlen war, konnten sie den Besitzer vielleicht mit Hilfe des Fahrzeughalterregisters ermitteln. Wenn nicht, musste zumindest dafür gesorgt werden, dass der Wagen weggeschafft wurde, damit niemand zu Schaden kam.

Der Wagen hatte das ausländische Kennzeichen AZH-4230. Er stand mitten in einem Gebüsch und war auch noch mit Zweigen zugedeckt worden. Man hatte sich augenscheinlich bemüht, ihn zu verstecken. Er konnte nicht länger als ein paar Wochen dort gestanden haben.

Ola Hägg kam zu dem Schluss, dass das eine Angelegenheit für die Polizei war und dass er trotz der Proteste der Jungen noch am selben Tag dort anrufen musste.

4

Nach ihrem Treffen mit Jan Wikholm erzählte Annie Max, worauf sie sich geeinigt hatten. Sogleich rief dieser Patrik an und bat ihn, den jungen Mann, der sich mit dem Internet auskannte und der im Übrigen Andreas hieß, die Namen möglichst vieler Leuten aus der White-Plains-Führung herauszufinden. Ihr Vorschlag war, als Erstes die Teilnehmerlisten von Konferenzen und Messen der Sicherheits- und Militärbranche durchzugehen.

Wenn sie erst einmal im Besitz dieser Liste waren, dann konnte die Suche nach der Nadel im Heuhaufen, nach dem Insider, der bereit war, ihre Informationen über White Plains zu bestätigen, beginnen. Wie Annie bereits festgestellt hatte, war ihr Unterfangen mit großen Risiken verbunden, aber die Spur wurde zunehmend heißer.

Max hatte Patrik vorgeschlagen, dem jungen Mann vielleicht ein Entgelt für seine Arbeit anzubieten, und dabei erfahren, dass diese Angelegenheit bereits geregelt sei. Patrik hatte ihn ganz offensichtlich bereits aus eigener Tasche bezahlt.

Als Nächstes rief Annie Hans-Christer Bergström an, den Mann, den sie beschwatzt hatte, den Artikel zu bringen, der letztendlich zu ihrer Suspendierung geführt hatte und der an jenem Tag erschienen war, an dem man sie entführt hatte. Bergström war Nachtredakteur gewesen, und sie hatte ihm versichert, Wikholm habe die Veröffentlichung des Textes genehmigt, eine Lüge, die ihr noch immer ein schlechtes Gewissen bereitete. Sie log ungern, aber die Suche nach der Wahrheit war ihr wichtig.

Bergström hatte kurz nach Wikholm seine Tätigkeit bei der Zeitung beendet, war ein paar Jahre als Berater tätig gewesen, dann aber wieder zum Journalismus zurückgekehrt und inzwischen Chefredakteur der Zeitung Metro. Bei ihrem erstmaligen Erscheinen hatte niemand an diese Gratiszeitung geglaubt, inzwischen war das anders.

Als sie Bergström erreichte, war dieser bereits von Wikholm informiert worden. Bergströms Botschaft an Annie war ebenso einfach wie kurz: Entschuldige dich für deine Missetat, und dann Schwamm drüber.

Annie räumte ihren Fehler also ein und entschuldigte sich. «Gut, Lander», brummte Bergström. «Dann wollen wir mal loslegen.»

5

Bergström hörte sich Annies Geschichte an und ließ sie sich von seinen Informanten bei der Polizei bestätigen. Am darauffolgenden Tag erschien das Resultat ihrer Unterhaltung auf der ersten Seite der Zeitung Metro, die Patrik noch am selben Morgen vorbeibrachte.

Polizei schweigt sich über Schießerei aus

Eine Schießerei entbrannte in Midsommarkransen, als die Polizei den Versuch unternahm, die von Interpol gesuchte Annie Lander festzunehmen. Laut Polizeiquellen soll ein Kriminalinspektor des Staatskriminalamtes geschossen haben und zusammen mit einem Kollegen von zwei Streifenwagenbeamten, die über den Einsatz der Zivilbeamten nicht unterrichtet waren, festgenommen worden sein. Über Verletzte wurde nicht berichtet. Der Sprecher des Staatskriminalamtes, Lo Rylander, will sich zu dem Vorfall nicht äußern. Eine Ermittlung ist eingeleitet worden. Die gesuchte Annie Lander befindet sich weiterhin auf freiem Fuß. Sie wird von der Polizei als gefährlich eingestuft und ist vermutlich im Besitz einer Waffe. Annie Lander soll sich zuletzt in Griechenland aufgehalten haben, und der Polizei ist nicht bekannt, wie es ihr gelungen ist, nach Schweden einzureisen.

«Nett, dass Bergström mich nicht erwähnt hat», meinte Max.

«Er glaubt, auf diese Weise eine Stellungnahme der Polizei provozieren zu können, die uns wiederum Rückschlüsse auf deren Strategie ermöglicht.»

«Schlau.»

«Wahrscheinlich werden sie alles aufzählen, was uns in Misskredit bringen könnte. Dass ich eines Mordes in Griechenland bezichtigt werde und dass nach dir wegen zweifachen Polizistenmordes gefahndet wird.» Sie zuckte mit den Schultern. «Ich bin gespannt, was sie wohl alles wissen. Sie werden mit dem Pulver nicht geizen.»

«Solange nur Mingus verschont bleibt», sagte Max.

«Könnt ihr mir bitte noch einmal erklären», sagte Patrik und runzelte die Stirn, «warum es sinnvoll war, die Zeitung über euch zu informieren, wenn ihr gleichzeitig alle Spuren verwischen wollt?»

Annie erhob sich. «Jene Polizisten, die mich im Treppenhaus stellten, wollen unsere Anwesenheit unter den Teppich kehren, um bei meiner Festnahme freie Hand zu haben.»

«Und was soll das heißen?»

«Wenn sie mich im Treppenhaus erwischt hätten, dann hätten sie mich nicht ins Untersuchungsgefängnis gebracht und hätten mir auch keinen rechtlichen Beistand angeboten. Ich glaube, sie hätten dafür gesorgt, dass es keine offenen Fragen gibt. Diese Beamten sind korrupt. Ich will ihnen keine Gelegenheit bieten, im Verborgenen zu handeln. Jetzt greifen hoffentlich auch andere Medien diesen Fall auf, und die Polizei wird Fragen über die Jagd auf Annie Lander beantworten müssen.»

«Okay», sagte Patrik und zog die Brauen hoch. «Ich bin nicht ganz von dieser Methode überzeugt, aber ich bin ja auch etwas konservativer als ihr.»

«Tja, stille Wasser», sagte Annie und fuhr ihm durchs Haar.

«Dieser Polizist hat schließlich auf Annie geschossen», warf Max ein. «Ich finde, die Öffentlichkeit hat ein Recht darauf, das zu erfahren. Hoffentlich wird er vom Dienst suspendiert.» Max trank einen Schluck Kaffee.

«Die Hoffnung stirbt zuletzt», meinte Annie und küsste Max auf die Stirn.

«Hier kommt noch etwas Erfreuliches», sagte Patrik und legte ein Papier auf den Tisch. «Mietautos und Computerausdrucke sind das Einzige, was die Kollegen in der Kanzlei im Moment von mir sehen.»

Annie tätschelte seine Schulter. «Deine Hilfe ist einzigartig», sagte sie. «Ich weiß nicht, was wir ohne dich getan hätten, jetzt oder damals, als ihr Mingus bei euch aufgenommen habt.»

Patrik wirkte beinahe gerührt.

«Aber das versteht sich doch von selbst», sagte er und räusperte sich. «Hier sind jetzt schon mal vier Namen. Andreas lässt euch ausrichten, dass er recht schnell fündig wurde, dass es aber nicht viel gab. Vier Namen, that's it.» Patrik breitete die Arme aus. «Und nur zwei dieser Namen tauchten mehr als einmal auf.»

Annie schaute auf das Blatt. Unter jedem Namen stand, wie oft und in welchem Zusammenhang er in Erscheinung getreten war. «Dann ist es Zeit für ein paar Anrufe», meinte Annie und lächelte.

Patrik erhob sich. «Das überlasse ich ganz euch, ich muss mich mal wieder in der Kanzlei zeigen.» Er lächelte. «Lisa lässt übrigens grüßen. Sie ist mit den Kindern auf dem Weg in den Wald.» Er sah sie an. Er wusste, welche Qualen sie litten. Dann ging er zur Tür. «Ruft mich an, wenn ihr was braucht.»

Max begleitete Patrik auf die Diele und holte seinen Gitarrenkasten aus der Abstellkammer unter der Speichertreppe. Dann wandte er sich an Patrik. «Kannst du sie eine Weile bei dir zu Hause aufbewahren?»

«Natürlich.»

«Es ist besser, möglichst wenig Gepäck hier zu haben, falls wir rasch wegmüssen. Ich habe den Weg markiert, damit wir ihn auch im Dunkeln finden.»

«Und was ist am anderen Ende?»

«Die Hoffnung», sagte Max und lächelte.

Nachdem Patrik gegangen war, saßen sie sich eine Weile nachdenklich und schweigend an dem kleinen Tisch gegenüber. Zwischen ihnen lag eine ganze Welt.

Annie merkte kaum, dass Max das Blatt Papier nahm und im Wohnzimmer verschwand, um einen oder mehrere der vier Männer zu erreichen.

Nachdem er eine Stunde lang herumtelefoniert hatte, stand fest, dass sie nur auf eine der vier Personen hoffen konnten: Daniel Ellis. Er trat insgesamt sechs Mal in Verbindung mit zwei Firmen in Erscheinung. Ein Gruppenbild, das Andreas gefunden und ausgedruckt hatte, zeigte ihn als White-Plains-Repräsentant im Juli 1997 in Nordirland bei einer Konferenz mit dem Thema «Ethnopolitical Warfare: Causes and Solutions».

Aber auch der vierte Anruf endete mit einer Enttäuschung.

«Daniel Ellis arbeitet nicht mehr dort», sagte Max und sah Annie an, die immer noch am Küchentisch saß. «Die Frau am Telefon wollte mir nicht verraten, warum nicht und auch nicht, wo ich ihn erreichen kann. Sie war einsilbig», er setzte sich, «verdammt einsilbig.»

«Hat sie gesagt, wann er aufgehört hat?»

«Nein.» Max starrte auf die Tischplatte. «Sie hat aufgelegt.»

«Daran musst du dich gewöhnen», meinte Annie und lachte. Sie griff zu ihrem Block und blätterte bis zu einer leeren Seite. «Vielleicht besteht kein Grund, den Kopf hängen zu lassen. Rein chronologisch könnte es passen. Er arbeitete für White Plains und nahm Mitte letzten Jahres unter anderem an dieser Konferenz teil. Irgendwann danach hörte er auf. Vielleicht hat er ja Vernunft angenommen und gekündigt.»

Max zuckte mit den Achseln. «Nicht unmöglich.»

«Das könnte der Mann sein, auf den Pešić gewartet hat. Mit dem er Martinsson bekannt machen wollte.» Er schlug mit der flachen Hand auf den Tisch.

«Was ist?»

«Wozu haben wir überhaupt unsere Gehirnzellen! Wir hätten Andreas bitten sollen, nach Pešićs Namen zu suchen! Wenn auch er an dieser Tagung in Nordirland teilgenommen hat, dann ist es noch wahrscheinlicher, dass Daniel Ellis der Gesuchte ist.»

«Und dann kommt es nur darauf an, dass wir ihn noch vor Tom Martinsson finden.»

«Oder vor jemandem, der weniger nett ist. Vergiss nicht, dass Pešić tot ist. Wenn er mit Ellis gesprochen hat, dann könnte der in Lebensgefahr schweben.»

«Ich rufe Patrik sofort an. Ob Pešićs Name ebenfalls auf der Teilnehmerliste steht, müsste Andreas innerhalb weniger Minuten herausfinden können. Ich versuche, ihn dazu zu überreden, diese Frage zu klären, solange ich ihn am Apparat habe.»

«Frag ihn, ob er nicht auch gleich Ellis' Adresse ermitteln kann. Sollte er der Gesuchte sein, wollen wir keine Zeit verlieren.»

Annie schaute aus dem Küchenfenster und erblickte Max, der mit dem Telefon am Ohr auf und ab ging. Hinter ihm erstreckte sich die Wiese, die in Äcker überging. Ein schmaler Weg führte vom Haus zur Landstraße.

Sie dachte an ihre Zukunft, an die Zeit, wenn Mingus wieder bei ihnen sein würde. Sie waren erst wenige Wochen in Schweden, und bereits war einer ihrer Freunde ermordet worden. Und trotzdem hatte sie sich auf eine seltsame Art daran gewöhnt, zurück zu sein. Außerdem wirkte es, als müssten sie das Land nicht ebenso heimlich verlassen, wie sie es betreten hatten. Vielleicht würden sie ja dieses Mal bleiben.

Max betrat mit einem ackerduftenden Windstoß das Haus und schreckte sie aus ihren Gedanken auf. Mit großen Augen sah er sie an.

«Gute Nachricht?», fragte sie.

Er nickte. «Pešić hat auf der Tagung einen Vortrag gehalten. ‹Theories and Realities of Ethnic Violence: Bosnia.› Außerdem haben wir seine Adresse. Rate mal, wo er wohnt!»

«Der Name klingt englisch.»

«Stimmt», erwiderte Max. «Er wohnt aber trotzdem näher.» Er betrachtete seine Handfläche, auf der er sich Notizen gemacht hatte. «Bergkantsvägen.» Er hielt inne. «Das ist in Gamla Enskede.»

6

Sie parkten vor dem kleinen, weißen, etwa hundert Jahre alten Haus, in dem offenbar Daniel Ellis wohnte. Alle Häuser in dieser Straße sahen gleich aus. Irgendwie niedlich, dachte Annie. Sie vermitteln Geborgenheit. Kleine Häuser mit Gärten und vielen Obstbäumen. Viele Nachbarn jenseits der Hecken, die einander fürsorglich im Auge behielten. Aus Mitmenschlichkeit und Neugier in unausgesprochener Übereinkunft. Das war noch nie ihr Ding gewesen.

Sie stiegen die vier Stufen hinauf und klingelten. Neben der Treppe befand sich ein kleines viereckiges Dielenfenster mit einer weißen Spitzengardine. Annie wollte sich gerade vorbeugen und durch das Fenster spähen, als eine Stimme ertönte:

«Da wird niemand öffnen!»

Sie drehten sich um.

Der Mann, der gerufen hatte, stand neben ihrem Wagen auf dem Gehsteig. Er trug einen Jogginganzug, hatte einen Rauhaardackel an der Leine und trat ständig von einem Bein auf das andere.

Annie ging wieder die Treppe hinunter. «Ist Daniel nicht zu Hause?»

«Er wohnt nicht mehr hier.» Der Mann kam die Auffahrt hoch und winkte Annie und Max zu sich. «Ich bin ganz verschwitzt und kann Ihnen deswegen nicht die Hand geben. Ich bin der Nachbar.» Er lächelte.

«Wissen Sie, wo er hingezogen ist?», fragte Max. Neben der Garage war ihnen eine Schaukel aufgefallen, sie vermuteten daher, dass Daniel Ellis Familie hatte.

Der Nachbar schüttelte den Kopf und zerrte an der Leine, damit sich der Hund hinsetzte. «Nein, aber ich hoffe, an einen friedlichen Ort. Es war eine fürchterliche Tragödie.»

«Ja, wirklich», sagte Annie, ging in die Hocke und kraulte den Hund. «Wie heißt er denn?»

«Boss.» Der Mann lächelte. «Nach dem Boss, also nach Bruce Springsteen.»

Annie betrachtete den Hund, an dessen Halsband ein silbernes Namenschild hing. «Wir kennen Daniel nur flüchtig, und als wir zufällig in der Gegend waren, wollten wir einfach nachsehen, wie es ihm geht.»

«Tja, was soll ich sagen. Erst nimmt sich die Frau das Leben. Dort im Haus, direkt hinter der Treppe. Ich stand hier in der Auffahrt, als sie sie rausgetragen haben. Und dann war da noch die Sache mit der Arbeit.»

«Glauben Sie, dass er deswegen die Stadt verlassen hat?», fragte Annie und kraulte weiter.

«Eine Kündigung ist ja nie sonderlich erfreulich. Aber ich glaube nicht, dass das das Schlimmste war. Seine Frau auf diese Weise zu verlieren muss ja unerträglich sein, aber dann kam noch das mit dem Hund, aber das haben Sie vielleicht schon gehört?»

«Wir haben so etwas gehört, aber was genau geschah, wissen wir nicht», sagte Max. Er stellte sich neben Annie.

«Tja, was schadet es schon, wenn ich Ihnen davon erzähle», sagte der Nachbar, trat einen Schritt vor und fuhr dann leiser fort: «Auch jenes Mal war ich zu Hause und gerade mit meiner Tochter im Garten. Irgendwann am Spätnachmittag kamen Dan und Miranda nach Hause. Ich sah, wie sie den Wagen parkten, dachte mir aber weiter nichts dabei. Nach ein paar Minuten erschienen sie auf der Terrasse und riefen. ‹Ist der Hund weg?›, erkundigte ich mich über die Hecke. ‹Ja, es hat leider den Anschein›, antwortete Dan und kehrte ins Haus zurück, um weiterzusuchen. Bereits da schwante mir etwas.»

«Wie meinen Sie das?», fragte Annie.

«Er wirkte irgendwie seltsam.» Der Nachbar breitete die Arme aus. «Ich weiß nicht. Aber er war irgendwie bleich und sah verängstigt aus. Und zwar zu Recht, denn zwei Minuten später war aus dem Haus ein wahnsinniger Lärm zu hören. Man will sich ja nicht aufdrängen, also habe ich nicht gefragt, was los ist. Ich dachte, dass er mir sicher alles erzählt, wenn ihm danach ist. Am selben Abend kam er dann mit dem Mädchen auf dem Arm rüber.»

Annie sah ihn an und nickte schweigend. Sie wollte nichts riskieren. Schweigen war häufig die beste Methode, um jemanden zum Weitersprechen zu bringen.

«Dan war außer sich vor Angst. Ich erkundigte mich, was los sei, und er antwortete nur, es sei etwas mit Selma, dem Labrador, geschehen. Er ließ das Mädchen bei uns und kehrte zwei Stunden später wieder. Zwei Tage später waren sie weg. Ohne eine neue Adresse zu hinterlassen. Kurz darauf packte eine Spedition alles ein, und vor einem Monat wurde das Haus verkauft. In zwei Wochen ziehen die neuen Besitzer ein. Offenbar Medienleute.»

«Tragisch», sagte Max mit Mitgefühl.

«Allerdings», meinte der Nachbar. «Kein Tag verging, an dem er nicht mit der Kleinen seiner Frau Kris einen Blumenstrauß gebracht hätte. Sie wurde auf dem Waldfriedhof beigesetzt. Ich frage mich oft, was da eigentlich los war.»

«Und er hat keine neue Adresse hinterlassen?»

«Nichts. Plötzlich war er einfach weg.» Der Nachbar schnippte mit den Fingern. «Wenn ich ganz ehrlich sein soll, bin ich etwas enttäuscht. Als hätte er mir nicht vertrauen können, wenn Sie verstehen, was ich meine.»

«Und was vermuten Sie?»

«Er ist ja Engländer, also vermute ich, dass er nach Hause zurückgekehrt ist.» Der Hund begann, an der Leine zu zerren. «Ja, ja», begütigte ihn der Nachbar. «Wir machen uns ja schon auf den Weg, Boss.» Er lächelte Annie und Max an. «Falls Sie Dan begegnen sollten, dann grüßen Sie ihn herzlich von mir. Sagen Sie ihm, dass er die Schuld trägt, falls die neuen Nachbarn Idioten sind!» Er lachte, verließ die Auffahrt und spazierte mit dem zerrenden Hund weiter.

7

Annie und Max saßen noch eine Weile im Auto. Vermutlich hatten sie nun also ihren Insider gefunden. Dem Bericht des Nachbarn war zu entnehmen gewesen, dass Daniel Ellis ein eher frostiges Verhältnis zu seinem ehemaligen Arbeitgeber, White Plains, gehabt hatte. Außerdem hatte er an derselben Tagung teilgenommen wie Zoran Pešić.

«Alles hängt zusammen», sagte Annie. «Ellis ist der Schlüssel. Er hat für White Plains gearbeitet. Er hat Pešić auf dieser Tagung kennengelernt. Nach seiner Rückkehr hat er seine Erkenntnisse weitererzählt oder selber versucht, deren Wahrheitsgehalt zu überprüfen. Das erregte Missfallen, also verlor er seinen Job. Er beschloss, sich an seinem Arbeitgeber zu rächen, und teilte dies vielleicht sogar Pešić mit. Daraufhin wurde er auf eine unmissverständliche Art bedroht. Also beschloss er, das Land zu verlassen.»

«Das klingt plausibel.»

«Und was tun wir jetzt?»

«Wir finden ihn. So leicht geben wir nicht auf.» Er legte seine Hand auf ihr Bein.

«Es kommt mir nur wie ein Sisyphusprojekt vor. Wenn man glaubt, einen Schritt weitergekommen zu sein, geht es zwei Schritte zurück. Eine Person in Stockholm ausfindig zu machen ist eine Sache, aber in England ...» Annie wandte sich Max zu. «Wir bräuchten jemanden wie Mikael Storm, um ihn aufzuspüren.»

«Oder jemanden, der das Geld hat, um dieses Problem zu lösen.»

«Leider kenne ich keinen netten Menschen mit so viel Geld», meinte Annie mit einem ironischen Lächeln. «Und ich habe auch nicht vor, irgendeinem armen Schwein dieses Geld abzuluchsen.»

Max trommelte mit einer Hand auf seinem Knie. Nach einer Weile sagte er: «Apropos Storm fällt mir gerade ein, wer uns weiterhelfen könnte und auch über die nötigen Mittel verfügt.»

Erstaunt sah Annie ihn an. «Und wer soll das sein?»

Max lächelte triumphierend. «Elf Leute wurden von Storm und seinem Partner betrogen, jedenfalls gab es elf Kläger. Einer von ihnen hat über zwanzig Millionen verloren, fast die Hälfte der Betrugssumme.»

Annie nickte, dass er fortfahren solle.

«Und wir wissen, wie dieser Mann heißt. Alles steht in der Urteilsbegründung, die Patrik besorgte, als wir Storm überprüften.»

«Ganz offensichtlich bist du guter Dinge, aber komm bitte endlich zur Sache, Max.»

«Obwohl er viel Geld verloren hat, ist er immer noch reich. Er ist der Mann, den wir brauchen. Und er braucht uns. Wir kennen seinen Namen und seine Adresse, und ein Anruf genügt, um seine Telefonnummer herauszufinden. Wir setzen uns mit ihm in Verbindung und bitten ihn um einen Gefallen.»

«Einen Gefallen?»

Max nickte. «Einen Gefallen.»

«Und wie sähe unsere Gegenleistung aus? Oder meinst du, es genügt ihm, dass wir ihm die Möglichkeit bieten, zwei bosnischen Mädchen zu helfen?»

Max runzelte die Stirn. «Du musst jetzt nicht sarkastisch werden, Annie, bloß weil du mir nicht ganz folgen kannst.» Er genoss es, sie auf die Folter spannen zu können. «Wir können ihm etwas im Tausch anbieten, wovon er schon lange geträumt hat.»

8

Morgan Nätterquist hatte sich mit Sten Rohde auf neutralem Boden verabredet. Eine ganz üble Sache, der er sich nicht entziehen konnte, war auf seinem Tisch gelandet. Da seine Befugnisse sehr begrenzt waren, sah er sich zu dem Treffen mit Rohde genötigt, um diesem seine Macht zu demonstrieren. Nätterquist war sich bewusst, dass ihn Nathansson ausnutzte, weil er Dinge über ihn wusste, die nicht an die Öffentlichkeit gelangen durften. Daher musste Nätterquist nun Nathanssons Chef unter Druck setzen, sich sozusagen seiner Macht bedienen, um seine Machtlosigkeit auszugleichen. Dabei war ihm nicht wohl. Die ganze Angelegenheit bereitete ihm Unbehagen und bedrückte ihn.

Den chaotischen Berichten war zu entnehmen gewesen, dass sich zwei in Zivil gekleidete Polizisten, die Nathanssons Schutz genossen, in einem südlichen Vorort aufgehalten hatten, als über Polizeifunk mitgeteilt worden war, die gesuchte Annie Lander sei dort gesichtet worden. Unverzüglich hatten sie sich zu der genannten Adresse begeben. Einer der Polizisten war Lander im Treppenhaus begegnet, dann war es turbulent geworden. Sie hatte ihn mit Tränengas außer Gefecht gesetzt, woraufhin der Beamte die Selbstbeherrschung verloren, ihr blind hinterhergeschossen und dann auch noch seine Waffe verloren hatte. Bald war eine Streifenwagenbesatzung zur Stelle und zwang die beiden auf der Erde liegenden Zivilbeamten, sich auszuweisen. Wenige Tage später bekam die Presse Wind von der Geschichte. Nathansson sah sich gezwungen, die beiden vom Dienst zu suspendieren, um sein Ansehen zu retten, was aber nicht genügte. Reichspolizeichef Sten Rohde hatte inzwischen die Geduld mit Nathansson verloren. Schließlich war da noch diese verdammte Geschichte mit dem Kokain im Wohnmobil gewesen, für die Nathansson keine glaubwürdige Erklärung hatte liefern können. Und jetzt hatten dieselben Polizisten schon wieder eine Dummheit begangen. Daher traf sich Morgan Nätterquist nun mit Sten Rohde, obwohl keiner der beiden sonderlich darauf erpicht war.

Rohde hielt Bo Nathansson für einen unzuverlässigen Menschen, der Nätterquist und seinen Chef mit Informationen versorgte. Das erinnerte an die Zeiten Hans Holmérs, des Chefs der Sicherheitspolizei. Dessen Kumpel Ebbe Carlsson war es gewesen, der einen direkten Draht zu Geijer und Palme besessen hatte, wobei der unmittelbare Vorgesetzte Carl Persson umgangen worden war. Solche Karrieristen gab es so lange wie den Beruf. Rohde hatte Nathansson bedeutet, er solle sich eine andere Behörde als Arbeitgeber suchen. Auf diese Weise könnten sie beide dieser Situation entrinnen, ohne das Gesicht zu verlieren. Ein paar Stunden später hatte ihn Nätterquist um eine Unterredung gebeten, und jetzt saßen sie auf einer Parkbank, und er harrte der idiotischen Worte, die dem Staatssekretär bald über die Lippen kommen würden.

«Bringen wir es rasch hinter uns», sagte Rohde auf seine charakteristische trockene Art. «Ich will noch etwas essen, bevor ich ins Büro zurückmuss.» Er respektierte weder Morgan Nätterquist noch seinen Chef, den Minister, dessen waren sich beide bewusst. Und auch viele andere Leute.

«Wir wissen beide, worum es geht», sagte Morgan Nätterquist. «Du solltest derart drastische Beschlüsse unterlassen, wenn du so wenig in der Hand hast.»

«Ich mache nur meine Arbeit, Morgan.»

«Und es gibt viele kompetente Leute, die es auf deinen Job abgesehen haben, Sten.»

«Selbst wenn dir der Minister aus der Hand frisst, könnt ihr mich nicht so ohne weiteres austauschen, und das weißt du.»

Morgan Nätterquist lachte. «Sei nicht naiv, Sten. Erst bildet sich die Kanzlei des Ministerpräsidenten eine Meinung, dann bespricht der Minister die Sache mit den Regierungskollegen bei einem netten Mittagessen. Der Ministerpräsident hat bislang noch keinen Vorschlag abgelehnt, und auch anderweitig wurden keine Einwände laut, denke ich. Du weißt, wie so etwas zugeht.»

«Mein Mandat nähert sich noch lange nicht seinem Ende.»

«Du würdest dein Gehalt natürlich behalten.»

«Ich könnte an die Öffentlichkeit gehen.»

«Deine Kumpels von der Boulevardpresse würden dir nicht beistehen. Sie lieben meinen Chef, falls dir das noch nicht aufgefallen sein sollte.» Nätterquist wandte sich Rohde zu und versuchte, Blickkontakt mit ihm zu bekommen. «Solltest du Bo Nathansson feuern, könnte ich dafür sorgen, dass du gefeuert wirst. Ich sähe das gewissermaßen als meine Mission.»

«Was hat Nathansson eigentlich gegen dich in der Hand?»

«Geh zum Teufel, Sten.»

«Du bist einfach lächerlich, Nätterquist, ist dir das klar?»

Sie schwiegen dreißig Sekunden lang.

Morgan Nätterquist wusste, dass er gewonnen hatte und dass Rohde nur widersprach, um zu demonstrieren, dass ihm die Sache nicht gefiel. «Ich gehe also davon aus, dass du Nathansson keine Steine in den Weg legst», sagte er grinsend.

«Sobald du deinen Job verlierst, ist er auch seinen los.» Rohde erhob sich. «Richte ihm das aus, wenn du ihn das nächste Mal siehst.»

9

Arvid Thelin knotete den dicken Morgenmantel zu und schob seine Füße tiefer in seine Pantoffeln. Zum Briefkasten waren es nur zehn Meter, aber dieser kleine Spaziergang erfreute ihn jeden Tag von neuem und war Teil seines Morgenrituals. Als Erstes schaltete er die Kaffeemaschine ein und genoss den Blick auf den Öresund. In Hittarp gab es zwar prächtigere Häuser, aber seines besaß die schönste Aussicht zu den Dänen. Es war eines der ältesten Häuser des Ortes, und er hatte es mit viel Geschick renoviert. Eigentlich hatte Mona mit dieser Arbeit begonnen, aber er hatte sie beendet, was seiner Meinung nach mehr zählte.

Er winkte seinem Nachbarn zu, der sein säuerliches Gesicht rasch wieder hinter der Gardine verschwinden ließ. Arvid Thelin wusste, dass der Nachbar seinen Gruß nicht erwidern würde, winkte aber trotzdem jeden Morgen, gewissermaßen um ihn zu bestrafen und ihm die ehemalige Freundschaft in Erinnerung zu rufen.

Arvid Thelin, der in zwei Jahren seinen sechzigsten Geburtstag feiern würde, hatte erst spät im Leben erfahren, wie es sich anfühlte, von jenen sogenannten Freunden, die stets einen Besuch am Pool mit einem Drink an warmen Sommerabenden zu schätzen gewusst hatten, im Stich gelassen zu werden. Er bildete sich ein, dass er selbst auf dem Zenit seiner Karriere derselbe gewesen war wie zu Anfang. Aus unerfindlichen Gründen hatte er sich mit Menschen umgeben, auf die dies nicht zutraf. Eine dieser Personen hatte er geheiratet. Jetzt war er geschieden.

Er nahm die Zeitung aus dem Briefkasten und trat den Rückweg an, als das Telefon klingelte. Er beeilte sich nicht. Vermutlich war es nur Gunni, die sich nach den Fortschritten der letzten Woche erkundigen wollte. Sie war für die Buchhaltung einer der kleineren Firmen zuständig gewesen und hatte zusammen mit ihrem Lebensgefährten durch die Betrügereien Storms und seiner Partner 750 000 Kronen verloren. Thelins Meinung nach hatte sie den gleichen Anspruch darauf, wütend zu sein, wie alle anderen. Alle hatten das Recht, wütend zu sein, aber im Grunde genommen waren sie alle Dummköpfe gewesen, weil sie an den großen Reibach geglaubt hatten. Zu dieser Einsicht musste jeder Einzelne selbst gelangen. Ihm war es zumindest so ergangen. Das große Geschäft existierte nicht. Das wusste er, seit er mit dreizehn seine erste Krone in seiner eigenen Fahrradwerkstatt verdient hatte. Es gab nur harte Arbeit. Und plötzlich hatte er diese Erkenntnis aus unerklärlichen Gründen vergessen und an den großen Gewinn geglaubt, den ihm das bloße Verleihen von Geld einbringen würde. Vielleicht hatte er sich aus einem Komplex heraus eingebildet, dass reiche Leute es so machten, und es ihnen nachtun wollen. Er hatte James Bradock und Lord Hugh Rodley einfach Glauben schenken wollen, als sie sich ihm als britische Investoren vorstellten und ihn beeindruckten. North-American

Sureties mit Sitz in der Schweiz hatte ihm ein Gefühl der Sicherheit vermittelt. Seine Reisen zu den Besprechungen in der National Westminster Bank mit kostenlosem Hotelaufenthalt hatten ihm suggeriert, ein wichtiger Mann zu sein. Dabei war er nur ein einfacher Junge, und sein eitler Wunsch, dabei sein zu dürfen, hatte ihn genau 22 574 424 Kronen gekostet. Selbst für ihn, der reich war, eine beachtliche Summe. Aber der Verlust des Geldes war gar nicht das Schlimmste. Ihm blieb immer noch genug, um sorgenfrei leben zu können. Er hatte sein Leben verloren. Vorher hatte er eine Frau und eine angesehene Position besessen. Beides hatten ihm die Betrüger geraubt und ihm außerdem die Einsicht beschert, dass er sich rein menschlich nicht sonderlich weit entwickelt hatte. Sein Ansehen war ihm ungeheuer wichtig gewesen und hatte seine Identität ausgemacht. Dann war er als gutgläubiger Dummkopf bloßgestellt worden, dem man zwanzig Millionen hatte abluchsen können, die er bei dreißig Gelegenheiten an die Schurken überwiesen hatte. Nach der Trennung von seiner Frau hatte er sich neu erfinden und auf den Menschen besinnen müssen, der er eigentlich war. Es war eine lange und nicht sonderlich angenehme Reise gewesen, aber jetzt war er froh, sie überstanden zu haben. Das bedeutete jedoch nicht, dass er den Betrügern dankbar war. Nichts war verziehen, und er wollte Gunni erzählen, dass er für die Festnahme Mikael Storms eine Belohnung von einer Million Kronen aussetzen wollte.

«Hallo», sagte er, als er abhob, und erwartete, Gunnis Stimme zu hören. Es war jedoch eine andere.

10

Tom Martinsson hatte zwei Fragen und keine Antworten. Beide Fragen betrafen die gesuchte Annie Lander, von der er inzwischen wusste, dass sie jene Anna war, die er gemeinsam mit Thurston Richards getroffen hatte. Er verfluchte seine Begriffsstutzigkeit. Zwar war sie ihm vage bekannt vorgekommen, aber auf die Idee, dass es sich um Annie Lander handeln könnte, war er trotz der Namensähnlichkeit nicht gekommen.

Es hatte damit begonnen, dass ihn Bitte Samuelsson einige Tage zuvor erneut angerufen hatte. Es war fast zehn Uhr abends gewesen, und in der Kajüte hatte noch der Geruch von Blutwurst mit gebratenen Äpfeln und Bacon gehangen.

«Hast du von Torsten gehört?», hatte sie die Unterhaltung begonnen. «Offenbar war der Schnaps nicht mal das Schlimmste.»

Es ging um die Neuigkeit der vergangenen Woche. Ein Kriminalinspektor, und alle wussten, dass es sich dabei um Torsten Enlund handelte, war von Kollegen in Uniform gestoppt worden, hatte sich ausweisen können, aber angetrunken gewirkt und war zum Blasen aufgefordert worden. Daraufhin hatte er eine Szene gemacht und die Kollegin verunglimpft, weil sie eine Frau war. Man hatte ihm Handschellen angelegt, ihn in den Streifenwagen gesetzt und das Wohnmobil in Augenschein genommen. Martinsson vermutete, dass die Kollegin eine unverzügliche Antipathie gegen Enlund empfunden und gehofft hatte, etwas Inkriminierendes zu finden. Die Sporttasche mit fünf Kilo Kokain hatte große Aufregung verursacht. Bo Nathansson hatte Enlund in Schutz genommen und bestätigt, dieser und ein Kollege seien beauftragt worden, Stockholms Unterwelt zu infiltrieren. Die Meinungen der Kollegen waren geteilt. Eine Fraktion war von

Enlunds Korruptheit überzeugt, die anderen warfen den Streifenbeamten vor, den Einsatz wegen einer Trunkenheitslappalie ruiniert zu haben. Außer Bitte Samuelsson und ihm selbst wusste niemand, welche Rolle er in dieser Geschichte gespielt hatte. So durfte es seiner Meinung nach auch gerne bleiben.

«Ja», meinte Martinsson. «Die Sache war komplexer, als man hätte ahnen können.»

«In positiver Hinsicht, wenn du mich fragst», meinte Bitte Samuelsson.

«Dieses Gespräch bleibt unter uns, hoffe ich?»

«Natürlich», erwiderte Bitte Samuelsson mit Nachdruck. «Der Mensch bekommt immer, was er verdient, und Torsten ist keine Ausnahme.» Sie sprach etwas leiser: «Aber ich rufe eigentlich nicht an, um über diese Sache mit der Sporttasche zu lästern, obwohl es leider um Torsten geht.»

«Er ist wohl stur.»

«Zweifellos.» Sie lachte, aber es war ein freudloses Lachen. «Er hat gestern Abend angerufen und war noch betrunkener als sonst.»

«Glaubst du, er verdächtigt dich, etwas mit seiner Festnahme zu tun zu haben?»

Sie lachte verächtlich. «Nein, so schlau ist er nicht. Zum Glück. Er verlangte Genugtuung und wollte erzählen, dass er immer noch einer der wichtigsten Player im Staatskriminalamt ist.»

«Ja, offenbar stärkt ihm jemand den Rücken.»

«Genau. Plötzlich sagte er, und ich zitiere ihn wörtlich: ‹Ich stehe unter dem Schutz der höchsten Führung und bin mit einem Geheimauftrag auf allerhöchstem Niveau befasst: Ich soll den Polizistenmörder und seine Nutte aufspüren.›» Bitte schwieg einen Moment und sagte dann: «Was hältst du davon?»

Tom Martinssons Gehirn lief auf Hochtouren. Plötzlich ergab alles einen Sinn. Der einzige zur Fahndung ausgeschriebene schwedische Polizistenmörder war Max Lander. Seine Frau war die verschwundene Journalistin Annie Lander. Ein fast zehn Jahre zurückliegender Fall betraf zwei Polizisten, die bereits vor ihrem Tod ein Thema gewesen waren. Es wirkte unwahrscheinlich, dass ein Mann wie Max Lander zwei Polizisten auf eine Art ermordet haben sollte, die einer regelrechten Hinrichtung glich. Die ganze Sache stank zum Himmel – und wurde vergessen.

Er bedankte sich bei Bitte für ihren Anruf, beendete das Gespräch schnellstmöglich, zog sich an und nahm, weil er zwei Whiskys getrunken hatte, ein Taxi ins Präsidium. Dann besorgte er sich ein Passfoto von Annie Lander aus dem Archiv und sah, warum ihm die Frau, der er zusammen mit dem toten Amerikaner Thurston Richards begegnet war, bekannt vorgekommen war. Sie sah jetzt älter aus, trug eine andere Frisur, wirkte aber im Übrigen unverändert. Er hatte die Videoaufzeichnung aus dem Tabakladen hervorgenommen und verglich diese mit einem Foto von Max Lander. Treffer.

Er beschloss, diese Information für sich zu behalten. Ein paar Tage später bestätigte dann ein Zeitungsartikel, dass die Frau bei der Schießerei in Midsommarkransen Annie Lander gewesen war. All dies hatte zwei Fragen aufgeworfen, auf die er immer noch keine Antwort besaß.

Die erste lautete, warum Max Lander, der sich laut Erkenntnis der Polizei in Schweden aufhielt, nicht zur Großfahndung ausgeschrieben worden war. Und warum hatte ausgerechnet Torsten Enlund, der hinterhältigste Polizist Schwedens, den Auftrag erhalten, Annie und Max Lander aufzuspüren und festzunehmen? Natürlich konnte es Gründe geben, die Suche nach den Landers auf diskrete Weise zu betreiben, aber irgendetwas an diesem Szenario stimmte nicht. Die falschen Leute waren mit dem Fall betraut worden, daran bestand kein Zweifel.

Die zweite Frage lautete, wer der Zeitung Metro den Tipp gegeben hatte, dass sich Annie Lander zum Zeitpunkt der Schießerei in Midsommerkransen aufgehalten hatte. Die Polizei wollte diesen Fall ganz offensichtlich nicht an die große Glocke hängen. Diese kompromittierende Information konnte nicht aus den eigenen Reihen stammen, schließlich war der schießwütige Polizist eine knappe Woche zuvor mit fünf Kilo Kokain festgenommen worden. Das warf kein gutes Licht auf die Polizei, deren Vertrauenswürdigkeit einer Umfrage gemäß einen neuen Tiefstwert erreicht hatte. Daher ging Tom Martinsson davon aus, dass Annie Lander selbst der Zeitung den Tipp gegeben hatte. Sie wollte, dass ihr Fall bekannt wurde. Und das ließ nur einen Schluss zu: Sie hatte Angst. Fragte sich nur, wovor?

Am nächsten Morgen brachte eine der beiden großen Tageszeitungen einen Artikel zum selben Thema, allerdings aus der Sicht der Polizei. Martinsson wusste nicht, wie es im Fachjargon genannt wurde, wenn man die eigene Auffassung uneingeschränkt als Neuigkeit in den Medien platzierte. Jedenfalls war dies nun geschehen. Der Artikel betonte, Interpol habe Annie Lander wegen des Mordes an einem russischen Staatsbürger in Paralia an der griechischen Ostküste zur Fahndung ausgeschrieben. Ihr Mann sei der mutmaßliche Polizistenmörder Max Lander, den die Witwe Göran Theorins nach wie vor dafür verantwortlich mache, dass ihre beiden Kinder ohne Vater aufwachsen müssten. Sie könne den Tod ihres Mannes nicht verarbeiten, solange Max Lander für das von ihm begangene Verbrechen nicht vor Gericht gestellt worden sei. Neun Jahre waren inzwischen verstrichen. Die Kinder waren schon fast erwachsen und erinnerten sich kaum noch an ihren Vater. Man konnte ihr keinen

Vorwurf machen. Sie glaubte die Berichte der Kollegen ihres Mannes. Die Polizei wollte sich nicht zur Rückkehr Annie und Max Landers nach Schweden äußern, es wurde jedoch gemunkelt, das Paar solle einen Auftrag für die Stockholmer Unterwelt ausführen.

Tom Martinsson hatte die Familien des Paares rasch überprüft und herausgefunden, dass nur noch Max Landers Mutter lebte, aber im Sterben lag. Vielleicht war sie ja der Grund für die Rückkehr Max Landers. Damit er sich von ihr verabschieden konnte.

Tom Martinsson steckte in einer Zwickmühle. Er war der Überzeugung, dass Annie und Max Lander wichtige Informationen über Karl-Johan Jensen und die beiden Mädchen, die Annie in Midsommarkransen besucht hatte, besaßen. Im Gespräch mit der jüngeren Schwester hatte er sich nach Annies Fragen erkundigt. Sie hatte dem Mädchen Fotos gezeigt, von Karl-Johan Jensen und einer weiteren, ihr namentlich nicht bekannten Person. Und das Mädchen hatte ihr bestätigen können, beide Männer in Bosnien gesehen zu haben. Martinsson vermutete, dass die Fotos aus Karl-Johan Jensens Zimmer im Hause seiner Mutter stammten und dass die Identität der anderen Person den Schlüssel zu ihrer weiteren Ermittlung darstellte.

Tom Martinsson befand sich in einem Dilemma. Er musste unbedingt herausfinden, was Annie Lander wusste. Sie und ihr Mann waren zur Fahndung ausgeschrieben, und er hatte seinen Kollegen vom Reichskriminalamt Eva Jensens Videoaufnahme vorenthalten. Er hatte also ermittlungsrelevante Informationen unterschlagen. Sein möglicherweise falscher Beschluss stand jedoch fest: Er musste seinen Kollegen auf der Suche nach den Landers zuvorkommen.

BEWEISE

1

Jeden Abend, nachdem er seine Tochter zu Bett gebracht hatte, machte sich Dan Ellis auf den Weg zum Pub, der mit dem Fahrrad nur wenige Minuten entfernt lag. Sein Bruder wohnte im Nachbarhaus, und Dans Tochter konnte jederzeit zu ihm hinübergehen. Außerdem behielt seine Schwägerin die Wohnung im Auge, wenn Dan nicht zu Hause war. Miranda fand sich so allmählich in ihrem neuen Leben auf dem Hof zurecht. Dan Ellis redete sich ein, dass sie reifer geworden war. Abends, wenn er ihr Märchen vorlas, fragte sie noch immer nach Kris, und wenn er antwortete, sie sei im Himmel, wollte sie wissen, ob Mama und Selma sich am selben Ort aufhielten. Ich glaube schon, erwiderte er jeweils, und mit dieser Antwort gab sie sich zufrieden.

In Cloughton gab es zwei Pubs, den Blacksmiths Arms und den Red Lion, für ein Dorf mit weniger als tausend Einwohnern eine recht stattliche Anzahl. Die Frau des einen Wirts fand den neuen Dorfbewohner mit der kleinen Tochter recht interessant. Da Daniel Ellis jeglichen Problemen aus dem Weg gehen wollte, besuchte er den anderen Pub.

Er trank gerade ein Black Sheep Ale und las die Zeitung, als ein Unbekannter, der ihm bereits am Vorabend aufgefallen war, neben ihm an der Bar Platz nahm. Neue Gesichter waren in diesem Pub eher ungewöhnlich. Der Mann war Anfang sechzig, und seine selbstsichere Haltung legte einen Erfolg nahe, der sich auch in seinem Aussehen widerzuspiegeln schien. Daniel Ellis sah vor seinem inneren Auge, wie die Gischt vor dem Segelboot auf das zurückgekämmte Haar spritzte. Die weißen Fältchen um seine Augen hatten sich im Zuge sommerlicher Segeltörns und winterlicher Skiausflüge auf immer in die Haut eingegraben. Aber vielleicht hatte er auch nur Vorurteile. Wie dem auch sein mochte, in Cloughton machte man sich Gedanken über wer und woher, wenn man ein neues Gesicht sah.

«Ist hier noch frei?», fragte der Mann.

Dan Ellis fiel auf, dass der Fremde kein Engländer war. «Durchaus», antwortete er, nahm seine Jacke vom Hocker zu seiner Linken und hängte sie an einen Haken unter dem Tresen.

«Ein wunderbarer Pub», sagte der Mann und trank einen Schluck Bier.

«Mit gutem Bier», erwiderte Dan Ellis und hob sein Glas.

«Besser als in Schweden, nicht wahr, Mr. Ellis?»

Daniel Ellis hob den Blick nicht von seinem Bierglas und dachte an Miranda.

2

Mit seiner Beratertätigkeit bei der Group 4, einem der am schnellsten wachsenden Sicherheitsunternehmen Großbritanniens, hatte Daniels Karriere Anfang der neunziger Jahre einen raschen Aufschwung genommen. Sein Einsatz hatte wesentlich dazu beigetragen, dass die Group 4 1992 von der Regierung damit betraut wurde, das Gefängnis Wold zu betreiben. Seiner Arbeit war es größtenteils auch zuzuschreiben, dass die Regierung, obwohl Wold mit einigen Kinderkrankheiten zu kämpfen hatte, beschloss, sämtliche neue Gefängnisse von Privatfirmen bauen und betreiben zu lassen. Ein privates Gefängnis nach dem anderen schoss aus dem Boden: Doncaster, Blakenhurst, Buckley Hall und Altcourse. Zwar wurden nicht alle von der Group 4 betrieben, Privatisierung war jedoch das Wichtigste, denn sie ließ sich nicht rückgängig machen, selbst wenn Labour wieder an die Macht kommen sollte. Damals hatte sein Beitrag zur Entwicklung der britischen Gesellschaft Ellis mit Zufriedenheit erfüllt. Er glaubte an die überlegene Organisationsfähigkeit des privaten Sektors und konnte dafür drei einfache Argumente anführen: Der private Sektor ersparte dem Steuerzahler die Initialkosten. Zügigere Etablierung, bessere Lösungen und höhere Effektivität waren die Folge. Seiner Meinung nach konnten alle Branchen, auf die diese drei Kriterien zutrafen, vom privaten Sektor übernommen werden. Diese Überzeugung hatte er im Gepäck, als er seine Tätigkeit als Entwicklungs- und Strategiechef bei White Plains Securitat antrat. Seine Tätigkeit führte ihn nach Schweden, wo er seine zukünftige Frau kennenlernte, mit der er später seine Tochter bekam.

Als White-Plains-Manager nahm er an der Konferenz «Ethnopolitical Warfare: Causes and Solutions» mit Teilnehmern aus der ganzen Welt in Derry in Nordirland teil. Vermutlich wollte seine Firma durch die Entsendung eines Vertreters etwas Imagepflege betreiben und hatte ihn geschickt. Dass die Wahl auf ihn gefallen war, beruhte wohl an seinem festen Glauben an die Privatisierung.

Auf dieser Konferenz in Derry hatte er Zoran Pešić kennengelernt, eine Begegnung, die alles veränderte. Ellis hatte am zweiten Tag einer Podiumsdiskussion zwischen Zoran Pešić und einem Mann von der University of North Carolina gelauscht. Ellis war Pešićs Meinung gewesen, hatte aber gefunden, dass der

Amerikaner diesem rhetorisch überlegen gewesen war. Am darauffolgenden Abend waren sie im Rahmen einer Veranstaltung zufällig ins Gespräch gekommen, wobei Ellis bewusst geworden war, dass Pešić diese Begegnung geplant hatte, seit er Ellis' Namen auf der Teilnehmerliste entdeckt hatte. Zoran Pešić, Bürgermeister von Belgrad und ein wichtiger Mann in der Demokratischen Partei, war der Meinung gewesen, dass beide Seiten des Balkankonflikts ihre schmutzige Wäsche waschen mussten, ehe man nach vorne blicken konnte. Diese Ansicht machte ihn bei den eigenen Leuten unbeliebt, aber er wollte weiterkommen und Reibereien zwischen den verschiedenen Seiten vermeiden. Serbien musste der EU beitreten. Die Justiz musste ihre Arbeit tun und auch die Kriegsverbrecher der eigenen Seite vor Gericht stellen.

Vor allem aber wollte er verhindern, dass Unternehmen wie jenes von Daniel Ellis in seinem Land Fuß fassen konnten. Ellis führte ideologische Argumente an und setzte dazu an, die Unterschiede zwischen privaten Anbietern und Staaten in einem Krieg zu erläutern, da unterbrach ihn Pešić.

«Mr. Ellis», sagte er und legte ihm dabei die Hand auf die Schulter, «an unserem Krieg nahmen griechische, russische, britische, deutsche und amerikanische Söldner und auch El-Mudžahid teil. Diese Söldner kämpften für Serben, Kroaten oder Bosnier. Einige verteidigten eine bestimmte Religion, andere Blutsbande, und eine dritte Gruppe kämpfte nur für Geld. Aber es gab auch amerikanische und europäische Firmen, die ganze Privatarmeen vermieteten. Eine dieser Firmen, die in den Jahren 1992 und 1993 für die serbische Seite arbeitete, war die Ihre, Mr. Ellis.»

Was Pešić im Folgenden beschrieb, hatte sich vor Daniel Ellis' Zeit bei White Plains ereignet. Dennoch fühlte es sich an, als hätte ihm jemand mit voller Wucht in den Magen getreten. Ihm war nicht bewusst gewesen, dass White Plains bereits so früh in jener Region tätig gewesen war, ja, dass das Unternehmen damals bereits existiert hatte. Er wusste jedoch, dass White Plains immer noch geschäftliche Beziehungen mit dieser Region unterhielt.

Pešić fuhr unbeirrt fort: «Ein Teil der bestialischsten Gewalttaten gegen Moslems in der Gegend von Foča wurden von Soldaten verschiedener Nationalitäten im Dienst Ihrer Firma begangen. Selbst ein so eifriger Privatisierungsverfechter wie Sie, Mr. Ellis, muss doch einsehen, dass eine Aktiengesellschaft, die Dividenden ausschüttet, ihr Geld nicht mit der Vergewaltigung zwölfjähriger Mädchen verdienen kann?»

Zu Beginn hatte Ellis noch versucht, Gegenargumente vorzubringen. Aber Pešić erläuterte sehr eloquent, welche Personen damals die Verträge unterzeichnet hatten, und schlug Ellis vor, sich diese nach seiner Rückkehr anzusehen. «Falls Ihre Firma nicht schon alle Verträge geschreddert hat», meinte er, «sind alle Beweise zugänglich.»

Einige Wochen nach der Konferenz in Derry begann er, im Archiv der Firma zu graben. Es gab mehrere Archive, und er hatte Zutritt zu allen. Ein paar Wochenenden wohnte Miranda bei seinen Schwiegereltern, während er Dokumente hervorsuchte, die bewiesen, dass Pešić recht hatte.

Dann gönnte er sich eine weitere Woche zum Nachdenken und beschloss zu guter Letzt, einen Bericht für den Aufsichtsrat zu schreiben. Anfang Dezember schickte er diesen ohne Absender ab, und in der letzten Woche vor Weihnachten erschien ein Jungmanager zusammen mit einem der Firmenwachleute in seinem Büro. Er wusste sofort, warum.

Die Sicherheitsroutinen der Firma waren rigoros. Es war unmöglich, Attachments an externe Mailadressen zu schicken oder Dokumente zu kopieren. Um die Kopiergeräte zu benutzen, musste man sich einloggen, und was kopiert wurde, wurde gleichzeitig gescannt. Nur der Sicherheitschef der Firma wusste, dass es zwei Exemplare des Dokumentes *whiteplains_riborski.doc* gab, und da eines an den Aufsichtsrat gegangen war, musste sich das andere noch in seinem Besitz befinden. Sein Vorgehen hatte sich Schritt für Schritt nachvollziehen lassen. Er hatte ein Exemplar in seinem Büro ausgedruckt und dann mit einem Kopiergerät im selben Gebäude kopiert. Diese zwei Exemplare wurden nun eingefordert. Sein Computer würde ausgewertet werden, sobald er das Büro verlassen hatte.

Er schloss seinen Archivschrank auf und nahm das Dokument heraus. Es stellte sein Geständnis dar, aber ihm blieb keine andere Wahl. Man hätte sonst einfach seinen Schrank aufgebrochen und das Dokument auf diese Weise gefunden. Er hatte sich aber auch keinerlei Mühe gegeben, seine Spuren zu verwischen, denn ihm war bewusst gewesen, dass sich der Absender des Berichts mühelos herausfinden ließ, schließlich befassten sie sich täglich mit solchen Aufgaben. Interessiert wartete er die Reaktion des Vorstands ab.

Fünf Minuten später stand er ohne Dienstausweis, Handy und Arbeitsplatz auf dem Parkplatz neben seinem Wagen.

Zu diesem Zeitpunkt hatte er noch die Absicht, die Angelegenheit nicht weiterzuverfolgen, sich an die Presse zu wenden, würde ihm nicht helfen und hätte nur zur Folge, dass ihn sämtliche Firmen der Branche auf die schwarze Liste setzten. Der Tag, als sie den Hund fanden, veränderte jedoch alles.

Nachdem er seine Tochter vom Kindergarten abgeholt hatte, schauten sie noch rasch bei seinen Schwiegereltern vorbei. Obwohl das Verhältnis zu seinen Schwiegereltern seit dem Tod seiner Frau noch angespannt war, waren sie sich während des letzten Jahres nähergekommen. Vor allem für Miranda war dieser Kontakt wichtig.

Als sie schließlich nach Hause kamen, rannte Miranda voraus und rief nach ihrem Labrador Selma. Er erwartete das Geräusch der Pfoten auf dem Parkett, aber Selma kam seltsamerweise nicht angestürmt. Er zog die Schuhe aus und trug die beiden Tüten seiner Schwiegermutter ins Haus. Seine Tochter rief erneut nach Selma.

Er stellte die Tüten in der Küche ab und ging wieder in die Diele. «Selma», rief er.

Miranda tauchte aus dem Obergeschoss auf. «Oben ist sie nicht. Wo kann sie nur sein?»

«Vielleicht versteckt sie sich ja», meinte er, aber als sich Miranda an ihm vorbeidrängte, befiel ihn plötzlich ein sehr unbehagliches Gefühl. Er hoffte, dass es nur an dem Haus lag, in dem er eigentlich nicht länger wohnen wollte. Er ging ins Wohnzimmer, und Miranda folgte ihm. «Selma», rief er, «komm zu Herrchen!»

Aber kein Hund kam.

Er öffnete die Tür zur Terrasse und schaute in den Garten.

«Selma», rief er.

Ein Nachbar baute mit seiner Tochter im Garten einen Schneemann. «Ist der Hund verschwunden?», rief er.

«Ja, leider», antwortete Dan Ellis und sah sich auf der Terrasse um, aber keine Spuren waren im Schnee zu sehen. Im Garten konnte sie also nicht sein. Er hatte Selma nur zwei Stunden allein gelassen.

Er winkte dem Nachbarn zu und schloss die Türe wieder.

«Papa», flüsterte Miranda. «Wo ist Selma?»

Er ging in die Hocke und strich ihr das dunkle Haar aus der

Stirn. Sie hatte die Augen, die Nase, den Mund und das Herz ihrer Mutter. «Ich weiß es nicht, meine Kleine. Komm, lass uns noch weitersuchen.» Er nahm ihre kleine Hand und betrat die Diele. Sein Unbehagen wuchs, denn er befürchtete, dass Selma etwas zugestoßen war.

Sie öffneten die Tür zum Keller und riefen gemeinsam hinunter, aber kein Hund kam angerannt.

Dann gingen sie in sein Arbeitszimmer, in dem Selma immer lag, wenn Miranda zu Bett gegangen war und sie nicht alleine an ihrem Platz in der Küche liegen wollte. Auch hier war keine Spur von ihr.

Er betrachtete die Tür des Zimmers, dessen Renovierung er begonnen hatte, mit dem er sich aber nun schon fast ein Jahr lang nicht mehr befasst hatte. «Selma?», rief er nochmals und ging Richtung Küche.

«Vielleicht ist Selma ja in Mamas Zimmer», meinte Miranda und eilte auf die geschlossene Tür zu.

Er wollte gerade noch sagen: «Nein, Miranda. Geh da nicht rein», aber sie war ihm zuvorgekommen und hatte bereits die Tür geöffnet. Ihm lag auf der Zunge: «Diese Tür ist seit einem halben Jahr nicht mehr geöffnet worden», aber da rief Miranda bereits Selmas Namen und schrie dann nur noch.

Wie in blinder Raserei hatte er nach dem Tod seiner Frau die Tapeten von den Wänden gerissen, dann aber alles liegen gelassen. In der Mitte des Zimmers hatte eine dreistufige Trittleiter unter der Deckenlampe gestanden. Diese lag jetzt zusammengeklappt auf dem Boden, darin eingeklemmt Selma. Die Leiter war wie eine Schere mit solcher Gewalt um ihren Hals zusammengeschnappt, dass ihr Kopf halb abgetrennt und verdreht dalag. Augen und Schnauze waren geöffnet, und sofern dies überhaupt möglich war, drückte Selmas Miene Schrecken aus.

Sie konnten nichts mehr tun, um ihr zu helfen. Er schloss die Tür, nahm Miranda in die Arme und trug sie ins Wohnzimmer.

Sie schrie stundenlang weiter und wurde einige Male ohnmächtig. Schließlich war sie so erschöpft, dass sie einschlief. Er trug sie in ihr Zimmer und lag dann eine Stunde lang einfach neben ihr und lauschte ihren langsamen und regelmäßigen Atemzügen. Zimmer und Haus waren dunkel und leer.

Als er sich sicher war, dass Miranda tief schlief, ging er nach unten und befreite Selma aus der tödlichen Falle. Ihr Kopf hing lose, und Haarbüschel klebten an der Leiter. Die Leiter war so fest zusammengedrückt gewesen, dass ein erwachsener Mann die Hündin dazwischengelegt und sich dann so lange daraufgestellt haben musste, bis ihr Hals fast ganz durchtrennt gewesen war. Die Tür zu diesem Zimmer war immer geschlossen, aber es war schon vorgekommen, dass Selma sie geöffnet hatte, indem sie sich mit den Vorderpfoten auf die Klinke gestellt hatte. Aber noch nie hatte sie die Tür hinter sich zugemacht. Es war natürlich möglich, dass dies geschehen war und sie daraufhin, von Panik gepackt, alles im Zimmer umgeworfen hatte und dann mit dem Kopf wie in eine Guillotine in die Leiter geraten war. Aber das schien doch sehr unwahrscheinlich.

Er hob die Hundeleiche hoch und trug sie in den Keller, wo er sie auf die Hobelbank legte. Erst einmal musste er sich überlegen, was mit dem toten Hund geschehen sollte. Er musste jemanden anrufen und sich erkundigen oder sie einfach auf dem Grundstück begraben. Selma war für Miranda ein wichtiges Familienmitglied gewesen und für ihn eine gute Freundin, mit der er sich gerne unterhalten hatte. Wann hört das endlich auf, dachte er, beugte sich über die Hündin und strich ihr mit dem Daumen über das Lid ihres braunen Auges. Er erwartete fast, dass sie blinzeln und ihn anschauen würde, um ihm zu zeigen, dass sie ihn verstand. Ihr kluger Blick hatte ihm bislang erklärt, dass das Leben zwar hart sei, dass er sich aber um seine kleine Tochter und seinen Hund kümmern und daher zusammenreißen und ins Leben zurückkehren müsse.

Er schloss die Tür, schaute bei Miranda nach dem Rechten, kehrte dann wieder in sein Arbeitszimmer zurück und nahm an seinem Schreibtisch Platz. Aus einer Schublade nahm er eine Flasche Whiskey und ein Glas hervor, goss sich einen großen Drink ein, leerte ihn in einem Zug und goss sich einen weiteren ein, ehe er die Flasche zurücklegte und die Schublade wieder schloss.

Er nahm noch einen Schluck und dachte dann von neuem: Wann hat das hier endlich ein Ende?

Er fühlte sich bedroht.

Das unbehagliche Gefühl, das ihn heute beschlichen hatte, war nicht ganz neu. Ein paar Wochen nach seiner Entlassung war er mit Miranda nach Hause gekommen und hatte das Gefühl gehabt, jemand sei im Haus gewesen. Die Alarmanlage war zwar eingeschaltet gewesen, aber das wollte nichts heißen. Seine Firma hatte sie ihm einst als Bonus vom größten Sicherheitsunternehmen Schwedens einbauen lassen. Dieses Sicherheitsunternehmen besaß die Aktienmehrheit von White Plains. Also hatte er sich über das Internet ein einfaches Überwachungssystem bestellt, das mit einer Kamera jede zweite Sekunde ein Bild machte, sobald einer der Bewegungsmelder etwas registrierte. Die Ausrüstung war eine Woche zuvor mit der Post geliefert worden, er hatte aber noch keine Zeit gehabt, sie zu installieren. Er fluchte und holte die Kartons unverzüglich aus dem Keller und packte sie auf dem Küchentisch aus.

Das Schrillen der Türklingel schreckte ihn aus seiner Arbeit auf. Er warf einen Blick auf die Uhr. Kurz nach zehn. Dann spähte er aus dem kleinen Fenster neben der Haustür. Ein Kurierdienst.

Er schloss auf und öffnete.

«Daniel Ellis?», fragte der Mann.

«Ja?»

«Bitte quittieren Sie dieses Paket.» Der Mann reichte ihm ein Papier. Ellis unterschrieb und erhielt eine kleine Schachtel. Dann ging er in die Küche und öffnete sie. In der Schachtel lag ein Gegenstand, den er bislang noch nicht vermisst hatte. Selmas Halsband.

Bevor Dan und seine Tochter Schweden endgültig verließen, statteten sie dem Grab seiner Frau noch einen Besuch ab. Sie war der Grund gewesen, warum sie Schweden nach seiner Entlassung nicht sofort den Rücken gekehrt hatten. Die Besuche am Grab seiner Frau hatten ihm Halt gegeben und es ihm ermöglicht, seine Vaterrolle zu erfüllen. Er lebte für Miranda, aber seine Gespräche mit Kris waren ihm wichtig gewesen. Fast jeden Tag war er, manchmal mit Miranda, meist aber allein, zum Grab gefahren, um mit ihr sprechen, denn nach wie vor war sie die Person, deren Ansichten er am meisten wertschätzte.

Von Anfang an war Kris ein empfindsamer Mensch gewesen. Vermutlich hatte er sich deswegen in sie verliebt. Sie trug die Welt auf ihren Schultern, und ihm war die Ehre zuteilgeworden, ihr dabei zu helfen. Nach Mirandas Geburt hatte sie mit einer Depression zu kämpfen. Postnatale Depression würde es heißen, sagten sie. Zum Teil war diese auf die schwere Entbindung zurückzuführen. Man versicherte aber, der Zustand würde vorbeigehen, und so hatte er sich mit Dingen beschäftigt, die ihm wichtig und richtig erschienen waren. Währenddessen hatte sich die Liebe seines Lebens so alleingelassen gefühlt, dass sie freiwillig aus dem Leben geschieden war.

Der Strauß, den Miranda auf das Grab gelegt hatte, war bereits von einer dünnen Schneeschicht bedeckt. Leichte Flocken fielen senkrecht vom Himmel, da es ganz windstill war.

«Mein Herz, es wird eine Weile dauern, bis wir Mama wieder besuchen können, denk also heute besonders intensiv an sie.»

Miranda schaute zu ihm hoch. «Fahren wir zu Onkel Alan?»

Er nickte. «Wir werden eine Weile bei ihm wohnen.»

Sie dachte einen Moment nach und nahm dann seine Hand. «Und wer besucht dann Mama?»

«Sie wird viel Besuch bekommen», antwortete er. «Oma und Opa kommen, so oft sie können, und auch ihre Freunde. Und dann habe ich dafür gesorgt, dass sie von uns beiden jede Woche Blumen bekommt.» Er ging in die Hocke. «Und an jedem Strauß hängt eine Karte, auf die man etwas schreiben kann. Wir können uns dann überlegen, was wir auf die Karten schreiben wollen. Okay?»

«Ich will, dass du schreibst, dass sie die beste Mama im ganzen Himmel ist.»

«In Ordnung, meine Kleine.»

«Und dass wir sie lieben.»

Er nickte. «Jetzt müssen wir tschüs sagen, Miranda.»

«Ich will nicht, Papa.» Miranda begann zu weinen.

«Das verstehe ich. Ich will auch nicht. Aber wir müssen uns bis zum nächsten Mal verabschieden.»

«Und wann kommen wir das nächste Mal?», schluchzte Miranda.

«Ich weiß es nicht. Ich weiß nur, dass du dann das Gefühl haben wirst, die Zeit sei schneller als erwartet verstrichen.»

«Das ist gut.» Miranda lächelte unter Tränen und streichelte den Grabstein. «Grüß Selma von mir, Mama.»

«Nehmen wir den Zug, Papa?», fragte Selma, als sie später über die Centralbron fuhren.

«Nein, das Auto. Wir müssen nur noch etwas abholen, dann fahren wir.»

Sie hielt seine Hand. «Und was holen wir ab, Papa?»

«Papiere», antwortete er und sah sie an.

«Oh, Papiere! Wir nehmen ganz viele Papiere mit.»

Daniel Ellis lächelte. «Ja, wichtige Papiere.»

3

«Ihre Frau liegt auf einem Stockholmer Friedhof. Jede Woche wird ein frischer Blumenstrauß aufs Grab gelegt. Karten sind nie dabei, aber im nahegelegenen Mülleimer findet sich stets das Papier mit dem Namen des Blumenladens. Er liegt in Ihrem ehemaligen Wohnviertel, wo man Sie natürlich kennt. Wenn man sich als Friedhofswärter ausgibt und im Blumenladen anruft, erfährt man, dass Sie die Blumen mit Ihrer Visa-Karte bezahlen. Dann ruft man beim Kundenservice von Visa an, um sich bestätigen zu lassen, dass der Blumenladen die richtige Summe debitiert hat. Nebenher kann man sich erkundigen, wo man denn zuletzt im Ausland Geld bezogen hat, und erfährt, dass dies in Whitby in Yorkshire geschah. Dann braucht man nur noch bei den Banken in der kleinen Ortschaft Whitby anzurufen und vorzugeben, man wolle ein Konto eröffnen und man sei im Übrigen ein alter Bekannter von Daniel Ellis. Daraufhin erfährt man, Sie seien ein wahrer Gentleman, und Ihre Tochter Miranda habe nach ein paar Monaten auf dem Hof ihres Onkels Alan schon sehr gut reiten gelernt.»

«Wer sind Sie?», fragte Daniel Ellis. Er sah sich um, ob der Mann neben ihm möglicherweise einen Komplizen hatte.

«Ich bin Industrieller, und normalerweise führe ich solche Unterhaltungen nicht, aber Sie und ich haben einige gemeinsame Interessen. Deswegen habe ich auch ein paar Tage hier in Cloughton verbracht. Um Sie kennenzulernen, könnte man sagen. Wann Sie aufstehen, wann Ihre Tochter ihre Freundinnen besucht und wann Sie zum Pub radeln, um ein Bier zu trinken.»

Daniel Ellis wollte schon etwas sagen, aber der andere hob die Hand.

«Sie sind vorhersehbar, Mr. Ellis. Daher habe ich Sie auch aufspüren können, zwar nicht ohne Hilfe einer einschlägigen Firma, aber trotzdem. Ausnahmsweise bin auch ich ein Beauftragter. Sie verfügen über Informationen, die meinen Auftraggeber interessieren, und ich glaube auch, Sie wissen, um wen es sich handelt. Ich vermute, dass Sie etliche Papiere in einem Schließfach in der Bank Baxtergate 67 liegen haben, und falls gerade jetzt jemand bei Ihnen zu Hause einbräche, würde er in einer abgeschlossenen Schublade oder einem kleinen Safe in Ihrem Arbeitszimmer den Schließfachschlüssel finden. Habe ich recht?»

Daniel Ellis trank von seinem Bier, um zu verbergen, dass er schlucken musste. Er war stets ein loyaler Mitarbeiter gewesen, der Anweisungen zu befolgen wusste und geschreddert hatte, was geschreddert werden musste. Aber in einem Fall hatte er die Dokumente mit nach Hause genommen, beim Nachbarn kopiert und dann wieder ins Büro zurückgetragen. In der Tasche, die er vor seiner Abreise aus Schweden aus seinem Postfach geholt hatte, lagen der von ihm verfasste Bericht sowie alle Verträge und Dokumente, die dessen Wahrheitsgehalt belegten. Alles fand in einer vier bis fünf Zentimeter dicken Aktenmappe Platz.

Mit dem Fahrrad brauchte Ellis fast zehn Minuten nach

Hause. Wahrscheinlich hatte der Fremde sein Auto vor dem Pub geparkt. Er konnte seinen Bruder anrufen, aber auch der Mann neben ihm konnte seinen Komplizen verständigen. Er würde den Kürzeren ziehen. «Haben Sie momentan jemanden in meinem Haus?», fragte er.

«Nein», antwortete der Mann. «Ich bin Ihnen in der Tat wohlgesinnt, Mr. Ellis. Hätte ein anderer Sie aufgespürt, hätte Ungeahntes geschehen können.»

«Wer sind Sie?», fragte Daniel Ellis erneut.

«Im Augenblick bin ich Ihr bester Freund.»

Weniger als eine Woche war vergangen, seit Max Arvid Thelin ausfindig gemacht hatte. Ohne große Mühe hatte er ihn zu dem Auftrag überreden können, nachdem er ihm erzählt hatte, zu wessen Bankschließfach der Schlüssel passte und dass sich mit Hilfe eines kurz zuvor aufgenommenen Polaroids beweisen ließ, was es enthielt. Der Schlüssel stammte aus Thurstons Nachlass. In seiner Tasche hatten Annie und Max einen Umschlag mit ihren Namen gefunden. Er hatte einen Schlüssel und das Foto einer bis zum Rand mit Geldscheinen gefüllten Bankschließfachkassette enthalten. Auf der Rückseite des Fotos stand, dass der Schlüssel eine Kopie des Schlüssels zu Mikael Storms Schließfach bei der Bank Niederhart in Breganzona sei.

Der Umschlag rief bei Annie Erinnerungen an ihre gemeinsame Pause in Breganzona wach. Thurston hatte sie damals aufgefordert, den Weg ohne ihn fortzusetzen, falls er innerhalb von zwei Stunden nicht zurückgekehrt sei. Ihnen war nicht bekannt gewesen, dass Storm im Suff mit seinen Investitionen zu prahlen pflegte und dass der Bankangestellte in Breganzona schmerzhaft hatte erfahren müssen, dass der schwedische Kunde ungemütlicher war, als er aussah. Thurston hatte ein Set beschafft, mit dessen Hilfe sich ein einfacher Schlüssel mit zwei Bärten kopieren ließ, und sich über Breganzona und die beiden dortigen Banken informiert. Eines Abends, als Storm volltrunken eingeschlafen war, hatte Thurston den Schlüssel kopiert und Storms Brieftasche nach dem aus zwölf Zeichen bestehenden alphanumerischen Code durchsucht, der, wie er wusste, ebenfalls benötigt wurde, um Storms Schließfach zu öffnen. Und war fündig geworden.

Die Informationen, mit denen Max Arvid Thelin während des ersten Gesprächs versah, genügten, um diesen davon zu überzeugen, dass Max die Wahrheit sagte und dass es sich lohnte, eine britische Detektei damit zu beauftragen, Daniel Ellis ausfindig zu machen.

Das Angebot, das Arvid Thelin Ellis unterbreitete, bestand aus zwei Teilen. Er forderte, dass ihnen Ellis sämtliche Informationen über die White-Plains-Einsätze in Bosnien und andernorts aushändigte. Als Gegenleistung versprach er, dass diese Informationen auf korrekte Art und Weise verwertet würden. Seine Belohnung bestand darin, dass sein Name in der geplanten Reportage nicht erwähnt werden würde und dass die Firma, die Ellis aufgespürt hatte, alle seine Spuren verwischen, und damit die Gefahr, dass ihn jemand anderes finden könnte, verringern würde. Thelin betonte, dass sich Ellis rasch entscheiden und einsehen müsse, wie wichtig es sei, den Guten behilflich zu sein, um nicht letztlich als Mitwisser angeprangert zu werden, der nichts unternommen habe.

«Sie können es sich aussuchen», meinte Arvid Thelin und trank noch einen Schluck Bier.

«Wie viel Zeit bleibt mir zum Nachdenken?»

«Wann schließt der Pub?»

«Um elf.»

Arvid Thelin schaute auf seine Patek Philippe, die ihm seine Frau zum Vierzigsten geschenkt hatte. «Dann bleibt Ihnen eine gute Stunde.»

Arvid Thelin rief sich das morgendliche Telefongespräch in Erinnerung. Sobald er sich vergewissert hatte, dass der Mann am Apparat tatsächlich Max Lander war und dass dieser Zugang zu einem Schließfach jenes Mikael Storm hatte, nach dem er selbst seit Jahren suchte, hatte er sich an die Arbeit gemacht. Als Erstes setzte er sich mit NAG, einer englischen Firma, die schon früher für ihn gearbeitet hatte, in Verbindung. NAG war es trotz ihrer internationalen Tätigkeit bislang nicht gelungen, Mikael Storm ausfindig zu machen. Aus diesem Grund stand NAG in Thelins Schuld, und diese Schuld wollte er jetzt einfordern. Ein paar Tage später saß Thelin im Flugzeug nach Newcastle und einige Stunden später neben einem leichenblassen Daniel Ellis in einem kleinen Dorf in einem noch kleineren Pub und erläuterte ihm seine Alternativen.

4

Die Beraterin von NAG, die sich als Ms. Pelosi vorstellte, kündigte an, ein paar Tage bei Daniel Ellis zu bleiben und ihm auch anschließend noch ein paar Wochen beizustehen. Ihr Einsatz stellte einen Teil der Gegenleistung für die Dokumente dar. NAG war darauf spezialisiert, Menschen aufzuspüren und zu beobachten. Zu ihren Kunden zählte auch die Hälfte der englischen Versicherungsgesellschaften. In dem vorliegenden Fall leisteten sie umgekehrte Arbeit, es galt zu verstecken, statt zu finden.

Die Strategie bestand aus drei Teilschritten, die ihm Pelosi beim ersten Treffen am Abend zuvor erläutert hatte. Jetzt saßen sie in dem Haus, das Ellis von seinem Bruder mietete.

«Haben Sie ein Handy?», fragte sie ihn.

Pelosi hatte kurzes braunes Haar mit einer blonden Strähne über der Stirn und trug wie bereits am Vortag ein schwarzes Jackett und schwarze Hosen. Ellis vermutete, dass sie von diesem Outfit mehrere Exemplare im Hotel liegen hatte. Arbeitskleidung.

Ellis nickte.

«Darf ich es mir anschauen?» Sie streckte ihm ihre Hand entgegen, und Ellis fischte sein Handy aus der Jacke, die über der Stuhllehne hing. Pelosi nickte und legte das Nokia 6110 zwischen die beiden Bierflaschen auf den Tisch. «Legen Sie Ihre Brieftasche daneben.» Ellis tat, worum sie ihn gebeten hatte. Pelosi steckte die Brieftasche in ihre Innentasche und bedeutete mit erhobenem Finger, dass eine Erklärung folgen würde.

Pelosi nahm ihre Bierflasche, trank sie leer und zertrümmerte damit dann das Handy. Anschließend sah sie Ellis an.

Rötliche Flecken breiteten sich auf Ellis' Gesicht aus. «In diesem Handy hatte ich viele Nummern gespeichert.»

«Die werden Sie nie mehr brauchen», erwiderte Pelosi und legte seine Brieftasche auf den Tisch. «Verabschieden Sie sich von Ihrem Handy.» Sie schob den Plastikschrott mit der Hand zusammen. «Wahrscheinlich hätten Sie mir Ihre Brieftasche nicht gegeben, wenn ich Ihr Handy vorher zerschlagen hätte», fuhr sie fort, während sie den Inhalt der Brieftasche auf den Tisch leerte.

«Da haben Sie recht», erwiderte Ellis und sah ihr dabei zu, wie sie die Papiere und Karten auf dem Tisch ausbreitete.

«All dies geschieht nur zu Ihrem Besten», meinte Pelosi. Sie vollführte eine weit ausholende Handbewegung, als hätte sie ihm eine delikate Mahlzeit serviert. «Was sehen Sie hier auf dem Tisch, Daniel?»

Ellis seufzte. «Den Inhalt meiner Brieftasche?»

«Darin unterscheiden wir uns eben. Ich sehe eine Visa-Karte, die an Ihr Bankkonto gekoppelt ist, eine Tankkarte, die Treuekarte einer Fluggesellschaft, Rabattgutscheine einer Filialbuchhandlung, unzählige Orte, an denen Sie Ihren Namen angegeben haben und an denen man anrufen könnte, um herauszufinden, wo Sie sich aufhalten. Können Sie folgen?»

Daniel Ellis nickte.

5

Nachdem Ola Hägg, der Mittelschullehrer, ein besitzerloses Auto bei der Polizei gemeldet hatte, verstrichen erst einmal drei Tage, bis sich ein Beamter aus Håbo mit der Firma in Björklinge in Verbindung setzte, die verlassene Fahrzeuge abschleppte. Am darauffolgenden Tag wurde der Wagen abgeholt und zum Schrottplatz gebracht. Wenige Tage später sah einer der beiden Schrottplatzbetreiber in den Nachrichten einen Beitrag über die in der Region Stockholm gesuchte Annie Lander, die des Mordes in Paralia an der griechischen Ostküste bezichtigt wurde. Den Nachrichten war zu entnehmen, dass sie zusammen mit ihrem Mann und einem einige Wochen zuvor bei einer Bombenexplosion ums Leben gekommenen amerikanischen Staatsbürger mit dem Auto von Griechenland nach Schweden gekommen war.

Der Mann holte eine Taschenlampe und begab sich in die Dunkelheit, um nach dem Wagen zu suchen, den sie in der Nähe des Golfplatzes abgeholt hatten. Hätte er sich mit griechischen Autokennzeichen ausgekannt, hätte er gewusst, dass die ersten beiden Buchstaben, AZ, verrieten, dass der Wagen aus der Region Achaia kam, deren Hauptstadt Patras war. Seine Unkenntnis fiel jedoch nicht sonderlich ins Gewicht, da er eine Straßenkarte ebenjener Gegend im Fach der Beifahrertür fand. Rasch kehrte er in sein Büro zurück und rief die Polizei an.

6

Daniel Ellis verbrachte zwei Abende mit der Dame von NAG, um alle Maßnahmen zu besprechen, die ergriffen werden mussten, um Mirandas und seine Spuren zu verwischen. Der erste Schritt bestand darin, alle, die Angaben zu seiner Person besaßen, anzurufen, um seinen Namen geringfügig zu verändern. Wenn er unter Allis, Ellin oder Ollis registriert war, würde eine Suche nach Daniel Ellis keinen Treffer mehr ergeben. Als Zweites musste er an denselben Stellen nochmals anrufen und seine Telefonnummer und Adresse ändern. Drittens würde er alle Konten und Abonnements kündigen und um Löschung aller Angaben bitten. Einige würden seiner Aufforderung Folge leisten, andere würden seine Kontaktdaten aufbewahren, um sich wieder mit ihm in Verbindung setzen zu können. Daher mussten die Daten, die sie besaßen, fehlerhaft sein. «Zwei Mal ändern ist gut», meinte Pelosi, «aber erst dreimaliges Ändern kann Sie gänzlich befreien.»

Diese Formalitäten konnte Ellis ohne Hilfe erledigen, was einige Wochen in Anspruch nehmen würde. Zu guter Letzt würde er einen Londoner Privatdetektiv damit beauftragen, ihn ausfindig zu machen. Das Ziel war, dass es ihm nicht gelang.

Des Weiteren würden sich Pelosi und ihre Firma in Desinformation üben, um eventuelle Verfolger auf die falsche Fährte zu locken, bis ihre Geduld oder ihr Geld oder beides erschöpft waren. Sie würden bei einer Großbank in London ein Konto in Ellis' Namen eröffnen, als Adresse eine Pension in der New Kent Road und eine Handynummer angeben. Mit der Visa-Karte dieses Kontos würde ein Kollege Pelosis dann Käufe in London, Stockholm und Amsterdam tätigen und sich an diesen Orten auch in Mailinglisten eintragen und Clubmitgliedschaften erwerben und dabei ständig wechselnde Adressen, aber stets dieselbe Handynummer angeben. Von dieser Nummer aus würden sie bei Maklerbüros mit Wohnungen in Südfrankreich und bei Unternehmen aus dem Sicherheitsbereich in Holland und Italien anrufen. Letztere würden sie bitten, Stellenangebote an eine lokale Adresse zu senden. Wer nach Daniel Ellis suchte und sein Bankkonto, die Visa-Karte und damit auch die Handynummer aufspürte, würde kreuz und quer durch Europa fahren und eine Menge Geld verschwenden, ohne auch nur das Geringste zu finden.

Schließlich würden Daniel Ellis und seine Tochter von der Erdoberfläche verschwunden sein.

7

Die Maschine aus London würde in einer Stunde und 35 Minuten gegen Mittag in Stockholm landen. Alles war wie geplant verlaufen.

Arvid Thelin hätte gerne auf das schicksalhafte Essen am letzten Abend verzichtet, aber es war notwendig gewesen. Außerdem hatte er Mitleid mit Mr. Ellis und seiner Tochter. Beim Abschied kurz nach elf Uhr hatte ihm Mr. Ellis die Kuriertasche überreicht.

Die Übergabe fand auf Arlanda statt. Von dort aus würde er nach Genf weiterfliegen, wo ihn das Team von NAG erwartete. Innerhalb von vierundzwanzig Stunden würde Arvid Thelin dann wissen, ob sich alles wie erhofft entwickelte. Er hatte die anderen zehn nicht vorgewarnt. Nicht etwa, weil er ihnen etwas verheimlichen wollte, sondern weil er ihnen auf diese Weise eine eventuelle Enttäuschung ersparte. Die Tasche lag zwischen seinen Füßen unter dem Vordersitz. Er hatte nur einen Blick hineingeworfen, um sich davon zu überzeugen, dass es sich nicht nur um leere Blätter handelte. Er würde abliefern, was er erhalten hatte, und dafür mussten sie zahlen. Das Risiko trugen Max und Annie Lander.

Er genehmigte sich einen Schluck Whiskey und eine Handvoll Erdnüsse. Es ging ihm so gut wie schon lange nicht mehr.

8

Patrik hatte die Brücke über den Ekolsund erreicht, als er die ersten Blaulichter im Rückspiegel bemerkte. Bis zu dem Wochenendhäuschen, in dem ihn Annie und Max erwarteten, war es nur noch eine Viertelstunde. Erst sah er einen Streifenwagen, dann einen weiteren, und schließlich überholten ihn über ein Dutzend Fahrzeuge, darunter auch mehrere Mannschaftswagen.

Max antwortete nach dem dritten Klingeln.

«Raus aus dem Haus!», rief Patrik, obwohl er um Gelassenheit bemüht war. «Ich bin soeben an eurer Abfahrt vorbeigefahren. Mindestens zehn Polizeiwagen sind abgebogen. Falls sich in Grillby nichts Außergewöhnliches ereignet hat, sind sie auf dem Weg zu euch.»

«Wir rufen dich an», sagte Max und unterbrach die Verbindung.

Patrik behielt das Handy noch einen Augenblick lang in der Hand und wunderte sich, dass Max so gelassen geblieben war. Er hatte keine einzige Frage gestellt.

Patrik setzte seinen Weg Richtung Enköping fort. Dort wollte er wenden und nach Stockholm zurückfahren. Auf dem Beifahrersitz lag die Tasche, die er auf Arlanda in der Ankunftshalle von Arvid Thelin, dem Mann aus Schonen, erhalten hatte.

9

Max und Annie bewegten sich rasch den waldigen Hang hinunter Richtung Wasser und schleiften dabei je einen Müllsack mit Habseligkeiten hinter sich her.

Als sich Max' Sack im Gebüsch verfing, hielt er inne, um ihn loszumachen, ohne dass er einriss. Die Rolle lag im Rucksack, aber sie hatten keine Zeit, den beschädigten Sack auszutauschen. Auch Annie blieb stehen, und sie lauschten beide in den reglosen Wald. Sie hörten das stärker werdende Geräusch von Autos auf Kieswegen.

«Patrik hat von zehn Fahrzeugen gesprochen», sagte Max. «Wahrscheinlich haben sie Straßensperren errichtet.»

«In welche Richtung geht's weiter?», fragte Annie.

Max deutete. Er hatte auf viele Bäume Bretter genagelt, die deutlich machten, wo es steil bergab ging. Eine Strecke um zwanzig Meter zu verkürzen, konnte in ihrer gegenwärtigen Lage entscheidend sein.

Etwas heulte auf. Eine Sirene, eine Hupe oder ein schlecht funktionierendes Megaphon. Sie würden es nie erfahren. Sie rannten wieder los. Zwischen ihnen und dem Kajak lagen nur noch hundert Meter, aber der Abstand zu ihren Verfolgern war kaum größer.

Max hatte in einem der Schuppen ein altes, aber seetaugliches Holzkajak gefunden. Ein paar Tage nach ihrem Einzug in das Wochenendhäuschen hatte er es durch den Wald geschleift und am Ufer unter einem Reisighaufen versteckt. Im Kajak lagen eine Karte des östlichen Mälarsees sowie, wasserdicht verpackt, Kleider zum Wechseln.

Falls die Kate nicht mit dem Auto verlassen werden konnte, blieben ihnen nur der Wald oder der See. Letzteres schien im Augenblick die bessere Option zu sein.

Sie hatten vor, den Norra Björkfjärden Richtung Süden dicht am Ufer entlangzupaddeln, weil man sie auf offenem Wasser kilometerweit gesehen hätte. Bis zur Südspitze der Halbinsel waren es vier Kilometer. Im Schutz der Dunkelheit würden sie dann nach Adelsö oder Munsö mitten im Mälarsee übersetzen. Von dort aus konnten sie dann in östlicher Richtung nach Stockholm gelangen.

10

Es waren 45 Minuten vergangen, seit Patrik Max angerufen hatte, aber es kam ihm länger vor. Er hatte in Enköping gewendet und war bald wieder in Stockholm angelangt. Auf dem Rückweg hatte er eingesehen, dass er Probleme bekommen könnte. Die

Polizei würde nicht lange brauchen, um eine Verbindung zwischen ihm und den Landers herzustellen. Sie würden vom Hausbesitzer den Namen seines Mieters erfahren und dann recht bald bei ihm vorstellig werden.

Patrik rief seinen alten Studienfreund Ola And, der in einer Kanzlei in der Gamla Stan arbeitete, an und ließ sich von diesem bestätigen, dass er ein Problem habe. Er hatte das Wochenendhäuschen einer zur Fahndung ausgeschriebenen Person überlassen. Er konnte natürlich behaupten, nichts von dem Besucher, der vermutlich eingebrochen sei, gewusst zu haben. Die Frage würde dann natürlich lauten, wie zum Teufel Max und Annie Lander gewusst haben konnten, dass seine Frau und er einen Monat zuvor ein Ferienhaus gemietet hatten. Und warum er in Enköping ein Auto gemietet hatte. Gemeinsam würde ihnen schon etwas einfallen, aber dafür benötigten sie etwas Zeit.

Das Handy klingelte, als er gerade Solna passierte.

«Wo bist du?», fragte Max.

«Wo ich bin? Wo seid ihr?»

«Auf dem See», sagte Max leise. «Ich kann nur ganz kurz und leise reden. Hast du die Tasche?»

Patrik warf einen raschen Blick auf den Beifahrersitz. «Ja. Leider werde ich euch mit dem Inhalt nicht sonderlich viel helfen können. Ich habe soeben mit meinem Anwalt gesprochen. Es wird Probleme geben, wenn die Polizei herausfindet, dass ich der Mieter des Hauses bin.»

«Es tut mir leid, dass ich dich in diese Sache reingezogen habe, aber ich verspreche dir, es wiedergutzumachen. Wir sagen einfach, wir seien eingebrochen, nachdem wir irgendwie herausgefunden hatten, dass ihr es gemietet habt. Und dann können wir nur hoffen, dass dieser Albtraum bald ein Ende nimmt.»

Patrik hörte ein Plätschern. «Kann ich euch irgendwie helfen?»

«Ja, durchaus. Weißt du, wo Munsö liegt?», fragte Max.

«Nein.»

«Hinter Ekerö. Hast du eine Karte im Auto?»

«Nein, aber ich kann an einer Tankstelle eine kaufen. Was soll ich tun?»

«Parke vor der Kirche, leg die Tasche in den Kofferraum und den Zündschlüssel auf einen der Reifen. Dann fährst du mit dem Bus in die Stadt zurück. Er hält vor der Kirche, glaube ich.»

«Kein Problem. Sonst noch was?»

«Wenn alles planmäßig verläuft, sind wir heute Nacht dort. Dürfen wir dein Auto leihen?»

«Natürlich. Aber schafft ihr es wirklich dorthin?»

«Ich denke schon. Wir melden uns.»

11

Sie waren nun bereits zwei Stunden auf dem Wasser unterwegs und begannen zu frieren. Max spürte, wie sein Hintern gefühllos wurde und sich die Kälte wie ein dumpfer Schmerz in seinem Rücken ausbreitete. Sie hatten sich zwar mit Landkarten und Gepäcksäcken gut vorbereitet, aber ihre Kleider waren für eine Kajaktour recht ungeeignet. Sie wagten aber nicht, eine Pause einzulegen, um Kleider aus den Säcken zu nehmen. Falls sich jemand im Wald befand, würde er sie schnell entdecken. Sie selber konnten kaum mehr als zehn Meter weit sehen, dahinter war nichts als die Schwärze des Waldes.

Das Kajak hatte zwei Sitze, dazwischen befand sich ein Fach zum Verstauen des Gepäcks. Sie hatten je ein Paddel. Annie saß vorne. Sie kamen mit nur wenig körperlicher Anstrengung vorwärts, die psychische Anspannung war aber umso größer. Sie schwiegen und dachten nach. Was geschah wohl jetzt gerade? Durchsuchte die Polizei ihre zurückgelassenen Habseligkeiten? War die Presse schon dort? Was berichtete sie? Lauerte die Polizei hinter der nächsten Landzunge oder auf Munsö, wenn sie dort an Land gingen? Es gab keine Fluchtwege mehr. Alles hing davon ab, dass dies die richtige Route war.

Nur die Ruhe bewahren, dachte Max. Etwas anderes blieb ihnen nicht übrig. Immer wieder das Paddel eintauchen. Darin lag die Freiheit.

Annie drehte sich um und flüsterte: «Ich liebe dich, Max.»

Er spürte, wie ihm die Tränen in die Augen stiegen und wie die ganze Reise noch einmal Revue passierte. Von Schweden, durch Europa nach Italien, wo sie sich von ihrem Kind verabschiedet hatten, nach Griechenland und zurück nach Schweden. Die Explosion in Vaxholm, bei der sie einen guten Freund verloren hatten, bis hierher. Sie beide. Als hätten sie seit diesem Tag in Stockholm vor neun Jahren nichts anderes getan, als ein Paddel einzutauchen, um zu entkommen, mit jedem Paddelschlag erschöpfter.

«Ich liebe dich auch.»

Sie sahen sich eine Weile an, ehe sie sich wieder umdrehte und vorsichtig weiterpaddelte. Beide rechneten damit, dass sie sich dem Ende näherten.

12

Jan Wikholm hatte sich mit Hans-Christer Bergström im Black & Brown Inn in der Hornsgatan verabredet. Bergström wohnte an der höchsten Stelle dieser ansteigenden Straße. Von Slussen aus war es dorthin nicht weit, nicht dass das eine Rolle gespielt hätte, denn Wikholm war im Unterschied zu dem etliche Jahre jüngeren Bergström recht fit.

«Du achtest doch hoffentlich auf deine Gesundheit, Bergström», sagte Wikholm, als Bergström sich einen Weg zwischen Tisch und Wand bahnte und sich setzte.

«Vergiss es», meinte Bergström lächelnd. «Man lebt nur einmal, Janne, und ich liebe gutes Essen und noch bessere Weine, und so wird es immer sein.»

«Aber man kann sich doch trotzdem bewegen.»

Bergström legte den Kopf zur Seite. «Und das sagst ausgerechnet du? Wenn ich mich recht entsinne, warst du es, der mich in den Gebrauch von Zigaretten, Snus-Tabak und Alkohol eingeweiht hat.»

Sie lachten, denn das entsprach der Wahrheit.

«Und noch etwas», fuhr Bergström fort. «Ich habe mal etwas Schlaues von einem amerikanischen Autor gelesen, dessen Name mir jetzt nicht einfällt. Er sagt, dass er sich jedes Mal, wenn er auf die Idee kommt, Sport zu treiben, flach auf den Boden legt, bis sich der Drang gelegt hat. Ich liege in der Redaktion ziemlich viel auf dem Boden.»

Der Kellner brachte ihr Bier. Wie immer hatte Bergström eines bestellt, das mehr Zeit zum Zapfen als zum Trinken beanspruchte. Sie tranken beide einen Schluck, und Wikholm rutschte mit dem Stuhl näher an den Tisch.

«Wie geht es unserem Paar?», fragte Bergström.

Wikholm presste die Lippen zusammen und runzelte die Stirn. «Du hast doch sicher die Nachrichten gesehen. Offenbar hatten sie sich in einem Häuschen in der Nähe von Enköping versteckt. Wie immer behaupten die Bullen zu wissen, wohin sie unterwegs sind. Und dann stehen sie trotzdem mit leeren Händen da.»

«Hast du von ihnen gehört?»

Wikholm schüttelte den Kopf. «Mein Handy ist ständig auf Empfang.» Er merkte, dass ihn seine Gefühle zu überwältigen drohten. «Ich hoffe, dass sie es schaffen, Christer. Was jetzt geschieht, ist nicht in Ordnung. Dieser Justizskandal wurde von Politikern, der Wirtschaft und der Polizei in widerlicher Symbiose inszeniert und am Leben erhalten.»

Hans-Christer Bergström nickte und trank einen Schluck. «Ja, die wenigen Dinge, die ich über Nathansson, Nätterquist und Droth in Erfahrung gebracht habe, deuten darauf hin. Unsere Nachforschungen werden uns Beweise liefern, aber schon allein die Gerüchte sind interessant.»

«Wen hast du darauf angesetzt?»

Hans-Christer Bergströms Miene hellte sich auf. «Meine Tochter Eva. Eine hartnäckigere Journalistin gibt es nicht.»

«Der Apfel fällt nicht weit vom Stamm.»

«Sie ist ja praktisch in der Redaktion und auf dem Gepäckträger unterwegs zum Restaurant Tennstopet aufgewachsen. Was war also zu erwarten?»

«Und was sagt sie?»

Bergström lehnte sich vor. «Eine Verbindung zwischen Nätterquist und Lander scheint nicht zu existieren, aber es gibt etwas anderes, das vielleicht interessant sein und womit man ihn unter Druck setzen könnte. Er hatte eine Affäre am Arbeitsplatz.»

Wikholm zog die Brauen hoch. «Hat er Familie?»

«Frau und Kinder. Die Affäre dauerte recht lange und nahm dann offenbar ein unschönes Ende. Die junge Frau, die als Expertin im Außenministerium arbeitet, hat sich in einem schwachen Augenblick einer Kollegin anvertraut und ihr erzählt, dass sie Nätterquist zu allen Zeiten des Tages anruft und dass sie ihm mit einer Anzeige gedroht hat. Es könnte da noch mehr geben.»

«Vielleicht wurde die Affäre von einer der beiden Seiten aus strategischen Gründen eingeleitet?»

«In etwa.»

«Schon möglich», meinte Wikholm und nippte an seinem Bier. «Aber worin besteht der Zusammenhang mit Nathansson?»

«Ich weiß nicht, ob es überhaupt einen gibt. Aber wenn man herausfinden will, warum Nätterquist wirklich so sehr nach Bo Nathanssons Pfeife tanzt, dann kann diese Information sehr nützlich sein.»

Wikholm nickte. «Und Nathansson? Was wissen wir über ihn?»

«Es gibt eine Verbindung zu Annie Lander», antwortete Bergström. «Wir haben einen Bullen aufgetan, der aus der Polizei ausgeschieden ist. Zufälligerweise ist es derselbe, der die beiden toten Kollegen in Töversta gefunden hat.»

«Unglaublich!», rief Wikholm. «Wie hieß der noch gleich?»

«Munkenberg.»

«Richtig, der große Held Munkenberg. Und jetzt wurde er also abserviert?»

«Er lernte eine Polizistin kennen, die sich gerade von einem richtig korrupten Kollegen getrennt hatte. Als die Beziehung bekannt wurde, bedrängten ihn die Kollegen ihres Verflossenen in der Schwimmhalle. Es blieb ihm nichts anderes übrig, als den Dienst zu quittieren.»

«Und was weiß er über Nathansson?»

«Das war noch nicht alles», erwiderte Bergström, und seine Augen funkelten. «Eva hat diesem Burschen also einen Besuch abgestattet, und er erzählte Folgendes: Einige Tage nach dem Vorfall in Töversta wurde für ihn im Präsidium auf Kungsholmen eine Videokassette abgegeben.» Bergström senkte die Stimme. «Darauf war zu sehen, wie sich die beiden ermordeten Polizisten an Annie vergreifen.»

«Vergreifen?»

«Auf die schlimmste Art, die man sich nur vorstellen kann, sagt er.»

Wikholm starrte vor sich hin.

Bergström fuhr fort: «Der eine Polizist, Orha, konnte anhand einer Tätowierung auf der Hand identifiziert werden. Munkenberg erkannte also, dass sie den falschen Leuten hinterherjagen, und zeigte seinem Chef das Video. Bei dieser Gelegenheit waren zwei weitere Personen anwesend, einer davon Bo Nathansson, der damals noch Chef des Nachrichtendienstes der Polizei war. Munkenberg führte also den Film vor und sagte seine Meinung. Die Gemüter erhitzten sich, dann brach Bo Nathansson die Besprechung ab.»

«Er brach die Besprechung einfach ab?»

«Ja, das sagt Munkenberg. Nathansson beschloss damals, das Video unter Verschluss zu halten und Max Lander weiterhin als Hauptverdächtigen für den Mord an den beiden Polizisten zu betrachten. Schließlich gäbe es sonst niemanden.»

«Und warum hat niemand protestiert?»

«Munkenberg sagt, die anderen im Raum hätten trotz ihrer hohen Ränge und goldenen Dienstgradabzeichen einfach nur auf die Tischplatte gestarrt und Nathansson gewähren lassen. Denn es hätte dem Ruf der Polizei sehr geschadet, wenn die Sache ruchbar geworden wäre.»

«Und er selbst?»

Bergström trank einen Schluck Bier. «Seine Lage war wohl prekär. Er sagt, er hätte seine Gründe gehabt, könne diese jedoch nicht näher erläutern, da sonst allen klar sei, dass die Informationen von ihm stammten.»

«Er will seine Haut retten.»

«Vermutlich», erwiderte Bergström.

«So ein Feigling! Ich bin es so leid, dass die Leute kein Rückgrat besitzen.» Er hielt inne, betrachtete die Tischplatte und sah dann wieder Bergström an, der jedoch versöhnlich wirkte.

«Mach dir keine Vorwürfe, Janne. Du hast dein Bestes getan. Manchmal geht eben alles schief, aber gelegentlich lassen sich die Dinge wieder einrenken.»

Wieso ist auf einmal von mir die Rede?, überlegte Wikholm, schwieg aber, da er sich bewusst war, keinen Deut besser zu sein. «Und dieses Video? Existiert es noch?»

Bergström schüttelte den Kopf. «Höchstens, wenn der Absender noch im Besitz des Originales sein sollte. Wir wissen nicht einmal, wer das war.»

«Wir haben also als Einziges einen weggemobbten ehemaligen Polizisten, der behauptet, dass der Chef des Reichskriminalamtes vor zehn Jahren schwerste Straftaten zweier Kollegen vertuschte, indem er einen Unschuldigen zur Großfahndung ausschrieb?»

«Es gibt da noch etwas anderes und momentan Wichtigeres.»

Wikholm breitete die Arme aus. «Raus mit der Sprache.»

«Einiges deutet darauf hin, dass Nathansson vor zehn Jahren eine Ermittlung behindern konnte. Außerdem wissen wir, dass er einen aktuellen Vorfall unter den Teppich kehren kann, der außenpolitische Folgen haben könnte. Welche Schlüsse ziehst du daraus?»

«Dass er für einen Bullen ungewöhnlich mächtig ist.»

«Und dass er», Bergström lehnte sich über den Tisch, «mächtige Auftraggeber hat.»

Wikholm nickte. «Vermutlich dieser Droth. Und auf wen haben wir es abgesehen?»

«Auf alle.»

13

Kurz vor Mitternacht näherten sich Max und Annie Munsö. Ein paar hundert Meter nördlich von der Fähre nach Adelsö gingen sie an Land und versteckten das Kajak in einem Wald, in dem es weder Häuser noch Wege zu Bootsstegen gab. Bis zum Auto war es ein Kilometer durch Wald und über einen lehmigen Acker. Der Schlüssel lag ganz richtig auf einem der Reifen, und auf den Fahrersitz hatte Patrik eine ICA-Tüte mit Butterbroten, Limonade und einer Thermoskanne mit Kaffee, der noch ausreichend warm war, gestellt. Sie waren sich einig, dass Patrik vermutlich der fürsorglichste Mensch war, dem sie je begegnet waren. Sie zogen sich um und aßen. Es schmeckte einfach himmlisch. Nach einer halben Stunde waren ihre Kräfte, die sie auf dem Acker beinahe verlassen hätten, halbwegs zurückgekehrt, und sie fuhren los.

Beim Ulvsunda Industriegebiet bogen sie auf einen Parkplatz ab. Max zog sich noch wärmer an, massierte seine Beine und versuchte, die Augen offen zu halten. Annie begann beim Schein einer Taschenlampe den Inhalt der Tasche in Augenschein zu nehmen. Sie enthielt auch einen kurzen Brief, der mit D. E., Daniel Ellis, unterzeichnet war.

«Hallo,
mein ‹Freund› sagt, dass Sie Annie und Max heißen und Journalisten sind. Meine Erkenntnisse sind für Ihre Arbeit von entscheidender Bedeutung.
Mein Bericht an den Vorstand von White Plains (für die Sitzung am 17.12.1997) ist kurz. Die Quellen finden sich in den zum Journal der einzelnen Abteilungen gehörenden Dokumenten.
Ich hoffe, dass diese Dokumente, die mein Leben verändert haben, auch anderes verändern können.
D. E.»

Rasch las Annie den Bericht durch, der eine Seite füllte. Ellis erklärte die Lage und schlug vor, eine Expertenkommission einzuberufen. Annie blätterte weiter und nahm die beigefügten Dokumente in Augenschein, bei denen es sich um zwei Dutzend Einträge handelte, die alle demselben Muster folgten. Als sie die Hälfte überflogen hatte, fand sie, worauf sie gehofft, wovon sie geträumt und was sie gleichzeitig befürchtet hatte. Den stolzen Bericht eines servilen, ehrgeizigen und harmlosen Jünglings aus einem Krieg. Sie suchte Jensens Foto hervor und überprüfte das Datum auf der Rückseite. Es stimmte.

Reference ID: BOS19920914n9
Region: Foča-Alazda
Latitude: 43.50
Longitude: 18.78
Date: 1992–09–14 19:43
Type: Enemy Action
Category: Direct Fire
Affiliation: ENEMY

Detained: 0
ASF fired on house. WPF with AB in lead returned fire, no damage reported./KJ
Complex attack: FALSE
Reporting unit: SALAMAN Rpt #3
Unit name: Not Provided
DColor: RED

AB war Andrew Burgess und KJ Karl-Johan Jensen. Der Ort war Salamans Haus.

Ein anderer Journaleintrag mit dem Stichwort CONVOY handelte davon, dass der Transport Andrew Burgess' von Foča nach Miljevina an einer Straßensperre von den eigenen Leuten beschossen worden war.

Annie hatte die drei Dokumente nebeneinander auf den Knien liegen. Ellis' Bericht und die wahrscheinlich im Archiv der Firma kopierten Journaleinträge. Für sich genommen besagten die Einträge nicht mehr, als dass White Plains 1992 in Bosnien präsent gewesen war. Zusammen mit der Zeugenaussage Sonja Efendics und dem Foto von Andrew Burgess und Karl-Johan Jensen ließ sich jetzt jedoch beweisen, dass sich das Unternehmen Vergehen gegen die Menschenrechte und gegen das Kriegsrecht hatte zuschulden kommen lassen. Wenn sie jetzt noch beweisen konnte, dass der Bericht dem Aufsichtsrat vorgelegt worden war, dann hatte sie alles, was sie brauchte.

Sie sah Max an. Er schlief. Sie konnten jetzt ohnehin nichts unternehmen, also beschloss sie, ihm erst später von den Dokumenten zu erzählen.

Sie schaltete die Taschenlampe aus und legte Max eine Hand aufs Knie. Sie konnten sich eine Ruhepause im Auto gönnen, ehe sie weiterfuhren. Wohin auch immer das sein mochte. Sie begann, sich den Tag auszumalen, an dem sie Mingus wiedersehen würden. Alles andere wirkte geradezu bedeutungslos.

Sachte fiel sie in einen Tiefschlaf, wie sie ihn schon seit Monaten nicht mehr genossen hatte.

14

Annie erwachte auf dem Rücken liegend und mit Blick auf die Decke des Autos, das sie von Patrik geliehen hatten. Ihr erster verschlafener Gedanke galt der Frage, in wessen Auto sie sich eigentlich befand. Recht bald fiel ihr aber ein, wieso sie in diesem Wagen war und woran sie gedacht hatte, ehe sie eingeschlafen war. Sie setzte sich auf. Max befand sich nicht im Auto, das nun nicht mehr auf dem Parkplatz im Industriegebiet stand, denn sie schaute auf Wasser.

Zweimaliges lautes Klopfen schreckte sie auf. Sie drehte sich um. Max lehnte am Kofferraum und winkte ihr. Einen Augenblick lang dachte sie noch, alles sei in Ordnung, sie hätten einen Ausflug unternommen und würden jetzt in ihre Wohnung in der Åsögatan zurückkehren. Am Spätnachmittag würde dann Mingus mit geröteten Wangen von Patrik und Lisa, bei denen er übernachtet hatte, nach Hause kommen. Dann holte sie die Wirklichkeit ein, und sie öffnete die Tür, weil sie frische Luft brauchte.

«Wo sind wir?», fragte sie.

«Weit draußen auf Värmdö», antwortete Max. «Ich bin um halb vier aufgewacht und wollte dich nicht wecken. Ich dachte, dieser Parkplatz ist genauso sicher wie alles andere.»

«Danke», sagte sie und streckte ihre Hand nach der seinen aus, die eine Zeitung hielt.

«Ich habe in Bromma gehalten und vor einem noch geschlossenen Laden ein paar Zeitungen mitgehen lassen. Das brachte mich auf die Idee, den Tag hier zu verbringen, denn wir befinden uns auf der richtigen Seite der Stadt.»

Er hielt ihr die Titelseite hin, deren Schlagzeile lautete: «Die Suche nach dem mutmaßlichen Polizistenmörder geht weiter.»

Annie nahm die Zeitung und überflog den Artikel. «Sie scheinen nicht begriffen zu haben, dass wir übers Wasser geflüchtet sind. Die Suche konzentriert sich auf den Wald.»

«So war es jedenfalls, als die Zeitung gedruckt wurde, was ja einige Stunden zurückliegt. Vielleicht haben sie ja inzwischen das Kajak gefunden.»

«Immerhin haben wir einen kleinen Vorsprung», meinte Annie.

Max beugte sich vor und küsste sie auf die Stirn. Eins nach dem anderen, dachte er und atmete den Geruch ihres Haars ein. «Was steht heute an?», fragte er nach einer Weile.

Sie erzählte ihm, was ihre Lektüre der Dokumente ergeben hatte.

«Was tun wir jetzt?», fragte Max.

«Wir kümmern uns um Jon Åbjörnsson.»

Ihr Ziel war es, Beweise für die Verbindung zu Åbjörnsson zu finden. Wenn sie belegen konnten, dass er im Vorstand einer Firma gesessen hatte, die Kriegsverbrechen in Bosnien begangen hatte, von denen er gewusst hatte, ohne etwas dagegen zu unternehmen, war seine Karriere vorbei. Sie hofften, dass er bei seinem Sturz noch andere mitreißen würde. Die Wahrscheinlichkeit war groß. Er hatte viel zu verlieren, und irgendwann würde ihm nichts anderes übrig bleiben, als jemand anderem die Schuld in die Schuhe zu schieben. Vorher mussten sie jedoch herausfinden, ob Åbjörnsson wirklich am 17. Dezember 1997 an der Vorstandssitzung teilgenommen hatte.

Es fiel ihnen nicht weiter schwer, den Beleg dafür aufzuspüren. Sie hatten ein gewisses Geschick entwickelt, Informationen zu beschaffen, ohne einzubrechen. Jensens Mutter war eine Ausnahme gewesen, und sie wollten sich bei ihr entschuldigen, sobald alles vorüber war.

Max rief bei White Plains an und gab sich als Mitarbeiter des Finanzamtes aus, der abgesetzte Reisekosten überprüfte. «Wenn Sie uns bestätigen können, dass Jon Åbjörnsson am 17. Dezember in London war, gibt es weiter keine Fragen.» Die Person am anderen Ende gehörte offenbar zu den Leuten, denen es nichts ausmachte, Zutreffendes zu bestätigen, solange niemand dabei zu Schaden kam. Max erfuhr sogar den Namen des Hotels und rief dort unter dem Namen Jon Åbjörnsson an. Er vermisse einen teuren Manschettenknopf. Auf diese Weise erfuhr Max, in welchem Zimmer Åbjörnsson gewohnt und wann er ein- und ausgecheckt hatte.

Nachdem Max diese Informationen eingeholt hatte, unternahmen sie einen kurzen Spaziergang in dem Wäldchen neben dem Parkplatz. Sie gingen ihre Liste noch einmal durch und gelangten zu dem Schluss, dass sie nun genug Material besaßen, um die letzte Phase der Aktion zu planen. Es gab keine Garantien, dass es glattgehen würde, sie konnten nur das Beste hoffen und das Schlimmste erwarten.

Als sie wieder beim Auto waren, wählte Annie Jan Wikholms Nummer.

«Wir haben alles Nötige», sagte sie, ohne ihn zu begrüßen.

«Nett, dass du dich mal wieder meldest», erwiderte Jan Wikholm. «Ich höre schon den ganzen Morgen Radio und vermute, dass ihr nicht mehr in der Nähe von Enköping seid.» Er räusperte sich. «Also, was habt ihr?»

«Beweise», antwortete Annie, «und außerdem einen Plan, wie sich diese Sache zu einem Ende bringen lässt. Gerne mit deiner Hilfe.»

«Ich bin dabei», sagte Wikholm, wobei es ihm nicht gelang, seine Aufregung zu verbergen. «Sag mir, wo ihr seid.»

Sie wollten sich in einer halben Stunde treffen, und er würde ein ordentliches Frühstück mitbringen.

Schweigend saßen sie im Auto und hielten sich an den Händen. Sie spürten es beide: Der Countdown hatte begonnen.

VIER

«Ich glaube, dass ich für den Rest meines Lebens
daran denken und dann diesen Schmerz empfinden werde,
den ich damals empfunden habe. Er wird nie vergehen.»

Prozess IT-96-23 & 23/1-T,
Staatsanwaltschaft gegen Dragoljub Kunarac,
Radomir Kovač und Zoran Vuković

GESPRÄCHE

1

Laut Meldebehörde wohnte Karin Eliasson am Furusundsvägen 11 in einer hellen Dreißiger-Jahre-Siedlung mit weißen gerundeten Balkons. Auf der Haustafel stand nachzulesen, dass ihre Wohnung im achten, also obersten Stock lag. Laut Hans-Christer Bergström war Karin Eliasson zwei Jahre lang Morgan Nätterquists Geliebte gewesen.

Annie, Max und Jan Wikholm hatten bereits fast zwei Stunden im Auto auf sie gewartet, als sie endlich aus der U-Bahn-Station Gärdet auftauchte. Verglichen mit dem ein Jahr alten Foto, das sie von ihr besaßen, hatte sie sich kaum verändert.

Als sie die Haustür öffnete, näherten sich Annie und Jan Wikholm von hinten, und sie hielt ihnen die Tür auf.

Annie erwiderte Karin Eliassons Lächeln, während alle drei langsam auf den Fahrstuhl zugingen. Im Lift drückte Eliasson auf die achte Etage und sah dann die beiden anderen an.

«Wir wollen auch in den achten», sagte Annie.

Karin Eliasson lächelte erneut, und die Tür schloss sich.

«Wir sind auf dem Weg zu Ihnen», sagte Jan Wikholm.

Karin Eliasson warf einen raschen Blick auf den Alarmknopf, dann auf Jan Wikholm und versuchte, die Selbstsicherheit, die sie noch vor einem Augenblick ausgestrahlt hatte, wiederzugewinnen. «Worum geht es?»

«Sie hatten eine Affäre mit Morgan Nätterquist, und wir haben Grund zu der Annahme, dass sich die schwedische Öffentlichkeit dafür interessieren könnte.»

Karin Eliasson lehnte sich an die Wand des Fahrstuhls. «Und wer sind Sie?»

«Wir sind Journalisten», sagte Jan Wikholm. «Wir sind nicht gekommen, um Sie in Schwierigkeiten zu bringen, sondern weil wir Nachforschungen über Morgan Nätterquist anstellen. Wir befürchten, dass unsere Ergebnisse ein unvorteilhaftes Licht auf Sie und andere Menschen in seinem Umfeld werfen könnten. Deswegen würden wir uns gerne mit Ihnen über einige Dinge unterhalten. Hätten Sie vielleicht ein paar Minuten Zeit für uns?»

«Geht es um die Halskette?»

«Nicht nur», improvisierte Annie. Karin Eliasson hatte angebissen. Bald war der Aufzug am Ziel. «Ich schlage vor, dass wir einen Moment in Ihre Wohnung kommen, dann können wir uns in aller Ruhe unterhalten.»

Karin Eliasson starrte zu Boden. Die Fahrstuhltür öffnete sich. Sie reagierte nicht.

Jan Wikholm trat einen Schritt zurück, damit sich die Tür nicht wieder schloss.

Karin Eliasson sah Annie an. «Und wenn ich ablehne?»

«Dann schreiben wir, was uns beliebt», antwortete Jan Wikholm.

Karin Eliasson wohnte in einer Zweieinhalbzimmerwohnung mit meilenweiter Aussicht, offenem Kamin, Balkon und einem kleinen Esszimmer neben der Küche. Sie nahmen am Küchentisch Platz, und Karin Eliasson holte eine halbvolle Rotweinflasche aus dem Schrank. Mit fragender Miene hielt sie sie ihren ungebetenen Gästen entgegen.

Annie schüttelte den Kopf, Jan Wikholm aber sagte: «Gerne.»

«Schöne Wohnung», sagte Annie. «Wohnen Sie allein hier?»

Karin Eliasson schüttelte den Kopf. «Eine Freundin ist vor einigen Monaten bei mir eingezogen.» Sie setzte sich, und ihre Miene, als sie den ersten Schluck Wein trank, sah aus, als ließe sie sich gerade in eine Badewanne mit heißem Wasser gleiten und würde sich mit jedem Zentimeter ein Stückchen weiter von der Welt entfernen. «Ich weiß nicht, wie viel Sie herausgefunden haben», sagte sie dann.

«Fangen Sie doch einfach von vorne an», meinte Annie. «Und wie gesagt, haben wir es nicht auf Sie abgesehen.»

Karin Eliasson trank einen Schluck Wein und starrte auf die Tischplatte. Sie schien in ihrem Gedächtnis nach einem geeigneten Anfang zu suchen.

«Wenn Sie nicht wissen, wo Sie beginnen sollen», meinte Jan Wikholm mit seiner freundlichsten Stimme, «dann könnten Sie vielleicht erst einmal von der Halskette erzählen?»

Karin Eliasson sah ihn an und lächelte. «Bereits als ich sie bekam, war mir nicht ganz wohl», sagte sie. Dann berichtete sie von ihrer Affäre mit Morgan Nätterquist von ihrer ersten bis zu ihrer letzten Begegnung. Von dem Moment erster Verliebtheit bis zu dem Augenblick, als sie erkannte, dass die Halskette die Bezahlung für Informationen darstellte, auf die sie als Sachverständige Zugriff hatte. Ganz offensichtlich hatte Karin Eliasson das Bedürfnis, ihr Herz auszuschütten, und sie ließ nichts aus.

Ihr Redefluss wurde abrupt unterbrochen, als die Wohnungstür aufging und eine Frau Anfang dreißig, Karin Eliasson nicht ganz unähnlich, aber mit einem sichereren Blick, mit zwei Einkaufstüten ins Wohnzimmer trat.

«Hallo», sagte die Frau.

Annie hatte den Eindruck, dass sie irgendwie enttäuscht wirkte.

«Ich wusste nicht, dass wir Besuch erwarten.»

Karin Eliasson wischte sich rasch mit der Rückseite ihrer Hand über das Gesicht. «Es dauert nicht lange», begann sie und verstummte dann.

Annie erkannte blitzschnell, dass eine unbehagliche Situation entstehen konnte, da Karin Eliasson ihre Namen nicht kannte. Schlimmstenfalls würde die Mitbewohnerin den Grund ihres Besuchs erraten. Annie erhob sich rasch und streckte die Hand aus. «Ich bin Annie», sagte sie lächelnd. «Der Mann in der Ecke ist Janne, aber der ist so alt, dass er sitzen bleiben darf.»

Die Mitbewohnerin stellte eine Tüte ab und gab Annie die Hand. «Ich bin Linda.»

Über Annies Schulter hinweg sah sie Karin Eliasson fragend an, um sich zu vergewissern, dass alles okay war.

«Wir benötigen nur noch fünf Minuten, dann sind wir weg. Wirkt es unverschämt, wenn wir uns noch ein paar Minuten ungestört unterhalten möchten?»

Annie sah, dass Linda zögerte. Sie mussten sie ins Schlafzimmer oder auf den Balkon verbannen, um abschließen zu können, weswegen sie gekommen waren. Annie hob die eine Einkaufstüte vom Fußboden hoch und nahm Linda die andere aus der Hand. «Ich stelle die Tüten so lange in die Küche, und dann beeilen wir uns», sagte sie und drehte sich um. «Geben Sie uns drei Minuten, dann sind wir fertig.» Sie sah Karin Eliasson an, die zustimmend nickte.

«Ich gehe in den Keller und reserviere die Waschküche», sagte Linda. «Ich bin gleich zurück und fange dann an zu kochen.»

Als sie die Tür hinter sich geschlossen hatte, stellte sich Annie an die Schmalseite des Tisches. Karin Eliasson nahm wieder Platz. Annie warf Wikholm einen raschen Blick zu, und dieser zwinkerte zur Antwort.

«Karin, hören Sie», sagte Annie und wartete, bis diese ihren Blick erwiderte. «Morgan hat Sie ausgenützt. Was wir jetzt tun, wird sich auf Ihr weiteres Leben auswirken.»

2

Kurz nach acht kehrte Martinsson zu seinem Boot zurück. Nach der Arbeit hatte er ein Bier mit einer Kollegin getrunken, mit der sie ein Kollege zusammengeführt hatte. Es war das erste und letzte Bier mit ihr gewesen, was weniger an ihr als an ihm lag. Das hat nichts mit dir zu tun, würde er bei ihrer nächsten Begegnung erklären. Irgendwie war ihm bei diesem Gedanken nicht ganz wohl. Er war weder verzweifelt, noch sehnte er sich übermäßig nach Liebe. Mittlerweile dachte er auch nicht mehr so oft an das Leben, um das er sich noch vor wenigen Wochen betrogen gefühlt hatte. Es ging ihm gut, und er war mit sich selbst im Reinen. Er hatte sogar ein Fahrrad gekauft und das Auto nicht mehr benutzt.

Kaum hatte er sein neues Fortbewegungsmittel an dem Bootstrailer festgeschlossen, denn es waren schon seltsamere Dinge geschehen, als dass jemand ein Rad aus einem Bootsschuppen gestohlen hatte, da erblickte er auf einem Stuhl neben dem Boot einen Umschlag. Einen braunen Umschlag, wie sie gewöhnlicherweise für interne Post verwendet wurden. Darauf klebte eine gelbe Haftnotiz mit einer Telefonnummer.

Sein Herz begann heftig zu pochen, als er einen Blick auf den Inhalt warf. Nachdem er auf dem Stuhl Platz genommen hatte und in seiner Innentasche nach seinem Handy zu suchen begann, war es ihm unmöglich zu entscheiden, ob es an dem Bier, der

Fahrradtour oder dem Umschlag lag, dass er plötzlich ganz dringend aufs Klo musste.

Er wählte die Nummer. Nach dem dritten Klingeln wurde abgehoben. Noch ehe jemand etwas sagte, hörte er ein dumpfes Brausen. Reifen auf Asphalt.

«Hallo?», sagte er. «Ist da jemand?»

«Ja», erwiderte eine Frau, ohne zu zögern.

«Hier ist Tom Martinsson. Ich vermute, dass ich mit Annie Lander spreche?»

«Haben Sie den Umschlag?»

«Ja.» Er lag auf seinen Knien.

«In dem Umschlag befinden sich Journalauszüge des privaten Militärunternehmens White Plains. Sie stammen von dem Informanten, den Zoran Pešić erwähnte. Die Einträge zeigen, dass die Firma und ihr jetziger Generaldirektor Andrew Burgess, ein Engländer, 1992 und 1993 in Bosnien aktiv tätig waren. Es gibt auch ein Foto von Andrew Burgess zusammen mit Karl-Johan Jensen, anhand dessen sich beweisen lässt, dass die beiden an den Vergewaltigungen in Foča beteiligt waren. Der Umschlag enthält auch die Zeugenaussagen Jasmin und Sonja Efendics, die Burgess und Karl-Johan Jensen betreffen und die sie jederzeit vor Gericht wiederholen würden.»

Martinsson blätterte in den Papieren, die die Worte der Frau, die vermutlich wirklich Annie Lander war, bestätigten.

«Ein identischer Umschlag wurde an die Zeitung Metro geschickt. Dort verfügt man also über dieselben Informationen wie Sie und wird diese auch verwenden. Sie können, falls Sie das wünschen, den Text vor Erscheinen kommentieren.»

«Was soll das heißen?»

«Für die Informationen, die Sie in Händen halten, haben viele Leute einen hohen Preis bezahlt. Gehen Sie sorgfältig damit um.»

Die Verbindung wurde unterbrochen.

Martinsson blieb mit dem Handy in der Hand sitzen und überflog die Seiten, da klingelte es.

Seine Stimme trug kaum, als er antwortete: «Martinsson.»

«Hier ist Hans-Christer Bergström von der Metro. Wir verfolgen gemeinsame Interessen.»

3

Hans-Christer Bergström hatte einen Freund oder Verwandten, Annie wusste es nicht genau, der Jocke hieß und mit seiner neuen Freundin in Paris wohnte. Das wäre für Annie nicht weiter von Bedeutung gewesen, wenn Hans-Christer Bergström nicht Jocke versprochen hätte, auf dessen Wohnung aufzupassen, solange dieser Paris und seine Verliebtheit genoss. Jockes Vierzimmerwohnung lag in einem der halbrunden Hochhäuser in der Tantogatan im neunten Stock mit grandioser Aussicht auf den Årstaviken. Hier wohnten Annie und Max jetzt, und hier trafen sich die von Bergström mobilisierten Leute, die Annie und Max bei ihrem Plan beistehen wollten.

Nach ihrer Begegnung mit Karin Eliasson in Gärdet hatten Annie und Max Bergström getroffen und waren mit ihm in die Tantogatan gefahren.

Die neue Behausung war geräumig und gut eingerichtet, außerdem konnte niemand zu ihnen gelangen. Dank der hohen Lage mussten sie auch nicht befürchten, durch die Fenster beobachtet zu werden. Allerdings wohnten in dem Haus recht viele Journalisten, unter anderem der Chef des Fernsehsenders TV 4 und der Chefredakteur des Boulevardblatts Expressen. Solchen

Leuten begegnete man ungern im Treppenhaus, wenn man zur Fahndung ausgeschrieben war. Ihre Möglichkeiten, sich in ihrem unmittelbaren Umfeld, aber auch in einem Umkreis von hundert Kilometern frei zu bewegen, waren also eingeschränkt. Dieser Zustand würde nicht von Dauer sein, denn bald war ihre Arbeit beendet. Vor ein paar Wochen waren sie zu dritt nach Schweden gereist, und zu dritt würden sie Schweden auch wieder verlassen.

Die Wohnung war hell und in dänischem Stil eingerichtet. An jenen Wänden, an denen keine Regale mit Büchern und Langspielplatten bis zur Decke standen, hingen Peter-Dahl-Gemälde. Wer auch immer hier wohnte, hatte Sinn für Ästhetik.

Das Wohnzimmer diente als Besprechungsraum. Außer Annie und Max saßen Jan Wikholm, Bergström und drei seiner Angestellten auf dem Sofa, den Sesseln und Küchenstühlen. Bergströms Assistent Robert schenkte aus einer Thermoskanne Kaffee ein.

«Ihr seid Leute, denen ich unbedingt vertraue», sagte Bergström und sah erst Annie, dann Max an. Er deutete mit der Hand auf die drei Personen auf dem Sofa, die nickten, und sein Assistent Robert hielt einen Augenblick lang mit der erhobenen Thermoskanne inne. «Und Robert», fuhr er dann fort, «habe ich angedroht, ihn zu kastrieren, falls er aus der Reihe tanzt.»

Robert lächelte vorsichtig und schenkte weiter Kaffee ein. Er hatte sich vorher erkundigt, wer Milch und Zucker wollte, und servierte nun nach Wunsch. Die drei auf dem Sofa kicherten, als hätten sie diesen Scherz nicht zum ersten Mal gehört.

Bergström erläuterte den dreien auf dem Sofa: «Annie und Max Lander sind einem der schlimmsten Justizirrtümer dieses Landes zum Opfer gefallen. Außerdem stehen sie kurz vor der Enthüllung einer Story, die noch lange widerhallen wird.» Bergström trank einen Schluck Kaffee. «Ich habe beschlossen, ihnen zu helfen, und sie haben beschlossen, meine Hilfe anzunehmen. Darum haben wir acht uns nun hier zusammengefunden, um gemeinsam einzugreifen.»

Die junge Frau zuäußerst auf dem Sofa war Hans-Christer Bergströms Tochter Eva. Sie war Journalistin und laut Bergström bereits besser, als er je werden würde. Wikholm stimmte ihm darin zu. Neben ihr saß Pekka, Bergströms rechte Hand. Dann kam, Annie und Max am nächsten, Mona, eine blonde Frau mit einem Gesicht, das man eher bei einem Model als bei einer Reporterin vermutet hätte.

Sobald sie Mona erblickt hatte, war Annie klar gewesen, dass diese mit den gleichen Vorurteilen gekämpft haben musste wie sie selbst. Sie freute sich, dass Mona sie unterstützte, denn sie hatte ihre Artikel gelesen und wusste, dass Mona erstklassig schrieb und argumentierte.

«Wo fangen wir an?», fragte Wikholm, nachdem er alle vorgestellt hatte, und zündete sich eine Zigarette an.

«Annie geht das Material durch», antwortete Bergström. «Robert hat alles kopiert.» Dieser hatte Wikholm gerade einen Aschenbecher hingestellt und war auf dem Weg an seinen Platz. «Robert kümmert sich um das Essen, und wir verlassen die Wohnung erst, wenn alles fertig ist.»

Robert nickte.

«Okay», meinte Bergström. «Annie, du hast das Wort.»

Annie lächelte Bergström zu. «Ich würde gerne damit beginnen, warum wir uns ursprünglich dieser Sache angenommen haben.» Sie beugte sich auf ihrem Sessel vor und begann ihren Bericht über Thurston Richards erschütternde erste Erkenntnisse bis hin zu den Verflechtungen von White Plains und der schwedischen Wirtschaft. «Davon wollen wir erzählen», beendete sie ihren fast fünfzehnminütigen Monolog. «Den Schweden und der ganzen Welt. Wir wollen erzählen, welchen Schweinen diese Firma gehört, wer Bescheid gewusst hat, ohne etwas zu unternehmen, wer diese Taten in ihrem Auftrag begeht und welches die Opfer ihrer Geldgier sind.»

«Wie es ein guter Freund von uns ausgedrückt hätte», meinte Max und sah Annie voller Zuneigung an. «Pigs, your days are numbered!»

«Yes!», rief Hans-Christer Bergström und hob seine Tasse so schnell, dass der Kaffeelöffel herausfiel und einem mikroskopischen Applaus gleich auf den Tisch klirrte.

Während Robert einen Putzlappen holte, begann Annie, die Fakten zu referieren, zu denen sie sich zu verhalten hatten. Sie schrieb und zeichnete auf einen großen Block, der mitten im Zimmer stand, und fragte Max gelegentlich, ob sie etwas ausgelassen habe, was aber nie der Fall war.

4

Sie hatten Zweiergruppen gebildet, und jede Gruppe beschäftigte sich mit dem ihr zugewiesenen Teil der Enthüllung. Max arbeitete mit Robert zusammen. Im Lauf des Tages kamen sie zu dem Schluss, dass es sinnvoll sei, dass alle Beteiligten kontrollierten, ob sie Aktien des Unternehmens besäßen, das sie anprangern wollten. Wie sich herausstellte, war keiner der Anwesenden im direkten Besitz von Aktien der Firma, keiner war sich jedoch sicher, nicht etwa über einen Fonds indirekt beteiligt zu sein.

«Nicht jeder hat seine Aktienfonds vollständig im Griff», meinte Jan Wikholm, «aber wenn wir eine an der Stockholmer

Börse notierte Firma ethnischer Säuberungsaktionen bezichtigen wollen, dann dürfen wir selber keinen Dreck am Stecken haben.»

«Wir gehen folgendermaßen vor», meinte Bergström. «Jeder von uns kontrolliert seine Fonds. Wer auch nur die geringste Beteiligung an dem fraglichen Unternehmen besitzen sollte, verkauft diese oder scheidet aus unserer Runde aus. In einer Fußnote vermerken wir dann, wer wann was verkauft hat. Wir legen also alle Karten offen auf den Tisch. Was haltet ihr davon?»

Alle stimmten ihm zu.

«Er ist nicht so dumm, oder?», sagte Bergström zu Max und nickte scherzend in Roberts Richtung.

Es wurde Abend, aber keiner der Anwesenden beabsichtigte, die provisorische Redaktion zu verlassen. Es musste zügig gearbeitet werden, damit das Objekt ihrer Aufmerksamkeit keine Gelegenheit erhielt, Gegenmaßnahmen zu ergreifen. Der Ball war durch das Gespräch mit Karin Eliasson und den Brief an Tom Martinsson bereits ins Rollen geraten. Ihr erster Artikel sollte sie kalt erwischen. Danach würden sie noch zwei weitere Male zuschlagen und ihre Gegner damit in die Knie zwingen. Sie würden nicht wissen, wie ihnen geschah, ehe es zu spät war.

Robert kam in die Küche, als Annie gerade ein Glas Wasser trank. Er hatte sein Nadelstreifenjackett ausgezogen, die Ärmel seines weißen Hemds hochgekrempelt und hielt ein Tablett mit den Resten ihres Take-aways in der Hand. Er wirkte kaum älter als fünfundzwanzig und schien noch etwas Babyspeck zu haben. Er besaß eine gute Ausbildung und war für Größeres prädestiniert als eine simple Assistentenstelle bei Hans-Christer Bergström.

«Ich habe eine Idee», erwiderte er, als er das Tablett auf dem runden Küchentisch abstellte. «Ich weiß nicht, ob sie gut ist, aber …»

«Raus mit der Sprache», sagte Annie und lehnte sich an die Spüle. «Jeder Gedanke ist von Interesse.»

Er lächelte und schaute bescheiden zu Boden. «Ich habe nebenher auch etwas Jura studiert und bei der Gelegenheit auch eine Arbeit über Dumping geschrieben.» Er sah Annie an. «Also über das Phänomen, dass manche Firmen ihre Produkte auf fremden Märkten billiger verkaufen als auf dem heimischen.» Er sah Annie an, dass er nicht weiter erklären musste. «Wie auch immer. Letzten Herbst erging ein Urteil des Europäischen Gerichtshofs. Der belgische Staat gegen die Banque Indosuez et al. und die EU. Es ging um einen von der Kommission 1988 gefassten Beschluss. Ich habe beides gelesen. Dabei handelte es von Dumping in Bezug auf den Import von Blech, Eisen oder Stahl aus Jugoslawien. Ich könnte mir denken, dass diese Firma Scansteel, die dem Konsortium angehört, das wir untersuchen, davon profitiert hat, dass sich eine Tochtergesellschaft in dieser Region etabliert hatte. Es besteht zwar kein direkter Zusammenhang mit den ethnischen Säuberungen, aber wenn man diese beiden Firmen gemeinsam betrachtet, ließe sich behaupten, dass sie zusammengenommen eine Hälfte des militärindustriellen Komplexes darstellen, vor dem bereits Präsident Eisenhower gewarnt hat.»

Annie setzte sich auf einen Stuhl, und Robert nahm neben ihr Platz. Er erläuterte eingehender, wie ein industrielles Unternehmen und ein Sicherheitsunternehmen, das Privatarmeen verdingte, Gewinne erzielen konnten, indem sie mit unlauteren Staaten und Regimes Geschäfte machten.

Nach und nach erfasste Annie die Zusammenhänge.

5

Tom Martinsson hatte die Schwestern Efendic ein paar Tage nach Annie Landers chaotischem Besuch aufgesucht und ihnen bei dieser Gelegenheit kaum ein Wort entlocken können. Bei ihrer zweiten Begegnung erklärte er ihnen unverblümt, dass sie nun alle Karten auf den Tisch legen müssten. Ihre Zeugenaussage zusammen mit dem ihm von Annie Lander zur Verfügung gestellten Material würde sowohl jenen Mann, der ihren Vater ermordet hatte, als auch seine Auftraggeber schwer belasten.

Die Schwestern durften sich eine Viertelstunde unter vier Augen beraten, dann stand ihr Entschluss fest. Ein erstes Gespräch wurde sofort auf Tonband aufgenommen.

Mit der Zeugenaussage der Schwestern, dem datierten Foto von Burgess und Jensen sowie den internen White-Plains-Dokumenten begab sich Martinsson stehenden Fußes zu Sten Rohde und überging damit Nathansson. Diesem erzählte er von seinem Memorandum, aber nicht von seinem Verdacht, dass Nathansson es Nätterquist übergeben hatte. Teils, weil ihm immer noch nicht alle Zusammenhänge klar waren, teils, weil er nicht erklären wollte, wie er in den Besitz der Besucherlisten gelangt war. Seine Besprechung mit Sten Rohde dauerte fünfundvierzig Minuten, in denen sie seine Informationen und seine bisherige Vorgehensweise bis ins Kleinste besprachen.

Martinsson wusste, was Sten Rohde von Nathansson hielt, und sah, wie sich das Blut in seinem Kopf staute, als er von dem Memorandum erfuhr, das folgenlos geblieben war. Martinsson ging davon aus, dass Rohde eine Anklage gegen Burgess und White Plains als Möglichkeit wertete, Bo Nathansson ein für alle Mal loszuwerden.

Nach seiner Besprechung mit Rohde verstrichen kaum zwei Stunden, bis ihm die sympathische Staatsanwältin Maria Böö erklärte, dass sie seinen Empfehlungen zu folgen gedächte. Daraufhin rief Tom Martinsson bei Hans-Christer Bergström an.

Eine Stunde später betrat Bo Nathansson Martinssons Büro und schloss die Türe hinter sich. «Ich habe zwei Neuigkeiten, die dich und deine Berufstätigkeit betreffen», sagte Nathansson.

«Weil ich direkt zu Rohde gegangen bin?»

«Wer weiß», erwiderte Nathansson lächelnd. «Erstens: Du bist von der Ermittlung gegen Burgess suspendiert.» Er legte ein Blatt Papier auf den Schreibtisch. «Es gibt Dringlicheres, womit du dich befassen solltest.»

Martinsson starrte ihn an.

Nathansson fuhr fort: «Und nun zu deiner Frage: Nein, es liegt nicht daran, dass du direkt zu Rohde gegangen bist, sondern dass du mit falschen Informationen direkt zu Rohde gegangen bist. Wenn du sie überprüft hättest, statt gleich zum Chef zu rennen, wäre dir der Fehler aufgefallen.»

«Welcher Fehler?»

«Neuigkeit Nummer zwei: Karl-Johan Jensen war im September 1995 nicht in Bosnien.»

«Sagt wer?»

«Sagen wir», erwiderte Nathansson. «Er war hier bei uns.»

6

Morgens früh kurz vor sieben klingelte Robert an der Tür von Annies und Max' provisorischer Bleibe. Als Annie die Tür öffnete, war er immer noch ganz außer Atem.

Robert erledigte die Botengänge zwischen der Wohnung in der Tantogatan und der Zeitungsredaktion in der Kammakargatan. Seinen Anzug hatte er durch weniger auffällige Kleidung ersetzt. «Du kannst hier nicht in den Klamotten eines Generaldirektors rumrennen», hatte Bergström am Vortag ausgerufen, und damit war die Sache entschieden gewesen.

«Hier», sagte Robert und reichte Annie eine Zeitung. «Es hat begonnen.»

Sie gingen in die Küche, und Max gesellte sich aus dem Schlafzimmer zu ihnen.

«Was ist los?», fragte er schlaftrunken.

«Man hat ihn festgenommen», antwortete Robert.

Max und Annie beugten sich über die neueste Ausgabe der Metro. Die Schlagzeile lautete:

Schwedische Firma in Kriegsverbrechen verwickelt.
Auslieferung des englischen Generaldirektors beantragt.

Die schwedische Staatsanwaltschaft hatte einen Haftbefehl gegen Andrew Burgess wegen schwerer Vergehen gegen die Menschenrechte und Entführung erlassen. Der Artikel führte weiter aus, die englische Polizei habe ihn am Vorabend vor seinem Haus festgenommen. Im Folgenden wurden die Verbindungen von White Plains zu einem von der Familie Droth kontrollierten Sicherheitsunternehmen erläutert, dessen Aktien an der Stockholmer Börse gehandelt wurden. Der Artikel enthielt alle Fakten, die sie von Daniel Ellis erhalten hatten, sowie Sonja Efendics Zeugenaussage, die die Ermittlungsleiterin, eine Staatsanwältin, zu der Tom Martinsson großes Vertrauen hegte, bereitwillig zur Verfügung gestellt hatte.

«Das ist zwar sehr gut, aber nur der erste von drei Schritten», meinte Annie. «Jetzt muss auch der Rest klappen. Wichtig ist, dass wir nicht festgenommen werden, ehe wir unser Ziel erreicht haben.» Sie sah Max an. «Und möglichst auch nicht danach.»

Max bekreuzigte sich.

Während Max das Frühstück zubereitete, nahmen Annie und Robert im Wohnzimmer die Arbeit in Angriff.

Dann aßen sie rasch gemeinsam und setzten anschließend jeder seine Tätigkeit fort. Der zweite und dritte Teil der Reportage würde noch viel Zeit in Anspruch nehmen, und die Deadline rückte näher.

Spät am vorhergehenden Abend hatte Karin Eliasson Jan Wikholm angerufen und sich mit ihm in der Nähe des Östermalmstorg verabredet. Einige Stunden zuvor hatte sie Morgan Nätterquist jenes Ultimatum gestellt, das sie Annie und Wikholm bei ihrer ersten Begegnung versprochen hatte. Nätterquist sollte zurücktreten, sonst würde sie ihrem Chef, dem Vertrauten des Ministerpräsidenten, alles erzählen. Außerdem würde Nätterquists Frau von ihrer Affäre erfahren.

Nun stellte sie auch eine Forderung an Wikholm: Nätterquists unrühmliche Rolle durfte vor der Wahl nicht erwähnt werden. Karin Eliasson war sich allerdings bewusst, dass sie nichts in der Hand hatte, womit sie ihrer Forderung Nachdruck verleihen konnte. Nach einer Weile flehte sie Wikholm regelrecht an, und dieser versprach, ihr Anliegen mit den anderen zu besprechen und sich dann wieder bei ihr zu melden.

Nachdem sie die Frage in der Wohnung erörtert hatten, beschlossen sie, Karin Eliassons Wunsch zu entsprechen. Niemand hegte schließlich den Wunsch, der Opposition vor der Wahl einen Gefallen tun, und solange Morgan Nätterquist seinen Job verlor, konnten sie mit seiner Entlarvung durchaus abwarten. Vielleicht war das sogar von Vorteil, da sie mit jeder Stunde neue Informationen erhielten.

Wikholm rief also Karin Eliasson an und übermittelte ihr den positiven Bescheid, woraufhin sie sich bei ihm bedankte. Er vermutete, dass ihr nicht nur ihre eigenen Interessen, sondern auch die des Landes ein Anliegen waren, und das gefiel ihm. «Es ist lange her, dass jemand mit ganzem Herzen Politik gemacht hat», meinte er. «Einen solchen Menschen brauchen wir als nächsten Ministerpräsidenten.»

«Und es ist höchste Zeit, dass es eine Frau wird», meinte jemand.

Sie hatten eine gute Stunde gearbeitet, als es an der Tür klingelte. Annie schaute auf die Uhr über dem Tisch. Es war kurz vor neun. Annie erkannte Mona durch den Spion und öffnete. Obwohl es ein bekanntes Gesicht war und Mona vertrauenerweckend wirkte, wurde Annie jedes Mal, wenn sie die Sicherheitskette öffnete, nervös.

«Andere Medien ziehen mit», sagte Mona, noch ehe sie die Schwelle überquert hatte. «Das Radio hat bereits davon berichtet, und das Fernsehen bringt es heute Abend. Wenn euer Freund Martinsson morgen früh erwacht, ist er ein Promi.»

Mona hängte gerade ihre Jacke auf, als Max und Robert in die

Diele traten. «Hier», sagte Mona und reichte Annie eine Tüte. «Zimtschnecken für alle, die Hunger haben und unsere zwei Teilsiege feiern wollen.»

«Zwei?», fragte Max. «Was ist uns entgangen?»

Mona lächelte. «In der Regierungskanzlei Rosenbad gibt es ein Gerücht über eine bevorstehende Presseerklärung. Morgan Nätterquist tritt zurück.»

7

Tom Martinsson brauchte ein paar Tage, um die neuen Informationen zu überprüfen. Sie warfen wirklich alles über den Haufen! Wenn Jensen nicht in Foča gewesen war, wer war dann neben Andrew Burgess, dem Mann, dessen Konterfei momentan sämtliche schwedische Zeitungen zierte, abgelichtet worden? Und wem war dann Sonja Efendic in der U-Bahn begegnet? Es ergab keinen Sinn. Annie Lander hatte das Foto von Jensen und Burgess vor dem Haus in Foča bei Jensens Mutter gefunden. Das genügte als Beweis, dass er auf dem Foto zu sehen war. Außerdem hatte er das Foto auf der Rückseite selbst beschriftet. Wie konnte Nathansson da behaupten, dass er sich an dem fraglichen Tag im Polizeipräsidium in Stockholm aufgehalten hatte? Was geht hier verdammt noch mal vor?, überlegte Martinsson. Und warum taucht immer dieses Schwein Brock auf, sobald es stinkt?

Denn offenbar hatte Brock Karl-Johan Jensen im September 1992 zu einem Verhör vorgeladen. Den sparsamen Notizen war zu entnehmen, dass Brock Jensen anlässlich der schweren Körperverletzung eines zwanzigjährigen Iraners bei einem Spiel des IFK Norrköping gegen den Stockholmer AIK verhört hatte. «Keine weiteren Maßnahmen erforderlich», hatte Brock notiert.

Martinsson wippte auf seinem Schreibtischstuhl. Brock hat Jensen wegen einer relativen Bagatelle vorgeladen. Jensens eigene Aufzeichnungen sprechen dafür, dass er sich gleichzeitig in Foča aufgehalten hat. Ein Haus fliegt in Vaxholm in die Luft, und ein mit den Vorfällen in Foča befasster amerikanischer Journalist kommt ums Leben. Kurz darauf erscheinen dort Brock und sein schwachsinniger Kollege Torsten Enlund, derselbe Enlund, der mit fünf Kilo Kokain angehalten und dann von Bo Nathansson in Schutz genommen wird. Derselbe Enlund, der von Annie Lander mit Tränengas außer Gefecht gesetzt wird und dann auf sie schießt. Brock und Enlund, dachte Martinsson. Enlund und Brock. Und Nathansson. Denk nach, verdammt. Wie hängt das alles zusammen? Ein unsichtbarer Faden verband diese Männer. Obwohl unsichtbare Verbindungen nicht existierten, sondern nur solche, die man noch nicht entdeckt hatte. Komm schon, Martinsson, schau genauer hin und finde endlich des Rätsels Lösung.

Da er von der Ermittlung suspendiert worden war, hatte er keinen Zugriff auf die Akten. Er brauchte einen Insider, der ihm Informationen zuspielen konnte und wollte.

Fünf Minuten verharrte Tom Martinsson vollkommen regungslos. Dann rief er Maria Böö an, um sich zu erkundigen, ob Karl-Johan Jensens Name im Zusammenhang mit der Haussuchung bei Andrew Burgess aufgetaucht sei.

8

Max und Annie lagen im großen Schlafzimmer im Doppelbett. Es war kurz nach Mitternacht, und nur das Mondlicht erhellte den Raum. Die anderen waren eine Stunde zuvor aufgebrochen, und die Wärme und der Essensgeruch hingen wie nach einem Fest immer noch in der Luft.

Die White-Plains-Affäre und der Rücktritt des Staatssekretärs im Justizministerium hatten rege Erwähnung in den Nachrichten der letzten Tage gefunden. Niemand hatte diese beiden Ereignisse in Verbindung gebracht. Außer vielleicht Buster, dachte Annie. Hier liege ich im Bett, dachte sie, und in einem anderen Teil der Stadt sitzt er vielleicht in seiner Wohnung und denkt an dasselbe wie ich, allerdings aus einer anderen Perspektive. Vielleicht hatte er ja erkannt, dass seine Schwester an den beiden Enthüllungen mitgewirkt hatte, die wie Bomben in seiner Festung detoniert waren. Annie überlegte sich, was er wohl davon hielt und wie sein nächster Schachzug aussehen würde.

Sie drehte sich zu Max um, der mit auf der Brust gefalteten Händen neben ihr schlief. Hätte sie ihre Hand auf die seine gelegt, wäre er sofort erwacht. Sie überlegte, ob sie ihn wecken und ihm von ihrem Geheimnis erzählen sollte. Das Geheimnis, das in Griechenland seinen Anfang genommen hatte und ihr erst in Vaxholm richtig bewusst geworden war. Und das seither in ihr wuchs.

Sie drehte sich wieder um und beschloss, noch einen Tag damit zu warten. Morgen würde sie es ihm erzählen.

FESTNAHMEN

1

Wie immer, wenn er tief in Gedanken versunken war, wippte Tom Martinsson auf seinem Bürostuhl und strich sich mit dem Mittelfinger über die Oberlippe.

Am Vortag hatte ihm die Staatsanwältin Maria Böö versprochen, sich schnellstmöglich wieder bei ihm zu melden, was ihn dann aber auch ein Bier kosten würde. Kurz vor Mittag hatte ihn einer ihrer Referendare angerufen und mitgeteilt, sie seien fündig geworden. Ein Kurier sei mit den Unterlagen unterwegs und müsste binnen einer Stunde bei ihm eintreffen.

Die Plastikmappe, die er vor sich liegen hatte, enthielt einen braunen Umschlag und ein DIN-A4-Blatt, das sich in dem Umschlag befunden hatte.

Der Poststempel auf dem Umschlag war gut lesbar, und die Adresse war mit der Maschine geschrieben. Der Empfänger hieß Andrew Burgess, die Adresse lautete Tamboerskloof, ein englischsprachiger Stadtteil von Kapstadt. White Plains hatte zu diesem Zeitpunkt noch nicht einmal ein Büro mit eigener Adresse, dachte Martinsson. Burgess war vor Ort, um alles einzufädeln.

Das Blatt Papier, das wohl als Brief zu bezeichnen war, wies keine Unterschrift auf. Der Text war ebenfalls mit der Maschine geschrieben. Also hatte Burgess, der Empfänger, gewusst, worum es ging und wer der Absender war. Denkbar war natürlich auch, dass ein inzwischen verlorengegangenes Begleitschreiben existiert hatte. Martinsson ging jedoch vorerst davon aus, dass der Brief nur aus der beiliegenden Liste bestand, auf der unter anderem der Name Karl-Johan Jensen stand.

Martinsson wollte herausfinden, was die Personen auf der Liste verband und wer die Liste aufgestellt und an Andrew Burgess geschickt hatte.

2

«Der Dreckskerl nimmt an einer Podiumsdiskussion des Grand Hotel teil», rief Bergström, als er die Wohnung betrat.

Es war kurz vor zehn Uhr vormittags.

Der Dreckskerl war Jon Åbjörnsson, Vorstandsmitglied von White Plains zum Zeitpunkt, als Daniel Ellis die Vorfälle in Bosnien zur Sprache gebracht hatte. Thema der Podiumsdiskussion, an der außer Åbjörnsson Vertreter der Opposition, des Åländischen Friedensforschungsinstituts und eines Frauenhauses in Vilnius teilnahmen, waren Maßnahmen gegen die Zwangsprostitution.

«Eva hat David Finck, den neuen Vorstandsvorsitzenden von White Plains, gestern am Spätabend erreicht», fuhr Bergström fort. «Er war ziemlich betrunken und einsilbig. Diese Unterhaltung wird ihnen auch nicht weiterhelfen, so viel ist klar.»

«Wann beginnt die Diskussion?», wollte Annie wissen.

«In einer halben Stunde. Eva hat sich bereits auf den Weg gemacht, um ihn durch den Fleischwolf zu drehen. Unsere Freunde vom Fernsehen sind ebenfalls anwesend, um das Spektakel zu verewigen.»

Die Zeitung Metro hatte an diesem Tag die Fortsetzung der Reportage über die privaten Militärunternehmen, die Verbrechen in Bosnien begangen hatten, gebracht und sich dabei auf die Mitwisser, die nicht eingeschritten waren, die Waschlappen und die Korrupten konzentriert. David Finck und Jon Åbjörnsson waren namentlich erwähnt worden.

«Åbjörnsson kann die Zeitung heute noch nicht gelesen haben», meinte Max, «sonst hätte er wohl kaum das Haus verlassen.»

«Er fährt vermutlich mit dem Taxi und nicht wie alle Normalsterblichen mit der U-Bahn», meinte Bergström grinsend.

«Oder er ist einfach selbstbewusst.»

«Nur Verrückte sind selbstbewusst», antwortete Bergström.

«Na, dann lasst uns mal hoffen», meinte Annie. Sie wollte es mit ansehen. An Ort und Stelle.

Sie schwiegen eine Weile. Bergström stand immer noch im Mantel auf der Schwelle.

«Willst du nicht reinkommen?», fragte Max. «Es gibt Kaffee.»

«Vielen Dank», meinte Bergström, «aber ich will mir ansehen, wie Eva diesen verdammten Heuchler bloßstellt. Ich nehme ein Taxi zum Grand Hotel und komme dann mit Åbjörnssons Skalp und dem Mittagessen zurück.»

«Ich begleite dich», sagte Annie.

Bergström sah erst Max und dann Annie an. «Ist das so klug?»

«Ich weiß nicht», meinte Annie. «Aber es ist notwendig. Ich brauch das jetzt.»

«Max?»

Niemand wird sie festnehmen, dachte er. Das ist nicht vorgesehen, nicht jetzt. Auch ihm war es wichtig. Er konnte nicht erklären, warum, aber Annies Erregung steckte ihn an. Er nickte.

«Geh schon», sagte er und lächelte.

Eva und Hans-Christian Bergström saßen einige Stühle voneinander entfernt in der zweiten Reihe. Annie hatte einen Platz zwei Reihen hinter ihnen eingenommen. Sie waren in zwei Taxis zum Grand Hotel gefahren. Annie ermahnte sich selbst zur Gelassenheit, als sie den Saal betrat. Leicht geschminkt, alltäglich gekleidet und mit Gel im Haar fiel sie kaum auf. Sie sah niemanden an, wich den Blicken anderer aber auch nicht aus.

Bergström musste sich anstrengen, um sich nicht nach Annie umzudrehen. Eva wusste nichts von ihrer Anwesenheit, und das war gut. Auf der Bühne saß Jon Åbjörnsson mit drei weiteren Personen an einem runden, mit schwarzem Stoff verkleideten Tisch. Der Moderator, dessen Namen Bergström vergessen hatte, arbeitete für das schwedische Fernsehen. Bergström fühlte die Wut in sich aufsteigen. Hier hatten sich viele Leute versammelt, um einem wichtigen Gespräch über ein noch wichtigeres Thema zuzuhören, und auf dem Podium saß ein Wolf im Schafspelz. Ein Mann, der sein Gehalt von einer Firma bezogen hatte, die genau jene Verbrechen begangen hatte, denen er nun dort oben den Kampf ansagte. Wenn die Bühne erklimmbar gewesen wäre und er Eva nicht versprochen hätte, den Mund zu halten, so wäre er hinaufgeklettert und hätte Åbjörnsson einen schmerzhaften Tritt versetzt.

Als das Publikum an der Reihe war, Fragen stellen zu dürfen, musste Eva ein paar Minuten mit erhobener Hand warten, ehe sie das Wort erhielt. Annies Puls beschleunigte sich. Instinktiv wollte sie sich erheben und ganz hinten im Saal an die Wand stellen. Sie unterdrückte diesen Impuls aber und blieb sitzen.

«Ich finde es seltsam», begann Eva Bergström, «dass bislang niemand den heutigen Artikel in der Metro zur Sprache gebracht hat. Hat ihn etwa niemand gelesen?»

Die eine Hälfte des Publikums kicherte, die anderen blickten finster drein.

«Jon Åbjörnsson, ich möchte Sie um einen Kommentar unserer heutigen Behauptung bitten, dass Sie dem Aufsichtsrat eines privaten Militärunternehmens angehörten, als bekannt wurde, dass sich dieses Unternehmen schwerer Vergehen in Bosnien schuldig gemacht hatte.»

«Und wie lautet Ihre Frage?», erkundigte sich Åbjörnsson. Mit selbstbewusster Miene stützte er sich auf seinen Ellenbogen ab.

«Angesichts des heutigen Themas vermute ich, dass sich viele andere mit mir fragen, wieso Sie einerseits Vergehen gegen die Menschlichkeit akzeptieren, um diese dann bei einer Podiumsdiskussion anzuprangern. Meine Frage an Sie lautet also: Warum sind Sie, als Sie von dem Vergewaltigungshaus Ihrer Firma in Foča erfuhren, in Ihrer Eigenschaft als Vorstandsmitglied nicht eingeschritten?»

«Ich werde hier mit zwei Behauptungen und einer Frage konfrontiert», begann Åbjörnsson. «Zum einen steht gar nicht fest, dass meine Firma oder einer ihrer Angestellten Verbrechen in Bosnien begangen hat ...»

«Offenbar genügen die vorhandenen Beweise der Staatsanwaltschaft, um gegen den Geschäftsführer Andrew Burgess einen Haftbefehl zu erlassen und seine Auslieferung zu beantragen.»

Åbjörnsson runzelte die Stirn. «Das ist eine Frage für die Justiz. Außerdem sollen diese angeblichen Verbrechen im Jahr 1992 verübt worden sein, und ich bin erst vier Jahre später in den Vorstand eingetreten.»

«Und Sie erhielten keinerlei Informationen darüber, dass sich Derartiges ereignet haben könnte?»

«Soweit ich mich entsinne, nein.»

«Sie erinnern sich aber sicherlich an eine White-Plains-Vorstandssitzung im Dezember 1997?»

Åbjörnsson warf dem Moderator einen hilfesuchenden Blick zu, was ihm jedoch nicht half.

«Hören Sie, ich kann mich wirklich nicht an jede einzelne Sitzung erinnern, und Thema dieser Podiumsdiskussion ist ...»

«Dann würde ich Ihrer Erinnerung gerne auf die Sprünge helfen», sagte Eva und zog einen Stapel Papier aus ihrer Tasche. «White Plains beraumte am 17. Dezember 1997 in der Zentrale der Firma in London eine Vorstandssitzung an. Sie befanden sich zu diesem Zeitpunkt in London, wohnten am fraglichen Abend im Hotel St. Ermin's und fuhren am nächsten Tag wieder nach Hause. Zumindest laut Spesenabrechnung, die Sie bei Ihrer Firma einreichten. Die Buchhaltung hat uns freundlicherweise bestätigt, dass Sie mit dem Taxi zum Flughafen gefahren sind.» Eva sah zu Åbjörnsson hoch. «Die Taxifahrten haben Sie selbst von der Steuer abgesetzt, einen gewissen Überblick über Ihre Termine scheinen Sie also doch zu haben.»

Im Saal herrschte vollkommene Stille. Die anderen Diskussionsteilnehmer auf dem Podium wirkten betreten.

Åbjörnsson trank einen Schluck Wasser und stellte das Glas wortlos auf den Tisch.

Eva Bergström und die übrigen Zuhörer sahen ihn an.

«Und was soll ich darauf antworten?», fragte Åbjörnsson schließlich.

«Die Frage lautet immer noch: Haben Sie als Vorstandsmitglied an der White-Plains-Sitzung vom 17. Dezember 1997 teilgenommen?»

«Ich finde, dass das weder Sie noch sonst jemanden etwas angeht.»

Eva Bergström erhob ihre Stimme. «Ich finde, dass es die

schwedische Öffentlichkeit und mich durchaus etwas angeht, wenn Sie vorgeben, auf der Seite der Schwachen zu stehen, und sich gleichzeitig von einem Unternehmen bezahlen lassen, das Kriegsverbrechen begangen hat!»

Jetzt ganz behutsam vorgehen, dachte Bergström und wedelte vorsichtig mit der Hand. Pass auf, dass du das Kind nicht mit dem Badewasser ausschüttest, Eva.

Annie spürte, wie ihr die Röte ins Gesicht stieg. Vielleicht war es ein Fehler gewesen, sich hierherzubegeben. Aber sie spürte den erhofften Adrenalinstoß. Bald würde die Enthüllung direkt vor ihren Augen stattfinden.

«Die Vorstandsitzungen von White Plains sind wie auch in anderen Unternehmen vertraulich. Als Vorstandsmitglied kann ich mich nicht mit Krethi und Plethi darüber unterhalten, was während unserer Sitzungen auf den Tisch kommt.»

«Ich habe gestern mit David Finck, dem Vorsitzenden des Vorstandes, dessen Mitglied Sie waren und sind, gesprochen. David Finck bestätigt, dass dem Vorstand damals ein Memorandum übermittelt wurde, das er und die anderen Mitglieder als ‹bloody nonsense› abgetan hätten. Können Sie sich an dieses Memorandum erinnern?»

Åbjörnsson strich sich über sein Kinn. «Möglicherweise an das worauf David Finck anspielt.»

Einige Leute in Annies Reihe begannen zu flüstern. Sie ließ Eva Bergström nicht aus den Augen.

«Und teilen Sie auch David Fincks Ansicht, dass der Inhalt dieses Memorandums Unsinn ist?»

Åbjörnsson antwortete nicht, sondern starrte einfach nur geradeaus. Sein Gesicht war hochrot angelaufen. Der ganze Saal wartete auf seine Antwort. Alle mit Ausnahme Eva Bergströms und Jon Åbjörnssons hatten sich in Zuhörer verwandelt.

«Waren auch Sie der Ansicht, dass dieses Memorandum Unsinn war?», wiederholte Eva Bergström.

Annie sah, wie sie eine Kopie des Ellis-Memorandums aus ihrer Tasche nahm.

«Wie gesagt sind die Verhandlungen des Vorstandes vertraulicher Natur, aber ich kann bestätigen, dass wir es nicht für sinnvoll hielten, der Sache weiter nachzugehen. Sonst hätten wir das als wirkungsvoller Vorstand durchaus getan.»

«Und Sie waren also ein Mitglied des Vorstandes, der diese Meinung vertrat?»

«Ja.» Åbjörnsson versuchte, einen aufmunternden Blick aus dem Publikum aufzufangen. Ohne Erfolg. «Der muss eine Vielzahl von Beschlusspunkten …»

«Ich halte hier das Memorandum in der Hand, das dem Vorstand von White Plains vorgelegt wurde.» Eva Bergström hielt es in die Luft. «Was genau kam Ihnen darin so sinnlos vor? Dass Ihre Angestellten an Gruppenvergewaltigungen zwölfjähriger Mädchen teilnahmen oder dass Sie auch noch Geld dafür erhielten?»

Alle beugten sich auf ihren Stühlen vor, und ein Raunen ging durch den Saal.

«Sie sollten sich schämen!», fauchte Åbjörnsson und erhob sich. «Ich bin einer der bekanntesten und erfahrensten außenpolitischen Ratgeber hier im Land. Wenn Sie glauben, dass Sie …»

«Das macht es nur noch schlimmer», unterbrach ihn Eva Bergström und unterstrich jede Silbe mit einer Handbewegung. «Denn Sie, Jon Åbjörnsson, sind ein verdammter Heuchler, der wie der ganze Abschaum Ihres Kalibers zur Rechenschaft gezogen werden müsste.»

Im Saal herrschte vollkommene Stille.

Eva Bergström wusste, dass sie, obwohl sie recht hatte, zu weit gegangen war.

Hans-Christer Bergström sah seine Tochter an und konnte förmlich die Hitze ihres hochroten Gesichts spüren. Gleichzeitig bemerkte er, dass Annie den Saal verließ.

Dann brach die Hölle los.

3

Während sich die Fragen im Saal überschlugen und Jon Åbjörnsson eilig die Bühne verließ, ging Annie mit gespielter Gelassenheit aus dem Hotel und nahm sich ein Taxi zur Wohnung. Erst als sie die Wohnungstür hinter sich geschlossen hatte, begann sie zu weinen, aber nicht aus Trauer, sondern weil ihre Anspannung endlich nachließ. Während Max sie in seinen Armen hielt, fiel ihr ein, dass ihre Tränen natürlich noch einen anderen Grund hatten.

Später am Abend sahen sie sich die Nachrichten an und feierten. Es gab Champagner aus Bergströms Weinkeller. Die Fenster beschlugen, bis jemand die Balkontür öffnete, um im Freien eine Zigarette anzuzünden. Einen Augenblick fühlte es sich an, als seien Annie und Max in dieser Wohnung zu Hause, hätten wie so oft ein paar Leute eingeladen. Gleich würde Mingus aus seinem Zimmer kommen und bitten, dass ihm jemand vorlas.

«Okay, Leute», rief Bergström, und alle verstummten.

Die Illusion war zerstört, und Annie lehnte sich zurück.

«Den zweiten Schritt haben wir mit Bravour gemeistert. Ich verbeuge mich vor meiner hübschen und talentierten Tochter Eva.» Bergström verbeugte sich übertrieben und fuhr dann fort: «Wenn ich ebenso fix gewesen wäre wie du, dann hätte ich Karriere machen können.»

Es wurde gelacht und gepfiffen.

«Aber immer noch ist einiges zu tun.»

Das Lachen verstummte.

«Wir haben es uns zur Aufgabe gemacht, Annie und Max mit ihrem Sohn zusammenzuführen und dann in Sicherheit zu bringen. Sie wird uns alles abverlangen.» Bergström streckte die Hand nach seinem Glas aus. «Was ich eigentlich sagen wollte: Auf unser aller Wohl, aber geht nach diesem Glas nach Hause, damit ihr morgen ausgeschlafen seid. Wir sind bald am Ziel, und dann werden wir russischen Kaviar essen, bis er uns zu den Ohren rauskommt. Skål!»

Sie hoben ihre Gläser und stießen an. Annie wischte sich eine Träne aus dem Augenwinkel, denn wenn für diese Menschen die Feier anbrach, würden sich Max und sie in weiter Ferne aufhalten. Bei diesem Gedanken ergriff sie ein Gefühl der Einsamkeit.

Jan Wikholms Telefon klingelte. Er antwortete und reichte sein Handy an Annie weiter. «Für dich.»

Es war Patrik. Wikholm hielt die Verbindung zu ihm, seit die Polizei das Wochenendhäuschen gefunden hatte. Einstweilen hatte sich noch niemand bei Patrik gemeldet, um ihn zu fragen, wieso Annie und Max in einem von ihm gemieteten Haus gewohnt hatten. Sein Anwalt hatte sich eine gute Antwort zurechtgelegt, denn es war nur eine Frage der Zeit, bis man ihm diese Frage stellen würde. Vermutlich hofften die Ermittler, dass Patrik sie zu Max und Annie führen würde.

«Ist was passiert?», fragte Annie.

«Unser Freund aus Schonen, Arvid Thelin, hat mich eben angerufen.»

«Hat er gefunden, wonach er gesucht hatte?»

«Das und noch einiges mehr», antwortete Patrik.

«Und zwar?»

«Etwas richtig Unbehagliches.»

4

Sobald Vitomir Jozak auf seine eigene Straße abbog, fiel ihm ein Auto auf, das er dort noch nie gesehen hatte. Es war ein kleiner, unansehnlicher japanischer Wagen, keine der Marken, die für gewöhnlich in dieser Gegend parkten. Zwei Personen saßen darin.

Er unterbrach Djordje, mit dem er gerade telefonierte.

«Setz dich ins Auto und komm her.»

«Zum Haus?»

«Parke so, dass du einen kleinen Wagen sehen kannst, der vor meinem Haus steht, und warte meinen Anruf ab.»

Er unterbrach die Verbindung und fuhr die Auffahrt hinauf. Sein Wagen war gepanzert, aber er selbst trug keine Waffe mehr. Sollte ihm wirklich jemand nach dem Leben trachten, konnte ihn niemand daran hindern. Er verließ sich auf sein Gefühl.

Er stellte den Motor ab und öffnete die Tür.

Vor ihm standen Annie und Max Lander.

5

Annie und Max Lander lagen dicht nebeneinander im Bett. Sie hatten sich kurz nach neun, direkt nachdem sie in die Wohnung zurückgekehrt waren, hingelegt. Keiner schlief jedoch.

Arvid Thelin hatte unerwartet viel erreicht. Einen Tag nach Übergabe der Tasche auf Arlanda hatte sich ein Mitarbeiter des NAG-Teams den Inhalt des Schließfachs in der Niederhart Bank in Breganzona angesehen und dabei etwas entdeckt, was zur Änderung ihrer Pläne geführt hatte.

Wie es der Zufall so wollte, wurde Mikael Storm drei Tage später in der Bank vorstellig. Als er sein Schließfach öffnete, war es bis auf eine Haftnotiz mit dem Wort «Deuce» leer.

Breganzona lag gute drei Autostunden von Storms Wohnung in Montreux entfernt. Im Schließfach hatte auch sein Mietvertrag mit seiner Adresse gelegen. Irrtümlicherweise ging er davon aus, dass seine ehemaligen Partner hinter der Schließfachplünderung steckten. Seit Storm das Schließfach zuletzt geöffnet hatte, waren zehn Tage vergangen, und die Einbrecher konnten irgendwann in der Zwischenzeit zugeschlagen haben. Storm war außerdem klar, dass, wer auch immer hinter der Attacke steckte, bereits vier Stunden Zeit gehabt hatte, in seine Wohnung einzudringen.

So rasch wie nur möglich kehrte Mikael Storm nach Montreux zurück. Es gelang ihm, die Strecke in zweieinhalb Stunden zu bewältigen, aber er kam trotzdem zu spät. An der unverschlossenen Tür hing eine weitere Haftnotiz mit den Worten: «Game, set, match.»

Mikael Storm öffnete die Tür und betrat seinen schlimmsten Albtraum: eine gründlich gefilzte Wohnung.

Arvid Thelin hatte seinen Auftrag nun beendet, und der Grund seines Anrufs war, Patrik die zusätzlichen Informationen zu übermitteln, auf die er beim Durchsuchen von Mikael Storms Schließfach, Aktenschrank und Computer gestoßen war. Auch diese Unterlagen, die der Polizei in Kürze ausgehändigt werden würden, wurden von Thelin und seinen angeheuerten Spezialisten gründlichst untersucht.

Laut Thelin hatte Storm Nachforschungen über ein halbes Dutzend Leute angestellt. Neben Annie und Max, Karl-Johan Jensen, Zoran Pešić, Thurston Richards und Vitomir Jozak.

Mit Ausnahme ihrer selbst und Vitomir Jozaks waren die anderen alle tot. Aus diesem Grund hatten sie eine Stunde in Vitomir Jozaks Küche zugebracht.

Max überdachte die Ereignisse und fragte sich, was Thurston wohl dazu gesagt hätte und ob sie je herausfinden würden, wer sie zum Schweigen bringen wollte. Er schloss die Augen und versuchte, an Mingus zu denken.

Annie hingegen sann darüber nach, ob sie Max das Geheimnis jetzt oder erst nach ihrer Wiedervereinigung mit Mingus verraten sollte. Sie schaute auf die Uhr. 21.55 Uhr. Max' Atemzüge wurden regelmäßiger. Falls sie vor elf Uhr nicht eingeschlafen war, würde sie ihn wecken und es ihm erzählen.

6

Kurz nach zehn sah Vitomir Jozak Brock auf das Pult des Oberkellners im Restaurant Sturehof zutreten. Er wusste, dass Brock seinetwegen gekommen war. Wäre er hungrig gewesen, hätten er und sein schmieriger Kollege eine der Fettküchen am Fridhemsplan besucht. Jene Art von Etablissement, denen Vitomir Jozak seine ersten Einnahmen in dieser Branche zu verdanken hatte.

Brock wechselte ein paar Worte mit dem Oberkellner und ging dann an die Bar. Jozak bedeutete dem Oberkellner mit einem Kopfnicken, dass er verstanden habe. Seine Tischgesellschaft an diesem Abend bestand aus Avram und dem Besitzer einer der größten Speditionen Schwedens. Vitomir entschuldigte sich und verließ den Tisch.

An der Bar stellte er sich rechts neben Brock und bat um ein Glas Wasser. «Durstig?», fragte er und betrachtete Brocks fast leeres Bierglas.

Brock ließ sein Glas auf dem Marmortresen kreisen. Das Geräusch erinnerte an das von Kreide auf einer Tafel. Der Barkeeper beugte sich mit einer Entschuldigung vor und legte eine Serviette unter das Glas.

«Ich muss etwas sehr Salziges gegessen haben», meinte Brock.

«Was verschafft mir die Ehre?»

«Du drückst dich immer so gewählt aus», sagte Brock und sah Vitomir Jozak zum ersten Mal direkt an.

«Sag deinen Spruch auf, mein Essen wird kalt.» Vitomir Jozak bedankte sich für das Wasser und trank einen Schluck.

«Du solltest mir dankbar sein, weil ich gekommen bin, um dir etwas zu erzählen. Etwas Wichtiges.»

«Ich drücke meine Dankbarkeit mit Geld und nicht mit Freundlichkeiten aus.»

«Fair enough», erwiderte Brock und leerte sein Bierglas. «Ich habe gerade gehört, dass ein Kopfgeld auf dich ausgesetzt wurde.»

«Ist das eine Neuigkeit?», fragte Jozak und betrachtete Brock.

«Mein Eindruck ist, dass es dieses Mal nicht um den normalen Zigarettenschmuggel geht. Es heißt, es sei ein Auftrag aus dem Ausland.»

Avram Gavric erschien und baute sich hinter ihnen auf. «Brock», sagte er. «Was hast du in einem so feinen Lokal zu suchen?»

«Wir sind bereits fertig», sagte Vitomir Jozak. «Danke für die Fürsorge, Brock.»

«Keine Ursache», erwiderte Brock. «Einen schönen Abend noch, Jungs.» Er ging auf den Ausgang zu.

Vitomir Jozak und Avram Gavric blieben am Tresen stehen.

«Worum ging's?», fragte Avram.

«Ein Mordauftrag. Aus dem Ausland.»

«Hab ich's nicht gesagt», meinte Avram und schlug mit der flachen Hand auf den Tresen.

«Reg dich nicht auf. Ich glaube, es ist an der Zeit, für etwas Distanz zu sorgen.»

Avram beugte sich vor. «Habe ich dir nicht gesagt, dass diese Annie Lander nur Probleme mit sich bringt? Hast du die Nachrichten gesehen? Sie hat dich verraten. Eure Abmachung. Sie bedroht alle! Und selbst wenn sie nichts beweisen kann, warum ein Risiko eingehen? Sag, dass ich mich irre!»

Vitomir nickte und trank einen Schluck Wasser. «Du irrst dich nicht. Und wenn Brock Gerüchte hört, hören die anderen sie auch. Ich finde, wir sollten einen Ausflug nach Belgrad unternehmen und unsere alten Mütter besuchen. Was meinst du? Nur du und ich, ganz so wie früher?» Vitomir tätschelte Avram den Arm.

«Natürlich, es besteht kein Grund zu zögern. Wir fahren morgen.»

7

«Max?» Annie knipste die Lampe über dem Bett an. «Wach auf.»

Blinzelnd setzte er sich auf und sah sich im Zimmer um.

«Wir müssen etwas besprechen», sagte Annie und sah ihn an.

«Jetzt?»

«Jetzt.»

«Wie spät ist es?»

«Zwölf.»

«Ich muss wohl eingeschlafen sein.» Er rieb sich die Augen. «Kann ich erst noch auf die Toilette gehen?»

Sie hörte ihn durch den Türspalt. Er betätigte die Spülung und dann den Wasserhahn. Als er wieder ins Zimmer trat, trocknete er sich das Gesicht mit einem Handtuch ab.

«Jetzt bin ich hellwach», sagte er. «Hast du geschlafen?»

«Nein.»

Er setzte sich auf die Bettkante.

«Ich muss dir etwas erzählen», begann Annie.

«Okay», erwiderte er und schluckte.

«Ich wollte es dir eigentlich schon länger erzählen, aber bei dem ganzen Trubel ergab sich nie die rechte Gelegenheit. Ich wollte außerdem warten, bis ich mir ganz sicher bin. Und eigentlich bin ich mir erst seit gestern hundert Prozent sicher.»

«Annie, spann mich nicht so auf die Folter.» Er lächelte. «Wenn du mir nicht bald sagst, worum es geht, bekomme ich Angst.»

Sie lächelte, rückte näher an ihn heran und nahm seine Hand. «Max», sagte sie und sah ihn an. «Mingus bekommt ein Geschwisterchen.»

8

Buster Droth duckte sich auf der Rückbank eines schwarzen Audis, der vor seinem Haus in der Grev Magnigatan stand. Höflich, aber mit Nachdruck wurde der Reporter von einem jungen Mann mit Stoppelhaaren beiseitegeschoben, der sich ans Steuer setzte und auf die Storgatan abbog.

Die Dunkelheit des frühen Morgens lag über der Stadt. Buster Droth wirkte, als sei er von einer schlechten Nachricht geweckt worden, nur um gleich wieder, noch dazu vor laufender Kamera, der nächsten schlechten Nachricht in die Arme zu laufen.

Die dritte und letzte Metro-Reportage widmete sich den Interessen des Droth-Konsortiums in Bosnien. Buster Droth wurde bezichtigt, große Gewinne aus dem Konflikt auf dem Balkan erzielt zu haben. Bergström hatte einem Bekannten vom Frühstücksfernsehen einen Tipp gegeben, und dieser erklärte nach seiner Rückkehr ins Studio, Buster Droth weigere sich, die Angaben der Zeitung Metro, er habe sich am Krieg im ehemaligen Jugoslawien bereichert, zu kommentieren.

9

Annie und Max saßen im Bett, sahen fern und tranken Kaffee. Annie glaubte nicht, dass Buster Droth am Ende war. Aber die Fernsehsequenz zeigte deutlich, dass es ihn kalt erwischt hatte.

An jenem Spätnachmittag in der Küche hatte plötzlich alles einen Sinn ergeben. Die Firmen. Die Frauen. Vitomir. Die Politiker. Die Droths. Roberts Beobachtungsgabe hatte alles in einen logischen Zusammenhang gerückt. Vielleicht hätte ihr ja schon früher ein Licht aufgehen können, aber es war menschlich, nach komplexeren Ursachen zu suchen. Eigentlich war es nur darum gegangen, immer mehr Geld zu verdienen.

Annie kannte Buster Droth nicht. Aber alles, was sie über ihn gelesen hatte, ließ einen fürchterlichen Menschen erahnen, der die Gabe besaß, sich unvorhergesehene Ereignisse zunutze zu machen. Wie hieß es doch so schön? Glück war, wenn Planung und Chance aufeinandertrafen. Buster Droth war am Schnittpunkt dieser beiden Faktoren zur Welt gekommen und hatte sein ganzes Leben dort verbracht.

Er hatte die Polizisten Orha und Theorin damit beauftragt, sie im Gutshof in Töversta einzusperren, damit sie ihm nicht weiter hinterherschnüffeln konnte. Diese Aufgabe hatten die beiden übererfüllt. Vitomir Jozaks Anwalt Kenneth Olsson hatte sich um Max gekümmert und in diesem Zusammenhang Vitomir um einen Gefallen gebeten: Max sollte beschattet werden, um sicherzustellen, dass er sich an die Vereinbarungen hielt und nichts Übereiltes unternahm. Vitomir Jozak hatte seinen Bruder Ranko mit diesem Auftrag betraut, und dieser hatte Max nach Töversta verfolgt. Bei dieser Gelegenheit war Ranko Jozak erschossen worden. Dann hatten Rankos Begleiter Orha und Theorin erschossen und Annie und Max zum sogenannten Hausarzt gebracht. So weit war alles unstrittig.

Anschließend war Johan Droth jr. in Frankreich erschossen worden.

Annie vermutete, dass Buster Droth Vitomir Jozak eingeflüstert hatte, sein Vater Johan habe die Vorfälle in Töversta und damit auch Rankos Tod verschuldet. Unter der Bedingung einer Partnerschaft hatte Buster Vitomir gestattet, sich an seinem Vater zu rächen.

Jugoslawien befand sich in Auflösung. Das Parlament befürwortete die Erweiterung der serbischen Armee mittels Miliz und Freiwilliger, um jenen, die ihre Selbständigkeit proklamierten, militärisch überlegen zu sein. An dieser Stelle wurde Roberts Puzzlestück eingesetzt und ergab ein neues, sinnvolles Bild.

Sie würden es nie mit Sicherheit wissen, aber die These wirkte interessant und einleuchtend. Vielleicht hatte Buster Droth auf diese Gelegenheit gewartet. Und sich dafür bezahlen lassen, dass er seinen Vater geopfert hatte. Vitomir Jozak verfügte über Kontakte in Belgrad. Zu Magaš. Und Magaš bewegte sich in den allerhöchsten Kreisen. Sie hatten Vereinbarungen hinsichtlich des Sicherheitsunternehmens und der Stahlfirma getroffen. White

Plains wurde in Südafrika gegründet, wobei man die Verbindungen zum Droth-Imperium tunlichst kaschierte. Dann wurden Söldner rekrutiert und nach Bosnien geschickt. Der Gewinn floss ans Konsortium zurück. Mit der Zeit sprach sich die Effizienz White Plains' herum, und das Unternehmen wurde von der Regierung Sierra Leones unter Vertrag genommen. Die Vergütung in diesem Fall ließ die Stahlgeschäfte wie ein Trinkgeld erscheinen: Konzessionen für Diamantenminen. White Plains verkaufte die Konzessionen an ein an der kanadischen Börse notiertes Grubenunternehmen. Man expandierte, arbeitete an der Markenführung und beschwor die Vorzüge der Privatisierung.

Buster Droth hatte die Möglichkeiten erkannt und war vorbereitet gewesen. Alles war glatt gelaufen. Bis jetzt.

«Wie alt sind wir eigentlich?», fragte Max, als im Fernsehen die Sportnachrichten begannen.

«Ich bin noch recht jung», erwiderte Annie. «Und du bist drei Jahre jünger als ich.»

«So ist es», meinte er und ergriff ihre Hand. «Vielleicht habe ich es noch nicht gesagt, aber das ist, was ich mir erträumt habe.»

Sie nickte. «Ich auch, obwohl ich mir dessen nicht bewusst war.»

Es klingelte, und Annie ging zur Tür.

Sie schaute durch den Spion und sah die Rückseite eines Nadelstreifenanzugs. «Das ist Robert», rief sie.

Sie öffnete, aber der Mann war nicht Robert. Beinahe hätte sie die Tür zugeschlagen, aber etwas hinderte sie daran. Sie kannte ihn. Es dauerte zwei sehr lange Sekunden, bis sie wusste, wer vor ihr stand.

Es war Djordje.

10

Harry Seward war einer von zehn Mitarbeitern der Urkundenabteilung des Staatlichen Kriminaltechnischen Labors. Martinsson hatte sich sagen lassen, dass er in Europa einer der herausragenden Experten in einem Verfahren namens ESDA war. Interessanterweise hieß die amerikanische Koryphäe auf diesem Gebiet G. H. Seward. Die Kollegen des schwedischen Seward pflegten zu spaßen, dass das H des amerikanischen Seward sicher auch Harry bedeute und dass George Harry Seward und Harry Seward eigentlich ein und dieselbe Person seien. Martinsson war davon berichtet worden, weil dieser Umstand weder Harry Seward noch seinen amerikanischen Namensvetter erfreute. Wer Harry bei Laune halten wollte, vermied es tunlichst, den anderen Seward zu erwähnen.

Martinsson hatte sich die ESDA-Methode erläutern lassen. Soweit er verstand, wurden die zu untersuchenden Dokumente elektrostatisch aufgeladen, mit einem Film überzogen und dann mit einer Art Spray behandelt, das an allen Vertiefungen des Papiers haften blieb. Martinsson hatte nie gute Noten in Physik oder Chemie gehabt und seinen Kindern auch nicht bei den Hausaufgaben helfen können.

«Das Material ist fast perfekt», sagte Seward. «Es handelt sich um gut erhaltenes, unzerknittertes Papier. Achtzig Gramm. Standard, könnte man sagen. Egal, um welches Dokument es sich handelt, stellen sich immer die gleichen Fragen: Wer hat das Dokument wann, wo und warum verfasst? Darum haben Sie sich an uns gewandt.»

«Dem habe ich nichts hinzuzufügen.»

«Gut. Das Wann und Wo stellt kein Problem dar, da der Brief

in einem gestempelten Umschlag steckte. Alles spricht dafür, dass Umschlag und Brief zusammengehören. Der Brief wurde am 9. September 1991 in Stockholm abgestempelt und aus Schweden an eine Adresse in Südafrika geschickt.»

«Das ist gute sieben Jahre her ...»

«Die Zeitspanne fällt nicht ins Gewicht», unterbrach ihn Seward. «Wir haben Vertiefungen dechiffriert, die vor fünfzig Jahren entstanden sind. Solange ein Dokument intakt ist und, um nur ein Beispiel zu nennen, keine Feuchtigkeitsschäden aufweist, ist die Zeit nicht von Belang. Bleibt also das Wer und Warum.» Er räusperte sich. «Der Brief enthält eine Namensliste, und Sie werden die Frage, was es mit dieser auf sich hat, sicher besser beantworten können als ich. Ich habe mich also auf jene Spuren konzentriert, die die Frage beantworten können, wer der Absender ist. Auf Spuren, die mit bloßem Auge nicht zu erkennen sind.»

11

Ranko Jozak war auf dem neuen Belgrader Friedhof beigesetzt, der allerdings nicht sonderlich neu war. Soweit Vitomir wusste, existierte er schon seit über hundert Jahren, was ihn vielleicht aber zum neusten der Stadt machte. Wichtiger war jedoch, dass es sich um einen schönen Friedhof handelte, auf dem die Gräber besonders bedeutender Menschen in einer ganz bestimmten Reihe lagen. Vitomirs Mutter gefiel es, dass Ranko in feiner Gesellschaft ruhte, zwischen Dichtern, Politikern und anderen Größen der Gesellschaft.

Avram war im Auto sitzengeblieben. Eine Familienangelegenheit, hatte Vitomir gesagt.

Vitomir bewegte sich sehr langsam vorwärts und stützte seine alte Mutter bei jedem Schritt. Ranko war vor neun Jahren gestorben, und Vitomir hatte sein Grab nur wenige Male besucht. Wie die vorhergehenden Male auch kam er in sorgenvoller, düsterer Stimmung und verließ das Grab mit noch finsterer Miene. Vitomir hatte Ranko nach Schweden geholt und ihn in die Sache mit Annie Lander reingezogen, die zum Tode Rankos und zweier Polizisten geführt hatte. Seine Mutter würde ihm nie verzeihen, obwohl er seinen Bruder gerächt hatte, aber davon wollte sie nichts wissen. Zweimal falsch ergibt nicht einmal richtig, pflegte sie zu sagen. Vitomir hatte Johan Droth jr. höchstpersönlich auf einem Autobahnparkplatz in Frankreich erschossen. Aber noch während er die Schrotflinte in den Mund des alten Mannes geschoben hatte, war der Verdacht in ihm aufgestiegen, er könne den Falschen vor sich haben, aber da hatte es kein Zurück mehr gegeben.

Er hatte Djordje mit Nachforschungen über die beiden toten Polizisten beauftragt, eine Aufgabe, die drei Jahre in Anspruch nahm. Unterdessen war Vitomir in die Anonymität abgetaucht und war mit der Hilfe von Kenneth Olssons, der sich zu seinem engsten Berater entwickelte, ein gesetzestreuer Bürger geworden. Sie hatten die Arbeit der Polizisten unter die Lupe genommen und waren auf Kontakte zu Buster Droth gestoßen. Vor Ranko. Vitomir konnte also sein Grab aufsuchen, ohne sich schämen zu müssen, er wusste genug, um ihm Rache geloben zu können.

12

Tom Martinsson war noch ganz mitgenommen. Erst die Antwort von Seward, dann die des Kollegen, der die Namenliste durchging.

Sofort fasste Martinsson den Entschluss, einen der Männer aufzusuchen, die noch im Großraum Stockholm gemeldet waren.

Er begab sich zu der Adresse in einem Vorort und erfuhr dort, der Mann sei bei der Arbeit. Also fuhr Martinsson zu seinem Arbeitsplatz und traf einen anfänglich halsstarrigen, dann zunehmend aggressiven Mann an, der sich schließlich aufs Flehen verlegte. Seine Abenteuer mit den Rechtsradikalen seien eine Jugendsünde gewesen. Nach Beendigung des Wehrdienstes habe er keine Arbeit gefunden und sich auf zielloser Suche herumgetrieben. Jetzt habe er Frau und Kinder und eine erfreuliche Arbeit. Die einträglich zu sein scheint, dachte Martinsson und betrachtete die Bügelfalten des Mannes.

Sie tranken einen Kaffee, und nachdem ihm Martinsson versprochen hatte, nie mehr in seinem Büro vorstellig zu werden, erzählte er, was er 1992 getan hatte.

13

Djordje hatte am Vorabend Annie und Max auf ihrem Weg von Vitomir nach Hause beschattet.

«Ich habe eine Nachricht von Vito», sagte er jetzt, als er den Schrecken in Annies Augen bemerkte. «Darf ich reinkommen?»

Djordje nahm am Küchentisch Platz, während sich Annie und Max an die Küchenzeile lehnten.

«Ich verstehe, dass ihr euch über mein Erscheinen wundert», sagte Djordje und trank einen Schluck Wasser, Kaffee hatte er ausgeschlagen. «Ich will mich kurz fassen und bin auch in ein paar Minuten schon wieder weg.»

«Nichts für ungut», sagte Annie, «aber ich hatte nicht erwartet, dass wir einen Besuch von ...»

Djordje unterbrach sie, indem er die Hand hob. Er nahm seine Tasche vom Fußboden und drehte am Zahlenschloss, öffnete die Tasche dann aber nicht. «Vor vielen Jahren, als wir uns zum ersten Mal begegnet sind, hat euch Vitomir das Leben gerettet und verkündet, dass ihr in seiner Schuld steht.» Er verstummte und lächelte. «Von dieser Schuld seid ihr nun befreit», sagte er und öffnete die Tasche.

14

Rankos Grab lag kaum sechzig Meter vom Auto entfernt. Vitomir half seiner Mutter vor dem Grab auf die Knie. Mit ihren alten Händen zupfte sie das wenige Unkraut weg, das vor dem Grabstein spross.

Vitomir drehte sich um und betrachtete den Wagen, einen großen Range Rover. Avram war ausgestiegen und rauchte an die Motorhaube gelehnt eine Zigarette. Sie sahen sich an.

Avram hatte ihn hintergangen, indem er sich über den Mittelsmann Jusa mit Božko Magaš verbündet hatte. Sie hatten mit Dingen, die Vitomir Jozak nie genehmigt oder gebilligt hätte, nebenher Geld verdient. Dabei hatten sie sich die Kontakte, die

Vitomir zwischen den Direktoren Buster Droths und den Machthabern in Belgrad hergestellt hatte, für Handlungen zunutze gemacht, die nie hätten ausgeführt werden dürfen. Wahrscheinlich hatte Magaš Avram Schweden versprochen. Sie hatten einen Mitwisser nach dem anderen eliminiert und waren schließlich bei Vitomir angelangt. Sie fürchteten den Moment, wenn der längst fällige Groschen endlich fiel. Bislang hatte ihn Rankos Tod so sehr in Anspruch genommen, dass er darüber seine Feinde und seine vermeintlich loyalen Leute aus den Augen gelassen hatte. Aber jetzt war Schluss. Während seine Mutter in der Erde scharrte, die seinen kleinen Bruder bedeckte, ermordete ein alter Freund Jusa zu Hause in seiner Luxusvilla. Seine Leiche würde nie gefunden werden. Er würde sich einfach in Luft auflösen.

Vitomir zog den Sender aus der Tasche und hob ihn über den Kopf. Er würde seine Mutter nicht vorwarnen. So wenig Mitwisser wie möglich, lautete die Devise. Dann fing er Avrams Blick auf, der gerade seine Zigarette an die Lippen führen wollte, aber innehielt. Als er die Zigarette fallen ließ und die Hand hob, wusste Vitomir, dass er verstanden hatte. Er betätigte den Auslöser, und das Auto verwandelte sich in einen Feuerball.

15

Patrik hatte sie abgeholt.

Die neueste Metro lag auf dem Rücksitz. «Die wollt ihr doch bestimmt lesen», meinte er und schaute nach hinten. Annie las den ganzen Artikel. Bergström hatte ihren Text übernommen, ohne auch nur ein Komma zu verändern.

Sie kamen zu früh zum vereinbarten Treffpunkt, dem Waldfriedhof. Lisa, Mingus und Max' Mutter waren noch zehn Minuten entfernt.

Djordjes Paket hatte den Dingen eine neue Wendung gegeben. Eigentlich hatten sie Mingus abholen und sich dann wieder auf den Weg machen wollen. Neue Länder und neue, aber ähnlich klingende Namen. Nun würde es anders kommen. Sie hatten den Einsatz erhöht. Aber sie waren sich einig.

Eine neue Welle der Nervosität schlug über sie hinweg. Annie versuchte, Max' Blick aufzufangen, und erkannte, dass es ihm ebenso erging wie ihr. Sie las den Artikel ein weiteres Mal.

Laut Zeugenaussagen geschah Folgendes: Ein paar Soldaten erschlugen einen sechzigjährigen Moslem im Lager Buk Bijela. Er war Schneider, und überlebende Mitgefangene beschrieben, wie er zu Tode misshandelt wurde, weil ihm die Kraft fehlte, den Latrineneimer wegzutragen. Die Soldaten beschlagnahmten sein Haus in Aladza und brachten bosnische Mädchen, manche nicht älter als dreizehn, aus dem Lager und der Sporthalle Partizan dorthin. Dann vergewaltigten sie sie und ermunterten andere Soldaten, es ihnen nachzutun.

Einige dieser Soldaten, unter denen sich mindestens ein Schwede befand, arbeiteten für ein privates Sicherheitsunternehmen, das auch die Zeit, die die Söldner in dem Haus in Aladza verbrachten, in Rechnung stellte. Der tote Schneider hieß Salaman, der Name des Unternehmens ist White Plains, dessen Löwenanteil im Besitz einer an der Stockholmer Börse notierten Aktiengesellschaft ist, die auch ein Gros des Gewinns abschöpft. Zu den Hauptaktionären zählten drei Großbanken und drei staatliche Rentenfonds. Somit betraf diese Angelegenheit nicht nur die Aktionäre, sondern das ganze schwedische Volk.

Sinn und Zweck dieser Artikelserie war es nicht, einen Hauptschuldigen in diesem Konflikt anzuprangern, sondern die Fakten darzulegen und eine wichtige Frage aufzuwerfen: Welcher Leser möchte über Kapitalanlagen oder Rentenfonds von den Vorgängen in Salamans Haus profitieren?

Sie hatten gute zehn Minuten im Auto gewartet, als Lisas Gestalt am Rand eines Gebüschs auftauchte. Patrik drehte sich rasch um und sah, wie sich Annie und Max gespannt, aber auch beunruhigt aufrichteten. Kurz darauf betrat die ganze Gesellschaft den Weg, auf dem sie parkten. Lisa schob Max' Mutter im Rollstuhl, links neben seiner Großmutter ging Mingus und hielt sie an der Hand.

Annie und Max stiegen aus dem Auto, als die anderen noch dreißig oder vierzig Meter von ihnen entfernt waren. Lisa blieb stehen, beugte sich zur Seite und flüsterte etwas. Leonard Mingus zögerte einen Moment, biss in seinen linken Zeigefinger, ließ die magere Hand seiner Großmutter los und rannte auf seine Eltern zu.

Annie und Max umarmten Mingus von beiden Seiten und lachten und weinten in so rascher Folge, dass kein Unterschied zu hören war.

Mingus' Gesicht strahlte jene Freude aus, die sie in ihren Träumen gesehen hatten, seit sie ihn verlassen hatten. Schüchtern trat er auf der Stelle und drehte sich ratsuchend nach Lisa um. Dann winkte er Patrik zu, der sich auch näherte.

Lisa gesellte sich mit dem Rollstuhl zu ihnen, und Max umarmte sie rasch, wischte sich die Tränen mit dem Jackenärmel aus dem Gesicht und ging dann vor seiner Mutter in die Hocke. Er sah ihr in die Augen, in die ein Schimmer des Wiedererkennens trat. Ein Lächeln breitete sich auf ihren Lippen aus. Rasch blickte er zu Lisa auf, die den Kopf zur Seite neigte und ihn bedauernd ansah.

«Mama, ich bin's, Max. Ich bin jetzt wieder da.»

Patrik legte ihm eine Hand auf die Schulter.

Max betrachtete ihn, Annie und Mingus. «Wir sind jetzt alle wieder da, Mama.»

Sie würden einen gemeinsamen Abend in Freiheit verbringen.

16

Martinsson fing vor dem Präsidium Sten Rohde ab, der gerade auf dem Weg zu seinem Wagen war.

«Sten, hast du fünf Minuten?», fragte Martinsson keuchend, weil er gerannt war.

«Kann das nicht bis morgen warten?», fragte Sten Rohde, ohne stehen zu bleiben.

Tom Martinsson schüttelte den Kopf. «Ich fahre einfach mit.»

Sten Rohde grinste und schloss das Auto auf. «Spielt es keine Rolle, in welche Richtung ich fahre?»

«Nein. Das ist mir egal.»

Rohde zuckte mit den Achseln. «Na gut, steig ein.»

Als sie rechts auf die Fleminggatan einbogen, normalisierte sich Martinssons Atmung allmählich wieder. Als er erkannt hatte, dass noch eine Chance bestand, Rohde einzuholen, war er von seinem Büro aus losgesprintet. Leider ließ seine Fitness zu wünschen übrig.

«Wir sind auf dem Weg zum Konserthuset», sagte Rohde. «Nur, damit du im Bild bist.»

«Nett», erwiderte Martinsson.

«Das bedeutet aber nicht, dass ich eine Karte für dich habe.»

«Ich habe ohnehin nicht das Richtige an.»

«Aber du willst mir den Abend mit einer schlechten Nachricht verderben?» Rohde hielt an der roten Ampel vor der Barnhusbron und sah ihn von der Seite an.

Martinsson nickte. «Ich habe eine These, die ich bislang für mich behalten habe, weil sie mir zu Beginn recht wahnwitzig erschien, aber je länger ich darüber nachdenke ... bei meiner weiteren Recherche bin auf etwas gestoßen, was sie bestätigt.»

«Und zwar was?»

«Einen der größten Skandale in der Geschichte der schwedischen Polizei.»

17

Sten Rohde rief Bo Nathansson noch am selben Abend von seinem Büro aus an und bat ihn um eine Unterredung am darauffolgenden Morgen. Er schwieg sich über sein Anliegen aus und erzählte auch nicht, wer sonst noch erscheinen würde. Nämlich Martinsson.

Als Nathansson Rohdes Büro betrat, verriet er mit keiner Miene, ob es ihn erstaunte, Martinsson dort anzutreffen. Dieser saß bereits auf der Couch.

«Tom», sagte er nur. «Bist du inzwischen hier eingezogen? Ist dir das Bootleben verleidet?»

«Ich wünsche ebenfalls einen guten Morgen», erwiderte Martinsson. Er war voller Tatendrang und ein wenig nervös. Der Mann, der ihm gegenüber Platz nahm, entsprach in nichts jener

Person, die jahrelang sein Chef gewesen war. Es verwunderte ihn, dass er und alle anderen im Präsidium Nathansson hatten respektieren können.

Rohde ging langsam zum Tisch und nahm an dessen Schmalseite Platz. «Du willst sicher wissen, worum es geht, Bo.»

«Ich bin mir sicher, dass mich einer von euch beiden aufklärt, noch ehe ich antworten kann.»

Sten Rohde lächelte. Er würde jede Sekunde auskosten. «Möchtest du beginnen, Tom?»

«Natürlich», erwiderte Tom Martinsson und räusperte sich. Er bemühte sich, spontan zu klingen, aber in Wirklichkeit war er seinen Vortrag einige Male durchgegangen. Auf das Konzert hatte Rohde am Vorabend verzichten müssen, und sie hatten den Abend und die halbe Nacht im Präsidium verbracht. Martinsson schaute auf die Uhr. Es war Viertel nach neun.

«Wie du weißt, Bo, habe ich mich mit einem Fall beschäftigt, der schwedische Staatsbürger in Bosnien betraf.»

«Ich habe dein Memorandum bekommen.»

«Genau», sagte Martinsson. Seine Stimme zitterte leicht. Er trank einen Schluck von dem Kaffee, den Rohde auf den Tisch gestellt hatte. «Aber es stellte sich heraus, dass es nicht ganz vollständig war. Ich habe die letzten Wochen damit verbracht, diese Lücken zu schließen.»

«Lücken haben dir immer schon zu schaffen gemacht, Martinsson», sagte Nathansson.

«Mir und den meisten anderen Polizisten, bilde ich mir ein», entgegnete Martinsson. «Und glücklicherweise auch einigen Leuten bei der Staatsanwaltschaft.» Martinsson nahm eine Mappe aus seiner Tasche, die neben dem Sofa stand. «Wie du weißt, wurde bei Andrew Burgess eine Haussuchung durchgeführt. Bei dieser Gelegenheit entdeckte man etwas Kleines von großer Bedeutung. Man könnte von der sprichwörtlichen Nadel im Heuhaufen sprechen.»

«Ungemein spannend», meinte Nathansson, der gar nicht erst zu verbergen suchte, wie sehr er Martinsson verachtete.

«Ja, kombiniert mit den anderen Puzzleteilen, ist spannend in der Tat das richtige Wort.» Martinsson sah Nathansson an. Er spürte, wie er die Oberhand gewann, wollte Nathansson schwitzen sehen und dessen Qual ausdehnen. Seine Nervosität war wie weggeblasen. «Eine Vielzahl von Dokumenten wurde beschlagnahmt, dem Verzeichnis nach zu urteilen mehrere Kartons. Unter diesen Dokumenten fand sich ein Brief.» Martinsson nahm ein Foto aus der Mappe und legte es auf den Tisch.

Nathansson wandte seinen Blick nicht von Martinsson ab. Dieser wartete ein paar Sekunden und fuhr dann fort. «Dieses Foto zeigt ein Schreiben, das in Andrew Burgess' Haus gefunden wurde. Es ist eine Liste mit der Maschine geschriebener schwedischer Namen. Es handelt sich um junge, überwiegend rechtsradikale Männer.»

Nathansson zuckte mit den Achseln, aber Martinsson sah, wie sich seine Miene veränderte. Er fühlte sich an den Augenblick erinnert, in dem sich ein rot glühendes Stück Kohle in weiße Asche verwandelt.

«Die Liste, die unter anderem den uns bekannten Namen Karl-Johan Jensen enthält, lag in einem Umschlag, der an eine Adresse in Südafrika, gewissermaßen an den Geburtsort von White Plains, adressiert war. Ein in Schweden abgestempelter Umschlag.»

Martinsson betrachtete den schweigenden Nathansson. Dann sah er Sten Rohde an, und dieser bedeutete ihm mit einem Kopfnicken fortzufahren. Sie waren alles genauestens durchgegangen, und es gab keine Veranlassung, vom Plan abzuweichen.

«Auf dem Umschlag befanden sich natürlich unzählige Fingerabdrücke, aber der Inhalt war in gutem Zustand. Vermutlich hat ihn Burgess all die Jahre in einem Safe oder Ähnlichem aufbewahrt.»

«Ich hoffe, dass du bald zur Sache kommst, Tom. Die Uhr tickt.»

«Wie wahr, wie wahr», meinte Martinsson und unterdrückte den Impuls, sich über den Tisch zu beugen und Bo Nathansson mit dem Handrücken zu ohrfeigen.

«Haben sie dich gut bezahlt, Bo?», fragte Sten Rohde.

Nathansson wandte sich bedächtig seinem Chef zu. «Ich verstehe deine Frage nicht.»

«Dann will ich mich etwas deutlicher ausdrücken. Du hast dieser kleinen Firma in Südafrika diese Liste geliefert, denn was spielte das schon für eine Rolle? Wen kümmerten schon ein paar schwedische Schlawiner, die für eine südafrikanische Firma auf dem Balkan Krieg führten. Aber die Firma, der Krieg, die Schlawiner, erwuchsen sich zu etwas anderem, als du erwartet hattest.»

Jetzt ergriff Martinsson das Wort: «Als ich dir das Memorandum übergab, wurde dir klar, dass es dir an den Kragen gehen könnte, wenn es uns gelang, einen deiner Söldner ausfindig zu machen. Du hast also alles in deiner Macht Stehende unternommen, um die Angelegenheit unter den Teppich zu kehren. Was dazu führte, dass du bei deinem Sturz nur noch mehr Leute mitgerissen hast.»

«Sturz?» Nathansson lächelte höhnisch. «Von wem redest du eigentlich?»

«Gestern Abend wollte ich eigentlich ein Konzert mit meiner Frau besuchen», sagte Sten Rohde. «Aber stattdessen habe ich den Abend und die halbe Nacht im Präsidium mit einem deiner Protegés verbracht, mit Brock.»

«Brock?»

«Wir haben ihn zu Hause abgeholt.»

«Und was hat dir dieser Untergebene erzählt, das rechtfertigen würde, dass ich mich hier von einem anderen Untergebenen anzweifeln lassen muss?»

«Alles», sagte Sten Rohde. «Beispielsweise, dass er das Verhör mit Jensen aus dem Jahr 1992 erfunden hat.»

Tom Martinsson schob ein zweites Foto über den Tisch. Es handelte sich um das Ergebnis der Untersuchungen, die Harry Seward an der Liste mit den sechzehn Namen angestellt hatte. Seward war davon ausgegangen, dass eine Haftnotiz oder etwas Ähnliches auf dem Umschlag geklebt hatte, ehe er abgeschickt worden war. Und dass diese beschriftet worden war, nachdem das Blatt Papier zusammengefaltet in den Umschlag geschoben worden war.

Dieses Mal beugte sich Nathansson vor, um das Foto zu betrachten, das zwischen ihm und Tom Martinsson lag. Er sah die Liste. Als er die handgeschriebene Zeile sah, die Seward sichtbar gemacht hatte und die sich wie ein Fluch über die Namen legte, riss er die Augen auf. Schweigend betrachtete er die Worte: «Die Liste. Brock.»

18

Es war Punkt zehn, als drei Personen auf die Rezeption der Polizeibehörde in der Kungsholmsgatan 43 zutraten. Der gutgekleidete Mann in der Mitte ergriff das Wort:

«Ich bin Rechtsanwalt Kenneth Olsson. Meine Mandanten Annie und Max Lander möchten sich der schwedischen Polizei stellen.»

FÜNF

«Unfassbare menschliche Verdorbenheit.»

Prozess IT-98-33-T,
Staatsanwaltschaft gegen Radislav Krstić

REQUIEM

1

Es war lange her, seit die Personaluntersuchungskommission des Reichspolizeiamtes die Verantwortung für Disziplinarfragen innerhalb der Polizei von der Bezirksverwaltung übernommen hatte. Es war jedoch das erste Mal, dass sich Tom Martinsson dafür interessierte, welche Ziele diese Kommission verfolgte.

Torsten Enlund hatte beim Verhör anfänglich geschwiegen, war aber wie Brock in schlechter psychischer Verfassung gewesen und hatte recht bald ausgepackt.

Die Beamten Enlund und Brock würden ihre Strafe von der Kommission erhalten. Nathanssons Zukunft als ihr Vorgesetzter würde am selben Tag von der staatlichen Disziplinarkommission in seiner Abwesenheit entschieden werden. Tom Martinsson wusste, dass Sten Rohde nicht vorhatte, ein rechtskräftiges Gerichtsurteil abzuwarten, sondern dafür sorgen wollte, dass diese drei Personen schnellstmöglich aus seiner Behörde verschwanden. Weder Enlund noch Brock hatten von der Möglichkeit Gebrauch gemacht, persönlich an der Sitzung teilzunehmen. Das war gut so und zeigte, dass sie immerhin eingesehen hatten, dass die Schlacht verloren war.

Was auch den Tatsachen entsprach. Die Kommission entschied einstimmig. Gleichzeitig fasste die staatliche Disziplinarkommission einen Beschluss hinsichtlich Bo Nathanssons.

Alle drei wurden entlassen und der Bestechlichkeit beziehungsweise grober Dienstvergehen angeklagt. Enlund wurde darüber hinaus schwerer Drogendelikte sowie der Trunkenheit am Steuer angeklagt und erhielt weiterhin eine Verwarnung anlässlich unachtsamen Gebrauchs seiner Dienstwaffe.

Am Abend stand Tom Martinsson wartend vor dem Pub in der Rörstrandsgatan und schaute auf die Uhr. Fünf vor sieben. Sie hatten sich für sieben verabredet. Wie immer, wenn er nervös war, war er zu früh gekommen. Da sah er in einiger Entfernung seine Verabredung über die Straße eilen.

«Du bist also auch zu früh dran», sagte Maria Böö und lächelte.

«Ja», erwiderte Tom Martinsson und wusste nicht recht, ob er ihr die Hand schütteln oder sie umarmen sollte. Am Arbeitsplatz hätte sich diese Frage nicht gestellt, auf der Straße war es etwas anderes. «Um ehrlich zu sein, komme ich immer zu früh, wenn ich nervös bin. Ansonsten neige ich eher zu Verspätungen.»

«Da haben wir etwas gemeinsam», sagte Maria Böö.

Tom Martinsson hielt ihr die Tür zum Pub auf.

Einige Stunden zuvor hatte er Maria Böö angerufen und sie auf ein abendliches Bier eingeladen. Er wollte sich dafür bedanken, dass sie ihm das Dokument zugänglich gemacht hatte, das Bo Nathansson zum Verhängnis geworden war, und außerdem feiern, dass sie Andrew Burgess' Auslieferung erwirkt hatten.

Das Oberste Landesgericht Großbritanniens hatte die Beschlüsse der beiden ihm untergeordneten Instanzen bestätigt und die Auslieferung Burgess' nach Schweden angeordnet, damit er dort wegen Verbrechen gegen die Menschenrechte und Vergehen gegen das Kriegsrecht vor Gericht gestellt werden konnte. Nach seiner Festnahme hatte Burgess alles Erdenkliche unternommen, um seine Auslieferung hinauszuzögern, aber nach Entscheidung der höchsten Instanz davon Abstand genommen, sich auch noch an das ECHR zu wenden. Die Experten nahmen an, dass dies auf das Tempo der Entscheidung zurückzuführen war, das darauf schließen ließ, dass sich die Richter ihrer Sache recht sicher gewesen waren. Burgess' neuer Anwalt, der sich des Falles gerade erst angenommen hatte, erklärte, man werde nicht in Revision gehen, obwohl der Auslieferungsantrag ungültig sei, weil er von einem schwedischen Staatsanwalt und nicht, wie in Großbritannien erforderlich, von einem Richter gestellt worden war. Andrew Burgess habe die Straftaten, derer er vom schwedischen Staatsanwalt bezichtigt werde, nicht begangen. Sein Mandant sei Opfer einer Medienkampagne.

«Mit der Liste hast du gute Arbeit geleistet», sagte Staatsanwältin Maria Böö und hob ihr Glas.

«Sie hat mich aber ein Bier gekostet», antwortete Tom Martinsson und hob ebenfalls sein Glas. «Und eine Reihe Kollegen.» Er sah sich um und begrüßte einen der Männer hinter der Bar mit einem Kopfnicken.

«Stammgast?»

«Ich bin öfter hier, als ich zugeben möchte, aber zum ersten Mal in weiblicher Gesellschaft.»

«Soll ich mich geehrt fühlen?»

Martinsson schüttelte den Kopf. «Nein, ich wollte es einfach nur gesagt haben.»

«Damit ich dich nicht für einen Schürzenjäger halte?» Sie lächelte.

«Vielleicht», sagte Martinsson, und eine leichte Röte breitete sich auf seinem Gesicht aus. «Wie läuft die Ermittlung?», fragte er, um vom Thema des Schürzenjägers abzulenken. «Ich habe zwar das Meine getan, vermute aber, dass immer noch so manches passiert.» Er zwinkerte ihr zu. «Dieser Eindruck könnte zumindest entstehen, wenn man Zeitung liest.»

«Welch ein Aufstand!», meinte sie und schüttelte den Kopf. «Und das ist noch lange nicht das Ende.»

«Gibt es mehr über Burgess?»

«Und über die anderen», antwortete sie zufrieden.

«Komm schon», erwiderte Martinsson und lachte. «Wer A sagt, muss auch B sagen.»

«Ich könnte es dir erzählen, aber danach müsste ich dich eliminieren.»

«Das klingt wie ein fairer Deal.» Martinsson trank einen Schluck Bier. Er mochte Maria Böö.

Sie beugte sich vor und sagte hinter vorgehaltener Hand: «Es ist ein Auszug aus dem südafrikanischen Handelsregister aufgetaucht. Aus den frühen Neunzigern, als White Plains eingetragen wurde. Es ist die erste Spur dieses Unternehmens.» Sie bedeutete Martinsson, sich weiter vorzubeugen. «Das Bemerkenswerte ist, dass dieses Unternehmen von einer schwedischen Anwaltskanzlei mit einem gewissen Renommee angemeldet wurde. Der zuständige Anwalt ist inzwischen Staatssekretär.»

Martinsson sah sie an.

«Eine Firma ins Handelsregister eintragen zu lassen ist an sich keine strafbare Handlung», meinte Maria Böö, aber Martinsson hörte nicht mehr zu. «Aber in diesem Falle ist es dem Image eher abträglich.»

«Morgan Nätterquist», sagte Martinsson.

Maria Böö sah ihn erstaunt an. «Du wusstest es bereits?»

Martinsson lehnte sich über den Tisch und küsste Maria Böö auf die Stirn.

Bo Nathansson hatte seine Handlungen seit seinem Treffen mit Martinsson und Sten Rohde mit keinem Wort erklärt oder auch nur bestätigt. Sein Anwalt, einer der prominenteren Strafverteidiger, machte die Sache nicht einfacher. Aber sowohl Rohde als auch Martinsson hofften, dass Nathansson schließlich doch noch reden würde, besonders nachdem sie ihm mitgeteilt hatten, dass sie wüssten, welche Rolle Morgan Nätterquist bei der Entstehung von White Plains und bei der Vertuschung der Annie-Lander-Affäre gespielt habe.

Morgan Nätterquists Kanzlei hatte im Auftrag des Droth-Imperiums jene Firma gegründet, die Söldner meistbietend vermietete. Als Firmensitz wurde Südafrika gewählt, weil sich die Firma dort, wenn nötig, am mühelosesten, wie in dieser Branche üblich, liquidieren ließ. Firmen entstanden, es wurde gekämpft, dann verschwanden sie und traten unter einem neuen Namen an einem anderen Kriegsschauplatz wieder in Erscheinung. Nätterquist hatte seine Beteiligung an der Gründung von White Plains vertuschen wollen und war auf diese Weise erpressbar gewesen. Nätterquist wusste, dass Unterlagen auftauchen würden, die seine Beteiligung bewiesen, sobald Anklage gegen White Plains erhoben wurde. Diese würden umgehend von der Presse ausgeschlachtet werden, was seiner politischen Karriere ein Ende setzte. Bo Nathansson und er saßen im selben Boot, da Nathansson White Plains die erste Generation Rekruten vermittelt hatte.

Martinssons und Rohdes Hoffnungen auf ein Geständnis Nathanssons zerschellten an der Nachricht, dass dieser sich in seiner Zelle im Untersuchungsgefängnis Kronoberg erhängt hatte.

2

Fünf Monate nach Andrew Burgess' Verhaftung durch die britische Polizei fiel das Urteil. Der Prozess hatte am Stockholmer Amtsgericht stattgefunden. Die Berichte der Efendic-Schwestern über ihre Erlebnisse während des Krieges in Bosnien hatten die Anwesenden im Gerichtssaal zu Tränen gerührt. Zum Ende des Verhandlungstages hin herrschte eine erbitterte Stimmung, und vor dem Gerichtsgebäude forderten Demonstranten ein Verbot der Teilnahme schwedischer Unternehmen an bewaffneten Konflikten.

Ein sichtlich mitgenommener Andrew Burgess hatte über White Plains und die Vorgänge in Bosnien ausgesagt. Burgess erläuterte, die Strategie des Unternehmens habe darin bestanden, Dienstleistungen in Unruhegebieten mit schwacher Führung anzubieten und sich mit wertvollen Konzessionen bezahlen lassen, die dann gewinnbringend weiterveräußert wurden. Der Pressesprecher der Familie Droth, Martin Hellsten, erklärte in einer Mail an die Nachrichtensendung Eko, dass die Hetzkampagne ein weiteres Beispiel dafür sei, dass die Medien und die Staatsanwaltschaft zu viele amerikanische Fernsehserien gesehen und zu wenig Zeit in der Wirklichkeit der übrigen schwedischen Bevölkerung verbracht hätten.

Andrew Burgess war der erste Mensch, der von einem schwedischen Gericht wegen Kriegsverbrechen verurteilt wurde.

Jasmin Efendic erklärte, dass dies für ihre Schwester und sie einen ersten Schritt zurück ins Leben darstelle, dass sie jedoch wünschte, dass derartige Urteile überflüssig wären.

Ein paar Wochen nach der Verurteilung Andrew Burgess' kündigte der Sprecher des Droth-Imperiums, Martin Hellsten, die Gründung einer nach dem Firmengründer Johan Droth jr. benannten Stiftung an. Stiftungszweck sei der Schutz von Kindern in Kriegsgebieten. Gleichzeitig wurde ein Vergleich mit jener Klägerschaft verkündet, die von den Besitzern White Plains' Schadensersatz gefordert hatten. Dennoch beharre man nach wie vor darauf, von den Vorfällen, die während des aufsehenerregenden Prozesses ans Licht gekommen seien, nichts gewusst zu haben. Da White Plains inzwischen verkauft worden sei, wolle man eine derart destruktive Rechtssache nicht weiterverfolgen, sondern dieses traurige Kapitel in der Geschichte des Droth-Konsortiums zu den Akten legen.

Buster Droth, der sich an seinem neuen Wohnsitz London aufhielt, verweigerte jeglichen Kommentar.

3

Annie und Bergström hatten ihr Versprechen an Karin Eliasson gehalten, Nätterquist vor der Wahl mit keinem Wort zu erwähnen. Tom Martinsson und Maria Böö hatten sich zu nichts verpflichtet, und bereits vor Andrew Burgess' Verurteilung wurde Morgan Nätterquist schwerer Dienstvergehen und der Bestechlichkeit angeklagt. Kurze Zeit nach dem Urteilsspruch gegen Burgess wurde auch Nätterquist für schuldig befunden. Eine dramatische Folge dieses Urteils war, dass der schwedische Justizminister, der Nätterquist angestellt hatte, drei Wochen vor der Wahl zurücktrat.

4

Annie lag auf dem Sofa und schaute auf die Veranda hinauf. Die Sonne stand niedrig am Himmel, Max und Mingus waren im Nebenzimmer zu hören. Bald würden sie hereinschauen und mitteilen, das Essen sei fertig. Sie besaßen jetzt ein eigenes Haus. Es war zwar nicht sonderlich groß, aber sie hatten es mit dem Geld von Arvid Thelin erwerben können. Es gehörte ihnen.

Ihr Leben hatte eine unerwartete Wende genommen, als die Leute, die Arvid Thelin engagiert hatte, Mikael Storms Wohnung durchsucht und dort Material entdeckt hatten, das auf die Existenz einer Abschussliste hindeutete. Annie, Max und Vitomir Jozak waren die einzigen Überlebenden dieser Liste. In diesem Augenblick hatte Annie erkannt, dass es nicht Vitomir gewesen war, der versucht hatte, sie aufzuspüren. Seit Mikael Storm in Patras Thurston gegenüber den Namen Avram Gavric erwähnt hatte, waren sie fälschlicherweise davon ausgegangen, dass Gavric von Jozak beauftragt worden war. Tatsächlich hatte er diesen jedoch hintergangen und mit Božko Magaš unter einer Decke gesteckt. Annie und Thurston hatten Arkady gefragt, ob ihm der Name Avram Gavric bekannt sei, und vielleicht hatten ihm seine Mörder vor seinem Tod diese Information entlockt. Avram Gavric musste nach seiner Zusammenarbeit mit Božko Magaš und White Plains seine eigenen Spuren verwischen. Dazu gehörte, eine Reihe Leute zum Schweigen zu bringen. Diese Aufgabe war wahrscheinlich Mikael Storm zugefallen, weil dieser sich verplappert hatte. Er war vor die Wahl gestellt worden, aufzuräumen oder selber zu sterben.

An dem Abend, an dem Annie und Max Vitomir Jozak aufsuchten, wurde ihnen klar, dass dieser bereits einen Verdacht geschöpft hatte. Djordje hatte die vergangenen drei Jahre damit zugebracht, nach Verbindungen zwischen Droth, den Polizisten Orha und Theorin, die Ranko ermordet hatten, und den Kreisen von Božko Magaš zu suchen. Vitomir wusste, dass er Avram nicht mehr vertrauen konnte, besaß aber keine Beweise dafür.

Als Djordje bei ihnen vor der Tür gestanden hatte, hatte er eine Tasche in der Hand gehalten. Ein Geschenk Vitomirs. Sie enthielt zwei Videokassetten, drei Schriftstücke und eine Visitenkarte mit der Telefonnummer des Rechtsanwalts Kenneth Olsson. Auf der Karte stand mit der Hand geschrieben: «Ruft an, bevor ihr es anseht.»

Der Anruf bei Kenneth Olsson ergab, dass Avram und Djordje eine Kassette im Gutshof Töversta aus der Videokamera genommen und eine Kopie an Thomas Munkenberg, den Polizisten, der als Erster am Tatort eingetroffen war, geschickt hatten. Auf dem Video war deutlich zu sehen, wie die unter Drogen stehende Annie Lander von zwei maskierten Männern vergewaltigt wurde. Unter den Schriftstücken befand sich die vergrößerte Fotografie der Tätowierung auf dem Unterarm des einen Vergewaltigers. Bei dem anderen Schriftstück handelte es sich um eine Kopie des Obduktionsprotokolls der Gerichtsmedizin in Solna. Der Pathologe beschrieb eine auf den rechten Unterarm Kay Orhas tätowierte Kompassrose mit sechzehn Zacken. Somit war die Identität des einen Täters gesichert, da es sich um die Tätowierung aus dem Video handelte.

Das dritte Schriftstück war die notariell beglaubigte Erklärung Thomas Munkenbergs, dass er Ende Oktober 1989 ein Video entgegengenommen hatte, das die Vergewaltigung Annie Landers zeigte. Er habe Kay Orha an seiner Tätowierung erkannt und um eine Unterredung mit dem damaligen Chef des Dezernats für Gewaltverbrechen, Björn Dahlén, gebeten. Bei der Besprechung seien auch Klas Lindholm vom Staatskriminalamt und der damalige Chef des Nachrichtendienstes Bo Nathansson anwesend gewesen. Man habe sich gemeinsam das Video angeschaut, und alle seien sich einig gewesen, dass Max Lander nicht der gesuchte Mörder sein könne und dass Kay Orha und Göran Theorin aller Wahrscheinlichkeit nach Vergewaltigungen, eine Entführung und einen Mord begangen hätten. Auf Initiative Bo Nathanssons habe man jedoch den einhelligen Beschluss gefasst, die Angelegenheit geheim zu halten, um dem Ruf der Polizei nicht zu schaden.

Björn Dahlén lebte nicht mehr. Klas Lindholm und Thomas Munkenberg waren aus dem Polizeidienst ausgeschieden, und laut Kenneth Olsson war ihr Vergehen, mochte es noch so schwer wiegen, inzwischen verjährt. Munkenberg hatte mittels seiner unterzeichneten Erklärung gesühnt, Lindholm würden sie sich bei Gelegenheit noch vorknöpfen.

Das andere, mit dem Wort «Flamingo» beschriftete Video erhielt Avram Gavrics detaillierten Bericht über die Erschießung Rankos. Er beschrieb, wie er erst Göran Theorin auf der Auffahrt in Töversta und anschließend den verletzten, skalpierten Kay Orha im Obergeschoss des Hauses erschossen hatte. Avram Gavric, der zweifache Polizistenmörder, war inzwischen selbst tot.

Kenneth Olsson hatte eine klare Strategie verfolgt. Annie und Max sollten sich in seiner Begleitung dem Reichspolizeichef höchstpersönlich stellen. Annie hatte vorgeschlagen, sich an Tom Martinsson zu wenden, dem sie vertraute, und Kenneth Olsson hatte Martinsson noch am selben Abend angerufen. Die Aktion war bis ins kleinste Detail geplant worden. Kenneth Olsson hatte Sten Rohde und dem Staatsanwalt die vorhandenen Unterlagen überreicht. Daraufhin hatte es nicht lange gedauert, bis Max von jeglichem Verdacht freigesprochen worden war.

Wenig später wurde Mikael Storm bei seiner Einreise nach Deutschland festgenommen. Der Verdacht gegen Annie, am Mord an Arkady Tsepov beteiligt gewesen zu sein, wurde aufgehoben.

Annie dachte an Zoran Pešić, Thurston Richards, Daniel Ellis und Tom Martinsson. Wer war der größte Held? Die Antwort lautete, dass es keine großen Helden gab. Es gab eine Reihe von Menschen mit mehr oder weniger intakten Seelen, die klare Grenzen zwischen richtig und falsch zogen. Es war, wie es immer war. Dank diesen Menschen waren sie jetzt frei.

Annie hörte Max in der Küche rumoren. «Das Telefon hat geklingelt», rief sie, «aber ich konnte mich nicht aufraffen abzuheben.» Sie lag mit einem Buch, auf das sie sich schon lange gefreut hatte, auf dem Sofa. «Die Brücke von San Luis Rey». Das Exemplar, das Thurston gestohlen hatte. Als sie es zum ersten Mal aufgeschlagen hatte, hatte sie darin ein Polaroidfoto von Thurston und einem Teenager entdeckt. Jack. Das Foto lag immer noch an derselben Stelle. Genau dort begann ein Abschnitt, der sie an Thurston und ihre Gespräche mit ihm erinnerte: «Die einen sagen, dass wir es nie wissen werden und das wir für die Götter wie Fliegen sind, die Jungen an einem Sommertag töten; andere hingegen sagen, dass kein Spatz eine Feder verliert, die nicht zuvor von Gottes Hand berührt worden ist.» Sie fragte sich, ob das Foto zufällig an dieser Stelle lag.

Nach einer Weile kam Max ins Zimmer. «Das war Bergström. Er hat schon wieder eine Nachricht auf dem Anrufbeantworter hinterlassen.»

Annie lachte und richtete sich mit Mühe auf. «Er möchte, dass ich nach der Geburt für ihn arbeite, und findet, dass du dich um das Kind kümmern sollst, weil es ein gutes Vorbild ist, wenn der Vater zu Hause bleibt.»

«Ich hätte nichts dagegen», erwiderte Max lächelnd. «Und was möchtest du?»

Sie überlegte ein Weilchen. «Ich habe in der Tat hier gelegen und nachgedacht.»

«Das habe ich dir angesehen.»

«Ich finde, wir sollten eine eigene Zeitschrift gründen.»

Max zog die Brauen hoch. «Und zwar was für eine?»

«Ein Enthüllungsmagazin.»

5

Zwei Wochen später brachte Annie ein gesundes Mädchen zur Welt. Sie, Max und Mingus beschlossen, es Jack zu nennen.

MIX
Papier aus verantwortungsvollen Quellen
FSC® C083411

Das für dieses Buch verwendete FSC®-zertifizierte Papier
Creamy liefert Stora Enso, Finnland.